U0744855

高校主题出版
GAOXIAO ZHUTI CHUBAN

多元一体视域下的中国多民族文学研究丛书
The Series on Minority Literature: Perspectives from A Pluralistic and United Chinese Nation
丛书主编：姚新勇　副主编：邱　婧

国家出版基金项目
NATIONAL PUBLICATION FOUNDATION

千灯互照

新世纪少数民族文学创作生态与批评话语

A Thousand Lamps Illumination

Review and Criticism of Ethnic Literature in 21st-century China

刘大先　著

暨南大学出版社
JINAN UNIVERSITY PRESS

中国·广州

图书在版编目（CIP）数据

千灯互照：新世纪少数民族文学创作生态与批评话语／刘大先著. —广州：暨南大学出版社，2017.10

（多元一体视域下的中国多民族文学研究丛书）

ISBN 978 - 7 - 5668 - 2219 - 2

Ⅰ. ①千… Ⅱ. ①刘… Ⅲ. ①少数民族文学—文学创作—研究—中国—当代 Ⅳ. ①I207.9

中国版本图书馆 CIP 数据核字（2017）第 253086 号

千灯互照——新世纪少数民族文学创作生态与批评话语
QIANDENG HUZHAO——XINSHIJI SHAOSHU MINZU WENXUE CHUANGZUO
SHENGTAI YU PIPING HUAYU

著　者：刘大先

· ·

出 版 人：徐义雄
策划编辑：武艳飞
责任编辑：武艳飞
责任校对：黄佳娜
责任印制：汤慧君　周一丹

出版发行：暨南大学出版社（510630）
电　　话：总编室（8620）85221601
　　　　　营销部（8620）85225284　85228291　85228292（邮购）
传　　真：（8620）85221583（办公室）　85223774（营销部）
网　　址：http://www.jnupress.com
排　　版：广州良弓广告有限公司
印　　刷：广东广州日报传媒股份有限公司印务分公司
开　　本：787mm×960mm　1/16
印　　张：18.5
字　　数：330 千
版　　次：2017 年 10 月第 1 版
印　　次：2017 年 10 月第 1 次
定　　价：58.00 元

（暨大版图书如有印装质量问题，请与出版社总编室联系调换）

总　序

　　本套丛书中刘大先先生的著作题名为"千灯互照"，本是形容中华多民族文学丰富多彩、交相辉映之态，现借以形容这套总数不过十本的丛书，自然太过夸张，但若以点出本套丛书之于中华多民族文学研究的多样性、丰富性，虽仍夸张，却并非漫无边际。至少我们的确可以罗列出本丛书相关的三五特点。第一，以主题、研究专题、研究领域为集结的文学研究丛书自然很多，但征诸不同地方的少数民族文学的研究者，将其成果集结起来，组成一套研究品质较为纯粹的丛书，且由国家出版基金资助，这样的情况恐怕还不多见。第二，本丛书的作者为中青年学者，有的已从事少数民族文学研究多年，成果丰硕；有的虽然才博士毕业几年，但已经显示出强劲的发展势头，其中更有几位已跻身于少数民族文学相关研究领域的前列。本丛书收录的十本著作中，或是博士论文、博士后出站报告，或是国家社科基金结项成果。这都保证了丛书的新锐性、前沿性、专业性与可靠性。第三，丛书的主题、领域、视角多样丰富，所涉族裔文学现象多样，时代纬度参差交错。有神话与史诗研究，民间口头文学及说唱文学研究，族裔文学个案剖析与多民族文学现象的互动分析，当下少数民族文学及少数民族文艺创作、表演现象的宏观扫描及理论概括，某一族裔文学、文化经典传统个案的诗学理论之内在结构、文本肌质、表演仪式、叙述模式的深度剖析与细致型构，某一族裔当代文学创作的文化转型、民族心理与时代张力的考察，族裔母语文学的考察或母语、汉语双语互动的分析，等等。第四，丛书名为"多元一体视域下的中国多民族文学研究"，这并非政治正确的口号，而是本套丛书研究特点的自然呈现，更是丛书作者之于中国多民族文学发展态势的敏锐观察与理论回应。而具体落实于本丛书上，则呈现为一个重要的共性——互文性。第五，互文性。中国多民族文学、文化的互文性，某一具体族裔文学、文化现象中的互文性，也为本丛书多数著作的特点之一。这既是研究者的理论自觉，更是中国多民族历史、文化、文学互动的自然结晶。比如神话研究，自新时期以来重新恢复生机，国外各种神话学理论渐次被介绍到中国，积三十多年的努力，中国神话研究取得了很大的发展。但是与此同时，神话所表征的民族或族群关系之"分"的趋势却日益明显，研究者、研究对象、接受群体的民族身份的"同一性"也似乎愈益强化。而《中国多民族同源神话研究》的作者王宪昭先生，在多年材料与研究积累的深厚基础上，有力地考辨了我国多民族神话"同源母题的作品占有相当高的比例"这一现象，不仅进行了数量可观的神话文本的互文性解读，也为中华民族多元一体关系增添了丰富多彩而又切实有力的论证。再如《锡伯族当代母语诗歌研究》一书，从书名上看，此书似乎只涉某一具体族裔的母语诗歌创作，但实际上，锡伯族的形成，它从祖国的大东北迁徙到大西北的历史本身就是一部波澜壮阔的宏伟史诗。因此在锡伯族的诗歌中，故土的大兴安岭、白山黑水，新家园的乌孙山脉、伊犁河畔，交相辉映；"大西迁"的刻骨铭心与"喀什噶尔"的深情咏叹，互为参照；族裔情感与国家情怀，水乳交融。满、汉、蒙、哈、维等语言因素都不同程度地结构或渗透于锡伯语中，因此，本书相当关注锡伯族母语诗歌创作与汉语之间的关系，也就再自然不过了。

《东巴叙事传统研究》一书，以更为纯正的理论品质，更为肌理性的文化、文本研读，从多角度、多层面探究了东巴叙事传统的成因、传承、流布、特征，并通过深描东巴叙事文本在祭祀仪式中的演述，揭示了口头文本、书面文本、仪式文本、表演文本在民众的生活与精神空间中的互文互构关系。作者还把东巴叙事传统与彝族、壮族、国外的史诗作了横向的比较研究，对当下的民间叙事学、史诗概念及类型作了深入的反思，表现出与国内、国际同行进行高水平对话的努力。

说到研究之间的互文性，对有心的读者来说，其实从本丛书的不同著作中也不难发现。比如说，丛书中有的研究主题相对比较封闭、形式化，所说、所论也容易被归为某一民族的特点，这尤其表现在那些神话或史诗研究中。而另一些有关当代少数民族文学创作的研究，则相对更注意"民族""民族文化""民族文学""民族意识""民族认同"的相对性、建构性。对其进行有意识的对照性阅读，或可互为弥补、相互启发。

比如《彝族史诗的诗学研究——以〈梅葛〉〈查姆〉为中心》和《凉山内外：转型期彝族汉语诗歌论》，所论文学现象皆属彝族，而前者着重于通过细读《梅葛》《查姆》揭示彝族史诗的诗学特征，后者则更敏感于新中国民族识别、少数民族文学工程的实施，之于整体性的彝族诗歌、彝族意识的生成、流变与转型的促动。这样，后者之于前者可能就对"彝族""彝族文学"的天然性、自在性多了质疑性价值，而前者则又可能提醒后者，彝族、彝族意识、彝族认同的建构，并非权力、他者的随心所欲。这样的互文性阅读，有可能突破本丛书有限的数量，更为宽广、丰富、深入地去理解、把握中国文学、中华民族的多元一体之复杂性。

　　当然，不管本丛书的认识价值与问题视野的可能性究竟有多大，其视域肯定是有限的，况且收录其中的著作质量并非齐一，也自然存在这样那样的缺陷。个中缺憾不知有无机会弥补。

　　感谢王佑夫、关纪新两位先生对本丛书的大力推荐，感谢丛书作者惠供大作，也感谢暨南大学出版社徐义雄社长的鼎力支持。

姚新勇

2017 年 7 月

于广州暨南园

目 录
CONTENTS

上编　创作生态

下编　批评话语

附　录

绪论　新世纪少数民族文学的叙事模式、情感结构与价值诉求*

　　"少数民族文学"较之于"现代文学""当代文学"之类已经在文学史上站稳脚跟甚至谋求变革的许多二级学科不同，直到今日它依然要面对合法性的质疑。因为在很多有着普世性文学观的人看来，这是个有着过于强烈的政治规划色彩的分类。诚然，少数民族文学从发生学来说，确实有着极其明确的国家意识形态推动导向，① 但文学从来也无法脱离它的政治性，并且作为一种自上而下推动的文学事业，经过半个多世纪的发展，无论如何它也已经构成当下文学生态不容忽视的组成部分。尤其在进入新世纪以来，伴随着各类"后学"思潮和文化研究话语的兴起，少数民族文学更是逐渐从最初的文化领导权规划中超越出来，获得了自身能够与主流文学形成互动的主体性言说。比较文学学者帕斯卡尔·卡萨诺瓦（Pascale Casanova）曾经谈到文学地理、政治和经济差异所构成的首都、外省、边疆的空间差异，它会形成某个类似时间基准上"格林尼治子午线"般的中心，中心的文学价值观会辐射性地影响周边及更远地区。② 少数民族文学恰恰是在文学中心之外的一种边缘表述，它固然会受到来自中心地带的影响，但"中心"与"边缘"永远都是互动辩证的：如果从边缘自身站位角度来说，它就构成了返观中心的别样视角。

　　正是在别样视角中，少数民族文学的问题牵涉到更为广泛的符号生产、文化政治乃至现实里中国认同的重要维度。为了便于全面呈现新世纪以来少数民族文学现场的现象与问题，本文将谈论五个问题，包括它的发展脉络、现状，以及现状中所体现出来的叙事模式、情感结构等问题，最后试图对其

　　＊　本绪论曾刊于《文艺研究》2016 年第 4 期，感谢李松睿的约稿。
　　①　刘大先：《中国少数民族文学学科之检省》，《文艺理论研究》2007 年第 6 期。
　　②　帕斯卡尔·卡萨诺瓦著，罗国祥、陈新丽、赵妮译：《文学世界共和国》，北京：北京大学出版社 2015 年版，第 25 - 26 页。

价值诉求在描述的基础上做一定的展望。

一、前史

少数民族文学是一个社会主义文学现象，伴随着民族历史调查、民族识别和族籍学理认定的当代学术实践与人民代表大会制度确定的政治与文化平权举措而产生。最早的一批作家在新中国成立初期的"解放时代"以主旋律所倡导的社会主义现实主义话语为旨归，主要表现为讴歌革命、颂赞新人与新社会，其代表性的作品结集在 1960 年出版的小说集《新生活的光辉》① 中，主要作家有蒙古族的纳·赛音朝克图、玛拉沁夫、敖德斯尔，苗族的伍略，白族的那家伦等人。当然，这个热情洋溢地书写政治题材的阶段并不长，在"文革"的激进运动中，族别被视为需要超越的身份，民族、宗教与文化的问题被阶级话语统摄起来，少数民族文学自然会遭到摒弃。值得注意的是，这个阶段出现了大量的少数民族题材的文学、电影、绘画、雕塑等文艺产品，其中少数民族文化被整合为社会主义文化中从属性的有机组成部分，而表述少数民族的技法、形象与语法成为一笔在后来岁月中不断被回溯、摹仿和改写的遗产。

第二阶段是启蒙多元时期，也就是一般文学史所谓的"新时期"。在这个改革开放、思想解放的时代，从此前固化的政治意识形态话语中跳脱出来的各类思潮纷纷争夺自己的话语场地，尽管总体上的价值取向在于"西化"，但就少数民族文学而言却出现了多元并立的局面，比如益希单增、降边嘉措这样的老一代藏族作家走在革命英雄主义和共产主义解放话语中；蓝怀昌（瑶族）、韦一凡（壮族）、乌热尔图（鄂温克族）等的作品则有着改革小说、寻根文学的气质；色波、扎西达娃等西藏"新小说"作者寻找的却是与风靡一时的拉美魔幻现实主义相契合的路径；张承志（回族）的小说则塑造了上下求索式的"中国青年"形象。少数民族文学在 20 世纪 80 年代开始张扬并获得蓬勃发展，与时代文学的各种流行话语如影随形、相伴相生，并没有刻意强调某种"少数民族性"。此际通行着一种"世界性"与"民族性"的话语模式，但这个"民族性"是一种国族意义上的民族主义主体性，并非后来的族裔民族主义意义上的族群主体性。

第三阶段从 20 世纪 90 年代开始，由于政治体制改革（其中最主要的是国企改革），以经济建设为中心，一种逐渐弥散开来的市场主义及其观念渗透

---

① 《新生活的光辉（兄弟民族作家短篇小说合集）》，北京：人民文学出版社 1960 年版。

到文学当中。日常生活成为文学叙事的主要着眼点，大众文学兴起，少数民族文学在这种语境中由于先天缺乏市场赢利可能，同时又不具备所谓的"文化先进性"，必然陷入危机。这种情形直到新世纪以来，确切地说是 2006 年前后，在吉狄马加（彝族）、白庚胜（纳西族）、叶梅（土家族）、石一宁（壮族）、赵晏彪（满族）等人的组织与推动下才得以改变。这背后的原因是多方面的，我们可以清晰地观察到 20 世纪 80 年代那种"世界性"与"民族性"模式被转化为全球化带来的地方性/本土性觉醒：人们赫然发现所谓中西分立、"走向世界"之类言说的空洞，因为中国一直就是走在全球化进程之中，从来无法自外于"世界"，现在的问题是如何在全球格局中确立自己的位置。因而这种觉醒包含两个方面内容：一方面是全球本土化，其典型是"（非物质）文化遗产"话语，文化多样性成为一种新的"政治正确"，少数民族文化在宏大主体的"主体性黄昏"过程中获得了族群共同体这样小主体的文化自觉，因而谋求自己不可替代的自我阐释权；另一方面是本土全球化，随着全球资本的流动和深入触伸到无远弗届的空间角落，在旅游观光、创意产业刺激下，少数民族文化成为一种地方性的符号资产和象征资源，具有利润的被展示性与可开发性，[①] 因而对于"差异性"的生产开始抬头。这一切又与发生在边疆地区的民族问题纠结在一起，让主导性权力和大众传媒再一次发现少数民族文学不仅在美学上而且在政治上都具有重要的意义。

二、现状

新世纪以来的少数民族文学呈现出"自上而下，由内而外"的整体发展形态[②]。"自上而下"是指它获得了来自顶层设计的再次关注，从宣传部门到作协文联组织，都开始大幅度增强了扶持力度，增办专门的少数民族文学刊物、设立少数民族文学奖项、举办少数民族作家培训班等，希望以此增加各民族之间的相互了解，加强各民族文化交流，树立多元一体的中国文化形象。"由内而外"则是指越来越多的少数民族题材作品出现了由他者言说到自我表述的转型。如果说新中国成立初期和启蒙多元时代虽然也有不少少数民族作家、艺术家开始少数民族题材的文艺产品创作，但基本上遵循了较为统一的"族外人"话语方式；新世纪以来越来越多的少数民族作家、艺术家则试图从本族群文化、宗教、习俗、思维传统内部锻造"族内人"的观察视角，这一

---

① 贝拉·迪克斯著，冯悦译：《被展示的文化：当代"可参观性"的生产》，北京：北京大学出版社 2012 年版，第 1 - 43 页。

② 刘大先：《广阔大地上的灿烂繁花——2012 年少数民族文学综述》，《文艺报》2013 年 3 月 6 日。

点使得新世纪少数民族文学具有了不可替代的丰富性。

从共通层面来说，少数民族文学有着与主流文学相似的主题。在公共性层面，书写底层成为一种巨大的潮流，此类作品采用现实主义、写实主义乃至自然主义的笔调都与各类主流文学别无二致。它们关注农耕文明、游牧文明、渔猎文明在工业化、市场化时代的撕裂性变迁，身份社会向契约社会转型过程中个体经历的阵痛，以及由此引发的怀旧与惆怅。在私人性层面，关于性别与情感的主题，也深为人类共同性的需求所左右，在人性深度和情绪的幽微层面显示了同时代人无分外在社会差异的共享经验。正是这些共通性，表明少数民族不再是线性时间链条中的"原始"或"野蛮"的他者，而是具有"同时代性"的同胞人群。

从特殊层面而言，少数民族文学体现在突出的三个方面。一是母语与翻译文学方面。中国多民族有着不同语系和语族的差别，除了那些很早就在汉字文化共同体中采用通行语言与文字的民族之外，维吾尔、藏、哈萨克、蒙古、朝鲜等民族都有现行的文字书写系统，彝、纳西等民族即便绝大多数已经采用了现代汉语，却也有着悠久的本民族语言与文字体系，这就涉及母语文学和不同少数民族语言文学之间的相互翻译。比如彝族诗人阿库乌雾多年来从事彝汉双语创作与译介，在《混血时代》《双语人生的诗化创造——中国多民族文学理论与实践》等诗作和理论作品中已经形成了自己的诗学观。文学翻译显然不仅包括文本字面的移译，同时也是文化与美学的跨文化传播。翻译中常常会有对于源语言的归化，但文学的特异之处恰在于它在核心处的不可译性，这会将源语言中的差异性文化要素带入译入语中，这就带来了语言的陌生化，无目的而合目的地产生了特有的美学效果。① 二是少数民族文学携带的地域差别，不仅是边缘目光的转换，同时也重新绘制了文学地图。联系"一带一路"的宏大政策方针来看，海上丝绸之路与陆上丝绸之路分别位于南方少数民族与东南亚国家的交接区域和新疆多民族与中亚的交接区域。以维吾尔族文学为例，艾海提·吐尔地《归途》中体现出来的"世界"观念，其中心是以喀什为中心，联系起麦加、拉瓦尔品第和乌鲁木齐②，这样的作品很大程度上能够冲击习惯于从北上广、京沪宁观察其他文化、其他地域

---

① 刘大先：《少数族裔文学翻译的权力与政治》，《西南民族大学学报（人文社科版）》2010 年第 2 期；刘大先：《中国少数民族文学的失语、母语、双语及杂语诸问题》，《北方民族大学学报（哲学社会科学版）》2012 年第 1 期。

② 艾海提·吐尔地著，巴赫提亚·巴吾东译：《归途》，乌鲁木齐：新疆青少年出版社 2013 年版。我曾经在《记忆与故事，现实与梦想——2013 年少数民族文学综述》中略有述评，载《文艺报》2014年 1 月 6 日。

的思维模式。内蒙古、黑龙江、吉林等地的蒙古族、"三少民族"①、朝鲜族的文学中与东北亚尤其是俄罗斯、日本、韩国文学的关联也颇具地缘文化的意义。在全球化的人口与信息双重流动中，流散族群的书写比如东莞的"打工文学"中就有胡海洋（满族）、杨双奇（苗族）、阿薇木依萝（彝族）、木兰（侗族）、梦亦非（布依族）等少数民族作家，他们将身上背负的母族文学因子带入"后工业"的语境中，这样的文学尤其具有时尚和主流城市文学容易忽略的内容。三是少数民族的宗教信仰书写提供了有别于工具理性或市场功利的认知范式。西北穆斯林文学中的清洁精神、归真传统、神秘主义，将伊斯兰教文化外显于文学书写中，回族作家查舜、石舒清、李进祥等人的意义不光在塑造某种鲜明的形象或意象，更在于显示了在跨国资本主义之外想象世界的可能性。而以弥散性宗教形式存在于各地的各类萨满教、道教分支、原始信仰，在摆脱了"迷信"的污名化后，也在萨娜（达斡尔族）、阿尔泰（蒙古族）等人的作品中显示了在生态、人际关系和环境污染等全球性议题中独特的参考与借鉴价值。

　　新世纪以来，作为整体的少数民族文学无论是在诗歌还是在小说领域，都有着最突出的三个意象，可以说它们构成了新世纪少数民族文学的基本形象和想象。一是衰弱的老人。少数民族文学小说中经常出现一个病弱濒死或者软弱无力的老者，他们可能是看护留守儿童的空巢老人，也可能是固执地坚持已经被子孙所抛弃的生产与生活方式的长者。这与主流小说有着很大的区别，如宁肯《三个三重奏》中的老官员强壮有权，刘醒龙《蟠虺》中的老教授是知识权威，徐皓峰《武士会》或《师父》中的老武师精明有力。但少数民族文学中的老人往往日薄西山，有心无力。萨娜《多布尔河》中那个鄂伦春萨满乌恰奶奶固然能够以最后的神性之舞救活青年后代，但最终也走向了死亡。值得注意的是，在很多作品（例如，蒙古族作家千夫长《阿尔斯楞的黄昏》、陈萨日娜《哈达图山》、仫佬族作家王华《紫色泥偶》）中的"老人"都并不是特定的"这一个"，而直接成为一种普遍性的指称，在抒情性的怀旧书写中构成了另一种意义上的"民族寓言"，即"老人"往往以"传统"的象征或代言人面目出现，预示了古老族群文化和村落、乡社共同体的败落。

---

　　① 人口较少民族是指总人口在 30 万人以下的 28 个民族，包括：珞巴族、高山族、赫哲族、塔塔尔族、独龙族、鄂伦春族、门巴族、乌孜别克族、裕固族、俄罗斯族、保安族、德昂族、基诺族、京族、怒族、鄂温克族、普米族、阿昌族、塔吉克族、布朗族、撒拉族、毛南族、景颇族、达斡尔族、柯尔克孜族、锡伯族、仫佬族、土族。根据 2000 年全国第五次人口普查，28 个人口较少民族总人口为 169.5 万人。此处的"三少民族"特指人口相对集中于内蒙古自治区、习惯上被放在一起并称的鄂伦春族、鄂温克族和达斡尔族。

二是外来者。这一类形象其实在 20 世纪 80 年代知青文学中常见，代表外来文化对某个封闭文化系统的冲击。新世纪少数民族文学中也不乏此类形象，只是从 20 世纪 80 年代具有启蒙色彩的文化精英，变成了表征商业化、工业化、城市化的新的外来冲击，更多具有当代社会的消费主义和腐蚀性负面意味。这类形象最典型的表现如杨文升（苗族）《野猪坪轶事》中写到的大学生村官，孱弱无能并且丝毫没有融入当地的热忱，在被狗咬伤后匆匆逃走。三是出走者。他们是族群共同体的叛徒，以新生活的追求者姿态逃离了族群文化，与衰弱的老人那类过时的人相比，这是新时代话语的追慕者。跨境民族文学中这类形象最多，如李惠善《礼花怒放》，许连顺《荆棘鸟》《跟屠宰场的肉块儿搭讪》就讲述了朝鲜族跨国劳工及其家庭与认同的变迁，体现了在资本沉浮中的逐利取向以及这种取向造成的情感流离与认同断裂。这三类意象/形象其实都是普遍意义上的失败者，老人落伍于时代的潮流，外来者失败于改造旧有文化，出走者则落魄于资本市场中的弱势地位。因而，少数民族文学从这个意义上来说，其实是整个中国文学在新世纪文学的一个侧面。

三、叙事模式

与前述三种意象/形象相并生，在他者言说与自我叙述的双重表述中，新世纪少数民族文学构成了主导性的三种叙事模式。它们形成了类似于原型母题式的存在，一再出现于少数民族作家的笔下。

其一，"现代"与"传统"的"冲突与和解"模式，这是对于"文明与野蛮"模式的置换。中西古今之争在思想史上一直被视为近现代以来，中国文化传统的嬗变形态。只是在现代性的规划中，启蒙主义思维里少数民族往往被界定为"原始""半开化"和"野蛮"的存在，这当然有着殖民和帝国主义扩展过程中，思想与学术尤其是人类学、历史学、民俗学的进化论思维在背后支撑。这种思维内化了"文明等级论"，在以欧美文化为主宰的等级秩序中，将自身的文化设定为普世性价值，而后发民族如果不与这种价值秩序同化则被视为不合法。新世纪以来这种文明等级论在文化相对主义和多元主义思潮中得到反思，但思想的牢笼是如此根深蒂固，以至于尽管"文明"与"野蛮"的话语被"现代"与"传统"的话语模式取而代之，也并没有改变二元对立的模式。如万玛才旦（藏族）《嘛呢石，静静地敲》《塔洛》《乌金的牙齿》等优秀作品尽管对此有所省思，但在应对文化变迁的时候，其运思方式却依然很难摆脱此种模式："现代"成为一种不言而喻的道德，而与"传统"发生了根本性的断裂。

其二，"全球化"与"本土化"模式，这是对"世界性"与"民族性"模式的置换。所谓的本土化或者地方性，其实是在反抗全球化、一体化、"世界是平的"的姿态中，暗合了资本的逻辑——它将自身的文化资本变现，在颠覆他者风情化的过程中诡异地自我风情化。很大一部分少数民族文学的特质被中产阶级美学趣味收编，成为一种罗曼蒂克的生活方式的组成部分。比如在关于藏族或者伊斯兰民族的作品中，许多作家热衷于呈现宗教的神圣、信仰的虔诚、异域风光的净化功能。班丹（藏族）《星辰不知为谁陨灭》中对这种他者话语做了反思：厌倦了繁华都市中"现代文明"的艺术家到西藏寻求精神家园，在本地牧民的视角中他们却只是指手画脚的粗鲁无礼之徒，从而使得整个故事的口吻变得富有反讽意味。这种对少数民族的"香格里拉化"最初是外来者由于文化隔膜而产生的"想象的异邦"，在晚近却被许多少数民族作家内化成自己的思维方式，并且推波助澜。而当类似亚森江·斯迪克（维吾尔族）《魔鬼夫人》中对伊斯兰教中的某些迷信部分进行反思的时候，还遭到本族同胞的众多指责。因为大众传媒的肤浅与放大效应，这种地方性、本土化书写中，族群的具体历史与现实被抽空，而某些易于传播的符号则被放大，成为"诗和远方"的十字绣底版。这个"秘密花园"式的黑白绘本，迎合的是无所用心的刻板印象填色者。

其三，神话历史模式。20世纪60年代之后，后结构主义、后现代主义、后殖民主义、微观史学、文化研究的陆续发展在全球范围内改变了"欧洲与没有历史的人民"[①]的书写局面，"历史"与"写历史"都发生了深刻变化。新世纪以来少数民族文学的"重述历史"也形成了一种热潮，这与主流文学在20世纪90年代以来的新历史主义有着合辙之处，根底里是后社会主义时期身份的迷惘和认同的分化——原先的革命史观、宏大国族主体的历史被以欲望和身体为表征的个人主义史观所取代，体现在关于家族史、民间史、私人史、欲望史等写作潮流中。少数民族文学的重写历史在这个细碎史观主潮中，像买买提明·吾守尔（维吾尔族）《白大寺》、铁穆尔（裕固族）《北方女王》、郭雪波（蒙古族）《蒙古利亚》、阿来（藏族）《空山》系列小说等，还有着代言族群记忆的一方面，很多时候陷入将某个族群历史孤立化的封闭叙事，即往往会集中于族群历史本身而忽略了更广范围的各民族交流与融合。

---

① 语出埃里克·沃尔夫（Eric R. Wolf），他发现自1400年以来，欧洲作为一种新变化趋势的核心力量迅速崛起，欧洲大陆以外的其他不同来源的社会组成和族群逐渐被卷入这个全球性联结的整体中，欧洲中心主义话语成为一种压抑性的力量贬低、置换乃至遮蔽了其他地区的声音、文化、思维模式和思想观念。参见埃里克·沃尔夫著，赵丙祥、刘玉珠、杨玉静译：《欧洲与没有历史的人民》，上海：上海人民出版社2006年版。

在幽微的层面，这实际上是一种族裔民族主义，也就是说搁置了中华民族近代以来的建构历史，而重新回缩到一种族群共同体的首尾连贯的叙事神话之中。

以上的三种模式可以看到认同的嬗变，反映了在一个急剧变化的社会语境中，由于经济、地理、文化等诸多纠缠在一起的因素，某个后发人群艰于应对片面发展进程时表现出来的逃避式反应。这是一柄双刃剑：从正面的意义上来说，显示了曾经被无视的亚主体在新语境中凭借各种机会的重生；从负面的意义上来说，则是对国家主体的逃离和规避，从文化安全上需要警惕的是可能形成分离主义的倾向。

四、情感结构

由上述少数民族文学的生态现状、主要母题和叙事模式可以归纳出其隐藏在模式内部的情感结构①的变迁。它们无疑与社会主义初期的那种饱含着"翻身当家做主人"的自豪感、乐观情绪和对于乌托邦未来的美好向往形成了巨大反差，即便与启蒙多元时代那种有着向西方先进文化学习的"态度一致性"的情感态势也有所不同。新世纪以来的少数民族文学情感倾向主要表现为三种。

其一是怨恨，这是一种现代性的怨羡。很多少数民族成员在现实生活中遭受失败与挫折，因为失败与挫折本身并非全然由于主观原因，而更多是社会的结构性因素造成的，所以它们在一些文学叙事中被转化为对城市、汉族、商业的憎恨，从而产生愤怒与仇恨。同时，在关于历史的叙事中则复活了一些原本已经被淡化的族群纷争的创伤记忆，比如在藏族作家白玛娜珍《复活的度母》、唯色《西藏笔记》中，"汉族"和"当代"就成为历史的替罪羊或者说背负了历史的重债。这种怨恨心理属于黑格尔所分析的主奴辩证法的状态，② 即它是依附性的情感，由想象中设立的对立主体而产生。用尼采的话说，这是一种奴隶式的怨恨：

奴隶在道德上进行反抗伊始，怨恨本身变得富有创造性并且娩出价值：这种怨恨发自一些人，他们不能通过采取行动做出直接的反应，而只能以一

---

① 我这里使用的"情感结构"即威廉斯所谓的"感觉结构"，"溶解流动中的社会经验，被定义为同那些已经沉淀出来、更加明显可见的、更为直接可用的社会意义构形迥然有别的东西"。参见雷蒙德·威廉斯著，王尔勃译：《马克思主义与文学》，郑州：河南大学出版社 2008 年版，第 143 页。

② 黑格尔著，贺麟、王玖兴译：《精神现象学》（上卷），北京：商务印书馆 1979 年版，第 127 – 132 页。

种想象中的报复得到补偿。所有高贵的道德都产生于一种凯旋式的自我肯定，而奴隶道德则起始于对"外界"，对"他人"，对"非我"的否定：这种否定就是奴隶道德的创造性行动。这种从反方向寻求确定价值的行动——值得注意的是，这是向外界而不是向自身方向寻求价值——这就是一种怨恨：奴隶道德的形成总是先需要一个对立的外部环境，从物理学的角度讲，它需要外界刺激才能出场，这种行动从本质上说是对外界的反应。①

怨恨是一种资本时代的道德产物，舍勒曾有过精彩分析：

怨恨是一种有明确的前因后果的心灵自我毒害。这种自我毒害有一种持久的心态。它是因强抑某种情感波动和情绪激动，使其不得发泄而产生的情态：这种"强抑"的隐忍力通过系统训练而养成。其实，情感波动、情绪激动是正常的，属于人之天性的基本成分。这种自我毒害产生出某些持久的情态，形成确定样式的价值错觉和与此错觉相应的价值判断。在此，首先要加以考虑的情感波动和激动情绪是：报复感和报复冲动、仇恨、恶意、羡慕、忌妒、阴恶。②

这种种负面的怨毒情绪，在后殖民理论早期文本中多有揭示，比如法农一针见血地指出在一分为二的世界上，"被殖民者是个羡妒的人……没有一个被殖民者不至少每天一次地梦想处在殖民者的位置上"③。但是，显然中国内部的族群关系并非殖民关系，这种思维无疑具有狭隘与偏颇的一面。尤其当社会形式转变后，斗争与反抗也需要转变，这种主奴思维其实在当代中国是一种空间错置，至其极端则会引发暴力的想象与行动。

其二是忧郁。按照弗洛伊德的分析，哀悼或者说悲恸是由于感到世界的虚空而产生的沮丧，而忧郁则是源自个体本身的虚无感，自我认同为一个"被抛弃的客体"——抑郁个体通过潜意识的自恋性关注与情感对象产生紧密的联系，客体的丧失就可能造成主体（自我）的丧失。④当丧失的原因没有

---

① 尼采著，周红译：《论道德的谱系》，北京：生活·读书·新知三联书店1992年版，第21页。

② 马克斯·舍勒著，刘小枫编，罗悌伦、林克、曹卫东译：《道德建构中的怨恨》，《价值的颠覆》，北京：生活·读书·新知三联书店1997年版，第7页。另可参见刘小枫《现代性社会理论绪论——现代性与现代中国》中对"怨恨与现代性"的分析，上海：上海三联书店1998年版，第352－385页。

③ 弗郎兹·法农著，万冰译：《全世界受苦的人》，南京：译林出版社2005年版，第6页。

④ SIGMUND FREUD. Mourning and melancholia. in PETER GAY（ed.）. The freud reader. New York：W. W. Norton & Company，1995：584－589.

被归结于外在原因，而是被归结于内因时，主体就会陷入哀悼与忧郁当中。新世纪少数民族文学在这方面的突出表现是弥漫在各类文本中的怀旧与忧郁情绪。此处的怀旧与忧郁与 18 世纪晚期至 19 世纪初期兴起的浪漫主义式的怀旧与忧郁不同，后者通过发掘民族民间的资源来弘扬个人主义与主观精神，同时与民族主义又有着难以割舍的内在联系，① 而中国新世纪以来少数民族文学中的怀旧与忧郁则是认同于主导性的现代性理念，比如帕蒂古丽（维吾尔族）《跟羊儿分享的秘密》和叶尔克西·胡尔曼别克（哈萨克族）《永生羊》都表现出对于本民族传统的认同，将其逝去视为自身的必然选择而产生伤感。有学者研究发现，愤怒或内疚是由羞耻这样的"后设情感"（meta-emotions）导致，其起源则是嫉妒这样的"原情感"（proto-emotions），最终的忧郁和感伤则是"第二阶段的情感"（scond-party emotions），实际上是在情感与利益的冲突之间，理性做出的选择。② 新世纪少数民族文学在表述按照情感社会学常理应该愤怒的内容时，所表现出来的忧郁风格，其实已经包含了理性的折中，之所以愤怒被转化为物哀式的感受，是因为对于主流价值不自觉的认同。在现实题材作品中通过对风景、民俗、仪式、物品拜物教式的精雕细刻中包蕴着恋慕与感伤；而历史题材作品则会折返到想象中的黄金岁月，构拟出一个未被污染的传统社群，并沉溺在这种逝去岁月的怀想之中。

其三是欢欣，这其实是怀旧观念的反向变体。雨燕（土家族）《盐大路》这篇写民国年间鄂西、川东、湘南三地交界处的挑盐之路的本土"在路上"小说，形成了完整的鄂西民间人物画廊，挑二、民间结社组织福缘坛、村镇团练、行商与座店构建了立体的底层社会结构形态，温情的浪漫主义笔法也透露出物哀般的情感投射。在更多的"主旋律"作家如向本贵（苗族）、王树理（回族）那里，则以一种积极遗忘的态度投入现实变革所带来的改变当中，并为"山乡巨变"欢欣鼓舞。某种意义上来说，这样的作品也是一种回避，作家规避了现实处境中沉默的大多数所直面的各种龃龉，在现实光洁的表面上打个滑，顺畅地绕过了痛苦和辛酸的一面。因为逃避了反思与批判的维度，他们成为权贵与资本所欢迎的同谋者。

情感结构的变迁显示了多元认同已然成为当下中国的现实，但问题在于少数民族文学的书写中，阶层差别往往转化为族群差异，因而将真正的政治

---

① 有关"浪漫主义"的缘起和类型及思想脉络，参见洛夫乔伊著，吴相译：《观念史论文集》，南京：江苏教育出版社 2005 年版，第 180－245 页。

② JON EISTER. Alchemies of the mind: rationality and the emotions. London: Cambridge University Press, 1999: 410, 413.

经济问题转化成了文化问题。这其实不仅是少数民族文学的问题，也是新世纪以来各类文学普遍存在的一种倾向，即微观政治、身份政治、承认政治、文化政治的倾向，而不是实践性的、行动性的、思想建设性的功能性政治。文学的边缘化于此也可以得到解释，因为外在环境如科技、商业造成的传播方式、生产方式、消费方式的变化固然使得文学的空间趋于狭窄，但就文学自身而言，主动退出对于社会、时代重大问题的参与和介入式讨论也难辞其咎。

五、价值诉求

最终问题要回到少数民族文学的价值诉求上来，即我们这个时代少数民族文学究竟应该有着何种伦理关怀，并进而塑造何等的价值立场。

在新世纪以来的少数民族文学中，可以看到一种强烈的抱残守缺的心态，即固守某种"心造"的传统。这种心造的传统曾经一度由芮德菲尔德（Robert Redfield）意义上的官方"大传统"占据主导地位，[①] 但是随着新世纪以来各种"小传统"的复兴，退缩到族群小传统中已经成为一种不容忽略的现象级文学实践。那些小传统往往参照民族主义叙事结构，发明出一种本民族的"传统"及"传统"的符号，并将之固化和神圣化。但我们知道"传统"作为一种历史流传物，从来都是流变不息的，它总是在某个特定历史阶段被某些人物从各种历史流传物中提取出来，加以升华凝固，在语境变化时又会有新的传统被再造发明——穷通变达是"传统"的题中应有之义。"传统"的意义一定要体现在"效果历史"中，如同伽达默尔所说：

一种真正的历史思维必须同时想到它自己的历史性。只有这样，它才不会追求某个历史对象（历史对象乃是我们不断研究的对象）的幽灵，而将学会在对象中认识它自己的他者，并因而认识自己和他者。真正的历史对象根本就不是对象，而是自己和他者的统一体，或一种关系，在这种关系中同时存在着历史的实在以及历史理解的实在。一种名副其实的诠释学必须在理解本身中显示历史的实在性。因此我就把所需要的这样一种东西称之为"效果

---

① 芮德菲尔德认为："在某一种文明里面，总会存在着两个传统；其一是一个由为数很少的一些善于思考的人们创造出来的一种大传统，其二是一个由为数很大的，但基本上是不会思考的人们创造出来的一种小传统。大传统是在学堂或庙堂之内培育出来的，而小传统则是自发地萌发出来的，然后它就在它诞生的那些乡村社区的无知的群众的生活里摸爬滚打挣扎着延续下去。"见芮德菲尔德著，王莹译：《农民社会与文化：人类学对文明的一种诠释》，北京：中国社会科学出版社 2013 年版，第 95 页。芮德菲尔德的问题在于他对于"小传统"的多元性缺少更为细致的分析。

历史"（Wirkungsgeschi chte）。理解按其本性乃是一种效果历史事件。①

也就是说，"传统"如果要发生作用必然是建立在我们对于"传统"的理解和身处其中的参与之上。那么少数民族文学所书写的各自小传统在我们时代有何意义呢？

我想，少数民族文学的这些现象至少向一个负责任的批评者和研究者提出了三个问题。第一，发展是不是一种公律？当我们真正面对少数民族的自我言说的时候，必须暂时搁置自己既有的认识框架，尽量贴近、同情地理解他们的世界观和认识论。那么，这种对于某种小传统的固守就必然要令人发问：（启蒙）现代性是不是一种普遍与必然的过渡仪式？当资本几乎以不可逆转的姿态在全球范围内流动的时候，少数民族文学所折射出来的理念有没有可能成为一种替代性的、补充性的价值？第二，我们也要反问：当我们认知一种文化、一个人的时候，它是"民族的人"，还是一般意义上的"人"？特殊性和普遍性之间的辩证关系应该如何彼此对话而不是对立？小传统怎样才能与大传统构成真正有建设性的对话？第三，就文学而言，少数民族文学那些不符合现代性文学观念的内容提醒我们思考：应该如何探讨"纯文学"，以及政治意义上的更广泛的"文学（生活）"？是追求所谓的自然人性的文学，还是有着强烈道德目的论的文学？是按照现代以来传入的"文学"概念从本土材料中拣选，还是从历史传统与现实存在中提炼出新的文学观？

这些问题牵涉很广，并不能简单给出一个一言以蔽之的答案，但会促使我们重视一度被无视的少数民族文学在"文学"以及超乎既有"文学"观念之上的意义。唯有全面、整体地考察少数民族文学，并将其置入中国当代文化与思想的建构与生产之中，我们才能够在真正意义上探索发明文学，再造共和、复兴传统。

先贤已经提供了这样的启迪，我将引述三句话来结束这个绪论。一是孔子所说的"己所不欲，勿施于人"，二是孟子所说的"老吾老以及人之老，幼吾幼以及人之幼"，三是费孝通所说的"各美其美，美人之美，美美与共，和而不同"。我想，关于少数民族文学的批评与研究，最深刻的智慧与理念已经潜藏在这些语句之中。

---

① 汉斯—格奥尔格·伽达默尔著，洪汉鼎译：《诠释学Ⅰ：真理与方法——哲学诠释学的基本特征》，北京：商务印书馆2007年版，第407－408页。

上编　创作生态

第一章 系统的构成

　　少数民族当代文学创作一直处于被批评者轻视的局面，它们给人的直观印象是不如主流文学前沿、先锋、厚重，并且数量众多，体裁驳杂，牵涉广泛，让任何一个批评者都难免望而却步。另外，从学科来说，少数民族文学研究一向更侧重民间和古代，当代少数民族小说创作似乎同主流的、汉族的文学已经没有太多区别，因此也就没有专门予以关注的必要。这种偏见往往以"文学性"的普遍适用作为开脱自己怠惰的理由，忽略了整体文学生态系统中多元性文学因素的重要性，而聚焦于那些更具符号资本和其他类型可转化资源的"著名"作家与醒目文本。当代少数民族小说创作远非一般人想象的那样没有个性。这其中，中短篇小说的写作尤为能够及时、生动地反映出少数民族文学创作的鲜活现场。本章拟以《民族文学》为主，旁及其他文学期刊发表的少数民族作品，就 2006 年中国少数民族中短篇小说的代表性作品作一述评。

一、文本的试验

　　首先映入我们眼帘的是那些带有浓郁"民族特色"的作品，这些作品置诸整个当代文学群体中也可以一眼看出它们的特异之处：它们秉承本民族特有的文化与美学传统，又融合了主流文学乃至国外译介文学的新质，从而具有了文本试验的性质。比如介乎学者与作家之间的侗族教授潘年英的《银花》[①]，以其惯用的"人类学笔记"写法，有时候让人分不清作者本人与叙事者之间的区别，这与经典的现实主义描写手法也是不同的，与浪漫主义的自叙传也迥然有别。作者只是老老实实地记载下自己的经验，因而不免让读者感到细节密实的同时，有着缺乏剪裁的芜杂。摄影记者胡树在侗乡小黄村的

---

　　① 潘年英：《银花》，《民族文学》2006 年第 1 期。

经历并无特别的地方，他并非拯救银花的圣主，事实上他是有心无力。银花如同她无数的同胞姐妹一样必然要被苦难的生活与沉重的现实所淹没，成为外来"他者"回忆中的一个意象。像一切类似题材的作品一样，这个作品中随处可见民族风情的描写，也不乏现代性与民族性冲突的情节，但是作者并没有用超越性意识使素材漫无边际地生发，这也许是作者在自觉的人类学意义上"原生态展现"的美学追求。扎西班典（藏族）《明天的天气一定比今天好》① 也采用了一种类似民族志的写法，对于村民们的艰苦生产与生活进行了细致而动人的描绘，情节被淡化，尕桑扎西拉一家的劳作及其与残酷大自然之间的抗争显示了作者悲天悯人的情怀。民众在苦难面前的隐忍与坚韧体现了一个民族真正的自强不息的精神。"他想明年一定比今年好，明年的天气一定比今年好，让我好好种地，等着瞧吧！"这是不屈、自信、乐观，也是麻木和无奈，人生苦难极端的展现与逆来顺受、充满乐观的态度体现出藏民特有的世界观。博格达·阿布都拉（维吾尔族）《神秘的塔克拉玛干》② 首先引起读者注意的应该是它的写法，这种民族志书写，如同它写到的罗布泊和塔克拉玛干沙漠一样，充满魔幻飘摇而又自然写实的魅力，让人不禁想起塞尔维亚作家米洛拉德·帕维奇（Milorad Pavic）《哈扎尔辞典》（更有趣的超文本如 The Glass Snail：A Pre-Christmas Tale 和 Damascene：A tale for computer and compasses）和韩少功《马桥词典》。

达翰尔族作家萨娜的小说大部分带有神秘与非理性的偏执，《敖鲁古雅的咒语》③ 虽然以"文革"时代为背景，但是时代的氛围无疑退到后台，显现给读者的是充满意识流动、回忆与现实重合、虚构与真实交叠的世界。鄂温克妇女索兰的女儿被暴徒奸污并且杀害，她仿佛在玛鲁神的帮助下一步一步完成了复仇的使命，将暴徒一个一个杀死。值得注意的是，小说在报复观念上完全没有汉地传统儒家的忠恕之道，索兰在复仇的问题上毫不犹豫；暴徒一个个死于非命，她的内心更多的却是因为愧疚而引起的恐惧。小说情节线索很简单，就是一个一以贯之的复仇故事，但手法却是新颖的，包括别出心裁的比喻和句法，可以清楚地看到拉美魔幻现实主义文学和 20 世纪 80 年代以来中国先锋小说的影响，还有来自于密林雪原的那种蛮荒元气。如果说，在民族文学的园地中大多数作品以内容见长，本篇却是以技巧取胜，从纯文

① 扎西班典著，觉乃·云才让译：《明天的天气一定比今天好》，《民族文学》2006 年第 4 期。
② 博格达·阿布都拉著，狄力木拉提·泰来提译：《神秘的塔克拉玛干》，《民族文学》2006 年第 9 期。
③ 萨娜：《敖鲁古雅的咒语》，《作家》2006 年第 2 期。

学的意义上来说，更具有形式探索的意味。和晓梅（纳西族）《有牌出错》①不以人物塑造或者情节勾勒见长，而以神秘气氛的烘托、诡异场面的刻画出彩。这显然是个带有现代主义色彩的小说，无法用传统的现实主义或者浪漫主义话语进行常规化描写。作者将古老悠久的东巴文化与魔幻的现代手法结合，营造了一个氤氲缭绕、奇异曼妙的境界，从中我们可以看到先锋试验小说的残余力量依然散发出薪尽火传的微光。她的另一篇《雪山间的情蛊》②是以武侠小说的外壳包装着女性主义内核的作品。如同作者本人所说："我情愿读这篇小说的人们更多地关注隐藏在这个外壳下的女性对自身价值的追问而不是去关注载体本身。准确地说，这是一个写给男人看的女人的故事，目的不是警告或报复，而是一种劝解，一种比较善意的劝诫……我希望读完这篇小说的男人能够学会珍惜女人的眼泪，我更希望读完这篇小说的女人能够学会珍惜自己的眼泪。"我相信，任何一个读完这篇小说的人都不会误以为这是篇武侠小说，就像不会认为余华的《鲜血梅花》是武侠小说一样。事实上，经历整个事件的年轻的马帮商人鹭只不过是目睹者与旁观者，水月白及其母亲、大侠古萧汉、山贼首领之间盘根错节的关系才是叙述的重点。情节被浓郁的氛围所笼罩，已经变得不再重要。如果追究下去，这个小说的情节就是马帮行走中遭遇到的一个平常插曲：大侠拯救了被山贼掳掠的民女，只不过双方都想杀了她，因为据说她的眼泪是情蛊，只要她为他们哭泣，他们就会受到痛苦的惩罚乃至死亡。鹭和郦水小城客栈中的小姑娘是否会重蹈水月白那样的覆辙呢？神奇的蛊毒、缥缈的边地风情都是无关紧要的。这样的故事充斥在云南少数民族的口耳相传中，无数充满可能性的人物、线索、关系的链条在叙事中都戛然而止，没有明确的起点或者结局，作者超越于异域风情和民族形式之上，径直抵达人性的深处。从这里我们可以窥见少数民族文学的另一种别具可能性的写作路向。

满族作家赵玫《来吧，夕阳》③反思了当下类似于黑格尔所说的"散文时代"的平庸，但总是充当赵玫小说女主人公的青冈也只能将对于激情燃烧岁月的怀想寄托于一个心造的意象——曾经的男友卫东。于是梦幻与现实产生了交叠，作者出色地融合了二者，使之浑然无迹。"人最终还是要回到真正属于自己的生活中。就如同青冈，当梦境消退，她还是来到了西江睡着的那个房间，把自己冰凉的身体塞进他温暖的怀抱中。"这是一种中产阶级的理

---

① 和晓梅：《有牌出错》，《民族文学》2006 年第 5 期。
② 和晓梅：《雪山间的情蛊》，《民族文学》2006 年第 10 期。
③ 赵玫：《来吧，夕阳》，《民族文学》2006 年第 1 期。

性，如同时刻处于时代弄潮儿角色的卫东，他由曾经的充满理想的狂热红卫兵变成如今如鱼得水的经济学家，也许暗示了时代精神的转型，青冈夫妇的角色在某种程度上辅助了这种暗示。不过，这只是小说的一种解读方式，与绝大多数少数民族作家偏重在新锐批评家看来较为落伍的创作手法不同的是，处于主流文学界的赵玫在技巧上无疑是站在前沿的，有时候甚至有恣肆的迹象，这给小说某种程度上带来了风格化的色彩。唐樱（壮族）《似幻非幻》①是一种尝试，很难用主流的批评标准对其进行评价。小说在"他"的行走、回忆、梦魇、联想、想象、议论中以杂乱无章的形式将无数庞杂的情节与细节集合起来，在信息的拥挤前行中，任何既有的有关情节一贯性、结构恒定性的美学陈规都被打破。就阅读经验来说，这并不是一篇让人充满愉悦的作品，但我倾向于认为这是特定文学传统内部生长出来的不同审美趣味之间的隔阂。小说密密实实而又隐隐约约地充斥了诸如民间文化的功能、现代与传统的冲突、道德与时代、身份与命名、金钱与欺骗这些主题。

二、现实的面孔

写实主义在现代中国是个影响深远的文学传统，少数民族小说中的现实主义刻绘则又具有自身的丰富维度，呈现出不同的面孔。谭征夫（毛南族）《谁都想过得更好》②是篇带有自然主义倾向的小说。列车检修工夫妻刘明理与马琳为了调到工作环境比较好一点的客车上，没有门路，就采取假离婚的办法。当然最后两个人成功了，并且以复婚的团圆式结局结束，作者没有采取道德批判或者反讽的角度，因为"谁都想过得更好"不过是个朴素的想法。作者的态度在这个颇为辛酸的故事中，让我们体会到贴近底层的叙述感觉。满族作家叶广芩《对你大爷有意见》③是篇充满幽默与愤懑的作品。小说讲的是挂职野竹坪乡副书记的作家叶广芩在乡里副手的选举会前后的经历，由这个不对事件加以评论的叙述人引领出书记朱成杰和想要成为妇女主任的鲜香椿两个人物的故事。在这里我们可以看到基层干部与民众之间赤裸裸的权力关系以及偏远地区人情与生态的急剧恶化。这篇小说是叶广芩挂职秦岭后开始集中创作生态小说后众多作品中的一篇，我们可以看到完全不同于早先她在怀旧式的北京"家族小说"系列中典雅舒缓的笔墨，而换成了愤世嫉俗、

---

① 唐樱：《似幻非幻》，《民族文学》2006 年第 7 期。
② 谭征夫：《谁都想过得更好》，《民族文学》2006 年第 4 期。
③ 叶广芩：《对你大爷有意见》，《民族文学》2006 年第 1 期。

嬉笑怒骂。亚森江·萨迪克（维吾尔族）《干涸的河流》① 中阔坦冬村原本是绿色家园，但因为水站管理人员用公权谋取私利使这个世外桃源成了一片丧失生机的村落。小说对基层干部权力寻租做了触目惊心、令人沉痛的揭露。努尔买买提·托乎提（维吾尔族）《搭档》② 是篇短小精悍的讽刺之作，通过对"戴墨镜的人"在乡里的横行，勾画出基层一些不法干部勾结奸商，合伙压榨乡民的丑恶行径。刘耀儒（苗族）《酷夏》③ 看起来像个很蹩脚的故事，着力塑造的憨坨老人也给人道德完美的脸谱化印象——他在整体村民道德弱化的时候，独自一人苦苦支撑着最后的信念和道义，用给自己老两口买棺材的钱来维修村里的抽水机，试图挽救酷夏干旱的稻田，与之形成鲜明对比的是以小人之心度君子之腹的懒二佬和作为中间人物的组长向志焕。酷夏作为一个环境象征，在烤灼田地的同时，实际上也是对于人性的考验。向志焕也明了整体村民的颟顸与愚昧，但是无奈中选择了独善与逃避，憨坨老人在这种自然与人文双重恶劣的环境中孤军奋战，最后的死亡还是警醒了自私懒惰的众人，然而庄稼的季节终究已经错过了，这个结尾耐人寻味。

赵剑平（仡佬族）《大鱼》④ 是篇具有长篇格局与气势的中篇小说。小说实际上写了两家四代人之间的恩怨纠缠。解放郎州的时候，长塘村地主韩六爷因佃农李定根挖出他埋藏的护院枪支，而遭到枪决。李定根后来成为村支书，儿子李长根后来继任为支书，父子二人太相像了，以至于都被称为"根支书"。韩六爷的儿子韩西河在改革开放的新时期因为承包工程而一跃成为整个郎州首屈一指的地产商人，并走出长塘村开创了金河集团。连李长根的儿子李承志和长塘村长钱贵都只不过是要看他脸色行事的小包工头。为了得到修路的工程，全村都动员起来给韩六爷迁坟，迁到俯视全村的山坡上。而李长根则因为炸鱼身亡，葬在了韩六爷的原坟址上，同他父亲的坟隔河相望。作者别有匠心，用一条金甲大鲤鱼作为联结两家恩怨的关键事物。多年以前，李定根送给韩六爷一条金甲大鲤鱼抵地租，不久之后韩家就遭了祸，从此大鱼成为韩家的忌讳。多年之后，李承志送给韩西河作为礼物的大鱼却成了鲤鱼跳龙门的福兆。问题看来不在鱼本身，而在于人的心态。在面对韩李两家的恩怨时，作者显示了暧昧的态度，但是李家显然要更固守僵化一些，两代支书几乎看不到有太多的区别，第三代李承志也只能俯首在韩西河手下。韩

---

① 亚森江·萨迪克著，狄力木拉提·泰来提译：《干涸的河流》，《民族文学》2006 年第 9 期。

② 努尔买买提·托乎提著，狄力木拉提·泰来提译：《搭档》，《民族文学》2006 年第 11 期。

③ 刘耀儒：《酷夏》，《民族文学》2006 年第 4 期。

④ 赵剑平：《大鱼》，《民族文学》2006 年第 11 期。

家则显示了开拓冒险的精神，这从韩西河的儿子身份透露出来的信息就可以看出来，韩包养了好几个情妇，在北京、上海、广州都有他的儿子。这些儿子都没有名字，充满着种种发展的可能性，李家的第四代已经有着明确的命名：喜娃子，似乎表明了一种发展的趋向。当然，这种象征并没有价值上的高下之分，只是表达了作者思考的两种取向、两种人生出路。小说的这种情节结构模式和推进动力似乎并不新鲜，但是由于融进了特定时代与特色民族地区的背景，而饶有趣味。象征与寓言手法带着无处不在的机巧充实于并不靠奇异情节取胜的小说中，在权力转移的叙事中尤其值得称道。

相比较于令人忧愤的乡村现实，石舒清（回族）《奶奶家的故事》① 则具有一种乡愁般的抒情意味。这是他乡村短篇系列中的几篇，写了奶奶、大太太、二太太、柳秉堂、尕舅爷、努努舅爷六个人物。这些人物的故事既自成一体又互相指涉，总体上形成了一个散而不乱的家族叙事。分读各节，可以看出该小说在手法上颇似汪曾祺写人物的短篇，尺幅生波，意蕴长远，有着可堪长久咀嚼的余味；它们合起来又不禁让人想到叶广芩的"采桑子"家族系列小说，通过一个家族不同人物故事之间的互文性编织成一个疏而不漏的叙事之网。在部分与整体之间的张力中，作者用他老练的文字点染勾勒，形成一个饱满圆熟、几乎难以找到破绽的叙事体。从作者在小说后面的说明中，我们可以知道这些故事来自他出生成长的故乡，再一次证明日常生活如同一个蕴藏丰富的油井，每个貌似平凡的面孔背后也许都有一个摇荡人心的故事，每个平静安宁的情节也许都指向一个出人意料的结局。需要指出的是，石舒清对于日常生活的汲取并非毫无想象力的模仿，而是一种提炼与超越，使得原本个体的无常命运具有共通性的意义。杨家强（满族）《一条鱼的力量》② 无疑也是个精练简省的小说，作者留下了足够的空白让读者自己去体味。这个小说体现了作者对于叙事力量的追求，从第一部分的结尾，作为读者的我就感到隐隐的不安，意识到主人公可能会出事。但是，作者很好地控制了故事的进展，并且以一种近乎残忍的方式让主人公悄无声息地死去。相信任何一个读到这篇小说的人在许久之后都会感到小说在漫不经心中传递出来的压抑和无可奈何的命运感。

少数民族在遭遇到现代性、城市化的冲击时，那种断裂与撕痛感尤其突出。于德才（满族）《老喊》③ 塑造了一个复杂的人物形象，一个处于底层的

---

① 石舒清：《奶奶家的故事》，《民族文学》2006 年第 11 期。
② 杨家强：《一条鱼的力量》，《民族文学》2006 年第 8 期。
③ 于德才：《老喊》，《民族文学》2006 年第 5 期。

城市边缘人，憨厚实在却又不无粗鄙的"老喊"。作者所要表达的是人性的复杂与莫测：为人善良的顾主任其实是贪官，清纯秀丽的篮子在性的态度上颇显得无所谓，老喊表面上看来受老小媳妇的欺负，但谁知道那是不是他自己造下的孽呢？"鞋合不合适，只有脚知道。冤枉不冤枉，只有老喊自己知道。"这不仅是人与人沟通的隔膜，更是人性幽暗曲深、难以窥测的真实。肖勇（蒙古族）《老腾的故事》① 实际上讲述了三个人的故事：三个不同背景、不同性格、不同际遇，最后有了不同结局的人。老腾和"我"都出身牧民家庭，因为目睹和经历了城市的浮华，而不愿意回到日益荒凉的故乡，只是最后却走上了不同的人生道路，"我"按部就班、寻求一种日常的温馨饱暖；老腾却一心想出人头地，成为一个真正的"城里人"；老莫则是副市长游手好闲的儿子，在经历了父亲失势的挫折后才成熟起来。这三个人就是所谓的"三友"，作者用他们代表了塞外边城遭受现代性冲击时三种不同的人生态度。老腾是小说的主角，他的一心向上爬的决心和斗志并没有因为他性格上的某些缺陷、手段上的某些选择而显得鄙陋，因而他并没有像我们以往在充满道德责任感的小说中看到的那样成为一个小丑——尽管他不无丑态——于是小说也就没有成为一个人间喜剧或者闹剧。事实上，老腾最后不无偶然意味的死亡反而使他成了一个被人缅怀的"英雄"，从而也成全了需要成名的老莫。其中包含的复杂的命运感实在令人寻味，也使我们窥见在日趋解体的最后游牧社会中的众生相。陆萌（蒙古族）《行云流水》② 对一个下岗女工崔月娥命运的零度叙述中，显示出城市贫民阶层的挣扎与命运。潘洗（满族）《煎熬》③ 同样也是城市小职员和平民阶层为了生活打拼的坚实平常的生活插曲。

邓毅（土家族）《舞者》④ 是篇值得注意的小说。专门跳丧舞"撒尔嗬"的舞者二狗在现代社会的经济发展进程中发现了自己职业的没落，但又无可奈何，只能在杨三爷的灵堂里高歌一曲，算是对逐渐消逝的传统文化的凭吊。这虽然是个体的体验，其实也是民族文化尤其是少数民族文化所面临的带有普遍性的问题：具有鲜明民族特色、承传着数代集体记忆的风俗在高度发达的全球化技术与市场进程中的命运问题。潘会（水族）《滚烫的红薯》⑤ 写偏僻的水族乡里偶然到来的三个地质队员，既有的平静被打破了，青春萌动的小娘在封闭、保守的空气中一旦接触到外来的新鲜事物，立刻被吸引住了，

---

① 肖勇：《老腾的故事》，《民族文学》2006 年第 8 期。
② 陆萌：《行云流水》，《民族文学》2006 年第 9 期。
③ 潘洗：《煎熬》，《民族文学》2006 年第 9 期。
④ 邓毅：《舞者》，《民族文学》2006 年第 9 期。
⑤ 潘会：《滚烫的红薯》，《民族文学》2006 年第 10 期。

终于决绝地走出了大山。"传统"在这里显示出落伍残败的面孔，表达了一种现代性的向往与追求的勇气。

三、传统的悲吟

在商业化的狂潮中，少数民族文化无疑面临着无法抗拒的危机，这种心理上的焦虑通过或无奈或达观，或犹疑或决绝的态度显现出来。蒙古族作家郭雪波《天音》① 堪称大气雄浑之作。小说开头的粗糙也许会对读者造成一定的阅读障碍，但是随着叙事的深入，作者显示出了雄健的笔力和峻急的焦虑。这篇小说是一曲苍凉而壮丽的绝响，老孛爷天风是个说唱艺人，一位承载着传统文化的萨满孛师。然而，他只不过是上个时代不合时宜的残留物，年轻人宁愿去看武打片也不愿意聆听他最后的绝唱。现代生活方式来势汹汹，连边缘的草原也感受到了它卷裹一切的力量。落寞的老孛爷尽管仍然受到应有的尊重，但无疑是一种敬而远之的疏离。这种疏离是价值上的，从而也就是根本的。听众最后只剩下一个知音老奶奶达日玛，她是萨满教另一支列钦·幻顿的唯一传人。两个被时代抛弃的老人在一起合唱了将要失传的古曲《天风》：上阕《苍狼》，下阕《牝鹿》，这是讲述蒙古人祖先起源的古曲。一曲歌罢，仿佛广陵散绝。归途中的老孛爷遇到狼群的围困，他唱起了《天风》作为最后的哀歌，孰料狼群居然被感动。"它们才能够听懂我的歌！它们比他们还识律听音！我的《天风》，我的民族，来自大自然，来自这广袤的荒野，只有荒野的精灵，大自然的主人们才听得懂！现在的人，为利益所困，被现代化所异化，已失去了纯净而自然的心境，已完全听不懂来自荒野，来自大自然的天籁之音！这不是他老孛爷的悲哀，而是他们这帮人的悲哀。"小说道出了民族传统文化在以经济为主导的现代性挤压下的宿命，充满了凄凉悲壮之气，也引发我们对于民族非物质文化遗产保护的深思。不过，作者也给不出超越性的实际出路，只能在慷慨悲凉中结束小说。

映岚（达斡尔族）《霍日里河啊，霍日里山》② 是一曲悠长缠绵的挽歌，通过一个达斡尔老人的喁喁独语，道尽了因为政府要建水库而不得不搬迁的达斡尔人故土难离的忧伤与怀念。对民族文化的爱，使得小说成了一篇充满深情的民俗展示的抒情散文。作者不厌其烦地描写做"苏替切"（奶子粥）、"句孙苏"（酸奶）、"五入木"（奶皮子）的手艺，墨酣情满地刻画祭斡包、唱颂"乌春"（也有译为"乌钦"，是达斡尔族故事吟唱或故事说唱的曲艺品

---

① 郭雪波：《天音》，《民族文学》2006 年第 2 期。
② 映岚：《霍日里河啊，霍日里山》，《骏马》2006 年第 5 期。

种)、女人们的舞蹈"汗吗互"的风俗民情,精笔细刻了"燥个乐"(仓房)和冰上叉鱼的情形。这一切都是达斡尔人在现代性变迁中即将消失的生活,他们将要面对的是化肥喂的菜,高高的政府办公大楼,商店、旅店、饭店,还有网吧和舞厅。如同小说写到的"东望那条嫩江,依然千古不变的款款南流。如果说还有点变化,是它时宽时窄的水流。北望,大兴安岭支脉连绵,苍绿之中,已染上了红色黄色。这片古老的山岭,提供了我们多少丰富的物质财富呵!可是,依傍它的村庄却永远地消失了"。这种深情的喟叹是发自内心的爱与眷念。从小说笔法来说,也独具民俗学和人类学的认知价值,这大约也是少数民族小说迥异于主流汉族小说的特色之所在。

额鲁特·珊丹(蒙古族)《遥远的额济纳》[①] 在现实与故实的交替叙事中,女主人公珠拉一生的辛酸与荣辱、坎坷与反抗渐次如同画卷一样铺展开来,珠拉的形象也厚实起来,仿佛额济纳草原一样坚忍、宽阔、包容,充满智慧与无言的力量。如慕如诉、似怨非怨,作者绵长的笔调营造出了如同长调一样低回悱恻而又浑厚悲壮的美学风格,让我们欣喜地看到连接久远的民族传统美学的尝试。草原与人之间的没有间离的亲密关系,人在命运的缝隙中挣扎的轨迹,无不显示出物我交融混一的生命意识,这不是万物有灵的翻版,而是根植于蒙古民族心灵深处的集体观念,其平静中的坚忍、悲怆里的哀荣,甚至在结尾处珠拉杀死儿子和自杀时也不让人感到过分的哀伤,而使读者不由自主地沉醉于其崇高色彩的仪式化行动中,作者观念的执拗与态度的决绝显示了"反现代性"式的单向度思维方式。

莫叹(王景彦,回族)《小说二题》让人重新领略了久违的有关景物描写的优秀文学传统。在当下极端注重故事的氛围中,这种风格弥足珍贵——我当然并不认为他是刻意坚持的。《西风猎猎枣红马》《有一个村庄叫喊叫水》[②] 其实完全可以当作诗来读,充满野性的精魄,那种人与马的亲情联系、草原与牧民的合而为一、生灵与命运的纠葛绞缠,处处让人感受到生气十足。这里天人之间是那么的和谐,所以人们可以听到山长高的声音,可以感受到鹅卵石被踩疼的咒骂。在这样的天地中,"他和她都想吟一首开阔的伟大诗篇,但他们一句诗也没有吟唱出来,搜肠刮肚想起来的诗句跟恢宏的场面相去千里,而且诗句显得苍白,他们沮丧地说,诗被马蹄子踩没了"。这也是我的阅读感受,因为这样的小说是无法解读的,它自身构成了一个自足的实体,在这个实体面前,书不尽言,言不尽意。

---

① 额鲁特·珊丹:《遥远的额济纳》,《民族文学》2006 年第 7 期。
② 莫叹:《小说二题》,《民族文学》2006 年第 8 期。

海勒根那（蒙古族）《小黄马驹》① 是一首情歌，却具有让人黯然泪下的悲怆苍凉的曲调。匪首朝鲁门因为听了这首歌而放弃杀害扎勒噶母子，在被自卫军逮捕后临刑前的唯一要求就是再听一次这首歌。朝鲁门也许也有着不堪回首的过往？他原本也不是这样残暴成性的人？这些疑问留给了读者，我们清楚的是，无论具体的人在现实中如何，都一定有一些基本的共同的情感与人性，而构成这些共同点的基础也许莫过于集体记忆深处的原型文化吧？

四、女性的突围

少数民族女性文学近年来给人异军突起之感，女性文学之于男性中心的社会，正如少数民族之于启蒙现代性与发展主义为中心的文化氛围一样，有着类似的体验与感触，因此少数民族女性作家的作品更为贴切地反映出少数民族文学情感内核。哈丽黛·伊斯拉依勒（维吾尔族）《那些眼睛》② 无疑是篇杰出的作品，即使通过了一位回族作家苏永成的译笔，我也能感受到作者的雄浑大气而又不失细腻、冷峻的理性与犹疑的情感之间形成的恰到好处的张力。主人公阿布都若素里是自治区的高级官员，小说开始的时候他已经退休病卧在医院，小说就是由他与现实交叉的意识流动展开的——他总是感到有一些眼睛在望着自己。随着心理活动的推进，他在"文革"的时候以及后来的生活中对于普通民众、同事、妻子的种种恶劣行为一一显现出来。小说的独到之处不仅在于强烈的现实批判色彩，更主要的是一个人的前史通过如此心理解剖的方式和盘托出所构成的力度。于此，也可窥见，民族语创作的作品往往有出人意料的优秀笔法，而少数民族文学的翻译问题尤值得重视。

雪静（满族）《口碑》③ 和杨曦（侗族）《梦想逃亡的女人》④，都充满显而易见的女性主义色彩。前者通过副区长李灵韵与丈夫李新的龌龊卑劣行径的对比，以及在面对天灾人祸时的无奈，显示了女性在多重压迫——包括夫权、社会体制甚至自然灾害——面前的无助和绝望，但没有救赎之道。后者则是描写一个女人在备受婚姻暴力后终于逃离的心灵伤痛，尽管结尾时因为重新遇到最初的恋人而不无"光明的尾巴"之嫌，但这种亮色在笼罩全篇的凄凉苦楚氛围中显得岌岌可危、微弱不堪。这篇小说，让人不由得要产生少数民族与主体民族、女性与男性、中国与西方这样一些类似结构与形制的联

---

① 海勒根那：《小黄马驹》，《民族文学》2006 年第 11 期。
② 哈丽黛·伊斯拉依勒著，苏永成译：《那些眼睛》，《民族文学》2006 年第 3 期。
③ 雪静：《口碑》，《民族文学》2006 年第 3 期。
④ 杨曦：《梦想逃亡的女人》，《民族文学》2006 年第 3 期。

想与思考。赵星姬（朝鲜族）《蛤蜊料理》① 是一篇更鲜明呈现女性主义思想的小说，"蛤蜊"在某种意义上就是弗洛伊德理论中有关女性生殖器的象征。远离男人和家乡的女人同她的老板娘之间由相互提防、猜测到互相沟通、理解，预示着女性之间的共通。女性的遭遇在这里是相似的，老板娘同样遭到来自男人、家庭、社会的误解和压抑，只是她用一种坚硬强悍的男性气质的外壳来保护自己，直到她在女人那里找到宽慰。老板娘的卵巢被切割的细节意味深长，女性身体的变革，表明她具有"雌雄同体"的潜质，但是在结尾作者再一次张扬的女性的精神："女人打算吃下所有的蛤蜊。不，要吃下所有的雌蛤蜊。"结合朝鲜族悠久的男尊女卑文化传统，这个小说显示出来的反抗精神尤为难能可贵。

高深（回族）《女人渡》② 刻画了一个在现实严峻的生活中逐渐走向自立的女人蓝花。值得肯定之处在于小说没有走向庸俗，没有为蓝花寻找一个可以依托的男人作为她美好的归宿，而让她在独立中赢得尊严。其中显现的女性自足意识在同类作品中比较少见，尽管作者是个男人。向本贵（苗族）《碑》③ 中民女田美秀和副镇长李名东之间就是个鲜明的对比：李另觅新欢，田无怨无悔；李自私自利，只求官运亨通，田大公无私，用卖肾的钱给镇子造桥。结局却令人惋惜，田生病死去，李在官场上依旧如鱼得水。村民们给田美秀立的碑是一种道德上的褒扬与针砭，尽管在残酷的现实中颇显无力。文本与现实之间的断裂，倒是凸显出理想主义的反讽。

南北（彝族）《留守女》④ 和覃涛（壮族）《红水河畔的女人》⑤ 异曲同工，都是写农民工的家属问题，两篇小说同样写了三个女人，前者是红草、吉花和葵香，后者是莲子、苏红和于小萍。红草忍受着沉重的劳动和饱涨情欲的折磨，却得不到婆婆的理解，而丈夫狗盛也不见踪影，最后红草与忠厚可靠的石宝产生了感情，但是又只能压抑自己。吉花一个人抚养孩子，丈夫在外面工伤致死，只能嫁给光棍赵五。葵香耐不住寂寞，与村长偷情，被已经在外面有女人的丈夫发现后离婚，使葵香再也抬不起头来。三个女人三种不同的命运，红草的命运还没有定型，也许她某一天就会成为另一个吉花或者葵香。相比之下，《红水河畔的女人》中的莲子则要有主见一些，她原先是个不谙世事的小媳妇，去广东见到丈夫打工的辛劳和同村女人的命运之后逐

① 赵星姬著，金莲兰译：《蛤蜊料理》，《民族文学》2006 年第 10 期。
② 高深：《女人渡》，《民族文学》2006 年第 4 期。
③ 向本贵：《碑》，《民族文学》2006 年第 6 期。
④ 南北：《留守女》，《民族文学》2006 年第 6 期。
⑤ 覃涛：《红水河畔的女人》，《民族文学》2006 年第 6 期。

渐成熟，在家养猪，带着苏红贩牛，自力更生。苏红在家任劳任怨，而丈夫却在外面花天酒地——男人靠不住，只能靠女人自己。于小萍则是葵香命运的翻版，在道德的压力下终于走上不归之路。对于底层，尤其是底层中更属于边缘的女性命运的关注是少数民族文学小说创作的亮点，从中我们可以看到传统、道德、文化和当今消费、商业思潮等的权力机制对于这一群落的多重压抑。这些沉默的大多数如今不再被遮蔽，她们的命运与向往、冲动与追求被发现，表明少数民族文学的广阔发展空间。这些小说主人公大部分是女性，并且无一例外是处于生活困境中而又不乏优秀品质和抗争精神的女性，与之相应的是男性角色的苍白和孱弱。

五、寓言的世界

少数民族大多有着悠久的民间口头文学传统，在进入书面文学创作时，这种强大的传统往往会渗透进去，从而使得许多小说具有讽喻和象征的色彩。罗汉（阿昌族）《成人童话》① 用梦境的展示揭露了一个贪官不安与挣扎的内心，意识跳动、不拘一格，是篇别出心裁的小品文。艾嘎·肖则贡（佤族）《松鼠》② 可以看作一个寓言，表现人与自然生态之间的制衡及此消彼长的博弈。达瓦和艾勒的猎狗吃了他们心心念念想打到的松鼠，也可谓失之东隅，收之桑榆。阿布旦拜·巴加依（哈萨克族）《花猫》③ 是篇幽默诙谐的动物小说，以一只虚荣的花猫的视角看世界，它从小主人那里得知自己和猞猁、老虎是同科动物，于是出门冒险去寻找它们，结果却屡次遭到打击，最后狼狈回家。

亚森江·萨迪克（维吾尔族）《沙漠》④ 中的库木克沙尔村则带有象征意义，这是一个被沙漠围绕的绿洲，整个社会的氛围就像沙漠一样一步一步侵蚀着它。县教育局的副局长、铁木拉洪书记以及他们所代表的阶级斗争、"革命运动"曾一次一次破坏着绿洲的美满和谐的人文和自然生态，但是在热心绿化和种植果树的扎克尔老人和教师阿曼尼莎、阿布都奈彼等人的努力下，终于使得有"沙漠化"危险的绿洲和人心再次焕发生机。城市时髦青年艾斯卡尔自愿来到这个沙漠边缘的村子执教，说明这种生机与力量的潜移默化的影响。阮殿文（回族）《空气在风中飞》⑤ 充满了妙趣横生的黑色幽默和想象

---

① 罗汉：《成人童话》，《民族文学》2006 年第 4 期。
② 艾嘎·肖则贡：《松鼠》，《民族文学》2006 年第 5 期。
③ 阿布旦拜·巴加依著，哈依夏·塔巴热克译：《花猫》，《民族文学》2006 年第 6 期。
④ 亚森江·萨迪克，苏永成译：《沙漠》，《民族文学》2006 年第 6 期。
⑤ 阮殿文：《空气在风中飞》，《民族文学》2006 年第 7 期。

力丰富的比喻。与孙子相依为命的刘伯与自己张开了裂缝的墙较劲，最后拿定主意撬倒房子，以便能领取救济金来使孙子受到教育，过上好一点的生活。然而，恰恰是他撬倒的房子砸死了孙子。之前所有的处心积虑、精打细算在最后都成了镜花水月一般的空洞与虚无。小说透露出来的冷静与悲悯使得这个原本悲伤的故事带有了温情与无奈的色彩。维吾尔族作家麦买提明·吾守尔一向以讽刺小说著称，《小说二题》① 中的《一位知名人士》和《稻草人》再次显示了作者不动声色而褒贬立现的技巧与功力。还有朴善锡（朝鲜族）的《灵药秘方》② 也是不错的寓言小说。

从上面简单的梳理中，我们可以看出少数民族小说创作的强劲势头和多元的方向，在文学似乎日益边缘化的局面中，这些小说创作让我们看到了一种"边缘的崛起"势头。在 21 世纪初的年头，少数民族文学得益于官方文学体制设计的扶持和全球范围内文化多样性与非物质文化遗产观念的加持，迎来了它蓬勃展开的新契机。以上所述五个方面，作为切片式的扫描，实际上呈现了新世纪以来少数民族文学所包孕的多重层面系统性的构成，假以时日，它们将会以更为鲜明的面目伫立在纷纭多维的中国文学版图之中。

---

① 麦买提明·吾守尔著，苏永成译：《小说二题》，《民族文学》2006 年第 7 期。
② 朴善锡著，尹成文译：《灵药秘方》，《民族文学》2006 年第 8 期。

第二章　返观历史与烛照当下

回眸 2007 年的少数民族文学，没有吸人眼球的事件、喧于众口的话题、横空出世的人物，但是在沉静的守望中有着不动声色的暗涌，如同平稳坚定的河水向前流走，偶然激起绚丽的浪花，给人以惊喜。

面对一年来的文学成果，尤其是少数民族文学这样多元化的存在，任何固有的分类和归纳似乎都失去了效力。我们固然也可以用长篇小说、中短篇小说、散文、诗歌、戏剧这样的文体归类进行总结，但无疑这对于鲜活生动的创作现场是削足适履，对于非汉语的母语写作、跨文类体裁、少数民族特有的文学形式，乃至少数民族的网络文学等都无法涵盖。数量的众多又使得把握某个阶段的文学创作成为一个"不可能完成"的任务，挂一漏万，在所难免，本章仅就 2007 年产生较大影响或者具有代表性的作品进行简单的扫描，庶几让 2007 年度的少数民族文学地图粗略地得以显影。

一、整体风貌

无论从数量和质量上来说，阿来（藏族）都可以说是年度劳模，不仅陆续在《人民文学》和《上海文学》发表"机村人物素描"和"《空山》事物笔记"系列[1]，而且《空山3》也已露出小荷尖角。最受关注的无疑是新年伊始的《空山2》（包括《达瑟与达戈》《荒芜》)[2]，延续了 2005 年《空山1》中的藏地小村秘史"花瓣式"结构叙事。在我看来，阿来的雄心已经超出了对于所谓"形容词"西藏和"名词"西藏的辨析，而指向一种对于断裂性的现代性思考，所指的是整个 20 世纪中国历史进程中藏族乃至全国乡村文化的

---

[1]　阿来：《瘸子，或天神的法则——机村人物素描之一》《自愿被拐卖的卓玛——机村人物素描之四》，《人民文学》2007 年第 2 期；《马车夫——〈空山〉人物素描之三》《喇叭——〈空山〉事物笔记之六》，《上海文学》2007 年第 3 期。

[2]　阿来：《空山2》，北京：人民文学出版社 2007 年版。

变迁过程。

《达瑟与达戈》中的达瑟和达戈都是机村的异类，前者是读书人，名字的意思是"利箭"；后者原名叫惹觉·华尔丹，是个聪明机灵的猎人，但为了爱情离开前景光明的革命道路回到机村之后，却被他心爱的色嫫视为达戈（傻瓜）。这两个人虽然性格与行为截然不同，却是精神上的兄弟，一个待在树上，一个建造了自己的宫殿，都远离尘嚣与世俗，从理性和感性两个层面构成了隐喻，代表了机村在这两个向度上所能达到的极致。优秀的猎人达戈为了从伐木场的后勤王科长手中换取一台电唱机，从而得到金嗓子美女色嫫的爱情（当然是一厢情愿的虚妄），不惜向人类的兄弟猴子开枪，与其他猎人一道成为屠杀猴群的凶手，人类和动物的和谐默契被破坏。随着乡村生态平衡的破坏，山上的猎物渐渐稀少，最后荡然无存。当没有了猎物的时候，猎人的悲剧也就随之发生，达戈最终与熊同归于尽。是强大的外来意志诱惑了猎人们，同时也是他们自己的软弱、自私和愚蠢毁坏了淳朴善良的乡村狩猎文化信仰。充满诗意的爱情与充满血腥的捕猎，以及达戈最后的自我毁灭使我们领略了乡村狩猎文化谢幕的悲剧力量。而与达戈形成对比的达瑟的无能为力，与达戈和机村人的疯狂捕猎相较也别有一种审视和批判的意味。

《荒芜》则将重心放到了机村的两位"领导人"索波和驼子身上，他们遵从上级不可违抗的荒谬命令，给机村人带来了前所未有的损失：所有良田顷刻间化为乌有，土地和心灵无奈地走向了荒芜。他们开始了对外界的怀疑，产生了荒谬和宿命般的感觉。外来意志与机村人的冲突在索波和驼子两位领导身上得到了集中体现。"进步""运动""错误""突击队"，这些庞大而空洞的词汇组成了一个巨大的话语系统，牢牢地把机村人捆绑住了。达瑟对于"主义""先进""革命"的反思显得振聋发聩，而曾经被革命主义话语规约的索波也逐渐成长，由一个浮夸急躁的"上进青年"转变成了与机村命运血肉相连的带头人——生命的坚韧中总混杂着一些愚昧，虽然有绝望但更多的是怀有希望。这里的乡村传统农耕文化受外界与人类自身双重破坏的曲折经历，与当代中国历史进程的结合更为紧密，而在"三年自然灾害时期"机村人渡过难关的故事中，蕴含的宗教神秘文化与当代中国政治文化语境的冲突，可以看到民族、传统、民间的魅力虽历经波折而终不磨灭。

《空山3》中的《轻雷》①则将丰沛的笔力延伸至20世纪80年代初这个充满变动的年代，展现了一幅深广而立体的藏族乡村图景，其中的矛盾与冲突、丰富与复杂集中体现在主人公拉加泽里身上：接受过现代教育的拉加泽

---

① 阿来：《轻雷》，《收获》2007年第5期。

里的眼界和心气不同于那些仅仅为了发财的村民们，在自甘堕落的同时他也不得不忍受着良知和责任的咬噬。不过在发财之道上，虽然拉加泽里已逐渐谙熟权钱交易的潜规则，但最终仍以自己对善恶、强弱的本能理解战胜了曾经苟且的现实人生选择，向读者展示了一个没有一味"堕落"下去的藏区青年形象——这也显示了民族文化底蕴的强大生命力和延续性。

与阿来拼凑历史的碎片相似，叶广芩（满族）《青木川》①也是历史叙事，不过是通过在现实与过去、当下与回忆的不断穿梭中完成传奇故事与人物命运的书写。《青木川》的叙事由三条线索组成：一是曾经在青木川剿匪的三营教导员、现已离休的老干部冯明，重回故地打捞关于心上人林岚的记忆；二是冯明的女儿、作家冯小羽在陪父亲重回青木川时探寻土匪魏富堂的故事；三是从日本留学归来的博士钟一山，他主要是来青木川镇东八里考察自认为和杨贵妃有关的太真坪。在视角的不停闪回与映现中，小说向正史之外的历史缝隙聚光，试图射照历史废墟中的异样历史景观。作者没有猎艳搜奇，或者用显微镜放大某个历史缝隙处的琐屑，也不是由逸闻野史等历史瓦砾拼接的极端叙述覆盖正史系统的叙述，而是尽可能还原历史的面貌，让微弱沉寂的过往发出声音，让大历史丰碑遮蔽之下的人和事浮出历史地表：鉴别历史，激活历史，给历史一条多层面、深维度的回返之路。可以说，这确实是一个成熟的作家驾驭横跨五十年时间历史题材的运作，一个理性的学者思考古建筑开发与保护的两难选择，一个充满人文关怀的心理学家参解"土匪"对文明的向往、对山外文化追求的复杂人性，一个有责任心的文化人反思历史功过，一个社会学家对地域、民俗、自然的理解。

另外，由于有着深厚的家族文化、京味文化的积累，叶广芩对于这方面题材的应用一贯得心应手，之前就有脍炙人口的《采桑子》，2007年再次开始书写围绕着北京旧家的戏剧化人生故事。《三击掌》《逍遥津》都是用京剧里的某个典故映照着现实生活中的人、事、情、缘，在舞台戏剧与真实人生、虚构与现实之间，形成互文性的交错阐释。《三击掌》②通过三个"剥衣逐子"的故事，勾连起旗人贵族遗老、民族资本家、纨绔子弟、革命青年两代人之间的恩怨纠葛，对亲情与伦理发出深沉的感喟，尤其是结尾时将当代社会中的孩子与之作对比，更引发出对于传统道德的回味与反思。《逍遥津》③则将汉献帝被曹操逼宫的故事与日本侵略北京的历史结合起来，七舅爷和他

① 叶广芩：《青木川》，西安：太白文艺出版社2007年版。
② 叶广芩：《三击掌》，《当代》2007年第3期。
③ 叶广芩：《逍遥津》，《北京文学》2007年第1期。

的儿子青雨这样与世无争、怡然自乐地沉浸在自己世界中的人也无法摆脱风雨如晦的外在世界的影响，因此尽管是个人的不幸遭际，却蕴含着国家民族的悲剧命运。这些小说带有"原型叙事"的色彩，是将某些具有典范意义的故事进行古今之间的改写、扩写与续写，笔法细腻，文字清通，富含京旗文化的气质，形成了特有的典雅与诙谐并重的"京味"风格。从种种势头来看，叶广芩有意将这组小说写成一个相互关联的系列。

　　萨娜（达斡尔族）近年来对于额尔古纳河畔的描写引人注目，《达勒玛的神树》《蓝蓝的天上白云飘》《山顶上的蓝月亮》俱是佳作，可以说构成了互为补充、浑然一体的"达斡尔原乡叙事"。《达勒玛的神树》① 中面临着汹涌而至的砍伐浪潮，与森林相依为命、和谐共存的达勒玛老太太无能为力，因担心死后的归宿被斧斤的利刀搅扰破坏而忧心忡忡。她想如果早点死去该有多好，趁着铁轨还没钻进安格林森林腹地，没有喝油的铁锯嗡嗡尖叫，没有蛇皮绿的帆布帐篷遍布林子，就可以放心地离开人世。无可奈何的绝望中，老太太和她的伙伴耶思嘎居然天真地想着去破坏伐木工人的工具，在路上挖坑阻挡运木头的车辆。这种举动当然无法阻挡工业化和商业逻辑昂首迈进的步伐，达勒玛最终只能选择一个人躲进大树的洞里，求得心灵的归依和宁静。《蓝蓝的天上白云飘》② 写的是一个天使般的女孩子贝西在成长过程中堕落的过程。她出生时候爷爷拿回来的暖水瓶和结婚时候丈夫买的收录机，隐喻了外来文明已经逐步进入这个边缘少数族群的事实。随着商业文化的冲击，往昔集体的荣誉感被破坏，传统伦理的堤坝遭到金钱的诱惑与生存压力的挤压。霍罗河虽然清澈如昔，达斡尔人的玛鲁神灵却再也不能解救贝西丈夫朝洛因工负伤后贫困交加的家庭。在做生意的途中，因为商人陈福亮的诱引，贝西的金钱观念发生了改变，尽管存在着心理的矛盾和痛苦，然而命运却不由自主地一步步令人揪心地迅速滑落，无法控制。《山顶上的蓝月亮》③ 完全就是个苦难叙事，边城小镇上的少年们太年轻了，他们无比年轻的时候便清醒地知道，人的力量太渺小了。而面对命运的力量，人是多么软弱无力。李小山兄弟四人在无赖的父亲李洪文、歇斯底里的母亲何景珍、放荡无耻的邻居、冷漠自私的乡亲们，以及更无情而又冰冷的人文地理环境的夹缝中，苦苦挣扎却无力回天。苦难叙事在当代作家中并不少见，余华和鬼子都是此中好手，然而这个作品有着切肤的灼痛感和生命的质感，又有着别具一格、元气淋漓

---

① 萨娜：《达勒玛的神树》，《当代》2007 年第 2 期。
② 萨娜：《蓝蓝的天上白云飘》，《钟山》2007 年第 5 期。
③ 萨娜：《山顶上的蓝月亮》，《中国作家》2007 年第 8 期。

的行文风格，仿佛沾染着来自大兴安岭原始森林的深厚力量与充沛感情。

萨娜的作品透露出明确的原乡意识，有着对于传统民族文化在现代性冲击下溃败的痛心疾首与悲凉心境。对于达斡尔族这种无论在人口、资源，还是文化上都处于弱势的民族来说，他们既有的生活在当下就如同齐格蒙特·鲍曼所说，是"废弃的生活"，他们的文化在现代实用主义的功利价值观下迅速贬值，因而萨娜的作品就带有了浓郁的挽歌意味。不过，她的挽歌却并没有过多的哀伤，而充盈于作品中的是一种大气磅礴的恢宏感和直趋情感内核的力度：不事雕琢而自有技巧，没有浮华而灿烂满眼——萨娜可能是不应该被批评界忽视的所在。用一位论者的话来说："萨娜的作品具有独特的美，她的文字有着草原作家特有的豪迈和壮丽，也有着女作家特有的细腻和优美。萨娜的作品丰富了民族文学的创作，她的作品有着独特的萨满教精神内核，有着流水般的语言，这种语言风格与达斡尔族的历史和精神达到了天人合一的境界，她的作品为民族文学的研究提供了新的文学审美范本。萨娜涉猎的题材广泛，有现代女性教师的禁忌之恋，有古老萨满传说性质的故事，有围绕萨满展开的悲歌，她的作品呈现了少数民族多元化的生存状态。不再守着篝火堆喝酒吃肉，而是走入新的生活获得多种元素丰富自己的生活。这些作品反映了走出和留守草原的少数民族，曾经挣扎于古老和现实之间，在广阔的草原和拥挤的人群中寻找定位，在新的天地寻找自己的位置。萨娜的作品让少数民族的文字和传说不再以不稳定的口述传承下去，使那些容易被歪曲、马上要失传的传说和故事，以最接近真实的形式流传下去。"①

如果说萨娜的小说是高亢的哀歌，那么白雪林（蒙古族）《霍林河歌谣》②就是一曲悠扬婉转、低回无尽的长调。在霍林河东岸半农半牧的小村子海利斯泰，生活着年事已高的诺日玛。这个蒙古老额吉象征着草原文化的慈悲与坚韧：年轻时候失去丈夫的痛苦，情人达瓦不愿意结婚的无奈，诺日玛都安然承受，并将女儿娜仁高娃拉扯大。但是，她也像陈旧的勒勒车一样随着岁月的流逝渐渐老去。在偶然的机会中，因为怜悯她救下了垂垂年暮的母牛莫日根，用爱心呵护它生下了小牛查干伊娜，又喂养查干伊娜直到它生崽。在查干伊娜不愿意喂养小牛的时候，她唱起了长调，歌唱自己一生走过的路，歌唱自己的亲人，歌唱对村庄的感觉，歌唱那些走去又走来的冬、春、夏、秋，歌唱那天上的星星，歌唱那不停流动的河水。她的歌，囊括了天地间的一切，最终牛也被感动了。这个情节与蒙古国电影《哭泣的骆驼》（Byam-

---

① 何青志：《东北文学六十年》，长春：吉林人民出版社 2009 年版，第 396 页。

② 白雪林：《霍林河歌谣》，《小说选刊》2007 年第 10 期。

basuren Davaa，2003）非常相似，诺日玛就是这样在平和的坚守中将草原文化的仁爱与坚韧传承下去，乐天知命，无怨无悔，在日常的平凡中显示出深沉厚重的底色。

无独有偶，郭雪波（蒙古族）《穿越你的灵魂之郭尔罗斯》①也写了一个老太太的故事，朝圣徒包尔金老太太带着孙子阿伦和小马驹哈伦，一路转山磕长头朝圣，而乞丐王巫楞嘎却虐待自己的孩子耗子以骗取慈悲的信徒们的钱财。包尔金甚至在知道巫楞嘎的恶行的时候，也依然为他祈祷。善恶到头终有报，最后坏人自食其果，耗子也被老太太收养了，看似简单的因果循环，背后是朴实无华、贴近大地的价值观念。马步升的《知情者》②说了一个惊心动魄的故事，内底里却是极度的温情。改改不堪忍受丈夫的虐待，在上山砍柴的时候将他推下山崖，放羊娃索索目睹一切，出于怜悯，在不能撒谎又不愿意出卖可怜女人的情况下，装了 20 年哑巴，直到改改年老死去，才放声高歌。这种底层的厚道与侠义，正是支撑乡土中国数千年来的精神支柱。

面临急剧消散的乡村场景，许多作家把目光投向了故乡的回忆。在似真似幻的叙述中，如烟的往事和逝去的故人一一闪现，营造出来的氤氲氛围成为绝佳的逃避之地、容身之所。"就像时间会使一些日用家常的器皿成为文物一样，时间也会使一些草民百姓显得不平凡起来。听人述说陈年旧事，我们常常能感觉到一些传奇色彩和艺术魅力。时间湮灭着一切，但也允许某些湮灭的存贮于人们的记忆中，并将这些记忆艺术化。从这个角度说，历史的也即艺术的。"③石舒清（回族）近年来就致力于这方面的写作，《乡村笔记》中《二爷》④里面的外太太、仗义的脱姓老人、浪子般的外太爷、皮匠外爷……这些小人物在大历史中游离与黏附的命运，浮现出另一种历史的记忆。二爷原本是兰州大学历史系毕业的学生，后来在"文革"的世事颠簸中，学得最精的却是熬鱼汤和糊顶棚，但是他秉性的散淡与从容却赋予了这种经历以某种形而上的趣味，如同汪曾祺回忆故乡高邮的一系列小说那样具有悠长的韵味。《老院》⑤中带有神秘与碎片色彩的记忆，还有《口弦的记忆》⑥，这些都是乡土文化修养所储蓄的利息，在朴拙与含混的笔法中，有着别开生面的美学效果。

---

① 郭雪波：《穿越你的灵魂之郭尔罗斯》，《中国作家》2007 年第 10 期。
② 马步升：《知情者》，《小说月报》2007 年第 12 期。
③ 石舒清：《乡村笔记》，《回族文学》2007 年第 2 期。
④ 石舒清：《二爷》，《朔方》2007 年第 5 - 6 期。
⑤ 石舒清：《老院》，《天涯》2007 年第 3 期。
⑥ 石舒清：《口弦的记忆》，《回族文学》2007 年第 1 期。

　　在书写乡土记忆的时候，文体的界限往往难分难解，小说抑或是散文相互杂糅。了一容（东乡族）《民间叙事》① 就讲述了"我"回故乡途中遇到一个挖土豆的老奶奶讲的故事，老奶奶舅爷一家人死去的故事透露出在世不易的感喟和人世沧桑的通达。叶梅（土家族）的"恩施文化小说"系列颇为引人注目，《恩施六章》② 中主人公在北京回望旧乡，有关清江、五峰山、甘溪山、梭布垭、太阳河、龙船河……这些名不见经传的故土风物在异乡人的眼光中，也打上了温馨的色彩。乌热尔图（鄂温克族）在出道的时候以小说闻名，如今转向了对于民族风土历史、民俗文化的探求和发掘，比如《敖鲁古雅祭》③。在《穿行在澳大利亚的北部地区》④ 中，借镜阿纳姆地保留地的原住民政策与文化，给中国的少数民族文化一个域外少数族裔的启示。白朗（纳西族）《月亮是丽江的夜莺》⑤ 也是试图通过人文历史的追述，打捞起岁月的碎屑，挽留住必然要失去的东西，因此这个夜莺就不是济慈的夜莺，也不是安徒生的夜莺，而是丽江巨大变迁的见证者。

　　与民族记忆、文化记忆、乡土记忆、个人记忆不同的是，也有另一类型的集体记忆，那就是革命英雄传奇。邓一光（蒙古族）《天堂》⑥ 中就塑造了解放军三一三师师长乌力图古拉这样一个高级将领的形象，在挺进中南的战役中，他遇到了南下干部先遣团的副队长、克里米亚鞑靼人萨雷·萨努娅，直爽粗鲁的乌力图古拉主观认为自己和萨雷结婚就可以国际团结、民族团结，于是将入城和婚礼一块儿办了，两个人从此成了欢喜冤家。战争的血腥与残忍也使人成长，最终在解放海南岛和进攻台湾的过程中，成就了一段啼笑因缘。郭雪波（蒙古族）《成吉思汗劈刺》⑦ 则讲述了一位蒙古武士孤狼南烈的传奇，"成吉思汗劈刺"在小说中已经不仅仅是某种格斗的技巧，而是融合了蒙古文化的积淀和象征。革命英雄传奇故事不以叙述深度见长，而在叙述力度上用力，有着大气粗粝、悲壮雄浑的美学风格。类似题材在近年来的影视及文学作品中都有复兴的迹象，这是个值得注意的现象，某种程度上反映了在和平时代的大众内心隐约的英雄渴望。

　　应该说，上述历史题材的变形、演化、推衍、嬗变都明确地指向了现实

① 了一容：《民间叙事》，《朔方》2007 年第 5－6 期。
② 叶梅：《恩施六章》，《长江文艺》2007 年第 7 期。
③ 乌热尔图：《敖鲁古雅祭》，《骏马》2007 年第 2 期。
④ 乌热尔图：《穿行在澳大利亚的北部地区》，《骏马》2007 年第 6 期。
⑤ 白朗：《月亮是丽江的夜莺》，重庆：重庆出版社 2007 年版。
⑥ 邓一光：《天堂》，《人民文学》2007 年第 8 期。
⑦ 郭雪波：《成吉思汗劈刺》，《青年文学》2007 年第 10 期。

语境的诉求，所有的历史叙述无疑都有个当下的指向。而另外一些直接以现实生活为题材的作品也各呈特色。首先值得一提的是于晓威（满族）《厚墙》①，这是个进城的民工少年杀死雇主的故事，情节本来很简单，但是作者通过细节的巧妙穿插、心理的前后对照，将城市与乡村之间的隔膜有效地呈现出来，而并没有做任何伦理上的评判。知青下乡与农民进城，两个时代的两种命运都充满了无奈与荒诞意味，作者没有将批判的笔锋落在个人道德层面，而是通过文化差异的展示，对这个人性中恶的成分在重重隔膜中将善的本能掩盖，酿生出出乎意料的悲剧的故事做了深一步的挖掘。既出人意料又在情理之中的现实，折射的是"三农"问题与都市化进程中不可避免的矛盾，从而具有浓烈的现实感和批判力度。《夜色荒诞》② 中广告小业主"我"在深夜邂逅借电话用的陌生女子"洁"，在扑朔迷离的情节与欲彰又隐的叙述中将青春、背叛、荒谬等主题羼杂在一起。于晓威的《恶讯》里公交司机对于庸常生活试图超越而终究不得的无奈；《今晚好戏》中的一种无聊迎合另一种无聊，都是都市里的市民日常情绪与生活的展现。③ 所有这些小说都在平实的刻画中透露出高超的艺术技巧——故事都是差不多的，却各有各的讲法——这也正是小说作为一门艺术最基本的要求。

金仁顺（朝鲜族）作为女性作家，其小说有着明显的关注女性命运的意识。《云雀》④ 写一个美女大学生在韩国商人和校园帅哥之间首鼠两端的故事。是成为被富商包养的金丝雀，还是做一只在青春美梦中歌唱的云雀？这样的故事似乎老套，然而，富商年老却体贴，帅哥英俊却冷漠，这份对男女情感的微妙体味，体现了当下女性对于情感与金钱的两难抉择。《仿佛依稀》⑤ 通过梁赞和新容这一对年轻人的微妙情感，牵扯出新容父亲苏启智和徐文静的师生恋，而当苏启智在胃癌死后，黄励、新容母子与徐文静之间恩怨的化解，显示了人生戏剧性背后支撑着的坚实基础是宽容、同情、悲悯和爱。《桔梗谣》⑥ 中忠赫与春吉、秀茶二人之间的情感纠葛也终于在白首重聚时相逢一笑，体现了相似的主题。

《西藏文学》第 4 期重点推介了班丹（藏族）的系列作品《星辰不知为谁陨灭》《阳光下的低吟》《面对死亡，你还要歌唱吗?》《文学让我绽放笑

① 于晓威：《厚墙》，《小说月报》2007 年第 10 期。
② 于晓威：《夜色荒诞》，《飞天》2007 年第 9 期。
③ 于晓威：《于晓威小说二题》，《青年文学》2007 年第 11 期。
④ 金仁顺：《云雀》，《花城》2007 年第 5 期。
⑤ 金仁顺：《仿佛依稀》，《中篇小说选刊》2007 年第 1 期。
⑥ 金仁顺：《桔梗谣》，《小说月报》2007 年第 12 期。

容》等①。班丹不仅在翻译上颇有建树，而且手操两副笔墨，用藏、汉双语写作。"文革"是令人发怵的一个劫难，以此为背景，作者向读者讲述两个出身"不好"的年轻人的坎坷命运，这就是《阳光下的低吟》的故事。人都会失去亲人、朋友，面对死亡，活着的人只能存活于无尽的悲思和缅怀里。《面对死亡，你还要歌唱吗?》就是活着的人面对死亡所表现出的一种精神状态的表述。尤为值得一提的是《星辰不知为谁陨灭》，讲述的是在繁华都市中，厌倦了现代文明的艺术家到西藏寻求精神家园的故事，然而采取了本地牧民的叙事者视角，从而使得整个故事的口吻变得极有反讽意味。作为向导，"我"带着女摄影家和男诗人去攀珠峰。一路上，他们不停地对藏族文化指手画脚、任意臧否，还提出了很多叫"我"难以容忍、不屑回答的问题。而最让"我"受不了的是，他们问"我"这地方有很多一妻多夫家庭，这些家庭受到法律的保护吗？政府管不管？他们的房事怎么安排？会不会发生争端？妻子能不能把跟丈夫们的关系处理妥当？兄弟之间会不会为跟妻子同床而打起来，打出人命？有了孩子后，孩子们知不知道自己的父亲是谁？母亲会不会告诉孩子们各自的父亲是谁？诸如此类，不胜枚举。对于"我"心理活动的大段展示有着一箭双雕的目的：一是如同萨义德引用马克思的话所说"他们不能表述自己，他们必须被别人代表"，"我"因为汉语不行，无法畅快地与外来者进行交流和辩驳，只能在心里将一切进行批评和解构；二是将外在表现的和善和近乎笨拙以及内心中的敏感与犀利之间鲜明的对比呈现出来，在二者的张力中将差异文化间理解的艰难与互补的主题凸现无遗。

在关仁山（满族）等人掀起新写实主义冲击波的时候，孙春平（满族）实际上也一直在进行类似的探索，近年来的作品愈加侧重故事的传奇性，《守口如瓶》②就讲了一个匪夷所思的故事：吉水县因为产钼矿，引起了滥采滥盗和非法选矿，造成了国有资产的流失，新上任的县长吕忠谦面对险恶的社会环境，自觉无法障川东流，居然选择自伤报假案，以求调离此处。真相在高局长和"我"一步一步的调查下慢慢浮出水面，有意味的是结尾的时候，大家都心照不宣地隐瞒了实情。其中透露出来的同情的理解，让人感受到现实的沉重与艰辛。

与孙春平着力经营都市、官场、市民的现实处境不同，潘年英（侗族）

---

① 班丹：《星辰不知为谁陨灭》《阳光下的低吟》《面对死亡，你还要歌唱吗?》《文学让我绽放笑容》，《西藏文学》2007年第4期。
② 孙春平：《守口如瓶》，《当代》2007年第7期。

更多瞩目于民族乡土在当下的命运，2007 年他相继出版了《塑料》①《走进音乐天堂》②《昨日遗书》③《金花银花》④。小说集《金花银花》可以算其中的代表，《桃花水红》《金花》《银花》《兄弟》《崩溃》集中写了黔东南乡村中人物在现代文化中的遭际，揭开了温情脉脉的面纱，直指冰冷而又平常的现实。这是一种纯粹的写实，完全没有超越的企图，似乎作者仅仅是为了给急剧变化中的少数民族边缘文化做一个立此存照的记录。与之相似的是杨曦（侗族）的《歌谣与记忆》⑤，这是一个带有人类学笔记色彩的游记散文，从宰麻、加所、宰荡、丰登、苗兰、大利、宰南这黔东南一线的寨子走过，在历史追溯、现状写照、人文反思中透露出作者深沉的爱恋与惋惜。应该说近几年的少数民族文学创作中，故土的乡愁冲动是个书写热点，当然家园的回想与沦陷的主题在文学的发展历程中史不绝书，但是当下的文学书写更带有在政治、经济、资讯乃至生活方式上全球性一体化冲击中的断裂性伤痛：民族传统在无可挽回中走出田园牧歌式的场景，直面真实而又冷酷的挑战，前途未卜，却是历史的必然。

少数民族诗歌在 2007 年也取得了一些收获，给人印象深刻的是本土本族作家言说本土本族故事、历史、文化、情感的价值取向。比如鲁若迪基（普米族）《诗 5 首》⑥《草原（组诗）》⑦《鲁若迪基的诗（组诗 8 首）》⑧《惟一的骨头》⑨《泸沽湖及其他（组诗 11 首）》⑩。曹翔（普米族）还出版了诗集《家乡的泸沽湖》⑪，如同回族诗人马绍玺所说，在曹翔的笔下，泸沽湖不是一个可以用无限矫情去抚摸、用各种彩色照片去回忆的"女儿国"，而是一块需要用智慧和勤劳耕作、用汗水和生命才换得生存的埋着祖先的被称作家乡的土地，他写的是此地的"生活者"，而不是"旅游者"。⑫ 叶梓、李满强选

---

① 潘年英：《塑料》，风雅书社（自印），2007 年。
② 潘年英：《走进音乐天堂》，南宁：广西人民出版社 2007 年版。
③ 潘年英：《昨日遗书》，台北：尔雅出版社 2007 年版。
④ 潘年英：《金花银花》，长沙：湖南人民出版社 2007 年版。
⑤ 杨曦：《歌谣与记忆》，长沙：湖南人民出版社 2007 年版。
⑥ 鲁若迪基：《诗 5 首》，《诗刊》2007 年第 3 期。
⑦ 鲁若迪基：《草原（组诗）》，《民族文学》2007 年第 11 期。
⑧ 鲁若迪基：《鲁若迪基的诗（组诗 8 首）》，《滇池》2007 年第 5 期。
⑨ 鲁若迪基：《惟一的骨头》，《人民文学》2007 年第 12 期。
⑩ 鲁若迪基：《泸沽湖及其他（组诗 11 首）》，《芳草》2007 年第 3 期。
⑪ 曹翔：《家乡的泸沽湖》，北京：作家出版社 2007 年版。
⑫ 马绍玺：《"小小的小民族，生我育我的小母亲"——云南人口较少民族三诗人论》，《民族文学研究》2010 年第 4 期。

编的《九人行——甘肃 70 后诗人诗选》①中收录了刚杰·索木东、扎西才让的较多作品。他们在《诗刊》《散文诗》《散文诗世界》还发表有大量作品，诗人阿拉旦·淖尔（裕固族）、娜夜（满族）都有较为不错的新作问世。值得一提的是许多诗人和作家在网络开设个人博客，比如白玛娜珍（藏族）、阿库乌雾（彝族）开设的个人博客，都有一定的影响力。才旺瑙乳（藏族）总编的藏人文化网，成为一个重要的平台，吸引和聚集了一大批藏族作家、诗人，比较活跃的少数民族青年诗人有嘎代才让、王小忠、维子·苏努东主、仁谦才华、德乾恒美、尕旦尔、卓仓·果羌、巴桑、道吉交巴等人。由此可见，少数民族诗歌的书写方式并不限于单一的纸质载体，已开始向网络乃至其他媒介衍生，这也可以说是新世纪以来少数民族文学的新动向之一。

少数民族文学的母语创作也很繁荣，藏语、维吾尔语、朝鲜语、彝语、蒙古语文学创作都有较多作品，在少数民族聚居地区影响较大，但是囿于传播范围有限，汉语文学界所知甚少。目前民族语、汉语双语的翻译工作依然不是很充分，不过这个问题已经引起较多作家、批评家和学者的关注。2007年 9 月 4 日至 5 日，全国少数民族文学翻译笔会在延吉召开，来自全国各地的少数民族翻译家和作家欢聚一堂进行了研讨和交流，其间成立了新疆作家协会翻译家分会。10 月 23 日，新疆第十六届"汗腾格里文学奖"颁奖典礼在京举行，共奖掖了来自新疆的 30 位使用维文创作的作家。母语文学往往更能体现一个民族的文化根性和特质，也是文化多样性的最佳体现，应该说这是少数民族文学对于中国文学最独特的贡献，少数民族翻译文学的重要性逐渐被意识到，对于整个中国当代文学来说都是一件幸事。

从文化地理上来看，2007 年度的少数民族文学在东北、西南、西北等地分布比较均匀，这里主要撷取的是那些用汉语创作，并且在公众阅读视野中颇受瞩目，或者形成了自身特色与风格的作家作品。上述的扫描也可以看出，2007 年少数民族文学的主要作品基本上都围绕着历史与现实之间的张力进行书写，当然这样的题材规划显然不可能涵盖所有的创作，不过却标明了一种发展趋势和主流风貌。尽管 55 个少数民族文学都各有其特性，谁也无法完全代表谁，然而他们都是生活在社会意义之网中，有着不可能摆脱主流话语的时空限制和詹姆逊所说的"政治无意识"。可以说，各个少数民族文学就如同无数向心的拱梁一样，在多元中构造和谐、在差异中和而不同，共同形成了中国当代文学风姿各异、谱系多样的风景。

---

① 叶梓、李满强：《九人行——甘肃 70 后诗人诗选》，北京：中国戏剧出版社 2007 年版。

二、双重家园

像一切检视成果的行动一样，回望一年的文学创作事实上是个几乎不可能完成的任务。因为新出现的作家、作品纷繁复杂、良莠不齐，从体裁、题材、数量、质量都难以给予一个特定的衡量标准，尤其是对于有着不同文化背景和文学渊源，其中又充满交流融汇的多民族文学来说，更是如此。在上一节概览 2007 年度少数民族文学总体风貌之后，本章接下来将对中短篇小说创作做一个回顾，因为中短篇小说往往最切近地显示出一个年度小说创作的生动气息和变化态势。所有的归纳必然是规约的，会在凸现一部分的同时遮蔽另外一部分内容，不过这是必不可少的切割，通过这种总结，我们可以大略触及某个事物的概况与形状。2007 年的少数民族中短篇小说如同任何一个平常年头一样，并没有特别让人耳目一新的作品，不过在平淡的前行中依然有着让人振奋的力量，许多主题在继续，新的视角在开拓。种种迹象表明，少数民族小说在坚守中隐隐透露出求新求变的势头。就我个人的阅读经验，本年度的少数民族中短篇小说可以提炼出 5 个关键词：家园、事实、温情、传奇、问题。

文学寄托着人们的乡愁冲动，尤其在这样一个浪漫的诗意传统日益沦丧的时代。对于更多处于边疆、边远、边缘地带的少数民族作家来说，这种感受尤为强烈，因此关于大地、自然与怀旧的主题与意象始终是近年来少数民族小说萦绕不去的书写主潮。这是一个似乎陈旧但永远不会过时的主题：在书写想象中的家园时，它就带上了精神家园的意味，因而是双重意义上的家园。

穆罕默德·巴格拉希（维吾尔族）《心山》[1] 写几个儿童在寻找"心山"的过程中死去，而外来的开发者却在试图挖掘古墓发财。"心山"在文本中不光是孩子们纯洁心灵的象征，也是往昔美好家园的孑遗。何炬学（苗族）《回到莲花榜》[2] 中的"莲花榜"也是一个类似的象征意象，在这个散文化的作品中，父亲对于莲花榜的令人费解的举动，印证了难以言说的精神焦虑。萨娜（达斡尔族）《拉布达林》[3] 中拉布达林是额尔古纳河边上的一个小渔村，是柳根娣和女儿柳梅生活的地方，柳梅跟鱼贩子到外面闯了一番，终究热土难离，又回到了生于兹长于兹的渔村。对于乡土的眷念与深情，超越了现实

---

① 穆罕默德·巴格拉希著，狄力木拉提·泰来提译：《心山》，《民族文学》2007 年第 6 期。
② 何炬学：《回到莲花榜》，《民族文学》2007 年第 11 期。
③ 萨娜：《拉布达林》，《上海文学》2007 年第 3 期。

物质利益和功利企图的诱惑，具有难以用理性评判的精神向度。

家园的悬想不仅仅在现实中的故乡、田园、牧场，也流淌于人们的精神世界和道德场域。雪静（满族）《城里没有麦子》① 中出身城市的大学毕业生郑小萌到山村支教的过程中才真正了解到社会底层的苦难。为了给山里的孩子修一座桥，以便他们能够过河上学，她重返城市找到自己的前男友、继父、父亲等人求助，但一无所获。后来终于打动了一个记者随同采访，也写出了报道，可两年后郑小萌又一次返回城市了，进入一家外企做秘书，还是为了挣钱修一座桥。这是个让人心酸的故事，现实中这样的故事并不在少数。小说有力的地方在于，作者并没有将希望寄托在某个人的善心上，而是无情地击碎了主人公一个又一个的幻想，让世界的残酷一点一点展现在郑小萌和读者面前。放弃了一切幻想之后，唯一能支持郑小萌的就是乡村那纯洁月光下的麦子，这种家园意象具有归属意义，使得努力和挣扎都找到了寄托。周建新（满族）《翅膀上的二弟》② 说了一个现代版长兄如父的故事，事实上作者的意图很明白：惯子不孝，肥田收瘪稻。这是个很老套的故事：忠厚有担当的父亲是家族的大哥，所以他理所当然地认为自己有义务帮助家族里所有的人，尤其是无能又没有任何进取心的二弟及他的儿子。老人家一次又一次地无私奉献，得到的只是一次又一次徒劳无益的失望，他的耐心是那么经得起考验，以至于读者都几乎要忍不住了，因为谁都可以看出来他的努力总是会竹篮打水一场空。当最后父亲终于领悟到了不应该无限制地纵容一个废物和懒汉的自私与无耻时，事实上已经没有意义了。所以，小说实际上在传统的故事、传统的人物和传统的道德背后写的是一种"执"。这种"执"是对于传统伦理的固执抑或是执迷不悟。不过，无情的现实终究摧毁了父亲的伦理诉求。从某种意义上说，小说对于父亲的失败叙事是对于旧式情意的一种哀悼。石彦伟（回族）《把我的钱给我》③ 很短，一个圈套，一个人品，一次心猿意马，一场心甘情愿的骗局，其中可以看出回族大闯爹恪守一个穆斯林精神家园的道德品行。

更多的时候，作家们通过象征来完成对于已逝和渐逝的家园的凭吊。希儒嘉措（蒙古族）《风骨》④ 通过苏纳木老人说的关于马的一段往事，浓墨重彩地烘托了人与自然和谐共处的主题。黑公马与老虎搏斗的片段酣畅淋漓，

① 雪静：《城里没有麦子》，《民族文学》2007 年第 10 期。
② 周建新：《翅膀上的二弟》，《民族文学》2007 年第 9 期。
③ 石彦伟：《把我的钱给我》，《民族文学》2007 年第 9 期。
④ 希儒嘉措：《风骨》，《民族文学》2007 年第 2 期。

但是因为人为因素的介入——巴音仓和军官剪去了马鬃，以为可以帮助马战胜老虎——导致黑公马的悲惨死亡。这实在是个恰到好处的隐喻，人出于自身的狭隘想法，自以为是地改变自然，却不知这恰恰损害了自然的"风骨"、自然的精神，破坏了自然的和谐，必然要付出代价。小说笔力雄健，浑然天成，携带着草原文明最后的雄风与气势。与之形成对应的是遥远（蒙古族）的《白马之死》①，原本驰骋于草原的白马被摄影师和她的丈夫带到了城市，对于自由的向往、对于家园的渴望使它终究不能忍受羁绊，死于逃奔的途中。城市在白马面前暴露出其脆弱可怜的怯懦，如此的对比显现出作者鲜明的情感爱憎与价值取向。

乌雅泰（蒙古族）《沙原夜话》② 写的是报社记者乌恩齐在夜行沙原时候的一次心灵对话，暴露出在日常伪装下现代人内在自我的分裂：情欲和对情欲的压抑、作假和对作假的维护、投机和对投机的认同……这是一种带有普遍意义的现代性症候，在层层伪装下人们都带着僵硬的盔甲活着，只有朦胧的夜色和空旷的沙原才能短暂地向天地展露一下难得的真实。是现实的无奈，还是人性的悲哀，精神家园的失落？小说提供了一个让人思索的契机，让我们得以反思包含在我们自身的幽暗角落，较之阿理（回族）的《地下的声音》③ 一个罪犯拷问自身的内心独白更加具有社会的深度与广度。

三、事实与现实

美好的乡土愿景在遭遇残酷的现实时总是面临衰竭的危险，不过这种衰竭恰恰带来了作家在书写时的丰盈。少数民族文化遭逢现代工业化、商业化、信息化乃至全球化的冲突，矛盾和濒危的处境为作家们提供了几乎无须过多拣选的题材，现实永远比虚构更具有戏剧性和冲击力。一大批扎根于民族生存处境现实的作品，在现实主义深厚传统的滋养之下，以其不动声色的犀利和锋芒戟指文明时代无可回避的事实。从创作实绩上来看，直面少数民族现实生活和生存处境的作品尽管可能在艺术手法上还未必尽善尽美，但是其笔锋间蕴藏的力度已足以证明其意义。

吕金华（土家族）《新年好啊新年好》④ 以细致透彻的笔法刻画了皇甫泽这样走出大山的第一代人的中年危机。捉襟见肘、高不成低不就的城市小职

---

① 遥远：《白马之死》，《民族文学》2007 年第 6 期。
② 乌雅泰：《沙原夜话》，《民族文学》2007 年第 8 期。
③ 阿理：《地下的声音》，《民族文学》2007 年第 7 期。
④ 吕金华：《新年好啊新年好》，《民族文学》2007 年第 1 期。

员生涯磨损了一个山野之子原本的壮志豪情，而这种理想主义的气质在过年回家的乡情与现实的变迁中被激活。小说流露出来的扎实与稳健显示了现实主义风格的恒久价值——贴近大地与人性的真实永远不会过时。向本贵（苗族）《栽在城市的树》① 写的是农民工的故事，周大树和吴福都是有缺点的农民，面对着其实并不喧嚣的县城也手足无措，他们在自我感觉中放大了城市的神秘莫测和威慑性的权力，却是源自自身的卑微处境。冯副局长那样一个城市里的平常人都能够轻蔑地认为他们这些农民根本都算不得平等的公民，而不过是个"栽在城市里的树"。人的非人化触目惊心地展演了社会变迁过程中根深蒂固的城乡差别。而在最基本的生存追求中，吴福这样貌似卑贱的农民却闪现了优于所谓高贵的城里人的优秀品质，在温和的叙述中，小说显示出它深刻的批判力量。

不少作家站在生活的真实面前，没有像时下种种时尚书写那样闭上眼睛，这样的作品延续了批判现实主义的可贵传统，比如了一容（东乡族）《林草情》② 写在政治意识形态的影响下，曼斯从开荒造林到退耕还林，再到毁林返耕，最后又一次封山育林，社会的大变迁似乎在一次一次地循环往复，却并没有得到螺旋式的上升。在这样世事轮回的大背景下，作为个体的每个人似乎都难以逃脱随波逐流的命运，这个时候模子的坚持就显得难能可贵。他对于树木与青草的爱与呵护并非如同主流的政治意识形态的规划，也不是国际环境组织的生态意识，而是发自内心的一种对于人和自然和谐共处的本能。与毁林造林的情节并行的是模子个人的情感遭遇，太过平凡的乡土爱情模式，虽然有悲伤、哀戚，却并没有戏剧性的结局与转折。作者以一种宽容的悲悯平静地展示了时代生活与个人命运之间的变与不变、常与无常。羊角岩（刘小平，土家族）《一滴水消失于清江》③ 属于那种让每日端坐在办公室中的人们感到惭愧的小说，它通篇说的其实就是两个字："草根"。山民田志龙是个负责的父亲、勤劳的农夫、称职的矿工、忠厚的乡亲，但是他的命运却不由自主地走向晦暗，仅仅因为他是个平民。为了女儿的前途，他不得不冒着生命的危险到小煤矿打工，在受伤后怕妻子担心也只能编个谎言搪塞。让人愤怒的是，当田志龙的侄子艾小虎在矿难中死去的时候，却被黑心的经理隐瞒事实，恐吓压榨，连正常的赔偿金都得不到。这就是触目惊心的底层社会的现实，作者直面冰冷与黑暗的勇气使得这篇并不出色的作品具有了让人尊敬

① 向本贵：《栽在城市的树》，《民族文学》2007 年第 2 期。
② 了一容：《林草情》，《民族文学》2007 年第 5 期。
③ 羊角岩：《一滴水消失于清江》，《民族文学》2007 年第 12 期。

的品质。

何鸟（彝族）《谁听我倾诉》① 让人耳目一新，小说通过憨子的内心独白铺写了一个让人心酸的故事。在持续性的外界剥夺中，憨子逐渐一无所有，父母因为贫困死去，儿子阿山被山背后的赵家人打死，哑巴妻子疯了，阿山被杀得到的赔偿金却收不回来。在绝望的处境中，憨子杀死了凶手，却被关进了监狱。小说透露出地狱般的晦暗与压抑，仅有的几丝光明旋即被沉重的现实所掩盖。憨子似乎说的是疯话，但正如鲁迅《狂人日记》一样，指向的却是现实社会。面对阴云密布的故事，读者几乎都不由得随着作者的叙述指向一个追问：究竟是什么把憨子逼上了如此的绝境？李惠善（朝鲜族）《礼花怒放》② 涉及跨国打工人员所面对的种种情感、生活变异，具有强烈的时代气息，在打工文学、边缘题材、底层叙事中增添了一抹新的色彩。杨家强（满族）《在大山里行走的女人》③ 则暗示了农民的另一条道路，晓晴原先一心希望恋人杨亮能走出大山，但是在沉重的现实面前，她拒绝了依靠男人，拒绝了也许唾手可得的来自王大鹏的幸福生活，而选择了独立的道路——进山采药。尽管前景充满不确定因素，但是年轻人的进取意识，使得小说充满信心和健康的亮色。

此外，觉乃·云才让翻译的南色（藏族）《三代人的氆氇袍》④ （1987年）如今看来依然并不过时：果曼龙珠家传了三代、视为珍宝的氆氇袍在年轻人眼中已经是不合时宜的过时标志了，一个微小的事物就折射出现代性的追求。这篇翻译小说提醒我们，少数民族的本土母语写作被介绍到汉语语境中的依然不多，而事实上，它们的许多文学探索与主流文学有着共通性和延续性，这在后来的评介与研究中无疑是值得注意的问题。

四、温情何为

家园不可避免沦陷于时代，现实带有浓郁的沉重与压抑，人与人之间的温情也许就是唯一稳靠的栖息地了。像一切经历转型与变迁的时代一样，人类的爱与情感总是最后回归的港湾。我在 2007 年的少数民族小说中看到的温情似乎在言说着这样一个事实：在一个无所凭依的时代，温情何为？

阿云嘎（蒙古族）《粗人柴德尔的短暂幸福》⑤ 讲述流浪多年的柴德尔心

---

① 何鸟：《谁听我倾诉》，《民族文学》2007 年第 3 期。
② 李惠善著，沈胜哲译：《礼花怒放》，《民族文学》2007 年第 11 期。
③ 杨家强：《在大山里行走的女人》，《民族文学》2007 年第 2 期。
④ 南色著，觉乃·云才让译：《三代人的氆氇袍》，《民族文学》2007 年第 1 期。
⑤ 阿云嘎：《粗人柴德尔的短暂幸福》，《民族文学》2007 年第 7 期。

灵已经饱经沧桑，然而就在他疲惫不堪地走到苏木的时候，突然有了稳定下来的念头，因为一个需要关心的小女孩乌仁萨娜唤起了他心中久违的温情——她的父母在城里打工，爷爷也去世了。他的生命似乎因为这个女孩的出现有了起色，他热心地照顾她，还与苏木食堂的管理员通嘎产生了情义。然而，当女孩的母亲从城里回来，带着城市造成的冷漠与隔阂将她领走的时候，柴德尔刚刚建立的脆弱的精神世界坍塌了，他只能继续无尽的流浪之途。这是温情乌托邦的建立与坍塌，让人体味到现时代人世间的无奈与悲凉。

冉冉（土家族）《离开》① 赓续了沈从文、李劼人、孙犁等人的白描手法，近乎零度的叙事中讲述的是一个惊心动魄的故事：杨立诚和杏子同居，还抚养着杏子可爱的傻女儿朵朵，青梅竹马的女友老咪在城里做妓女，杨立诚在和谁结婚之间举棋不定。这时候杏子怀孕了，城里的老咪也怀孕了，并且感染了艾滋病。在巨大的灾难面前，本来棘手的问题反而得到了完满的解决，杨立诚和杏子搬到城里打工并照顾老咪，尽管杏子和老咪的孩子最后都流产了，剩下的四个人倒是达成了谅解，一起回到了乡村。平静叙述中透露出来的悲伤故事有着萦绕不去的感人力量。作者没有做简单的价值评判，连情欲也被描写得纯净异常，苦难的生活阴霾也掩盖不了坚实的生活本身，触动人的是文本中包蕴的恒久不变的温情体恤之美。类似的是冯昱（瑶族）《栖息在树梢上的女娃》②，这是一个带有奇幻色彩的现实故事。所有出现在小说中的"正常人"都是世故、自私、贪婪、邪恶、狡诈、卑鄙的，除了瘦弱的"我"和被人鄙视的傻六，然而恰恰是这样两个被环境挤压得几乎没有生存空间的人保留了天真、纯朴、善良和爱。木薯是个极端卑劣的父亲，雪梨是淫荡无耻的母亲，黄山羊是奴颜婢膝的村长，黄镇是道貌岸然的官员，这些人只知道欺压良善、破坏祖辈留下来的山林。"我"无法在地上求生，只能栖息在树梢上，以避免伤害，但还是难以逃脱被黄镇强奸的命运，赶来的警察却栽赃嫁祸给傻六，最终将"我"逼死。阴郁的色调始终笼罩在小说的叙事中，让人从心底里升起寒冷与凄凉之感。无涯际的晦暗中，似乎只有傻六对"我"的一点真情才是唯一烛照这块被唾弃的山地的光明，朴实的情感成为最后的生命依托。

陈孝荣（土家族）《科老的故事》③ 以科老在祭奠死去的老伴唤香儿的现实与回忆交织的叙事中展开，在不断的追忆中，科老的一生浮现在读者面前。

---

① 冉冉：《离开》，《民族文学》2007年第3期。
② 冯昱：《栖息在树梢上的女娃》，《民族文学》2007年第7期。
③ 陈孝荣：《科老的故事》，《民族文学》2007年第10期。

一家人原本在一个叫做马家冲的寨子中过着与世无争的生活，那时候科老还是科娃儿，一天他爹捡回了一个流浪的女孩唤香儿，成了他的媳妇。但是幸福的生活还没有展开，就因为日本人的入侵而中断，因为被轮奸，唤香儿精神失常了，直到晚年在科老母亲的死中受惊吓才恢复，这中间已经经历了几十年的痛苦光阴，但是一家人不离不弃。在最后的晚年岁月中科老终于和唤香儿过上了一段平静的生活，夕阳无限好。小说通过人物的内心叙事，缓缓道出他们苦涩但并不绝望的生命遭际，且在酸楚之中始终洋溢着作家特有的伦理温情。这是个非常平常的人生悲欢，却包含着作者极大的悲悯之心，也许最是平常的也才裹藏着最是实在与醇厚的道义和韧劲。徐培春（哈尼族）《古道》① 写的是茶马古道上的一段未了情。马帮头唐加顺和驿站的女老板马润兰之间带有古风的、热烈而纯洁的爱情让充满苦难和悲伤的古道也带有了一些熹微的光芒，尽管这是个忧伤的故事。讴阳北方（回族）《穿过歌声的门》② 写在爱情与命运的重重苦难当中，邓玉春和许文轩经历的无可奈何的辛酸与磨难。在这种习见的苦难叙事中，歌声如同一缕阳光给他们愁苦的生活带来了一点色彩，唯其如此，才会有不放弃的勇气吧。小说透露出来的不可磨灭的浪漫主义光辉穿越了世俗平庸与辛苦波折，在阅尽沧桑后依然充溢着平静而坚实的底气。

相比较于跌宕曲折的情节和动人心魄的情感张力，有些缓慢而深沉的作品则给读者带来平实温暖的抚慰。郭雪波（蒙古族）《暖岸》③ 就是一个温馨的小品，讲述相濡以沫的老爸和老妈平淡又充满情意的日常。阿拉腾其木格（蒙古族）《理解》④ 则是对于现代人豁达的情爱观念的一种速写，洋溢着人与人之间的信任与坦诚。亚森江·萨迪克（维吾尔族）《星星，别眨眼》⑤ 在有关婚外情、一夜情等故事已经泛滥成灾，一般小说往往侧重探讨其中的合理性以及压抑与自由、身体与欲望的突围的整体背景中，这篇小说却以一种朴素的道德感超越不羁的冲动来结尾，反而显得清新动人。李新勇（蒙古族）《母亲的朱家阿哥》⑥ 中异姓兄妹之间的相濡以沫，异姓父子之间的恩仇化解，以及瓦·萨仁高娃（蒙古族）《骑枣骝马的赫儒布叔叔》⑦ 中以一个孩童

①　徐培春：《古道》，《民族文学》2007 年第 9 期。
②　讴阳北方：《穿过歌声的门》，《民族文学》2007 年第 5 期。
③　郭雪波：《暖岸》，《民族文学》2007 年第 1 期。
④　阿拉腾其木格著，哈达奇·刚译：《理解》，《民族文学》2007 年第 10 期。
⑤　亚森江·萨迪克著，苏永成译：《星星，别眨眼》，《民族文学》2007 年第 5 期。
⑥　李新勇：《母亲的朱家阿哥》，《民族文学》2007 年第 6 期。
⑦　瓦·萨仁高娃著，赵文工译：《骑枣骝马的赫儒布叔叔》，《民族文学》2007 年第 8 期。

的视角展示的赫儒布叔叔与额吉之间深沉悠久的感情，都让人体会到人世间连绵不绝的温情。

另外，不得不提的是李炬（羌族）《在幽暗中闪烁》①。这是一篇幽暗的小说，让人想起张洁的小说名篇《爱，是不能忘记的》，带有强烈的私语性质，细腻、婉转、悲伤、漫长，诉说了在浮华人世中残存的对于爱的执着和信仰。它似乎要说爱本来就是切己的、私人的事情，但又不限于此，爱也是没有来由的、广博的，归根结底如何，也许每个人都没有答案。在近年来的少数民族文学作品中，如此深入细致地探讨超日常性话题的小说，本篇算是为数不多的佳作之一。白雪林（蒙古族）《姐弟俩》② 可以说是逆向温情叙事，小说的题材比较有特殊性，写的是两个艾滋病孤儿如何在人与人之间的冷漠和隔阂中一步一步走向绝境，姐姐死于救人，弟弟最终再也没有回归到正常的温情秩序中来，走上了漂泊的自我放逐之路。这个作品很容易让人想到苏珊·桑塔格《疾病的隐喻》，艾滋病在小说中实际上成为一种隐喻，不健康的姐弟俩在世俗的权力压迫中没有立足之地，那些所谓的健康的人才是时代的病人，沉痛的结尾暗示了没有基本温情的社会最终只可能产生它的敌人。

五、传奇与故事

在传统的小说观念看来，最重要的一个构成因素就是情节，也就是说故事往往成为一篇小说成功与否的关键。少数民族小说在这方面具有自己独特的优势，诸多的民间故事、童话、传说既可能成为小说创作的原型母题，也是可以重新改写的可开掘资源。2007 年度的少数民族中短篇小说中不乏这样的故事，既有历史传奇，也有民间传说，还有荒诞怪异带有哥特式小说特点的恐怖故事。

徐岩（满族）《露天煤》③ 讲的是一段尘封历史的往事，逃荒到东北的老胡夫妻在世外桃源似的河边开榛辟莽，雕刻石器，重建新生，并且发现了露天的煤矿，但是一切美好生活的憧憬都被骤然而至的日军侵略破坏了。老胡用泥土抹盖掉露天的煤场，辱骂日本人，被杀死时还守护着自己的煤炭。这是 1937 年发生在今天的黑龙江鹤岗北矿的故事。阿荣高娃（蒙古族）《雾中草原》④ 的写作背景是 1947 年到 1952 年的蒙古族解放军战士道尔基与孤女帕

---

① 李炬：《在幽暗中闪烁》，《民族文学》2007 年第 12 期。
② 白雪林：《姐弟俩》，《民族文学》2007 年第 11 期。
③ 徐岩：《露天煤》，《民族文学》2007 年第 7 期。
④ 阿荣高娃：《雾中草原》，《民族文学》2007 年第 10 期。

格玛之间好事多磨的爱情故事，风格类似早期的蒙古族小说如玛拉沁夫《科尔沁草原的人们》。

韩璐（苗族）《边城无匪事》① 则是当代的传奇，带着浓烈的黑色幽默色彩：旅游景地青西州的出租汽车司机龙贵生，歪打正着地从被迫无奈企图偷盗的平民变成了见义勇为、打走抢匪的英雄。人生也许就是这样充满荒诞。作者虽是新人，小说的技巧却很娴熟。陈铁军（锡伯族）《矢口否认》② 是另一种传奇：一个赤手空拳的穷光蛋和一个腰缠万贯的大富翁面貌惊人的相像，他们在监狱里的相逢自然会产生一个常人意想不到的故事。房地产商百万置业的老板钱百万试图用一百万让"我"冒名顶替接受审判，自己则金蝉脱壳。在"我"李代桃僵受审的过程中，随着百万置业总经理助理老王、土地和房地产评估师赵晋、银行信贷处主任马力、"验房工"孙长有、晚报社会新闻部记者刘刚等证人的陆续出场与证言，一桩惊心动魄的权力寻租、商业阴谋、信贷投机、黑暗势力欺压良民的案件逐渐水落石出。但是，钱百万还是逃亡到了美国，"我"则依然待在大牢里。小说通过不同人物的话语共同勾画出事件的来龙去脉，但是这种写法上的新颖倒在其次，它所折射出来的现实却是意味深长，让人读来难免心惊肉跳。生活有时候比小说还具有出人意料的转折性，对照我们时常在新闻报道中看到的种种腐败犯罪活动，小说写到的不过是冰山上的一角。然而，就是这一角也足以给人以震撼，也让我们洞悉了一个有良知和社会责任感的作家是如何在生活中汲取营养的。对于一个写作者来说，事实的力量往往胜于凌虚蹈空的玄想。

戈壁滩、沙漠、草原总是流传着种种奇特的传说，野人的故事就是一例。艾合台木·乌买尔（维吾尔族）《塔克拉玛干的野人》③ 写到19世纪后期的南疆麦盖提吐曼塔勒胡杨林，猎人布素哈巴依猎走了母熊的崽子，为此遭到了报应：他新生的儿子艾依克帕勒旺也被凶悍的母熊掳走了。母熊将孩子养大后，自己被布素哈巴依家杀死挂在门前示威，熊孩艾依克帕勒旺去抢母熊的尸体，结果抢走了自己的嫂子萨尔罕。在熊洞的三年中，萨尔罕也慢慢变得和熊孩一样，身上长满了毛，不过虽然和艾依克帕勒旺生了三个孩子，她还是希望回到丈夫奈耀巴依的身边。一次她带着一个孩子出逃到村里，却被原先的丈夫追杀，解释清楚之后，她依然不容于人，孩子也被杀死了。萨尔罕最终杀死前夫，和熊孩遁入山中。如果用"民族寓言"的角度来解释，自

---

① 韩璐：《边城无匪事》，《民族文学》2007年第3期。
② 陈铁军：《矢口否认》，《民族文学》2007年第7期。
③ 艾合台木·乌买尔著，苏德新译：《塔克拉玛干的野人》，《民族文学》2007年第7期。

然可以得出许多很有意思的分析结果，不过仅仅将它作为一个传奇故事来看也是非常引人入胜的。达隆东智（裕固族）《猎豹》① 也是这样一个谈不上因果善恶的故事，透露出的却是人与自然和谐、人与动物平等的朴素观念。类似的还有苏柯静想（裕固族）的《白骆驼》②。莫·哈斯巴干（蒙古族）《野马》③ 本身就是一个民间故事，三个不同的人物轮番上场，各显神通，最后还是老而弥辣的敖力克哈日制服了桀骜不驯的野马。布林（蒙古族）《蔚林花》④ 写的是流传在沙漠中的明盖与蔚林花的鬼怪故事，如同现代聊斋一样。

值得一提的是许连顺（朝鲜族）《她身上十只猫》⑤，小说以一种超现实主义的手法讲述了一个怪异的故事，因为治病，年轻的女人吃了十只猫，殊不料多年以后她却生下一个猫一样的女孩子温顺。温顺像猫一样行动出没，30 岁的时候也像她母亲一样怀了孕，从此走失。女人认为这是十只猫的报复，却只能听天由命。这个故事也许没有太深的意味，不过诡异的色彩赋予这个故事一种难以言喻的恐怖氛围。

六、问题

以上的描述只是一个走马观花似的扫描，仅就 2007 年少数民族文学最主要的写作倾向作一点归纳，真正的创作生态与表现当然比这样的勾勒要丰富、复杂得多。然后，我想就一些存在的问题作一些点染。

首先是技巧。平心而论，少数民族小说在新颖技巧的运用上较之于主流文学还是有一定差距的，当然并不排除个别篇什的异军突起。我倒不是指语言的陌生化、结构的新巧或者情节设置的新奇，而是指作家在处理材料时候的能力。比如我前面所说的家园书写中，现代化使得人际关系冷漠、社会生活粗鄙，而使得传统乡土的人文伦理和田园梦想日益稀薄，但是在这样的叙事中，有的小说精神穿透力非常孱弱，流于表象的铺排。卓比（王海，黎族）《芭英》⑥ 的故事线索与情节很庞杂，完全可以写成一个长篇，在一个中篇中容纳母亲与父亲的恩怨情结、芭英与恋人比献和丈夫洛佬的爱恨仇怨、芭英与各种情人的嬉乐放纵，实在使得小说整体显得有些吃力，情节的内爆使得叙述不堪重负。不过，小说的认知性内容，比如黎族的婚礼习俗、文身文面

---

① 达隆东智：《猎豹》，《民族文学》2007 年第 9 期。
② 苏柯静想：《白骆驼》，《民族文学》2007 年第 5 期。
③ 莫·哈斯巴干著，马英译：《野马》，《民族文学》2007 年第 8 期。
④ 布林：《蔚林花》，《民族文学》2007 年第 8 期。
⑤ 许连顺著，金莲兰译：《她身上十只猫》，《民族文学》2007 年第 3 期。
⑥ 卓比：《芭英》，《民族文学》2007 年第 7 期。

的仪式与来历等，却熠熠生姿、葳蕤动人。少数民族小说内容的民族性有助于它们风格化的形成，但如果止步于风俗的展现，那么其精神境界也就有限。杨文升（苗族）《南瓜花开》① 的情节大致如同小说结尾提到的一则新闻，一个在闭塞的山地中放牛的女孩因为偶然的诱惑，来到县城，这成为她命运的转折点，随着情节的开展，读者不免要为她担心，但是事实证明她还是走上堕落的道路，这几乎是有关乡村与城市二元场景设置结构中必然会出现的情形：乡村和城市都被道德化，前者是无瑕、安谧、美好、纯洁的，后者是污秽、喧嚣、丑恶、肮脏的。这无疑是对乡村和城市的双重不公和双重化约，第一人称叙事也没有多少新意。其实，归根结底，技巧还是跟随在精神深度后面的，作者本人对于生活的认知程度有多深，决定了他的小说所可以达到的水平和技巧所能延伸的长度。相形之下，于晓威（满族）《陌生女子许潘》② 倒是一篇值得称道的作品，小说的情节很简单，但是作者巧妙而又不动声色的叙事使得这个平常的故事具有了让人回味的余地，证实了小说不仅要具有思想精神上的厚度，而且也是一门精致的技艺。

第二是想象力。现实题材的小说努力使文本与时代、社会和生活保持应该有的联结，这是值得称道的。但是，我发现这其中有的故事内在逻辑支撑点非常薄弱，缺乏叙事的说服力，情节经不起推敲；有的情节跌宕起伏，但在细节上却失去了必要的扩张能力，使小说停留在一般的经验层面；有的叙事过程中受到常识和经验的制约过深，想象力被羁縻，无法灵动跳脱。比如阿娜尔古丽（维吾尔族）《馋老头和他的儿女们》③ 中人物的性格与情节的展开都缺乏说服力和必要的紧张，因而虽然细节过剩，但无法产生足够的冲击力。较之于路翎《财主的儿女们》、周克芹《许茂和他的儿女们》这样的名作差距尚大。拉加才让（藏族）《理想》④（1994 年）讲述了中学毕业生米吉多杰为牧区带去了教育的曙光，以自己考上大学的榜样，埋下了走出牧区的种子。吕翼（彝族）《方向盘》⑤ 讲一个大学生如何转变思想，投入新农村建设当中，人物和笔法都显得稚嫩，虽然提供了一种农村新人物的雏形，却显得平庸。永基卓玛（藏族）《今夜，远方有雪飘落》⑥ 讲述的是耿子方、琼这一对青年爱情失落的往事，这个平淡无奇的人生片段中夹杂的藏族女青年琼

① 杨文升：《南瓜花开》，《民族文学》2007 年第 9 期。
② 于晓威：《陌生女子许潘》，《民族文学》2007 年第 11 期。
③ 阿娜尔古丽：《馋老头和他的儿女们》，《民族文学》2007 年第 11 期。
④ 拉加才让著，觉乃·云才让译：《理想》，《民族文学》2007 年第 1 期。
⑤ 吕翼：《方向盘》，《民族文学》2007 年第 2 期。
⑥ 永基卓玛：《今夜，远方有雪飘落》，《民族文学》2007 年第 3 期。

创业的艰难倒是值得引人关注的。朗确（哈尼族）《阿卡然迷》① 中的阿露代表了新一代哈尼姑娘的开放与勇气，她的经商头脑和操作途径虽然并不出奇，但是小说通过她，赋予了闭塞山寨未来前景中一种生气勃勃的乐观气息。这种单纯的乐观就像 20 世纪 80 年代的改革小说，充满信心与力量。这些小说都有其可圈可点之处，然而总体来说依然缺乏真正意义上的新经验，问题在于想象力的匮乏——缺少对现实根基的突围和超越。又如沙蠡（纳西族）《寻找"鱼梦龙"》②，"鱼梦龙"是纳西人对一种紫褐色蘑菇的称呼，这个意象作为一种象征贯穿在小说始终，使得原本就扑朔迷离的情节更具有宿命般的神秘色彩。但是，过于随意的意象和碎乱的情节，使得一个可以有更加广阔空间的故事变成了一个猎奇外表下的空洞叙事。

第三是价值关怀。按照一般的文化学分析，"物质社会——文化结构——精神潜意识"构成了文化层面的递进层深，对于少数民族小说来说，仅仅描写物质层面的现实尚属浅显，而抵达民族文化结构的作品就已经屈指可数了，能进一步揭示出民族文化心理和潜意识则更是凤毛麟角。赵大年（满族）以前的作品如《西三旗》《公主的女儿》都是佳作，不过 2007 年初写的《属鸡的女孩》③ 却很是一般：史小凤在"文革"的时候因为家庭出身备受折磨，如今已经成为史各庄养鸡场的董事长兼总经理，一个人的命运就这样与时代捆绑在一起。也许是限于篇幅，但是作者对于深度挖掘的无所用心无疑戕伤了本来有发展余地的思想内核。北洛（侗族）《阿罗》④ 讲述了一个乡村寡妇的哀伤命运和爱情，宛如一首情意缠绵、无尽悲伤的侗族大歌，只是从悲剧美学的角度来说，因为没有性格与命运、时代与个体的纠葛，这只不过是个人微不足道的悲欢离合。崔红一（朝鲜族）《匿名信》⑤ 中几个退休的老教师对于校长的不满引发出歌厅里的一封匿名信，这个寻常的情节附带的匿名信的书写者的心理动态才是小说的主角。李先生的心理活动和行动活脱脱一个"小公务员之死"的现代版，但是作者并没有再努力去发现这种小公务员心理的渊源和后果，因而也就使得小说的价值打了一些折扣。余达忠（侗族）《少年良子的成长》⑥ 是一个乡村少年的成长史，平淡无奇，许多年来无数像良子、花狗、老桶那样的山村少女都是如此成长的：他们在年少时可能懵懂顽

① 朗确：《阿卡然迷》，《民族文学》2007 年第 6 期。
② 沙蠡：《寻找"鱼梦龙"》，《民族文学》2007 年第 8 期。
③ 赵大年：《属鸡的女孩》，《民族文学》2007 年第 1 期。
④ 北洛：《阿罗》，《民族文学》2007 年第 6 期。
⑤ 崔红一著，陈雪鸿译：《匿名信》，《民族文学》2007 年第 5 期。
⑥ 余达忠：《少年良子的成长》，《民族文学》2007 年第 6 期。

皮，长大后渐渐归于平静与日常，挑起生活的重担。成长主题也是小说的经典母题。之后，惜乎作者在生活的表面打了个水漂之后戛然而止，没有给读者带来必要的惊喜。阮殿文（回族）《1993 年秋天的一次失踪》① 是一篇通篇洋溢着自恋情绪的回忆体小说，作者没有像凯鲁亚克一样有着一泻如注的叙述快感，他总是延宕着高二时期一次逃学外出的经验、感受、体验，尽管他总是做出深沉的、自我检讨的、反思的语气，但是在回首当年的北上经历中充满着压制不住的洋洋自得。回忆总是如此，会过滤许多东西，并且在进行加工时不自觉地美化自己，不过恰恰如此，让我们得以窥见 20 世纪末一个乡村文艺小青年的躁乱、迷惘和自我刻画的面孔。然而这样的面孔，如果仅仅是个体的孤芳自赏，它的价值不免就要让人起疑。

自然，批评总是很容易，我们从作品中找到它独具的特色和优点才是富于建设意义的。不过，我倒并不认为我的批评是无的放矢，因为恰恰是这些在我看来依然存在着不完满的地方，蕴发着少数民族文学创新与突破的契机。这是不足之所在，也是提升之起点。贺绍俊曾经用高原上的平庸来形容时下的小说创作，② 意思是当下小说的创作水平普遍起点较高，但是缺乏突破性的高峰式作品，就像是一块平坦的高原，海拔很高，却没有异军突起的山峰，这个比喻也可以用在少数民族文学的现状上。不过，通过上述的扫描，我们也可以感受到一种在平庸中的躁动和隐隐突破的企图，因为少数民族文学毕竟有着多样化文化资源的优势，这是任何单一精神传统资源所不可比拟的优势，尤其是在交流对话日益增多的语境中，无论是碰撞还是融合，它们所蕴藏的生机和活力都容易被激发出来，从而形成文学天空中璀璨的火花，如同"西兰卡普"③ 一样色谱多元、风格多样、光彩照人。

---

① 阮殿文：《1993 年秋天的一次失踪》，《民族文学》2007 年第 9 期。

② 贺绍俊：《高原状态下的平庸和躁动——2005 年中短篇小说评述》，《创作与评论》2006 年第 2 期。

③ "西兰"是铺盖的意思，"卡普"是花的意思，"西兰卡普"即土家族人色彩明艳、花纹复杂的织锦。

第三章　五个维度

　　如果给我们时代的文学状况作一个白描，大致可以说，这是一个文本生产过剩，大众阅读力相对不足的时代；文学事件广受关注，而文本本身遭受忽略；视听图文等"泛文学"大行其道，大众厌倦深度思考的波普消费时代；文学已经远离了思潮与文化的核心地带，特定的个案和人物却能够成为一定时间里的公共话题。像一切过往的时代一样，对于文学而言，这既不是最好的时代，也不是最坏的时代，它只是一个不好也不坏的时代。2008 年少数民族文学的阅读体验，给我的最大感受就是：这是一个寻常年份，没有比此前几年更有惊人之喜，但是亦不乏可圈可点的踏实资质。

　　对 2008 年进行盘点，很容易成为一个公式化的程序，尘埃尚未落定，我们往往会在心急气喘的归纳中造成评价上的失衡和错谬，因而它并不能提供一种有效的文本检阅方式。不过这又是必需的，它至少在某种程度上可以形成一种大致趋势的扫描，提供一种带有符号意义的回放，为后来者进一步的探究提供一个按图索骥的导引。

　　让我们从阮殿文（回族）的小说《谁偷了父亲的母子牛》[①] 开始这一年的少数民族文学之旅。这个小说写的是远在家乡的父亲在妻子离世、儿女外出的情况下，与一对母子牛相依为命的故事。某一天这对被父亲视为珍宝的母子牛却被偷走了，万般无奈的父亲只能求助于在北京的儿子，希望他能资助再买一头。漂泊的儿子此时也是内外交困、无能为力，愤激之下写了一篇散文《谁偷了父亲的母子牛》，谴责偷牛的贼，抒发自己的情绪。事情忽然出乎意料地发生了逆转，本来正准备等已经临盆的母牛生下小牛就将它们卖掉的偷牛贼，无意中读到了这篇文章，发现正是自己初中老师写的，同时也被感动、羞愧和罪恶感所折磨。最后出现了一幕戏剧性的场面：偷牛贼在深夜

---

　　① 阮殿文：《谁偷了父亲的母子牛》，《民族文学》2008 年第 4 期。

中将牛送了回去，父亲丢了两头牛，却收获了三头牛。这是一篇可以从多种角度讨论的小说，比如父亲与牛之间相濡以沫的和谐、小偷善性的觉醒，但是我觉得最值得一提的却是对于文学力量的信心。事实上，从情节设置上来说，小说显得过于巧合与偶然，然而这种传奇色彩正显现了文学的书写在不经意中对于现实的修改：文学可能不会带来经济或者其他方面的实利，然而它的力量却足以温暖父亲、打动懒散懈怠的派出所所长，甚至感化小偷，使他回心向善。从这个意义上来说，这篇小说成为一种关于文学在当下社会语境中的乐观主义的寓言。

带着这个熨帖的寓言以壮行色，我将 2008 年度的少数民族文学概括为五个重要的路向或者说热点所在，其实不唯 2008 年如此，它们也是近几年来文学关注的带有普遍性的一些问题。但是置诸少数民族文学这一特定的框架之下，我们会发现有些问题可能更加强烈和敏锐，从而凸显出少数民族文学的特性所在。

一、公共性

从社会、文化、经济、民生等诸多方面来说，2008 年都是不平凡的一年。对于许多重大事件，比如汶川地震、北京奥运会、神七飞船的太空行走，少数民族文学都通过诗歌、散文、速写等形式做了迅速而积极的回应；而在特定的时间，比如三月的"女性文学特辑"、五月的"青年文学专号"，都有少数民族文学的身影。这些情形一再地显示了文学与生活之间互动和交往的努力。在持有"纯文学"观念的批评家看来，这些行动可能是一种媚俗的背离，或者是某种应和主导性意识形态的姿态。事实上，文学的观念有很多种，"纯文学"只是 20 世纪上半叶形成于西方、影响于中国现当代文学观念的一种，有其局限性和特殊性。而文以载道、诗以言志从来都是中国古典文学的鹄的，固然这也可以做多种解释，不过关注公共性是一个伟大的文学传统，在当代少数民族文学中可能比主流汉语文学要体现得更为充分。

文学本身就是一种意识形态，对于公共性的诉求显示出它的追求与效应、责任与雄心、合法性及其应用阈限。同时，文学的公共性也是对于某种偏狭固执的文学观的反拨——如今我们不是听到越来越多关于文学需要"超越、神性、神秘、人性深处"的论调吗？但是，无论如何高蹈，文学总是根植于特定的地方、时间、个体和心灵。回避当下最迫切的问题、最朴实的态度、最体己的关怀、最实在的心理，其实是一种虚伪和孱弱。如果我们对于文学评论中的马太效应抱有警惕，那么在 2008 年的少数民族文学中可以看到，许多小说可能并不是一流的作品，有的甚至缺少修剪、质木无文，不过却反映了当下民族生活和民族写作的种种真实面相。

2008 年是改革开放 30 周年，围绕这个主题展开的许多作品不同于前卫文学的地方在于，它们似乎有些"落后"或者"过时"，没有那么"现代"乃至"后现代"。比如彭兆清（怒族）《最后的神井》① 乍看之下，似乎是个非常落伍的题材：缺水的龙达当村人在退伍回来的村长丁松的带领下，破除对于神鸡山的禁忌，引水下山来饮用，而村里唯一的神井被废弃了。这是个"现代化"叙事，可能在当下时髦的文学书写中已经遭到摒弃，但是其所写的故事却可能正是发生在边远少数民族地区的现实，从这个角度看，对少数民族的文学书写一定要带有内部的眼光、同情之理解，方可以不带有偏见。向本贵（苗族）《蓝溪故事》② 是个近距离描写乡村一级干部的现实作品，因为作者丝毫没有典型提升的欲望，我们甚至可以称之为"真实主义"。村支部书记张士杰就是日下不计其数的农村基层干部之一。他可能在日常生活和工作中会出于便利，而与周围的乡邻有着千丝万缕的联系，甚至带有个人的某些缺陷，但这些都不妨碍他依旧是个称职且品性正直的干部。张士杰因为村里修桥选址与村民李树同发生龃龉，因为李的误解和羞辱，他在心灰意冷与不被理解的恼怒中愤然辞职，但是在山洪暴发的深夜却出于责任和伦理意识，在抢救李的孙子时被大水冲走。这可能只是无数动人的乡土故事中随手撷取的片段，但足以凸现主旋律文学在创作中的价值取向。

高深（回族）《橘生淮南》③ 写的是好不容易考到京城的青阳最终选择用自己所学的水利知识回乡报效故土的故事，其中浓厚的温情令人感慨，尤其是青阳的女友金凤的理解与宽容，可以看作对日益功利化的社会风气中传统美德的一种呼吁。孙春平（满族）《换个地方去睡觉》④ 悬念的设置引人入胜，雁洲沥青厂的老厂长老贺退休之后到女儿家生活，但是总碍于亲家母也在此照顾外孙，彼此起居不太方便，所以和认识的朋友老曹互相换地方住。但是一周之后老曹忽然回来，对老贺冷嘲热讽，原来老贺在雁洲的口碑非常之差，连累老曹也被谩骂。这究竟是为什么呢？直到小说最后才揭晓谜底，原来老贺被工厂里的下岗工人们误解，认为他伙同自己的徒弟也就是后任的厂长出卖了工人们的利益。实际上老贺却是个两袖清风，一心以自己个人的

---

① 彭兆清：《最后的神井》，《民族文学》2008 年第 2 期。
② 向本贵：《蓝溪故事》，《民族文学》2008 年第 8 期。
③ 高深：《橘生淮南》，《民族文学》2008 年第 1 期。
④ 孙春平：《换个地方去睡觉》，《当代工人》2008 年第 5 期。

力量试图弥补工人们损失的好人。冉启培（土家族）《哨长和他的新搭档》①写的是西藏边疆乃则拉峰哨所里一群边防军人的故事，以哨长孙大勇和新来的上尉为主角，没有太多情节的渲染，而以质朴、简单、粗粝的文字表现出一种简洁的美学。惊心动魄、艰难苦辛与牺牲壮志，都在轻描淡写中被淡化为一股纯洁的奉献精神。在当下的写作语境中，这是一种干净利索的特色与风格。如果从形式上看，这些小说显然不是那么"先进"，不过不能否认的是，这才是当下少数民族文学的切实生态。

　　普飞（彝族）《山妞早到》② 可以说是个当代的童话：一个贵州布依族的小姑娘文芬在云南一个小县城的郊区农村，与流浪的父母拾荒，在一般人看来充满苦楚的境遇中，却没有丧失美好的心灵，和村里的乡亲相处都很愉快，还教会了顽固了一辈子的王固老爷爷识字。这是一个美好到虚幻的故事，就如同朗确（哈尼族）的《阿布摩托》③，都可以称之为叙述改革开放"帕累托效应"的应制小说。许长文（满族）《秋夜》④，我猜想原先的书名应该叫"人鬼"，人鬼是小说中对烧冥纸、看尸体的守夜人的称呼。资深的人鬼王三在村里的首富李老吉吃东西噎断气后被请去看尸，因而得以窥见这个"先富起来"的家族所牵涉的方方面面的利害关系。李老吉在外面包养情妇生了李小吉；和发妻生的儿子李又吉觊觎父亲的遗产，同时与父亲的情妇有染；而父子正合谋将不义之财转移到香港，引起了检察院的调查。谁都希望这个时候李老吉死了，以避免审查，所以当假死的李老吉在停尸的时候醒过来时，反而所有人合力把他真的气死了。王三参与了整个事情的过程，并且借机敲诈了一笔不义之财，却在喝酒时醉死。我们看到在这纷繁复杂、千头万绪的情节中，实际上贯穿着"人"与"鬼"之间的移形换位，而促使人鬼不分的核心就在于"金钱"，小说有意无意中继承了批判现实主义的遗产。

　　苏柯静想（裕固族）《白房子黑帐篷》⑤ 中的"白房子"与"黑帐篷"两种意象各自代表了汉文化和裕固文化，不过小说没有往文化寻根或者隐喻的方向发展，而是写了赫藏牧场上的一个爱情悲剧。赛特尔与英男相互倾心，然而场长希望自己的儿子巴特娶了英男，神汉"土地爷"在给英男母亲兰花"治病"时的胡言乱语导致二人同心而分别的悲剧。老实的巴特在和英男结婚后也因为"土地爷"的胡乱治疗造成瘫痪，他自杀以成全参加自卫反击战受

---

①　冉启培：《哨长和他的新搭档》，《民族文学》2008 年第 7 期。
②　普飞：《山妞早到》，《民族文学》2008 年第 7 期。
③　朗确：《阿布摩托》，《民族文学》2008 年第 9 期。
④　许长文：《秋夜》，《民族文学》2008 年第 10 期。
⑤　苏柯静想：《白房子黑帐篷》，《民族文学》2008 年第 6 期。

伤的赛特尔和身心俱疲的英男。尧熬尔（裕固人）的宽容、豁达、坦荡在三个年轻人中间自然流露，而对于神汉的批判则让人看到传统神权在现代社会中的遗害及其溃败的趋势。哈丽黛·伊斯拉伊勒（维吾尔族）《心中的故事》① 以一个即将做父亲的人的回忆自传体形式，讲述了拜合提亚尔前半生的经历：少年时代因为家里贫困和朋友的引诱堕为罪犯，在监狱中悔过自新，出狱时已经人到中年，但并没有自暴自弃，而是通过开出租车、办餐厅自立自强，终于使得生活有了起色。在辛勤奋斗的过程中，拜合提亚尔又遇到了同样走过人生弯路的古丽巴哈尔，经过一番苦难，两个人终成眷属。这是个线性发展的人生经历，似乎没有太多值得关注的文学技巧，但贯穿于其中的戏剧性细节和精细的心理活动却无比鲜活，使得小说具有极强的可读性。更主要的是小说洋溢着一种积极向上的情绪，在以颓废、沉沦、个体、私密、解构为时尚的整体文学环境中，这种坚持美好心灵的教化追求与乐观开朗的审美风格尤为可贵，让人看到一种源自于《福乐智慧》的文学传统。

潘灵（布依族）《别处》② 更像是个寓言故事：滇西白云观的邱若水道长意外收到山西三台山道观的邀请函，聘请他去做道长。不久，他的尸体却在三台山被片警吴小未发现。吴小未在和刑警鲁刚到云南办案的过程中侦查到真相，原来邱若水曾经怂恿养鱼起家的张家桥到别处寻求幸福，张家桥懵懵懂懂中到了三台，却成为黑煤窑的矿工，最后虽被解救却沦落街头蹬摩托。他将自己的不幸归咎于邱若水，因而造成惨祸。有意思的是，调查过程中鲁刚因为羡慕缉毒警察的威风，误杀了公安卧底。作者通过吴小未的反思，表明这三个人的悲剧都是因为不满意于本来的生活，寻求别处的虚妄的幸福造成的，似乎要表明一种各安其位的秩序观念。

如果细加体察，不难看出这些作品共同的特点在于题材上的对于传统与现代博弈中的"现代性"倾向，这里的现代性可能更多集中于政治、经济、社会、文化上，而并没有自反的审美现代性，更多是延续着启蒙话语的途径，而缺乏启蒙自我循环与自我瓦解的更新潮的说法。从创新的角度来说，可能它们很难让批评者满意，因为没有让他们兴奋的亮点——诸如观念的裂变、先锋的思想、形式的突破之类——然而它们却反映了少数民族生活与书写的实际情形。这种真实性源自于身临其境的同情与体察，而不是疏远于民众处境的文学理想，因为看法总是要陈旧过时，而事实永远动人心魂。近年来当代文学研究界对于"人民性"的讨论颇多，关于文学艺术要"为人民服务，

---

① 哈丽黛·伊斯拉伊勒著，铁来克译：《心中的故事》，《民族文学》2008 年第 6 期。
② 潘灵：《别处》，《民族文学》2008 年第 8 期。

为社会主义服务"的提法被重申，那么人民性体现于何处？在我看来，对于当代少数民族生活的公共性参与无疑是其中重要的一种。从这个角度而言，这些平凡的作品有着值得关注的价值。

二、文化的物哀

在现代生活方方面面狼奔豕突的追逐中，少数民族文化固然在非物质文化遗产保护、文化多样性共存的语境中得到主流话语的重视，然而许多敏感的作家认识到在科学、技术和信息传媒的高速运转中，许多传统不可避免地陷入残阳夕照的局面，有可能被取代和消亡，因而对于本民族文化的同情、哀伤、悲叹、赞颂、爱悯、怜惜，就构成了一个重要的主题。在"青山遮不住，毕竟东流去"的趋势中，他们用一己之笔留下文化的印记和心路的历程，或者带有砥柱狂澜的悲壮，或者饱含黄昏依恋的婉曲，为自己的民族留下一抹渐行模糊的身影。

周辉枝（土家族）《古道遗梦》① 通过"我"在松茂茶马古道的一次浪漫之旅，同"只耳朵"和黑大汉的交往，讲述了古道的文化与历史。作者有着清晰明确的文化意识，在叙事中通过黑大汉的讲述穿插了大量的风土传说和习俗故事，虽然有时候显得有些生硬，但不失为一种少数民族作家对于本土文化的自觉和表述。赵德文（哈尼族）《烟农贾叔》② 的故事主线非常简单：菁头寨社长贾叔响应村长的动员带领村民种经济作物致富。这个小说能够从乏味单调的情节中立起来，可以说完全依靠作者对于地方性知识和风物的细致描写。这种描写是如此真切与细腻，以至于读者甚至可以抛开小说的情节而沉溺于作者所塑造的山寨风景人情物事之中，像是欣赏一幅民俗画卷。在这种无意识流露出的笔致中似乎透露出一种潜在的物哀气质，作者过于倾心"物"的描摹，所以人物的内心描写几乎可以忽略不计。也许这种对于周遭景物风情的重视，可能正是作者内心隐约意识到它们即将消亡，所以要将它们留存于纸上。

这种物哀气质是多方向的，既有对于特定文化理念的礼赞，也有对于某种陋俗的贬斥，更有身经历练后对于某种文化的透达理解。达隆东智（裕固族）《苍鬃母狼》③ 中的达尔基为了领取打狼队的奖金，不顾春天狩猎的禁忌剿杀了一窝狼崽，自然要受到母狼的报复，提示了人定胜天信念下对于自然

---

① 周辉枝：《古道遗梦》，《民族文学》2008 年第 1 期。
② 赵德文：《烟农贾叔》，《民族文学》2008 年第 10 期。
③ 达隆东智：《苍鬃母狼》，《民族文学》2008 年第 4 期。

的破坏，也免不了殃及于己、自食苦果的命运。萨娜（达斡尔族）《天光》[①]写到的开列热图是个历史模糊、仿佛起始就是终结的村子。哑巴女人的到来搅扰了这个丧失了时间感的地方的生活，她产下的瘤孩被视为不祥之兆，使得善良而蒙昧的乡民惶恐不安，最后乡民决定烧死这个口出神秘之言的"怪物"。通篇弥漫着一种蛮荒诡异的气息，主旨与叙事都消弭在萨满式的迷狂之中，可以说萨满文化的基质形成了这篇小说的整体风格。才朗东主（藏族）《低沉如叹息》[②] 中作者对于郭密草原上依然带有原生色彩的精神与现实生活状态，充满了爱恨交织、纠缠错结的情感。虔诚而淳朴的牧人旺杰救回流浪的央措，二人两情相悦，然而最终发现央措是还俗的尼姑。在传统的意识形态阴影中，旺杰无法接受这个事实，终究使得原本充满美好可能的故事变成一个精神沉垢下"无事的悲剧"。苏雅（达斡尔族）《波斯菊》[③] 塑造了一个和善勤劳、豁达乐观的瓦仁舅母形象，尽管历经多次不幸，却从没有放弃对于幸福的追求，就像一簇波斯菊花，无论经历怎样的风雨，只要给它一点点能够生存的土壤，就能够开出灿烂的花朵。在这个意义上来说，瓦仁舅母隐喻了达斡尔这个民族的坚韧根性。于怀岸（回族）《祖上的战利品》[④] 中老猎户帕望对日本间谍安倍一郎的态度，展现了乡野大众的朴素爱国热情。小说通过长长的铺垫蓄势待发，终于在结尾达出出人意料的高潮。

王华（仡佬族）《紫色泥偶》[⑤] 讲述的是一个人对抗整个世界的故事，铜鼓心疼月亮湾的那一坝好田被抛荒，执意要买头牛去犁田。他的行为遭到来自家庭（妻子水娘）、社会（村里的乡亲和月亮湾的乡民）乃至自上而下的意识形态（乡长以及乡长背后的整套现代商业运行法则）的层层反对，所有人都不理解他，除了一个老迈无力的顺儿爷。铜鼓周围的人群几乎每个人都对进城充满了一种近乎迷恋的向往或者至少接受了它所带来的便利——可以挣到钱，这也许是普通民众最贴己的关怀——因而铜鼓孤注一掷的行为就带有了不可理喻的色彩，他像一个明知不可为而为之的悲剧英雄，以一种偏执狂的精神不顾任何世俗利益的得失，一心要完成自己的心愿，而支撑他的仅仅是对于土地的珍惜。这块土地上的"蜘蛛"被自己内心编织的网困住了自己。作者利用叙述的特权，以类似主人公那样的坚忍将铜鼓逼上"虽千万人吾往矣"的绝路，以至于仅靠简单的内心愿望去支撑的铜鼓整个行动的情节

---

① 萨娜：《天光》，《民族文学》2008 年第 6 期。
② 才朗东主：《低沉如叹息》，《民族文学》2008 年第 7 期。
③ 苏雅：《波斯菊》，《民族文学》2008 年第 6 期。
④ 于怀岸：《祖上的战利品》，《民族文学》2008 年第 8 期。
⑤ 王华：《紫色泥偶》，《民族文学》2008 年第 11 期。

设置上的僵硬都会被读者忽略，人们到最后难免不被这个疯狂的农民所打动。可以解释的就是，源自铜鼓以及无数农民心中的泥土根性虽遭压抑磨损却依然生生不息，作者通过铜鼓悲壮的仪式性活动，对农耕文化在现代性操作中的沦丧做了一次精神上的凭吊。

格日勒其木格·黑鹤（蒙古族）在《犴》① 中以其底气十足的雄浑之力，呈现了东北密林中硕果仅存的鄂温克猎人格里什克和他的小犴的故事。使鹿鄂温克人是最后的猎人，他们的故事我在乌热尔图的随笔、萨娜的小说、顾桃的纪录片以及新闻报道中已经看过、听过很多。他们的生产与生活方式是现代化不可避免要抛弃的东西，也是现代性不可分割的伴侣，同时还是秩序构建和经济进步必然的副产品。因为每一种社会秩序都会使现存的人和他们生活的某些部分成为"不合适的""不合格的"或者"不被人们需要的"，而经济进步必须要淘汰一些曾经有效的生存方式，因此也一定会剥夺倚靠这些方式生存的人的谋生手段，比如鄂温克人的狩猎劳动。进步的允诺在其光环背后，是大多数人的价值观和文化对于少数人的忽略，这是一种无奈，也是历史的必然。格日勒其木格·黑鹤创造了一个民族的寓言，无法适应山下营房生活的格里什克与不可被驯服的犴是森林精神的象征，是自由、力量与万物有灵的和谐。值得一提的是小说虽然写的是一种文化的衰亡，但没有迟暮之气，却以根植于骨子里的自信赋予这个消亡的故事以一种达观和洒脱。

一只能把狼狗打败的羊是那么出人意料，因为它有悖于大多数人的常识，从而具有了趣味和特异之处。一切皆有可能，意外的只是因为没有遭遇，当买买提明·巴海（维吾尔族）在《怕狗不是好山羊》② 中以叙家常的口吻一本正经地讲述这个故事的时候，读者自然可以会心一笑。还值得一提的是昳岚（达斡尔族）《太阳雪》③，老太太奎勒总是像候鸟一样在城里的儿子家和村里的女儿家来回奔波，因为她想念儿孙，却又舍不得离开生息多年的家乡草原、林子与河边的垂柳。小说通过年迈的奎勒最后悟出：在城市/汉族文化与乡土/达斡尔族文化之间，它们的关系就好像天与地、太阳与雪的距离，也许原本就不是分得那么清的。这是一种民族文化交融的必然，本来各个民族文化之间虽然存在差异，但彼此之间并非铁板一块，而总是互动并存的。这篇小说放大一点说，在关于全球化与地方性、民族性与族裔观、一体与多元

---

① 格日勒其木格·黑鹤：《犴》，《民族文学》2008 年第 6 期。
② 买买提明·巴海著，克然木·依沙克译：《怕狗不是好山羊》，《西部：新文学》（上）2008 年第 14 期。
③ 昳岚：《太阳雪》，《民族文学》2008 年第 6 期。

等观念上，其实不经意间同许多极其前沿的人类学、文化学命题相暗合。

三、翻译文学

族际文学翻译与传播，可以说是少数民族文学最为引人注目的一个现象。在公众阅读的印象中，翻译文学似乎只与他国文学挂钩，少数民族翻译文学则提示了国内不同民族语言文学上的差异与互补、共生与共荣。这其中许多少数民族文学的翻译者，比如苏德新、苏永成（回族）、乌雅泰（蒙古族）、照日格图（蒙古族）、许东植（朝鲜族）、金莲兰（朝鲜族）、努尔兰·波拉提（哈萨克族）、伊明·阿布拉（维吾尔族）、克然木·依沙克（维吾尔族）、狄力木拉提·泰来提（维吾尔族）、龙仁青（藏族）等都默默地做了许多贡献。语言是构筑知识与思想的前定因素，而文学又是语言的艺术，在这些用少数民族母语创作的文学之中，也许最能直观地显示出言为心声、语作心镜的特色，它们是少数民族文学中最具有民族风情与文学个性的部分。少数民族翻译文学很大程度上赋予了"文学"以更开阔的界定空间，不同的民族、不同的语言，以及不同的文学观念，构成了文学多样性的生动画面。

比如端智嘉（藏族）《被霜摧残的花朵》[1]，首先值得注意的就是它的叙事形式，通过参与整个故事演进的人物自己——才让、拉姆、仁佑、兰吉、卓玛、彭措——的多声部组合共同来完成，将一个曲折忧伤的爱情与误解故事娓娓道来。这是个迟到的爱情，春天从夏天开始，最终才让走上了寻回兰吉的道路。整个小说虽然从藏语翻译为汉语，依然可以感受到其浓郁的民族特色，特定的比喻，带有文化积淀的象征，以及富于亲和力的叙事口吻，体现出藏族母语文学的艺术魅力。拉先加（藏族）《冬虫夏草》[2]写在生计的逼迫下，群增和伙伴才合加、周先离开故乡来到牧区挖冬虫夏草，但是辛辛苦苦挖的虫草只够抵消付给草场老板的钱。几经劳累奔波，一无所获的异乡人只能打道回府，只留下希望还不曾破灭的群增一个人孤身留在前途茫茫未知的小镇。小说以其不加修饰的质感将当代青藏高原上的下层藏民窘迫的生活呈现出来，在毫无润饰的真实现场中体现出藏民特有的性格与特色。正是在这样的母语创作小说中，我们可能更真切地看到一个民族赤裸裸的心灵。

对于本民族文化的灼热情感，往往贯穿于母语文学作品之中。满都麦（蒙古族）《尾随族群的流星》[3]谱写了一曲守望民族文化的长调。罗来将祖

---

① 端智嘉著，龙仁青译：《被霜摧残的花朵》，《民族文学》2008 年第 4 期。
② 拉先加著，龙仁青译：《冬虫夏草》，《民族文学》2008 年第 1 期。
③ 满都麦著，苏荣巴图译：《尾随族群的流星》，《民族文学》2008 年第 S1 期。

先传下来的鬃尾旌作为图腾。他的大儿子去美国娶了个美国老婆，二儿子去日本娶了个日本老婆，三儿子到北京娶了个汉族姑娘，四儿子在海南岛部队娶了个没有自己语言文字的少数民族姑娘，五儿子原本收到了加拿大的大学录取通知书，却被罗来烧掉，强行留在了草原上做牧民，以传承他的鬃尾旌。但是，随着城市化的进程，儿子也要搬迁到城里。最后，在迁徙的过程中，罗来将蒙古包焚烧，以身殉祭自己的民族文化。这个小说明显设置了带有寓言色彩的情节，通过罗来几个儿子的故事可以看到一个蒙古族作家的空间想象，而鬃尾旌的世代相传则是时间想象。当这种时空与人文交织的想象遭遇现实的冲击时，一个钟情于文化想象的老人只能通过死来维护自己心中的纯粹性。是高标孤守、以身殉道还是执迷不悟、抱残守缺，对于老人和作者而言，都是个双重悲剧。

贾地·夏侃（哈萨克族）《额尔齐斯河的女儿》① 中《额尔齐斯河的女儿》与《没有船桨的船》短小精悍，也带有象征意味。曼别特吐尔逊·玛铁克（柯尔克孜族）《埃里尼厄斯之爱》② 是个充满民族风情的爱情故事。莫尼·塔比力迪（塔吉克族）《山谷里的坟茔》③ 则将爱情、历史、传奇、地域特色熔为一炉。巴哈尔·别尔德别科娃（哈萨克族）《流金》④ 中的阿加尔大妈一生艰难困苦，然而从没有丧失生活的勇气，小说通过米尔扎西的回忆，将大妈一生中追求的"流金"升华为乐观积极的对于生活的信念。其铺张扬厉的修辞和语词运用值得注意，这似乎是哈萨克阿肯弹唱中注重形容与比喻的文学思维的内化。而胡安德克·奴斯普汉（哈萨克族）《故土》⑤ 通过爷爷哈里毛拉在随着儿孙们迁徙中依然要带上一捧家乡的泥土的细节，展示了"安土重迁"是整个中华民族共有的情感。

母语文学作品也有密切关注现实的一面。贾瓦盘加（彝族）《火魂》⑥ 就是一个讲述改革开放三十年的主旋律的作品。梁永哲（朝鲜族）《小男孩与青龙大刀》⑦ 通过落魄的"我"无意中遇到的一个流浪儿童以及他所讲述的经历，揭示出冷漠和创伤只能产生仇恨和暴力。小说的主题很有开掘的余地，

---

① 贾地·夏侃著，叶尔克西·胡尔曼别克译：《额尔齐斯河的女儿》，《民族文学》2008 年第 S1 期。

② 曼别特吐尔逊·玛铁克著，赛娜·伊尔斯拜克译：《埃里尼厄斯之爱》，《民族文学》2008 年第 S1 期。

③ 莫尼·塔比力迪著，苏德新译：《山谷里的坟茔》，《民族文学》2008 年第 S1 期。

④ 巴哈尔·别尔德别科娃著，努尔兰·波拉提译：《流金》，《民族文学》2008 年第 1 期。

⑤ 胡安德克·奴斯普汉著，努尔兰·波拉提译：《故土》，《民族文学》2008 年第 4 期。

⑥ 贾瓦盘加著，阿牛木支译：《火魂》，《民族文学》2008 年第 S1 期。

⑦ 梁永哲著，金莲兰译：《小男孩与青龙大刀》，《民族文学》2008 年第 5 期。

只可惜匆匆收场。许连顺（朝鲜族）《荆棘鸟》① 涉及边境跨国民族出国打工的现实。"她"为了能留在韩国，同一个人假结婚，丈夫和孩子在国内等了数年不见音讯。殊不知她已经同那个假丈夫成了一家人。丈夫在绝望中自杀，她其实过的也是寄人篱下的屈辱生活。小说有着可以深掘的主题，比如出国的原因、跨境民族的认同等，不过在作者女性的细腻笔调下，整个小说向情感路线走去，最终变成了韩剧中常见的悲情故事。永基卓玛（藏族）《九眼天珠》② 尚显得稚嫩，就如同小说通过小女孩达娃的眼睛和嘴巴诉说出来的爷爷和奶奶的故事。乐观开朗的奶奶虽然已年迈，却因为对于生命轮回的了然而潇洒豁达，通过对小孙女的言传身教，将藏族天然真淳的文化观念灌输到她那幼小的心中。当然，小说中有的地方说教意味明显，情节设计显得比较生硬，显示出一个青年作者的吃力之处，但是未经雕琢的天然淳朴自有别具一格的风味。穆罕默德依明·阿布都瓦里（维吾尔族）《特殊行当》③ 显示了维吾尔讽刺文学的悠久传统，通过"我"的自白，道出从事"诽谤"这一"特殊行当"的人物的心理动机与行为结果，对丑陋的社会现状作了机智巧妙的反讽。

麦买提明·吾守尔（维吾尔族）《白大寺》④ 在众多翻译作品中是一篇包含多重意蕴的精彩小说，全篇以边境地区的一座叫做"白大寺"的清真寺为线索，将对白大寺历史起源的不同叙述同现实的情节串联起来。两个闯荡世界的小伙子艾克莱木和塔依尔希望在白大寺寻找到财富，而白大寺的珍宝只不过是个似是而非的传说，塔依尔失望地奔走他国，艾克莱木则留在了白大寺旁边，同艾达尔老人的孙女古丽淑木罕结婚。六十年后，成为富翁的塔依尔回到旧地，物非人也非，年少的伙伴已经死去，唯留下他白发苍苍的妻子。塔依尔叶落归根感慨万千，希望能重建被破坏了的白大寺，然而他的想法遭到了人们的猜疑。人们陷入对白大寺珍宝新一轮的狂想之中，塔依尔重建的愿望只不过成为关于白大寺的无数传说中的一种。这个小说深沉的内涵有赖进一步的挖掘。而穆罕默德·巴格拉希（维吾尔族）《七月流沙》⑤ 以横云断峰的笔触写一辆在沙漠风暴肆虐中抛锚的长途汽车，一群身份不同的乘客，在随时可能被流沙埋没的生死攸关时刻，同舟共济、精诚合作面对困境。作者着重的是团结和尊重的主题，这大约也是一个维吾尔作家对于各文化交融

① 许连顺著，金莲兰译：《荆棘鸟》，《民族文学》2008 年第 S1 期。
② 永基卓玛：《九眼天珠》，《民族文学》2008 年第 5 期。
③ 穆罕默德依明·阿布都瓦里著，苏永成译：《特殊行当》，《民族文学》2008 年第 8 期。
④ 麦买提明·吾守尔著，苏永成译：《白大寺》，《民族文学》2008 年第 S1 期。
⑤ 穆罕默德·巴格拉希著，狄力木拉提·泰来提译：《七月流沙》，《民族文学》2008 年第 S1 期。

共生的心声。多样性指向于同一性，尽管语言不同、文化有异，但是同样作为中国文学，不同的少数民族文学也都表述了共同的中国故事。

四、底层叙事

底层叙事在近年来的文学创作中是一个较为热门的题材，它往往同打工文学、苦难故事、新乡土变迁勾画、城市普通市民描摹等联系在一起，由于直接来源于当下的生活而具有冰与火交织、天与人交战、善与恶争锋、人与鬼搏斗的张力。

杨英国（回族）《默化》①中，下岗工人张博和妻子努力地生活着，但是为了妻子再就业，正直善良的张博最终不得不投身于觊觎自己的前工会主席大姐的怀抱。社会风气的深刻转变平实而又沉重地浮现出来，小说中几乎没有可以称之为负面形象的人物，但是世道的残酷往往就在如此的真实中显示出其无可奈何之处。艾贝保·热合曼（维吾尔族）《出远门的少年》②里，少年穆合塔尔在和父亲上县城的途中遭遇了人生中不可预测的灾祸，被盗窃团伙拐走了。倔强的穆合塔尔一次次努力逃走，总归于失败，然而始终没有放弃希望。这个小说切中了一直以来少有人关注的社会边缘群体"维族小偷"背后的故事，具有冷峻的写实色彩。海勒根那（蒙古族）《手套》③写科尔沁草原上的恶劣环境让马富铤而走险走上犯罪的道路，然而在监狱中却误识损友桑布，妻子也让他骗走了。洗心革面的马富出狱后只想把在狱中做的手套送给妻子，以报答她的辛苦。最后却发现妻子的手在桑布的折磨下已经没有了，绝望之下杀了桑布。底层民众的生活如同一面折光的镜子反映出现实中种种的罅漏和不足，残忍的生活本身就这样扼杀了心底最后的希望。肖龙（蒙古族）《寻常事件》④讲述的是由一个几乎不能称之为事件的小插曲所引发的悲剧：老实巴交的牛倌满都海无意中瞥见邻居女人蝴蝶的屁股，两人发生口角。这个无心之失本身不过如同日常生活无数琐碎一样寻常而普通，却被满都海自己在想象中放大了，以至于要卖掉家中妻子塔娜视若珍宝的母猪给蝴蝶赔礼道歉。塔娜在丈夫的责骂中无望自杀，而她的死也不过是乡村中无数这样的"寻常事件"之一。触目惊心的结局与平淡无奇的场景构成了小说的内在张力，作者着力指向的却是权力无所不至的可怕，以及权力在潜移

---

① 杨英国：《默化》，《民族文学》2008 年第 1 期。
② 艾贝保·热合曼：《出远门的少年》，《民族文学》2008 年第 1 期。
③ 海勒根那：《手套》，《民族文学》2008 年第 1 期。
④ 肖龙：《寻常事件》，《民族文学》2008 年第 9 期。

默化中内化为人的主动屈服。与这样尖锐的主题相比，小说所采用的由不同人物多声部的叙述这个故事的手法就显得不那么重要了。作家们在这些作品中所显示出来的伦理勇气和仁爱之心具有动人的力量。

更加具有在场感的是方一舟（回族）《伊斯玛的生活片段》①，它以日记体自述的形式讲述了一个乡村青年在都市中的求职、工作、失业、恋爱等经历，因为有着真实的体验，所以本篇小说可以说是时下所谓"打工文学"的一个鲜明个案。从技巧与手法来说，小说的文本有些谫陋，但是以其充满质感的白描给人痛切的阅读感受。这同某些悲天悯人的作品不同，那些作品中作者书写苦难，并且为之扼腕叹息，但可能仅仅是一种姿态，展现的却是作者冰冷的矫情与疏离。杨树权（壮族）《消失的月亮》② 写画家"我"在北京学摄影的时候认识了从农村来学舞蹈的女孩阿珍，穷困潦倒的阿珍希望"我"带她去南方打工，然而最终成了"我"包养的情人。与此同时，"我"还有个贤惠善良的农村发妻阿蓉在家照顾瘫痪的父亲和三个子女。"我"因为阿珍怀孕了，就和阿蓉离婚，阿珍最后却流产了。这个故事的情节和人物性格设置都比较勉强，缺乏符合常理的叙事逻辑，因而尽管不乏大段的煽情与议论，始终难以具有让人感动的地方，只感觉悖谬和荒诞，粗糙而鄙陋。小说拖沓而冗长，不知道作者想呈现或者表达什么。我们大约可以这样说，如果苦难叙事仅仅停留在个体化的经历，没有做出升华与提升，基本上可以算是失败之作。

石竹（土家族）《山路弯弯》③ 讲述的也是一个苦难故事，进城打工的拴皮多年来毫无收获，最后靠卖肾才挣得自以为可以让全家扬眉吐气的钱。然而就在他回到家中的时候，才发现原来一家人都已经背叛了他：妻子柳枝已经和柱头好上了，并且怀有身孕，自己的儿子和女儿似乎也更认同于柱头。小说显然没有进行任何道德上的评判——事实上这些都是苦命的人，道德在生活的窘迫之前似乎完全失效。因此，当柳枝在拴皮和柱头心照不宣的默契中生下肚中的孩子给柱头做后代，故事似乎走向了一种暂时性解决的时候，作者却没有轻易放过他们悲惨的命运：柳枝患上了尿毒症，需要换肾，结果可想而知，等待这些农民的只有命运无情的宣判。苦难叙述实际上成为近年来乡土叙事的一种重要母题，这给出了一种提示，即对于苦难的态度，实际上就显示了作者的精神限度。也就是说，苦难在叙事中成为一种什么样的因

---

① 方一舟：《伊斯玛的生活片段》，《民族文学》2008 年第 7 期。
② 杨树权：《消失的月亮》，《民族文学》2008 年第 2 期。
③ 石竹：《山路弯弯》，《民族文学》2008 年第 5 期。

素，是仅仅成为一种展示的材料和场景，还是作为某种批判和引申的导火线，抑或是作为一种以备超越的黑暗背景。如果苦难显得无穷无尽，不可抗拒，毫无来由，事实上这是颓靡的、让人绝望的、失败的叙事，因为它让人看不到一线希望，只感到没有尽头的沮丧，而至少在我看来，文学无论如何应该提供一线安慰和光亮。

相形之下，杨仕芳（侗族）《我们的世界》① 以孩童的视角叙述了一个童年困窘、父母离异、家庭暴力的悲伤故事，叙述者通过简单、纯真乃至执拗的言说建构了一个区别于成人世界的"我们的世界"。这是一个自我封闭、虚幻自足，然而又是唯一可以逃避的空间，显示了一种绝不溃灭的希望和信念，在成人化的灰暗与颓靡中浮现出天然童心的力量，给读者以脉脉的温情。邓毅（土家族）《仪式的完成》② 同样有着出色而细致的心理描写，误入风尘的桂花从城里回到乡村，但是用身体资本获得的金钱并不能获得乡土伦理的认同归属感，于是桂花只能在镇上这个城乡之间的中介之处暂时存身。父亲死去，桂花回村办丧事，找到本贵用传统的跳鼓闹夜为父亲抬丧出殡。传统仪式的复归为被城市玷污的桂花提供了一个救赎的机会，最终得到了本贵的爱情。小说意在彰显残存的民俗传承在现代社会中的洗礼功能，而夹杂在文本中的现代性事物对于乡土传统的冲击比比可见，赋予小说以真实的力度，也赋予了小说以温馨的念想。

另外一些颇具特色的作品也有着值得称道的表现。比如敖文华（达斡尔族）《乡村纪事》③ 情节上着眼于对神权的批判，瘫子舅母吉雅就是因为"大仙"的胡言乱语、针灸虐待而导致残废。但是小说在无数横生的情节与关系中，侧重的则是永不言弃的生活态度。小说从叙事上来说显得有些散漫，但正是这种散文式的随意，赋予了乡村日常生活以真实感，也使得普通乡民吉雅一家在苦难中的坚持具有了超越性的感召力。何鸟（彝族）《夏家村的情结》④ 中，外乡人尚金山父子在夏家村似乎带有原罪，尚金山母亲也因被大户夏忠祖奸污而自杀。为了立足，尚金山的父亲忍辱负重，希望儿子能够复仇。小说通过第一人称"我"的叙事，将这个坚韧的复仇故事转化成了爱的故事，"我"最终和夏家的小女儿夏圆芳相爱。然而在似乎用爱化解仇恨的时候，夏圆芳却失足摔死。这是个从民间故事中演化出来的小说，带有民间叙事中对

---

① 杨仕芳：《我们的世界》，《民族文学》2008 年第 6 期。
② 邓毅：《仪式的完成》，《民族文学》2008 年第 9 期。
③ 敖文华：《乡村纪事》，《民族文学》2008 年第 6 期。
④ 何鸟：《夏家村的情结》，《民族文学》2008 年第 2 期。

于命运不可测的敬畏和生命的悲悯。

　　哈斯布拉格（蒙古族）《夜半枪声》^① 里，嘎玛拉和嘎尔迪从小到大就是对手，长大后又为了乌尼尔姑娘争风吃醋。嘎尔迪稍胜一筹，赢得了乌尼尔的心，但是情节忽转直下，他先是抛弃了乌尼尔，然后又抢了她的钱，并伪作强奸了她。小说最后才说明原因，原来嘎尔迪身患肺癌，为了乌尼尔和嘎玛拉的幸福，才出此下策。这个欲扬先抑的故事本无特殊之处，有意思的大约就是细节上的刻画，带有蒙古人特有的豪放和直率。修正扬（苗族）《恐怖事件》^② 中的故事本来很容易沦为一个蹩脚的三角恋故事，但是作者却用他巧妙的叙述与语言编织出一篇成功的小说。阳光底下无新鲜事，但是叙述的手法却各有不同，从而决定了一个作品的品质。马军与最好的兄弟连生的女友金蓉相爱，从而使三个人都陷入一种情义上的困境，但是他们都将之误认为本来并不相关的道德伦理困境，这中间的张力与现实社会环境的压抑一起支撑了小说向前发展的平衡，最后通过连生醉酒后胡言乱语而被警察当作恐怖分子抓走来解决这个纠结。事实上，连生早已知道事情的真相，他的问题解决了，内疚与痛苦留给了剩下的两个人。小说以一种诗歌的内在节奏，细腻而又深入地探查到友谊与爱情的深处。潘吉健（壮族）《残忍的青春》^③ 带有寓言的倾向，吉利因为有着与众不同的蓝眼睛，从小就被人歧视误解，获得了"杂种"和"哑巴"的外号，而他终究也为此在意外中送了命。小说会让人们对所谓"异类""他者""不一样的人"这些边缘个体乃至群体的命运有所思考，是否我们每个人都有意无意地向他们施加了不自知的压迫和伤害呢？从这个意义上来说，这篇简单的小说就具有了更深厚的象征意味。

五、女性话语

　　女性写作已经成为当代文学创作中一支极为重要的分部，在少数民族文学中也是如此。在这些少数民族女作家的写作中，有的与本民族的风情、心理、历史、现实发生关系，从而具有甚至超乎男性的角度和力度；有的文字缓和清朗，沁透人心，而又包含廓大，带有母性的仁厚无边；有的生发于来自身体的感受和体验，丰足柔韧，抵达人性的深处；更有的凭借想象的轻逸，体恤艰难时世的苍凉，又用女性的柔性去宽慰悲伤。

---

① 哈斯布拉格著，乌雅泰译：《夜半枪声》，《民族文学》2008 年第 2 期。
② 修正扬：《恐怖事件》，《民族文学》2008 年第 4 期。
③ 潘吉健：《残忍的青春》，《民族文学》2008 年第 9 期。

　　包丽英（蒙古族）《我遥远的蒙古高原》① 是个带有史诗气象的作品，写的是 1221 年成吉思汗攻占花剌子模国的玉龙杰赤之后到 1225 年进逼西夏受伤生病为止。这段时间长子术赤病故，又遇到了早年的安达札木合的后代，暮年的铁木真悲喜交集，也到了人生的最后关头。通过长篇小说节选的这一吉光片羽的部分，也可以感受到作者大气磅礴、举重若轻的叙述力度和广度。

　　白玛娜珍（藏族）《白桃花》② 写"文革"期间，藏族小女孩黛拉从拉萨到成都生活的一段经历。"白桃花"指的是风华蕴藉的精神病女人季玲，她的身世与经历似乎与整个时代形成了一种呼应：疯狂而又安宁，混乱而又正常。成都大院的生活更多展现出大时代中难得的静谧，通过黛拉质朴未琢的天真之眼更能观察到世间的残酷与人性中柔软的部分。苏莉（达斡尔族）《温顺表舅如今以及旧有的生活》③ 是一篇不声不响就能触动到心灵深处的小说，诉说的是在艰辛尘世中的坚韧与温情。小说的笔调平淡至极，也没有扣人心弦的悬念或者高潮，但沁润在字里行间悠长而深沉的感喟给人一种沉郁的力量，正是这种力量支撑着人们走过无数的苦难与辛酸。

　　冉冉（土家族）《妙菩提》④ 中，印刷厂厂主于成海面临工厂停产、母亲失踪、妻子王乙疯癫、情人替他炒的股票也折本过半的内忧外患，只能在心理医生和宗教的氛围中求得心灵上的平和。在诸事不顺的时候，忽然否极泰来，彩票中奖，股票也在上涨。然而，就在回乡迎接回家的母亲的时候，却遭受到乡亲们的围攻，妻子王乙只能将不是母亲的"母亲"接回家，可谓祸福相倚。最后，"母亲"被她亲生子女接走了，于成海他们决定一起开个敬老院。瞬息万变、错综复杂的生活和命运，可能是任何理性、科学或者种种规划好的蓝图都无法框定的，小说用了个令人费解的名字"妙菩提"大约也就是这个意思。阿满（满族）《老陈和他的青花瓷瓶》⑤ 写老陈退休之前是市档案局的副局长，作风严谨，只对收藏古董感兴趣，多年来他的收藏品已经组成了一个秘不示人的家庭博物馆。忽然有一天，他最初的收藏青花瓷打碎了，老陈从此认识到人生易变，而性情大转，与以前判若两人，开始卖藏品，找情人。老伴郭阿姨有苦难言，吃药自杀。老陈发现生活陡然空缺，在给女儿分完财产之后，悄然失踪了。这是个别致的人生小品，带有耐人咂摸的哲理意味。

　　① 包丽英：《我遥远的蒙古高原》，《民族文学》2008 年第 3 期。
　　② 白玛娜珍：《白桃花》，《民族文学》2008 年第 3 期。
　　③ 苏莉：《温顺表舅如今以及旧有的生活》，《民族文学》2008 年第 3 期。
　　④ 冉冉：《妙菩提》，《民族文学》2008 年第 3 期。
　　⑤ 阿满：《老陈和他的青花瓷瓶》，《民族文学》2008 年第 3 期。

　　情爱纠缠是女性文学最重要的主题之一，古丽巴哈尔·纳斯尔（维吾尔族）《石城女人》① 写祖丽阿亚特和她的爱人阿尔斯兰是大学时候的恋人，两人有个幸福美满的家庭，直到某一个平常的星期六，一个妓女的电话打破了安稳生活的天平。这是常见的都市中年男女的家庭与情感危机，祖丽阿亚特最终还是与丈夫达成了和解。作者通过第一人称细腻绵延的心理描写和场景铺呈，亲切可感，再现了一种无奈的现实。韩静慧（蒙古族）《将谎言进行到底》② 通过左钊与格子两个人互相爱恋又相互折磨的马拉松式的生活，展示了男女两性自古以来就存在的依存和争斗的恒久母题。快感与痛感之间的交织中透露出虐恋（sadomasochism）这一亚文化的鲜活个案。

　　有些更为年轻的少数民族"80 后"作家，有着令人欣喜的表现，让我们看到少数民族不光有传统的、民族的、地方性的元素，也有与发达地区、主流文学交叉的板块。米米七月（土家族）《隔夜仇》③ 读来很有些张爱玲小说乃至《红楼梦》中人物对话的白描技巧，可以说是笔致灵透，触角敏锐，有时候让人想起傅雷对于张爱玲的评价，"华彩胜过主干"。不过，细碎的城镇市民日常在小说中表现出一种坦然的面目，作者对于细节、动作、语言、心理、人情世故的敏感实在给人少年老成之感，尽管可能是故作老成，但是那种精雕细刻的耐心也已经显示出作者良好的天赋。

　　需要提请注意的是，上述对于 2008 年度少数民族文学以蠡测海的扫描其实只是以《民族文学》为主旁及少量其他刊物的切片式分析，并且以小说为中心。这样做的理由有二：一是《民族文学》作为全国唯一一种完全以发表各少数民族文学作品和评论为宗旨的官方刊物，因其超越了地域和族别的包容量而具有代表性，在少数民族文学刊物中，因其主导性地位和全国性的发行而在公众中产生了比其他同类刊物较大的影响。尽管在具体的编辑操作中可能会过滤掉一些异质性话语，但是依然较大范围地呈现了当下少数民族文学的实际情形。二是小说因为其自身优势，是现当代文学体裁中的强势文体，可以代表少数民族文学的主体创作实绩。这样来说，本章大体显示了 2008 年度少数民族文学的运行轨迹和话语图景。

　　从这些管中窥豹的检视中，我们也可以看出种种足以引起研究者注意的少数民族文学迹象：同在经济领域相似的是，外省少数民族文学人士向文化中心城市的单向流动，不仅是地理空间上的人流，也是文化场域的哺乳；伴

---

① 古丽巴哈尔·纳斯尔著，苏德新译：《石城女人》，《民族文学》2008 年第 3 期。
② 韩静慧：《将谎言进行到底》，《民族文学》2008 年第 8 期。
③ 米米七月：《隔夜仇》，《民族文学》2008 年第 10 期。

随着文化遗产和文化符号的传播，人口较少民族文学的声音进入大众传媒，暗示了新鲜文学力量的崛起，虽然前途未卜，也已令人兴奋不已；少数民族文学依然在其民族与当地的民众生活中发生巨大的影响，作为其生活的一部分，可能会引发关于诗性的智慧、人文日常的种种思考；少数民族文学不仅拥有源自其悠久传统的美学品格，也有应激当下的现实观察，同样也有关乎主流话语的思考，提示了一种多民族文学动态的景象。

第四章 四个问题

　　文学写作在新世纪以来发生的变化有目共睹，相对于甚嚣尘上的市场化商品文学和现代主义余脉的所谓"纯文学"，民族文学这一最初由官方文化规划下的严肃文学日益成为一种独特的文学现象——由最初带有众声合唱的一体化意识形态下的组成因素进而逐渐生发出自己的主体性话语，成为边缘处有力的多元分子。它所描写的现象、所关注的问题、所关怀的价值、所表述的诉求，已经超越了民族风情的展示、自我殖民化的压抑甚至民族独特性的表达，而成为带有普遍色彩的共同意识。换言之，它讲述的是中国故事，呈现的是中国形象，思考的是中国问题，民族身份的存在只是无数中国身份中的一种。

　　回望 2011 年的少数民族文学，愈加让人感到民族文学早已跃出了"民族"的限制，而带有整体的意味。而文学在其中所体现出来的意义恰如李进祥（回族）《就要嫁个拉胡琴的》[①] 中写的那个故事：画家刘一元在文化馆长沙爽、马支书的安排下，到山村写生，偶遇农民瞎二哥和二嫂。老两口一个拉胡琴，一个唱戏，在简陋的窑洞中，让刘一元感受到艺术的真正尊严——不以物喜，不以己悲，入戏成痴，不离不弃。小说似乎讲述了一个"不疯魔不成戏"的老套故事，然而不仅仅如此，它更多讲述了卑微中的崇高、低贱中的优雅，而这一切是对于艺术执着的投入所赋予的——瞎二哥二嫂也许不是成功的农民，但是他们用自己对于艺术真诚的态度，使自己从世俗庸常中超拔出来，使一切功利的欲求变得伧陋，放射出让任何人不能小觑的光芒。

　　以这种真诚的态度入手，我大致从 2011 年度民族小说的阅读体验中提炼出四个重大的问题——当然并非全部——借小说这一强势文体管窥这一年少数民族文学在文化建设和生产上的贡献和价值、经验和不足。

---

① 李进祥：《就要嫁个拉胡琴的》，《民族文学》2011 年第 1 期。

一、何谓差异性与流变性

从学科研究的角度来说，"民族"与"文学"都是现代的产物，当然并非说它们在"前现代"时期不存在，而是说它们作为能够为现代理性所观照的对象、独立为社会身份和文化生活中重要的品类，有待现代性的洗礼。按照经典马克思主义的论述，"民族"不是自然而来，也不会永久存在，"文学"随着世界性的生产流通，也必将走向世界文学。那么今日所言"民族文学"意义何在？

其实，也不必说"民族的就是世界的"这样似是而非的陈词，少数民族文学确实在实际层面体现了文化的多样性，尤其是在全球化背景下经济、信息和生活、消费方式日趋标准化、一体化的潮流之中，它的书写成为一种抵抗和彰显。阿尤尔扎纳（蒙古族）《一个人的戈壁》① 中，金矿公司的翻译嘎那在沙地上遇到大风暴，被埋于沙下，被年近耄耋的老太太尼玛达丽救下。老人一个人在戈壁上与众多的牲畜、野兽、草木和谐自然地生活在一起，远离尘嚣。在一起生活的几天中，嘎那从老人那里学到了许多原生态的生活方式和思考世界的方式，当他获救一年后准备来报答老人时，发现她和她的帐篷已经杳如黄鹤——也许正是害怕嘎那会带来开矿公司来破坏这片净土，老人决定将这块戈壁的秘密一个人带走。外来者的闯入与观察是描写"原生态"文化的一个常见视角，小说不落俗套的地方在于，它以老人决绝而沉默的消失，表明了一种坚守特定文化状态的信念。巴亚合买提·朱玛拜（哈萨克族）《神秘雪山》② 也是一个"外来者闯入"的母题。海边长大的外国人穆罕来到哈萨克山中，不相信山上也有鱼，因而和山民图兰踏上了雪山寻鱼的旅程。吃过山鱼之后，突遭大雪，深夜遇狼，让他由衷地感叹，是图兰让他们化险为夷，而他们一直要寻找的雪神其实就在身边。这样一个外来者受到教益，而产生对于本地文化的敬畏的故事，充满了浪漫与写意的色彩。天热（蒙古族）《白毛风》③ 里，牛贩子鲍金和鲍玉趁着白毛风泛滥，偷了布仁老爹与其木格老额吉的黄牛，但是在风雪中却被困住了，幸亏抱着黄牛的腿才免于一难，最后被布仁老爹搭救并原谅。白毛风就像是一场清洗罪恶的仪式，让迷失与污浊的心灵得到净化和升华。这些异文化的洗礼，让习惯于标准、规范

① 阿尤尔扎纳著，照日格图、山花译：《一个人的戈壁》，《草原》2010 年第 6 期，《民族文学》2011 年第 2 期。
② 巴亚合买提·朱玛拜著，叶尔克西·胡尔曼别克译：《神秘雪山》，《民族文学》2011 年第 4 期。
③ 天热：《白毛风》，《民族文学》2011 年第 7 期。

和统一的主导性文化接受了新鲜的认知。

不过，传统日益受到挤压也是不争的事实，随俗从变也是一切文化所必然要经历的蜕变过程。李万辉（瑶族）《埋枪》① 中，进山打猎的老猎人，遇到了一群白鹇，在与之周旋的过程中，老人回想起一生打猎的际遇，产生了心灵的震颤和对于生命的重新认识。这次捕猎以老人放弃猎杀，埋掉猎枪而结束。这是一种仪式书写，既是对于既往生活生产方式的告别，也是一种对于旧有文化和传统的缅怀。阿云嘎（蒙古族）《天上没有铁丝网》② 中的萨勒吉德更是一个民族传统的殉道者，他古道热肠，视朋友重于一切，然而在社会生产结构已然发生变化的情况下，原有的人情风俗必然也随之转型，从这个意义上固守传统道德的萨勒吉德就是典型意义上的悲剧人物。如此人物必然要面对命运的选择，或者与世浮沉，或者孤注一掷。他的选择是离开家乡，因为草原上已经布满了铁丝网，原本的友情、亲情和温情在经济利益的驱动下也被分割开来，传统的共同体瓦解了。小说的结局虽然是决绝地走向悲情，但是它提出的问题并没有解决：如何在这样一个传统族群共同体受到冲击的背景下，重塑人们的精神和情感？这需要更多人的努力，文学在这个意义上也许是关键的利器。

各民族文化一直处于交流折冲的状态，唯其边界模糊，故可以相互翻译沟通；唯其核心稳定，故总葆有其精粹特质。尹向东（藏族）《鱼的声音》③ 就典型地体现了这一点：鱼因为无法说话，所以不能诉说自己的痛苦。汉族支边医生苏医生投身西藏，一开始因为不懂藏族习俗钓鱼，被藏族汉子绒布狠狠地羞辱了一番。许多年过去，已经成了半个西藏人的苏医生机缘巧合到绒布家给他的妻子看病，又勾起了那番屈辱的回忆。但是，绒布早已忘却。苏医生让绒布打鸽子给病中的妻子改善营养，偶然却发现绒布一家并没有按照他的指示，而是在驱赶鸽子，免得被苏医生杀了。文化的差异是如此的细微而又深入骨髓，虽然经过多年的融合也始终有着彼此无法沟通的层面。小说设置了鱼的隐喻，象征了文化之间彼此失语，难以通约的尴尬。如果这是"异则相敬"的差别，那么瓦·沙仁高娃（蒙古族）《草原蒙古人家》④ 则体现了"同则相亲"的认同。学艺术的女博士浩碧斯哈拉琪琪格到草原看望幼时抚养自己的色布吉德玛额吉，遇到了布日古德才得知额吉已经去世。久居

① 李万辉：《埋枪》，《民族文学》2011 年第 8 期。
② 阿云嘎著，哈森译：《天上没有铁丝网》，原载《花的原野》（蒙古文）2011 年第 1 期，《民族文学》2011 年第 11 期。
③ 尹向东：《鱼的声音》，成都：四川文艺出版社 2011 年版。
④ 瓦·沙仁高娃著，朵日娜译：《草原蒙古人家》，《民族文学》2011 年第 12 期。

城市的琪琪格在草原上治好了胃病也找到了爱情，并且和布日古德一家亲密相处，打算教他女儿学艺术。这期间琪琪格和布日古德发生了关系，布日古德在她要离去时因为保护黄羊被捕猎者杀害。回到城市的琪琪格生下了草原留给她的儿子。这个故事并不符合世俗伦理，却不显得龌龊。因为一切本乎自然，反映了人性的复归，从另一个意义上来说，也折射出蒙古族的文化差异性。

文化的差异性在某些文本中有着极端的表现，木琼尔（陈璐，蒙古族）《孤儿》① 决绝地表现出执拗的民族情感，这种情感由于过于偏激以至于失去了现实的根基。当代蒙古族大学生阿斯根和成吉思汗时代的草原孤儿交相辉映的现实与虚构，都笼罩在作者一意孤行的民族情绪之中。这种情绪不知所起、无有所终，也许恰恰如此才是一种主观的真实。然而更多的时候，这种情绪融化在自我的充实之中，流于偏激和保守。比如张世文（藏族）《喜马拉雅》②，以诗一般的语言，刻画了一个晦涩、空灵、神秘莫测的世界。在这里，神人未分、人兽同欢、智慧未启，疯癫与文明的界限还没有划定，给人如梦如幻、如痴如醉的感受，面对这样的文本，理性的分析似乎处于失语的困境，而宗教、信仰与心灵的质地则正好凸显出来。德柯丽（鄂温克族）《小驯鹿的故事》③ 讲述一个被母鹿抛弃的头胎小驯鹿如何被收养又如何无法适应人类世界而死去的故事，其中可以见到一些地方性知识的片段。德本加（藏族）《人生歌谣》④ 和《太阳落山时》都是人到暮年时候对于时光、命运的感悟，隽永却又无法用某个特定的话语套路予以归纳。浩日沁夫（蒙古族）《穿过季节的雨滴》⑤ 中，从事地方志研究的"我"在对乌日图高勒庙的考察中，勾连起曾祖父、一代神医洛布桑·夏力布的前尘往事。夏力布在十七岁成婚不久后就决然出家，这样的事情即便以后见之明也无法参透背后的奥秘，也许只有对于宗教的迷狂才可以略作解释，但是这种迷狂恰是弥漫在日常之中，所以给整个小说带来了一种似梦如幻的感觉。这些小说用主流小说的评判标准显然是不适宜的，它暗藏着一个民族内部心灵的机密。

在残留着人神未分、万物合一观念的一些少数民族那里，尤其是在有关自然生态这样全人类需要共同面对的问题时，少数民族文学提供了可资借鉴

① 木琼尔：《孤儿》，《民族文学》2011 年第 10 期。
② 张世文：《喜马拉雅》，《民族文学》2011 年第 4 期。
③ 德柯丽：《小驯鹿的故事》，见中国作家协会编：《新时期中国少数民族文学作品选集·鄂温克族卷》，北京：作家出版社 2015 年版。
④ 德本加著，万玛才旦译：《人生歌谣》，西宁：青海民族出版社 2012 年版。
⑤ 浩日沁夫：《穿过季节的雨滴》，《民族文学》2011 年第 9 期。

的思想资源。格日勒其木格·黑鹤（蒙古族）《狼谷炊烟》① 以风起，以风结，狼谷中年轻的牧人那日苏和他的狗巴努盖、索尧、索拉格的故事就如同大草原上被风吹过来的炊烟，袅袅欲断却又连绵不断。老的牧羊犬像迟暮的英雄一样慷慨悲凉，新一代又茁壮而起，人和动物都在这片苍茫的大地上生生不息、跃动不已。这几乎不是一部小说，而是一部史诗，关于草原的竞争、死亡、新生，既有人类学视野中的细描式的刻绘，也有社会学观照下的民俗式展示，更有未被现代工具理性点染的野性雄浑之美。类似题材的还有艾则孜·沙吾提（维吾尔族）的《狼崽"蓝眼"》②。阿希木阿洪大叔在怜悯之下捡回了一个狼崽子，从此和这个后来被唤作"蓝眼"的公狼发生了一系列恩怨纠葛。人与狼在相处中产生了浓厚的感情，但是"蓝眼"终究非池中物，在与蓄养生活的冲突过后还是回到了自然。此后又两次救了主人的命，但最终还是带领狼群袭击了主人的牛群。小说显示了真正的众生平等的观念，人与狼都是在天地间挣扎搏斗，赢得自己生命的尊严。从这个意义上说，这才是真正的生态关怀，而不是仅从人类中心角度书写的"生态小说"。

关于人、人性和不可索解的人生，列维—布留尔（Lucien Lvy-Bruhl，1857—1939）所谓的超越感性与理性的"元逻辑"显示出其经久不息的魅力。胡马尔别克·壮汗（哈萨克族）《无眠的长夜》③ 就是这样一个诗性智慧的产物，小说展现给读者的是一个个怪异的情节、荒诞的场景和超现实主义的画面：少年叶塞的迷魂之旅，哥哥叶山的梦游怪病，草坪上那个村长一骑上就会地动山摇的骆驼石，阿克琪娜尔的小腿和白杨树……作者在引言中写到"睡眠—黑夜，思维—光明"，而"无眠的长夜"可能就是反抗黑暗和蒙昧的一种举动，小说中的一切似乎是在非理性的驱动力下做着没有规则的运动，然而这正是人们不屈服于黑夜的探索。叶塞的老师写了个算式：人 = 鬼 + 神 + 树木 + 石头 + 狗 + 蚂蚁……我们赫然发现，这正是情节中出现的关键词，小说于此也揭示出其主题——对于"人应该是什么"进行不屈不挠的探求。对比这种带有魔幻色彩的真实，达拉（达斡尔族）《拎着酒壶的女人》④ 体现的苍莽朴野则是另一种元气淋漓——只是因为最简单直接的道义，整个冬天猎人卡腾在裤子沟寻找一个拎着酒壶的傻女人，这并非简单的底层的患难相恤，并不存在任何的功利目的，而仅仅是自古以来人性中的伟大承担。他们

---

① 格日勒其木格·黑鹤：《狼谷炊烟》，济南：明天出版社 2016 年版。
② 艾则孜·沙吾提著，苏永成译：《狼崽"蓝眼"》，《民族文学》2011 年第 9 期。
③ 胡马尔别克·壮汗著，阿里译：《无眠的长夜》，《民族文学》2011 年第 4 期。
④ 达拉：《拎着酒壶的女人》，《民族文学》2011 年第 9 期。

的生命和生活可能卑贱，但遮掩不住人性光辉的闪现。

无论是承传还是流变，民族和文学都面临着选择，选择并非二元对立式的没有协商余地，而是充满各种生长可能的空间。次仁罗布（藏族）的《神授》① 大约就是这样一个寓言：色尖草原拉宗部落的放牧娃亚尔杰被格萨尔王的大将丹玛选中，成为格萨尔王神授的说唱艺人。此后便与一匹神秘的狼相伴在草原上四处传唱格萨尔王的事迹，直到有一天被拉萨的研究所选中来到城市。与在广阔天地中给牧人们自由说唱不同，在拉萨拥挤凌乱的办公室中，亚尔杰是对着一台录音机。他经过许久的磨合才能适应这种非自然的状态，而随着时间的推移，故乡来人，带来了色尖草原的消息：崎岖的道路已经被柏油马路代替，家家都有了广播电视，青年人不再爱听格萨尔的故事，人们更热衷的是挣钱和盖房子。亚尔杰在录音间的说唱变得日益艰难，神灵似乎不再光顾他，为了唤回通神的能力，他决定回到色尖草原寻找灵感，然而故土已经不复往日模样。这是一个寓言式的农牧写作，表达了常见的挽歌主题。结尾是亚尔杰在玛尼石堆旁遇到了等待神授的少年。少年的梦想非常简单，就是希望能够拥有神灵的力量，从而离开草原，去到繁华的都市。亚尔杰说："神灵需要安静，他们永远不会再来了。"孩子则虔诚地说道："我们明天再来吧，他们会来的！"这里似乎象征了两代人在市场化、商业化的时代中各自的信仰与选择：年长一代遭逢变化的阵痛，痛感神灵已死；年青一代则怀着信念，旧日的神灵可能会以另外的形貌再次降临。关于心灵、情感、精神的探索，也许不是某种单一的理念可以涵盖，这个结尾显示了开放性、多元性、可选择的种种可能，也正昭示了少数民族文化在"多元现代性"话语中的未来。

二、主旋律如何诉说

2011 年是十七届六中全会号召文化体制改革的时候，少数民族文学无疑遇到了历史上最好的发展时机。书写主旋律、弘扬民族精神是少数民族文学自诞生起就包含的题中应有之义。从 20 世纪 40 年代的延安文艺座谈会上的讲话，到社会主义新中国的"百花齐放、百家争鸣"，文学"为人民服务，为社会主义服务"，再到新时期以来的"以正确的舆论引导人，以高尚的精神塑造人，以优秀的作品鼓舞人"的导向和政策，一脉相承。

主旋律的两重关键：一是如何重写历史，二是如何表述当下，这两方面

---

① 次仁罗布：《神授》，《民族文学》2011 年第 1 期。

在 2011 年度的民族小说中由于舆论和媒体的引导，出现了一系列成果。回眸历史，从中发掘民族精神的动力和各民族团结的凝聚源泉，突出地表现在各民族人民反帝反封建的斗争历程上。那家伦（白族）《金沙屹》① 中写金沙江边的白族山民金江龙受"大碉楼"之命从滇西北运送烟土去贵州，返回的途中雪中遇险，被长征中的红军所搭救。在同行相处中，金江龙帮助红军渡江，彼此结下深厚的感情，却因为家人的缘故不得不返回。回到金沙屹的金江龙已经家破人亡，爱人朵霞不知去向，在寻觅朵霞的过程中，受压迫的民众自发组织起来成立了"中央红军朵霞支队"。金江龙将红军的八角帽、马灯作为一种象征，这正是表现出了长征作为宣言书、宣传队、播种机的历史性意义，正是在与兄弟民族水乳交融的过程中，中华民族凝聚成了一个不可分割的整体。

新民主主义革命和抗日战争是考验和打磨中华各民族的冶炉。韩静慧（蒙古族）《吉雅一家和欢喜佛》② 以蒙古族普通妇女吉雅为中心，刻画了她家庭生活的不幸：没有责任心的丈夫将两个儿子都送到寺庙当喇嘛，出于对儿子的思念，她也开始信佛。在日军殖民东北的背景下，她连这样的日子也无法苦熬下去，大儿子麻子从日本人那里将寺庙的宝物欢喜佛偷出来放在家里，结果被父亲哈莫卖出去换酒喝。因为被日本人发觉，麻子差点丢了命。二儿子乌恩给日本人当翻译，不知不觉走上了贩卖祖先文化遗产的道路。最后，麻子与日本间谍春上同归于尽，而流落在日本的乌恩也产生了文化意识的觉醒，完好地从日本带回了被掠夺去的文物。这一家人的经历，实实地刻画出普通蒙古民众是如何一步一步从自在走向自觉。小说不事雕华，却自有动人心魄的品质——历史在其运行过程中，往往就是这样一些并无高尚追求之朴实民众在关键时刻充当了中坚的力量。徐岩（满族）《寻觅》③ 也是讲述普通人的故事，吴嫂在丈夫死后按照生活的惯性帮助丈夫的同志林宇光，实际上直到最后她才知道林宇光的任务是寻找杨靖宇将军的头颅。因为林宇光的一句话，吴嫂到死都没有向敌人吐露半点机密，这是因为她找到了精神自觉的支柱——她是革命者的同志。小说情节简单却在克制的感情中体现了认同的力量。《小人物》④ 也将目光转向那些血与火的年代中无数为反抗帝国主义、建设新中国奉献过的普通民众。克勤克俭的棉布商纪少财、尚处于青春

---

① 那家伦：《金沙屹》，《民族文学》2011 年第 7 期。
② 韩静慧：《吉雅一家和欢喜佛》，《民族文学》2011 年第 8 期。
③ 徐岩：《寻觅》，《民族文学》2011 年第 7 期。
④ 徐岩：《小人物》，《民族文学》2011 年第 7 期。

求知时代的大梅、少祖母缨楠、管家李德满、连名字都没有留下的母亲、音乐老师上官红、王先生、茶馆老板君女士、书店老板宋铁民……正是这些无名的英雄，在革命中无怨无悔地倾家殒身。他们有的并不真切理解自己行动的内涵，但是凭着朴素的正义和爱国情感做出了合乎历史正义并让人敬佩的抉择。这些大地上的民众筑成了深厚而不事声张的"中国的脊梁"。

当代题材的书写中，则体现了在物欲横流、功利当道的时代对于不屈于世风的崇高人格的向往。孙春平（满族）《倔骡子关巧云》①就描写了这样一个人的生命史。出生时就时乖命蹇的关巧云靠着包在牛粪中才捡回一条命，从小就显示出倔强的个性。部队拉练时受伤失去了生育能力，他成了名副其实的"倔骡子"。然而关巧云却是个善良的人，雪中送炭，收留了未婚先孕的女人，他的倔也并非无理取闹，只是守护着刚正不阿的基本原则，为此在转业地方当司机后得罪了无数领导。最后，因为帮被拆迁的尹老太太打抱不平，自焚身亡。这样一个性格鲜明到几乎类型化的人物显然不是普遍现象，而是作者倾心打造的一种精神象征。唯其稀有，恰构成了当代英雄渴慕的一维，也体现了作者对于世故圆滑世风中凛然风骨的呼唤。向本贵（苗族）《远山》②塑造了一个松树坡村支部书记刘青翠的"高大全"形象，这样带着全村人奔小康的人物显然倾注着作者的理想化色彩，塑造这样一个并不真实的人物，也许正反映了现实中对于此类人物的心理渴求。王树理（回族）《桑落屯》③中的老何则是一个退休后发挥余热造福乡里的农业技术员。1961年旱灾的时候，老何的父亲带着一家人在黄河滩涂上开荒垦种，立下了桑树屯这个村庄最早的雏形。多年后，老何重回故土，植树造林、灭虫改树。这是个无私的人物，小说的细节充满生活的质感，打破了假大空的俗套。

除了底层民众和干部这样的人物之外，和平年代的军人也是颇具特色的题材和形象。王向力（蒙古族）《守礁》④用事无巨细、照单全收的叙述将守护在南中国珠穆岛上的几个士兵的日常生活以亲身体会的方式展示出来，这种叙述形式恰恰与岛礁上的寂寞、乏味、无聊、重复的生活内容相合拍，为读者展示了一种少为人知的军旅生涯，带有纪录片的品质。苦金（土家族）《为了明天》⑤选取了"5·12"汶川地震，重庆黔江消防支队前往映秀救灾的重大题材，故事从一个身量单薄、颇有个性的小战士马云入手。马云似乎

---

① 孙春平：《倔骡子关巧云》，《民族文学》2011 年第 11 期。
② 向本贵：《远山》，《民族文学》2011 年第 11 期。
③ 王树理：《桑落屯》，见《第二百零七根骨头》，银川：宁夏人民出版社 2012 年版。
④ 王向力：《守礁》，《民族文学》2011 年第 7 期。
⑤ 苦金：《为了明天》，《民族文学》2011 年第 12 期。

是个刺儿头，却在关键时刻为了救一个小女孩，壮士断腕，用发明的锯子把自己手指切下来。小说没有悲情的笔调，在不经意的寻常白描中可见日常中的英雄主义。

用阿尔都塞的意识形态"召唤"机制来说，主旋律就应该不遗余力地推行自己的理念。从这个意义上来说，"民族风格，中国气派，世界眼光，百姓情怀"的定位恰如其分，在贯彻实施时也取得了一定的效果。不过较之于"十七年"时期少数民族文艺留下的影响至今的文化遗产，当下民族文学主旋律的书写和传播尚不能说完善，如何打造出真正让大众喜闻乐见的有着广泛深远影响力的形象和理念，仍有待进一步的提高。

三、情感与信仰

叙事与抒情向来被认为是不同文类体现出的不同倾向，小说由史诗而下的厚重气息在少数民族文学中却体现了与抒情并行不悖的风格，这也是中国文学特有的风范。表情言志实为文学书写最为重要的内容，情感作为维系共同体的基本元素在少数民族文学中也几乎成为一切作品若隐若现的基质。少数民族女性作家迅速崛起，随之而来一个值得注意的现象是有关情感的诸种表述：爱的不死梦想，欲望的纠葛不清，都市情感的不可靠，传统贞洁观念的回响，纯美的追求，沧桑的认知……情感的另一维度是对于理想的执守，无论是真爱的呼唤还是乡土伦理的守望，抑或是宗教性质的沉浸，都在这里显示出了民族文化心理波澜不惊却又根深蒂固的影响。

女性故事最能体现出情感的多样面相。周建新（满族）《暖池塘》① 中的"暖池塘"是个比地面还高的水塘，在严冬腊月依然雾气升腾，没有结冰，与主人公汤镬形成一种同构的象征。汤镬作为汤家驴肉的第七代传人，可以说是姥姥不亲、舅舅不爱。她长得奇丑，出生时就差点被父亲烫死，哥嫂姐姐处处自私拿强；父亲死后，又流离失所，被迫嫁给无赖张二闲，在家里做牛做马；尽管靠着辛勤苦干，用汤家驴肉为家里挣得财富，但出于爱心捡了个兔唇的弃婴春囡，却被婆家全体抵制，险些酿成大祸；好不容易家中光景有些起色，无良的哥姐又要来分一杯羹；即使是春囡后来成了广告明星，汤镬也还是无法摆脱辛苦的命运——要替家里盖房子……可以说，这是一种极限写作：将人物置于极端的处境中，从而提升出人性中坚韧恒久的光辉。汤镬无穷无尽的磨难使得她像被树立了一个圣徒般的形象，而小说也出离于现实

---

① 周建新：《暖池塘》，《民族文学》2011 年第 1 期。

的路径，走向符号象征的丛林，但它显然不是欧美现代主义的路数，而是与古典说部传奇中的苦情传统暗合——主人公曲折离奇的悲苦命运以及她独立承受、不屈不挠反抗命运的精神，唤醒了人们集体记忆中久远的同情与感动。陶丽群（壮族）《漫山遍野的秋天》① 是个有着多重意蕴的文本。三彩像汤镬一样，是个矮小丑陋的女子。正因为如此，外貌仿佛成了她宿命的原罪，她之前的两个男人都是骗了她的钱财之后扬长而去。这反过来造成了三彩浓重的防御心理，她一心想生个自己的孩子，而对于目前的男人黄天发也心存疑忌。天发是个苦命人，因为家贫入赘女家，虽然人品厚道又踏实肯干，终究因为没有生殖能力而无法落户生根，只能不停地在重峦叠嶂间游走，直到遇上三彩。孩子问题就成为推动整个情节发展的张力和动力，但与可以预期的漫山遍野的黄豆收获相反，孩子始终没有出现。在求子的过程中，涉及另一个重要的线索，即关于巫术与道术的信仰问题，三彩希望从赵巫婆那里得到帮助，尽管她也未必全然信奉，而仅是出于现实的祈求。想象中的神巫并没有带来任何的帮助，倒是三彩在与赵巫婆的傻儿子芭蕉偶然的性关系中，机缘巧合怀了孕。三彩最终与黄天发互相谅解，毅然接受了命运不可索解的秘密安排。小说是以女性的视角展开，具有深沉的悲剧品格，既有人物心理的细腻描画，也有结构的巧妙编织，而在对于女性、宗教、人、大地之间关系的精神探索中，显示了大气磅礴的素质。阿娜尔古丽（维吾尔族）《女人的宿命》② 中霍果果自幼和母亲黑寡妇在盐湖城的瓦图巷中相依为命，母亲为了生存而出卖尊严和肉体，弃女而去。十三岁的霍果果来到老师东方城家中改名紫霞，却又受到善妒的后母梅姨的虐待。梅姨离婚而去，东方城与带着女儿亚霞的舒柳重新组建家庭。紫霞大学毕业后只身奔赴二连浩特寻找母亲，结识画家海曙，巧遇已经落魄街头卖水果的梅姨。紫霞回到家中才得知亚霞因为爱上继父割腕自杀，舒柳精神崩溃，父亲愧而卧轨自杀，从父亲的遗书中她才知道了一系列真相，也在附近的村中找到母亲的骨灰。紫霞最终和继母舒柳走出阴影，与海曙结婚。这样的情节有着长篇小说的容量，浓缩在短篇之中自然有些局促，不过作者对于女性意识嬗变成长的把握，显示出了一定的潜力。

对于情感的探索甚至涉及一些不太为人关注的层面，比如金仁顺（朝鲜族）《梧桐》③ 就是关于中老年妇女的再婚问题，文章短小却极具寸劲，所谓

① 陶丽群：《漫山遍野的秋天》，见《母亲的岛》，南宁：广西人民出版社 2016 年版。
② 阿娜尔古丽：《女人的宿命》，《民族文学》2011 年第 6 期。
③ 金仁顺：《梧桐》，《民族文学》2011 年第 1 期。

尺幅兴波。惠真与玉莲母女之间的爱恨纠缠、情理交织的矛盾与体贴、刻薄与宽宥、计较与包容都显示了作者对于女性心理与生理细致入微的观察与体验，而对于日常生活细节的捕捉尤为让人称道，在冰冷的文字下透露着悲悯的人间烟火气息。欲望的勃发与挣扎特别体现在金革（朝鲜族）《热铁皮房顶上的猫》① 中，单从标题看，这篇小说是对美国戏剧大师田纳西·威廉斯同名戏剧的致意，不过这同时也是一个已经移植到中国本土的朝鲜族故事。因为妻子长期在韩国打工，留守的杂志社编辑丈夫与另一个留守女人菲·雯丽发展成为情人。在分别七年之后，妻子终于要回国之时，他不得不与情人分手，而其中最难处理的却是那只作为两人之间情感见证的猫。他试着用无数种方式摆脱这个猫，送人、卖掉、丢弃，但猫就像一个幽灵一样始终阴魂不散，直到他忍无可忍将其扼杀，但欧·亨利式的结局是：归国的妻子听说他的猫"丢了"，带给他的礼物就是一只猫。猫在小说中隐喻的"欲望"和"自我阉割"的主题，借此也体现出它经久不衰、难以殒殁的顽固，这是根植于人的本能欲望的不可磨灭的印记。海达西·帕提牙克（哈萨克族）《邻居家的女人》② 也是如此，中年男人因为常常帮邻居女人做杂事，渐渐落入温柔陷阱不能自拔，欲望的炽火被点燃却得不到发泄，到最后才发现原来这一切不过是个精心设计的骗局：女人想利用他将自己的丈夫撞残废，从而获得高额的保险赔偿。这可以说是一个警示故事，让那些心猿意马的人们怵惕心惊。和晓梅（纳西族）《我和我的病人》③ 则触及城市女性的略带病态的畸形情欲。"我"是一个作家兼心理咨询师，唯一的病人是贵妇小敏，这样由两个女人牵连出来的故事显然是关于女性、城市、疾病的隐喻。小说通过小敏的心理疾病和城市中出现的莫名其妙的大蛇这样两个换喻，不免让人想到冯至的名诗《蛇》。这恰恰是一篇讲述焦虑、无聊和寻觅的现代情感寓言。在失去信仰无可依托的时代，小敏这样的城市女病人所有的诞妄、抑郁，对于丈夫歇斯底里的怀疑，与"我"的寂寞、无奈和追寻，构成了现代城市人情感的一体两面。谢晓雪（满族）《角落蔷薇》④ 中蔷薇和白、莫南、庄渔三个男人之间的暧昧情感纠葛，辅之以桑林对小黛的赤裸的情欲及其金钱关系，让整个小说充满了潮湿压抑的气息。这是现代城市中真情的寻求与匮乏、真爱的探索与失落。文字略显矫情，倒是与小说整体的氛围颇为契合。与之对照，图尔逊

① 金革著，金丹译：《热铁皮房顶上的猫》，见中国作家协会编：《中国当代少数民族文学翻译作品选粹·朝鲜族卷》，北京：作家出版社2014年版。
② 海达西·帕提牙克著，努尔兰·波拉提译：《邻居家的女人》，《民族文学》2011年第4期。
③ 和晓梅：《我和我的病人》，见《呼喊到达的距离》，昆明：云南人民出版社2012年版。
④ 谢晓雪：《角落蔷薇》，《民族文学》2011年第12期。

江·穆罕默德（维吾尔族）《泪湿眉睫》① 则回归传统，讲述贞节的可贵与宽恕的美德。大学里偷吃禁果的阿迪莱与萨比尔被开除，萨比尔的母亲无法接受这样的事实，咒骂排斥，并将萨比尔支出家门做生意，造成他出车祸死于非命的悲惨结局。阿迪莱流离失所，历经苦难才安定下来，十年后的一次上坟之旅，才让两个女人彼此原宥。

无论如何，对于纯洁简单情感的渴望根植于几乎各种民族文化的深处。艾赛提·阿布都热西提（维吾尔族）《白纱巾》② 讲述了一个纯洁的情感故事，伊利报社记者艾力库提与几个乌鲁木齐大学生结伴而行去野狼谷的旅途中，遭遇山洪，他以自己的勇气和沉着带领众人脱离险境，并救了落水的姑娘祖丽阿娅提。姑娘的男友艾里却心生嫉妒。深夜里，他们受到野狼袭击，艾力库提只身出去与狼群搏斗，幸亏遇到哈萨克老人的解救。安全回到城里之后，祖丽阿娅提无法抗拒地爱上成熟可靠的艾力库提，但他已经结婚生子，只能理智地割断爱恋。最后，艾力库提因为在那次遇险中被狼咬伤，不治身亡，祖丽阿娅提得知消息后追逐着被狂风吹走的、艾力库提送的白纱巾痛哭流涕。这个小说平铺直叙，没有特别的技巧和刻意渲染的场景，而是通过娓娓道来的故事，展示了当代维吾尔青年的现实情感。蔡晓龄（纳西族）《情人节的礼物》③ 是丽江古城旅馆中的一个断章，颇具小资意味。荷兰留学生斯蒂文热爱这里的土地和文化，在情人节自杀于雪中。人世间总是充满一些不可解释的情感和事情，就让它们像自然一样存在就好了。

一些让人欣喜的 90 后作品也让人印象深刻，青春写作有其单薄与简单的一面，然而从某种意义上来说，这恰是其缺乏世故濡染的真纯和洁净。比如张牧笛（满族）《梦里有谁的梦》④ 里，安小果和金翎夏高中的恋情就如同一个凄美的童话，虽然虚幻，却又空灵；不滞于物，唯任心灵的至诚至性。还有康琬欣（满族）《又见初夏》⑤，作者是个并无太多生活经历的高中生，正因如此她的虚构和想象能力表现得颇令人欣喜。小说通过两个刚刚工作的合租女孩夏初和何茉的交往以及对于夏初高中阶段的初恋回忆，最后达到对于爱情的理解，尽管尚嫌稚嫩，却在人们情感生活普遍充满阴霾的当下，充满

---

① 图尔逊江·穆罕默德著，苏德新译：《泪湿眉睫》，见中国作家协会编：《中国当代少数民族文学翻译作品选粹·维吾尔族卷》，北京：作家出版社 2013 年版。

② 艾赛提·阿布都热西提著，甫拉提·阿不力米提译：《白纱巾》，见中国作家协会编：《中国当代少数民族文学翻译作品选粹·维吾尔族卷》，北京：作家出版社 2013 年版。

③ 蔡晓龄：《情人节的礼物》，《民族文学》2011 年第 11 期。

④ 张牧笛：《梦里有谁的梦》，杭州：浙江少年儿童出版社 2011 年版。

⑤ 康琬欣：《又见初夏》，《民族文学》2011 年第 10 期。

了对幸福的期望，也许虚幻，却给人以安慰。

更为成熟的情感认知则更具理性色彩。王华（仡佬族）《伍百的鹅卵石》① 显然不是个现实意义上的故事，而是一种"阴谋与爱情"的情感寓言。镇长老婆马琳因为丈夫的出轨而歇斯底里，预谋在他生日时将他毒死。在等待谋杀的日子里，马琳在焦灼不安中对镇上的傻子伍百随便施舍了一碗面。此后伍百一直跟着她，送给她鹅卵石，让她心存怜悯。马琳在与伍百的交往中，终于放弃了谋杀的计划，和向她求婚的伍百在桥上举行了一次虚拟的婚礼。这一切充满了荒诞和非理性的意味，而最后马琳选择重新生活，放弃康复中心的工作，到脑瘫儿科做护士，并在照顾伍百的生活中寻找生活的感悟——像石头一样坚硬而简单地活着。小说的结尾透露出开放的不确定性：马琳担心他们的出租屋总有一天装不下伍百每天捡回来的越来越多的石头。爱情似乎只有在非理性中产生和终结，而纯粹的感情又只是建立在"出租屋"这样的脆弱空间之中。人狼格（纳西族）《怀梦草》② 中打工的诗人和爱人无法融入城市的生活，不仅是物质上，更是精神上的贫困。但是他的爱人也不为母亲所接受，因为她被视作种蛊的女人。故事以女人的意外死去结束，透露出一种深沉的无奈——理想在任何空间与时间也许都是一种奢侈的梦想。难得的是，世事洞明之后还能保持乐观和宽容。刘永娟（壮族）《丢丢的舞蹈》③ 里，中年妇女张喜悦骤然遭逢人生中最大的坎：一向恩爱的丈夫李刚在她毫不知情的情况下死于与情人幽会极乐之时。她的朋友陈敏之在劝慰开导她时，对自己的生活也产生了深刻的感悟：她的儿子丢丢在出生时就染色体变异，经历十六年之后，尤其是张喜悦夫妻的事故之后，她终于明白了面对命运，个体的超越才是最终的途径。众生皆苦，无知无识的丢丢的舞蹈，才是诗意存在的最后理由。这篇小说通过一个俗套的故事展现了我们时代难得的理想主义残留。

情感当然并非生活的全部。凌春杰（土家族）《深海钓》④ 写老赵约张总到深海中钓鱼，两个事业成功的男人在几天的交流中对工作、生活、情感和家庭都有了进一步的体悟。米合拉依·木莎（维吾尔族）《轮聚》⑤ 里，依合巴丽和女伴们轮流坐庄聚会，这种中年妇女的聚会慢慢成为攀比和展示的无聊活动，也引起丈夫热夏提的不满。但依合巴丽最终参加了一个很有意义的

①　王华：《伍百的鹅卵石》，《民族文学》2011 年第 7 期。
②　人狼格：《怀梦草》，《人民文学》2011 年第 9 期。
③　刘永娟：《丢丢的舞蹈》，《民族文学》2011 年第 10 期。
④　凌春杰：《深海钓》，北京：中国财政经济出版社 2012 年版。
⑤　米合拉依·木莎著，祖力菲娅·阿不都热依木译：《轮聚》，《民族文学》2011 年第 7 期。

轮聚——慈善募捐——为自己的生活找到了一种新的意义。在生活的磨难中，葆有一颗坚忍执着的心灵，也许是俗世红尘中最后皈依之处。苏兰朵（满族）《女丑》① 说的是个"戏子有义"的原型故事，二人转女演员碧丽珠的鲜明个性增添了小说的戏剧化元素，加上题材中春华剧场戏班子的故事，更使得小说有种"元戏剧"的意味。作者的描写极其精彩，使得这个并不新鲜的题材焕发出让人难以抗拒的魅力。而在"仗义每多屠狗辈"的底层患难相恤的故事背后，还有一个女演员从美旦向女丑的天翻地覆式的转变过程，艺术与生活二者相互映衬，这让人想起粤剧《虎度门》及同名电影。舞台上与生活中的巨大逆转并非为艺术痴狂的极端，而是在人生厚重沉淀和艰辛捶打后的"满堂红"。是悲是喜，如鱼饮水，冷暖自知。

信仰在这个时候就显得特别重要，具体信仰的对象且不说，但最终需要持有一种精神的向度。李梦薇（拉祜族）《扎拉木》② 在这方面有着警示的意味。无量山中的孤儿扎拉木与百兽和谐共生，盗猎者却时时窥伺着这片未被开垦的处女地。一次盗猎者巴箩等人捕猎麂子，如果不是泥石流的到来，连扎拉木都险遭他们的毒手。他因为信奉福音教主娜迪的博爱之说，召来大象将盗猎者救起。这个小说最引人注意的地方无疑是涉及边地山区民众的信仰问题，原先的万物有灵、敬畏自然观念在现代逐利思想下逐渐式微，外来宗教如基督教趁机进入，占据了一部分精神领地，提请我们关注心灵和精神的问题，也许可能比经济更为紧迫。过尽千帆之后，也许梦想未必能够成真，但是守候信仰的过程本身就已经构成了生命的筋骨。李其文（黎族）《没有什么比一场雨来得突然》③ 中农民何俊强的妻子郑月娥突然出走，在他的寻找过程中，底层的麻木、粗鄙和无奈触目惊心地次第展开。郑月娥本来就是买来的妻子，两个人也无所谓情感，在艰辛而又缺乏温情的生活中妻子出轨及至最后的出走也是意料之中，只是对于当事人来说显得晴天霹雳一般。然而，何俊强的寻妻并非出于爱情，而仅仅是出于对苟延残喘的生活最后一线希望的维护，因而使整个故事显得更为绝望。当何俊强的朋友猴子在县城的休闲中心遇到一个貌似郑月娥的妓女时，是不是她本人已经不重要了，因为这并不是个"突然"的事情，即便找到了，也没有解决问题的办法。在精神已然坍塌的社会结构之中，无休止的寻找过程反而可能是最根本的状态，小说也

---

① 苏兰朵：《女丑》，《北京文学中篇小说月报》2011 年第 12 期。

② 李梦薇：《扎拉木》，见中国作家协会编：《新时期中国少数民族文学作品选集·拉祜族卷》，北京：作家出版社 2015 年版。

③ 李其文：《没有什么比一场雨来得突然》，见中国作家协会编：《新时期中国少数民族文学作品选集·黎族卷》，北京：作家出版社 2014 年版。

在这里显出了深切的悲悯。德纯燕（鄂温克族）《旅行者》① 对于人物的心理描写堪称绝妙。退休的林校长无法压抑少年时代旅行的梦想，终于决定出发，而在旅途中却因为老伴的去世不得不中道折返。梦想似乎注定无法实现，然而年近古稀的林校长终于明白，其实自己早已经是人生的旅行者。这是个富含哲理意味的精致短篇，超越了同样篇幅的很多作品。

四、如何现实，怎样真实

由于各方面因素的制约，长期以来民族文学大部分都是以农村题材为主，近些年随着城市化进程的加速和工业化、商品化带来的农民外出务工问题，也给写作带来了新的刺激因素。如何表述当下民族的现实，是一个重要命题。现实当然不等于真实，而真实很可能并非现实，如同亚里士多德所说，诗比历史更真实，心灵的真实就可能更为现实。当然，很大程度上现实主义手法的少数民族作家写作已经越过了民俗展示和风情化叙事，直面严峻甚至荒诞的生活。

田耳（土家族）《韩先让的村庄》② 是一篇非常机智的小说，在文本中随处可以撷拾到精彩的句子和见解，不过它最成功的地方在于，塑造了典型环境中的典型人物，那就是鹭庄与韩先让。鹭庄就是全国各地随着旅游产业开发蜂拥而起的景点的代表，而韩先让则是领风气之先的创意策划人物。值得一提的是，韩先让是鹭庄本地人，所以他开发村庄的行动，可以视为本土、局内人的实践，从而为读者提供了一种观察当下文化语境中特定文化现象的视角与标本。小说显示了 19 世纪以来现实主义写作的能量依然没有被耗尽，反而具有常变常新的力道，只要作者有足够的耐心、观察力和批判的勇气。

秦风（土家族）《闷火》③ 这篇小说凸显了在我们社会中已经日益显著的阶层冲突：村中的富豪姜大炮纵容孽子姜小峰砍伤底层贫民陈友和儿子陈布二的手臂，仅仅是因为陈布二无意中在拥挤的车上蹭到了他的女朋友。这种由于贫富不公造成的各种资源和权力的差别，直接导致了无因的暴力压迫，也激发了底层的怨毒愤恨。小说敏锐地捕捉到这种弥漫于社会中由于现代性畸形发展而产生的暴戾和仇恨：从来以和为贵的陈友和怒发冲冠，要和姜家打官司，而姜大炮通过偷梁换柱将姜小峰支到广东打工。当这件事情被发觉后，窝囊的陈布二也被激发出了不可遏制的戾气，走上了寻仇之路。小说没有给

① 德纯燕：《旅行者》，见《好时光》，兰州：敦煌文艺出版社 2015 年版。
② 田耳：《韩先让的村庄》，《小说选刊》2011 年第 3 期。
③ 秦风：《闷火》，《民族文学》2011 年第 8 期。

出结尾，但是可以想象，如果没有健康的社会体制来调谐基尼系数增大的阶层鸿沟，悲剧只会不断地发生。从这个意义上来说，这是一篇直面现实、有着极强批判意义的作品。王凤林（蒙古族）《房子啊，房子》①同样着眼于从乡土到都市的变迁。高级教师赵祥工作了半辈子进城也买不起一套房，从他看房到按揭，再到买房后又关心房价涨跌的过程活画出当代普通百姓的辛酸与愁苦。小说的细节生动传神，其中流露出的愤怒与无奈又折射了当今社会普遍的不满情绪。

尤为值得注意的是打工题材的作品。李约热（壮族）《墓道被灯光照亮》②写南宁工地上的四个老人面临活儿干完后的各自前程，只有老李骗他们说自己儿子事业发达，只是无聊才出来打工。事实上，他的儿子念丰在做家装工时得白血病死了，家中如今连块埋葬他的土地都没有。老李最终只能让念丰作为徐老板生墓的陪葬，沦陷的家乡已经没有立足之处，他还要回到南宁找一份保安的工作。作者很注意克制情绪，显然并非要写成一个农民工的悲惨故事，而是凸显出农民在巨大的变故与变革中的坚忍，正是这种坚忍才让我们这个苦难深重的民族延续千年还"活着"。冯昱（瑶族）《拔草的女孩》③中，女孩亚莲在周老师那里对于现代生活有了直观的启蒙，那就是清洁与整齐。父母外出打工想要建造一栋清洁整齐的楼房，她被已经住到城里的村支书刘胜富选中去替他看守房子，并且负责拔草。情节即以亚莲的第一人称叙述推进，在模仿孩童的口吻中，读者已经慢慢能感受到这将是一个并不那么充满童真与美好的故事。预感不久就变成了现实，她患上了白血病——这可能和刘胜富家的装修材料有关系——并且如所有悲情故事一样，她被刘胜富家抛弃，而家中也无法付出高昂的医疗费用。在亚莲死去前出现的幻觉中，她终于拥有了自己整洁而漂亮的房间。这个如同《卖火柴的小女孩》一样的结尾让人心情沉重而悲伤，而这个俗套的故事也因为作者精巧的文笔具有了不俗的品质。清洁、拔草、自己的房间……这些质地鲜明的意象一再提示着小说所具有的对抗现实的可能性。肖勤（仡佬族）《长城那个长》④里朱大顺开了家影音工作室，事业不错，但一直想进入体制内，不惜血本买下九龙小区的房子，为的就是这里是县里干部的居住区，有着象征资本，与他相濡以沫的妻子大紫却不以为然。为了结交"权贵"，朱大顺帮助文广局局长孙

---

① 王凤林：《房子啊，房子》，《民族文学》2011 年第 11 期。
② 李约热：《墓道被灯光照亮》，《小说月报》2012 年第 2 期。
③ 冯昱：《拔草的女孩》，《民族文学》2011 年第 6 期。
④ 肖勤：《长城那个长》，《民族文学》2011 年第 12 期。

平找情人并为之打掩护，却让自己陷入尴尬之中。这是心地单纯的平民百姓的"一地鸡毛"式的生活，折射出当下世风急剧变化时代个体的挣扎。

朝鲜族小说具有典型个案的意味，朝鲜族聚居地由于靠近韩国，出国打工成为普遍的社会现象，随之而来的一系列社会问题也引发了作家的思考。林元春（朝鲜族）《妈妈》① 中留守老人和空巢儿童的题材无疑是外出务工尤其是海外打工这样新的劳动力流动背景下才出现的文学现象。小说的故事其实很简单：因为母亲长期在韩国打工不回，刚满周岁的哲锡一直和70岁的奶奶生活在一起，把奶奶当成了妈妈，而对真的妈妈却充满陌生和恐惧。最后年迈的奶奶无力承担独立抚养孙子的任务，倒在了路边。作者并没有直接进行控诉，但是人伦上的悲剧已经显示了沉痛的批判意识。蔡云山（朝鲜族）《土地的儿女们》② 里农村就像一个破碎的泥盆，人们像漏网之鱼一样纷纷逃离到城市与国外。学万老汉的女儿玉丹因为丈夫在韩国打工，自己出轨，闹得净身出户。德俊老汉的孩子们在外地或者韩国个个都干得不错，要接他到青岛，他却有些故土难离。村里硕果仅存的年轻人正植勤恳能干，家境不错，但是不能走出早年和玉丹的一段情而至今单身一人，故事就在这些人中展开。离去前的德俊老汉捐出了儿女们寄来的钱，要为故乡建设出力，正植和玉丹重归于好，孕育出新的一代，要守护在祖先留下的土地上。这样的情节设置表明了作者在乡土日益分崩离析的当下，一种美好的愿望。崔国哲（朝鲜族）《曰福借钱》③ 中曰福是南大川一个朴实又有些喜欢吹牛的农民，和延吉的报社记者"我"算是远房亲戚。在和蒙古族姑娘龙梅结婚后，因为妻子生产而向"我"借钱，同时在日益崩塌倾圮的农村也无法找到生计，经过"我"的介绍成了一名清洁工。虽然工资很低，但曰福勤奋努力，成为正式工人，妻子也顺利生下了双胞胎。作者在结尾希望城市能够包容和体恤这家平凡的人，蕴藉着人间烟火的温情。

另一些朝鲜族作品在反映现实上也各具特色。金锦姬（朝鲜族）《拨浪鼓》④ 以第一人称讲述了单亲家庭出身的女子如何跨越心理障碍，最终接受了自己女儿的故事。小说的价值不仅体现在它揭示了很少为人所注意的女性生

① 林元春著，孙文赫译：《妈妈》，见中国作家协会编：《中国当代少数民族文学翻译作品选粹·朝鲜族卷》，北京：作家出版社2013年版。

② 蔡云山著，李玉花译：《土地的儿女们》，《民族文学》2011年第5期。

③ 崔国哲著，陈雪鸿译：《曰福借钱》，见中国作家协会编：《中国当代少数民族文学翻译作品选粹·朝鲜族卷》，北京：作家出版社2013年版。

④ 金锦姬著，成龙哲译：《拨浪鼓》，见中国作家协会编：《中国当代少数民族文学翻译作品选粹·朝鲜族卷》，北京：作家出版社2013年版。

理、心理疾病比如产后忧郁症问题，而且也通过独特的叙事和情感表现方式显示出具有特定族裔特色的风格——这种语感和情绪色彩，即使是通过已经翻译成汉语的文字也可以感受到。假以时日，当它发展成熟，也许可以为汉语文学提供一定的借鉴。全春花（朝鲜族）《我的另类妈妈》① 中"我"的妈妈似乎是个没心没肺、自我中心的母亲，但是自从父亲死后，她仿佛一下子成熟了，毫无怨言地腌卖咸菜来供养"我"，一点没有之前的那种毫无责任心的迹象。这是一个接地气的当代女性形象，提供了关于女性书写的一种新的维度，突破了既有的贤妻良母的刻板印象，而使得人物有血有肉，可感可触。许连顺（朝鲜族）《虚构的美丽》② 里人到中年的朴记者长相如同毕加索笔下的阿维农姑娘，在一次被上司吉部长挖苦后，一气之下走进了整容医院。缺乏医德的医生却给她造成了两侧不对称的脸孔，更让她无所适从。从题材来说，这是一个有勇气的作品，细腻地刻画了整容者的心理过程，对于手术过程有着淋漓尽致的描写，如同韩国导演金基德的电影《时间》开头那段整容镜头一样，在极端与残酷中，直面人生的阴暗面。

在城市题材中，木琼尔（陈璐，蒙古族）《窄门》③ 的笔触如同锋利的刀片直接切入当下无法回避的大学毕业生就业的现实，逼视着面临走向职场的年轻人的众生相。凌格从暑假回校就投入到几近绝望的求职之中，苏全疯狂地准备考研，王小琳早已经进入灯红酒绿的堕落生涯中，宋琦瑞则因为和老师的暧昧关系而得到保研的机会，当然也有李丽那样依然在象牙塔中，对于生存的残酷一无所知的单纯学生……每个女孩都要直面惨淡的人生，而这可能是她们走向真正成熟的第一步。小说的手法极其写实，因而使得它带有一种社会扫描的文献性质，"北关大学"这一北京边缘地带的大学生也就具有了普遍的性质。严英秀（藏族）《一直对美丽妥协》④ 写的是都市女性养生馆中一群美容美体师的故事，她们当然是底层，每个人也都有各自的欢欣与梦想、苦恼和忧愁，但作者并没有陷入为底层代言或者替弱势呐喊的任何一极，而是以平等、平静、平和的态度来塑造这些平凡人的平常与不平常。这群性格各异、价值观有差异、追求不同的女孩子事实上形成了一个女性同盟，在美容馆这样一个社会肌理的节点中以共同体的姿态面对周遭的变故。尤其是当某个姐妹在情感上或生活上遇到困难的时候——正是通过一个个具体人物的

---

① 全春花著，金莲华译：《我的另类妈妈》，《民族文学》2011 年第 8 期。
② 许连顺著，金莲兰译：《虚构的美丽》，《民族文学》2011 年第 5 期。
③ 木琼尔：《窄门》，《民族文学》2011 年第 2 期。
④ 严英秀：《一直对美丽妥协》，《民族文学》2011 年第 5 期。

小故事串起了整个社会各阶层人物的经纬，折射了当下的红尘众生相。其中的人物形象若若尤其让人难忘，这是一个新时代的打工女孩，坦荡、宽厚、聪明又个性十足，在一连串得意与失意中，体现了健康的生命力。就如同作者叙述时的纤徐流畅、从容不迫一样，若若和她的姐妹们是新时代女性踏实而可靠的表征，她们向"美丽"妥协，却不向丑恶屈服。陈克海（土家族）《拼居》① 反映了当下的"生活流"，与 20 世纪 90 年代池莉等人的作品作对比可以清晰地看到这个时代社会转型的痕迹。即便是涉世之初的年轻女孩对于世事人情也洞若观火，保持着一种有距离的自我保护姿态。原子化的个人不再相信道德和真爱，并且也丝毫没有超越与飞升的欲望，这才是问题的所在，过于精明的青春和太早的世故，幸与不幸，也许只有多年后回过头来才能略窥端倪。

儿童题材的作品也有新的收获。珀·乌云毕力格（蒙古族）《选班长》② 揭橥了一个惊心动魄的现实，为了能够选举成功，小学生马哈然萨像他的父亲一样贿赂老班长萨仁呼。虽然写的是小学生，却指向了更为严峻的成人社会：选举制度及其背后的腐败行径，其内核和容量都超越了篇幅的限制。雨燕（土家族）《旺子的后院》③ 中财旺以屠狗为生，四岁的儿子旺子天性仁厚无法接受这样残酷的现实。财旺为了让儿子安心，四处告贷出门做生意，却沦为传销的帮凶银铛入狱。出狱后生活依然没有出路，准备重操旧业，却又无法面对儿子的目光。小说呈现出一种沉重的现实，生活于底层的民众对于生活永不放弃，然而又无路可走，面对童心和功利的斗争与纠结，作者也无法给出虚幻美好的承诺，只能是抑郁而沉重的叹息。马笑泉（回族）《泪珠滚动的鲜花》④ 里十一岁的小学生林小青面临着人生中第一次送礼，因为她的老师过生日，父亲修自行车、母亲擦皮鞋这样的家庭环境显然无力支撑任何额外的开支。所以，她就冒着被其他小孩欺负的危险，清早跑到梅山公园采集映山红，希望能够作为别具一格的礼物。然而，当老师对着高档化妆品、金项链笑逐颜开，却亲手将她费心劳力精心准备的鲜花抛弃于地的时候，纯真的童心遭到了践踏。小说不仅仅是对于当下教师素质的质疑，同时从更深广的意义上揭示了成长的主题——读者无法预知林小青在受到这样的侮辱之后，她的心灵会产生如何的变化，但有一点是肯定的，这种变化必然会产生，就

① 陈克海：《拼居》，《民族文学》2011 年第 10 期。
② 珀·乌云毕力格著，哈森译：《选班长》，《草原》2011 年第 6 期。
③ 雨燕：《旺子的后院》，《民族文学》2011 年第 6 期。
④ 马笑泉：《泪珠滚动的鲜花》，《民族文学》2011 年第 3 期。

如同无数人生所必然会遭逢的一些经历，我们只能将美好的祝愿寄于希望中。

在急剧的社会变迁中，即便是身处边远地区的少数民族同胞也无法自外于时代的大潮。郭雪波（蒙古族）《琥珀色的弯月石》① 中嘎海山上的吉娅老太和孙子沙拉有一天突然遇到一伙追逐"盗墓贼"的"保安"们，沙拉无意中发现了跌落山洞受伤的"盗墓贼"，几经交往才知道事情的真相。原来他并非盗墓贼，而是寻找儿子的流浪者，因为被歹徒看上随身佩戴的弯月石，才被陷害追赶来到这里。这是个虚构的小说，却隐含了许多现实的问题，比如城镇化给原先农牧民的冲击，留守老人、空巢儿童问题，南方城市工业化的污染，农民工的身心健康等，作者无法给出答案，但是用美好的结尾提出了对和谐愿景的期盼：沙拉父子相认，一家人终于团圆。这种现实的无奈也许只有在回忆的幻觉中才能缓解。马金莲（回族）《远水》② 是一篇充满慰藉的作品，如同林海音的《城南旧事》，以小女孩"我"的眼睛观察扇子湾这个小山庄的悲欢离合、爱恨苦乐，因为浸润着作者的柔情蜜意，连一草一木都充满了感情。这是一个有爱的小说，在对南沟饮驴的细节不厌其烦的描写中，就可以看出。"我"心仪的杨小天因为母亲与外来的大户马三礼成亲，造成了这个家庭的破碎和流散，而"我"也在周遭这些变化中一步一步成长。在若有若无的惆怅中，呈现出普通人生的平淡而奇妙的起承转合。

现实似乎充满挥之不去的浓雾，然而文学超越性的底色也于此闪现，尤其体现在一些具有幻想色彩的小说中。艾多斯·阿曼泰（哈萨克族）《熊与兔》③ 是一部让人惊喜的作品，读来有种村上春树的感觉。小说在逃婚的遐想与结婚的现实之间游走不定，超现实的描写似幻却实，"熊"和"兔"象征了世间的纯洁、美丽和真诚，又充满了安房直子的童话般的洁净、质朴并直指人心。杨瑛（蒙古族）《苹果不再从天而降》④ 是一篇以动物童话面貌出现的成长小说，以一只蚂蚁家园被毁后，在森林中苹果树上流浪为主线，描述它所遇到的蜘蛛、七星瓢虫、蝴蝶、小鸟、蜜蜂以及树爷爷的教诲，慢慢认识到繁茂和艳丽只是生命的一个过程，重要的是需要有生命的支点，那就是善良与努力，不轻慢俗世与流年。唯有如此，才能超脱出原本的桎梏，达至精神的升华。小说清新动人，婉而可喜，所谓寓教于乐、不落窠臼应该是很恰当的评价。尤其具有民族特定文化品质的作品如胡安什·达来（哈萨克族）

① 郭雪波：《琥珀色的弯月石》，《民族文学》2011 年第 2 期。
② 马金莲：《远水》，《民族文学》2011 年第 2 期。
③ 艾多斯·阿曼泰：《熊与兔》，《民族文学》2011 年第 6 期。
④ 杨瑛：《苹果不再从天而降》，《民族文学》2011 年第 3 期。

《伤声》①，关怀现实而又不落于鸡零狗碎的素描。它的第一节以抽象的声音直指莫测的心灵和玄妙的感受，"心跳"一节则用浪漫主义式的反讽讥刺失去崇高理想的现实，"乞丐"一节则用民间故事般的朴素嘲笑那些吝啬的人们。这几个断章连缀搭配，仿佛冬布拉的琴声，悠扬又隽永。

更为传统的则是关仁山（满族）的《滹沱喇叭》②，写退休乡长老薛依然受到剃头匠耿老亮的热情对待，心中过意不去，以他在官场得来的经验，觉得一定是对方有求于己。他四处打探得知耿老亮的儿子的铆钉厂收不回家具厂的欠账，就替他讨账，又牵扯出乡政府欠的三角债。其结果是事与愿违，老薛要账不成，反倒使耿家的铆钉厂断了业务。小说见微知著，以小小的滹沱喇叭作为文眼，写的却是当下社会的怪现状。滹沱喇叭在20世纪30年代到当下的变调，折射出社会现实的变迁，而批判现实的力度也就在阴差阳错中显露出锐利的锋芒。马金莲（回族）《蔫蛋马五》③中，老实巴交的马五如果不是因为母亲捡了个讨饭女，几乎娶不上媳妇。但娶妻生子之后他仍然是个土里刨食的农民，没有投机发财的心思。乡里推广塑料大棚种菜，才给了他一个翻身的机会，在村里人都纷纷外出务工、无心种菜的情况下，他默默耕耘，机缘巧合居然也挣了一笔钱。当然，这中间有对乡镇干部浮夸虚伪的讽刺，但更多是对于无数辛勤扎实的平凡农民的称颂。他们在急剧变化的时代中坚守着无怨无悔、踏实苦干的传统美德。作者在对他们平视的笔调中，充满情意，回响着赵树理式的写实主义。

也许如同蓝蓝的一首诗中所说："生活就是生活/就是甜苹果曾是的黑色肥料/活着，哭泣和爱。"④阿满（满族）《雪味》⑤回忆知青生活，有种"峥嵘岁月稠"的释然、包容与达观。那仁苏拉（蒙古族）《来自乌尼吉雅的信息》⑥中，"我"和乌尼吉雅青春岁月江湖行，少年不识愁滋味，在大学毕业走上社会后才慢慢有了人生无解的况味。蒙古师范能歌善舞的同学苏艺拉其其格毕业后由于旗里状况不好找不到工作，只好在一个天津人开的破败的店铺里打工，这样的情节体现了一些窘迫的现实处境，不过小说并没有流露出抱怨或不满，而是坦然承受。这是两种人生，不同的况味，然而接受并努力在平庸之中寻求升华的可能才是最终获救之道。田耳（土家族）《我和弟弟捕

① 胡安什·达来，叶尔克西·胡尔曼别克译：《伤声》，《民族文学》2011年第4期。
② 关仁山：《滹沱喇叭》，《民族文学》2011年第6期。
③ 马金莲：《蔫蛋马五》，《民族文学》2011年第8期。
④ 蓝蓝：《让我接受平庸的生活》，《上海文学》1997年第10期。
⑤ 阿满：《雪味》，《民族文学》2011年第12期。
⑥ 那仁苏拉：《来自乌尼吉雅的信息》，《民族文学》2011年第12期。

盗记》① 乍看之下是篇草率无聊的小说，甚至连个首尾一贯的情节都不完整，更别提什么人物形象的塑造，或者隐喻之类，也完全不是写实主义。但正是这种毛坯式的文字，酝酿出一种氛围，一种无法言说的东西运行在父亲、"我"、弟弟与面目模糊的小偷斗智斗勇的过程中。捕盗的行为本身失去了其现实的戏剧化色彩，成为一种习以为常的状态，而生活的秘密也就在无法言说的缝隙之中流露出来：有何胜利可言？折腾意味着一切。

　　以上述评，也许未尽全部，不过大致可以勾勒出 2011 年度少数民族小说的基本风貌。它们所引发的思考是多方面的，如何既保持民族性的特色又具有世界性的意义，如何在变迁不定的时代中重新洗刷文学的理想，如何发挥其特定的文化引导价值，如何呈示心灵的历史，如何书写广袤深刻的现实，它们既给出了各自的答案，又提出了未来的挑战，这种挑战不仅是作家们的，也是批评家们的，更是所有对于文学抱有期望和热爱的人们的。

---

① 田耳：《我和弟弟捕盗记》，《金刚四拿》，广州：花城出版社 2016 年版。

第五章　收官与开局

　　2012 年注定会在将来的少数民族文学历史记述中留下重要的一笔。就少数民族文学而言，重要的年度事件是第五届全国少数民族文学创作会议和第十届全国少数民族文学创作"骏马奖"的颁奖。同时，各个民族地区也纷纷组织了各类文学奖和文学活动。作为国家宏观政策"十二五"规划的重要年份，繁荣发展文化事业的十七届六中全会续后之年，十八大的召开年度，无论从何种意义上而言，对于少数民族文学的体制建设、市场推广和美学传播，这都是继往开来的一年，既是阶段性的收官，也是瞻望性的开局。

一、两种路向："自上而下"与"由内到外"

　　之所以将社会政治背景首先铺展开来，是因为少数民族文学较之所谓"纯文学"和新出现的其他类型文学（比如商业化的畅销小说、网络文学）在受国家文化体制和组织影响的程度上都既深且广——政治意识形态的风向流转与官方文化政策的修订，会直接影响到它的生存生态、呈现样式、发展方向、美学趣味、价值取向。这并不是说少数民族文学是某种简单化地图解政策的产物或者被官方话语买断了的书写模式——它固然得益于中国革命时代文化平权措施的遗泽，但经过 20 世纪 80 年代的主体觉醒和塑造，也生发出具有独特性的话语与言说方式，更毋论随着文化自觉意识的觉醒，而各自从本民族的"文化之根"中发掘发展出的形式和风格。

　　文化政策与少数民族文学之间的关系可以概略为两种："自上而下"的政策引导，少数民族文学"自内而外"的翻译与传播。这两者是相辅相成的：前者会调动后者的积极性，起到扶植和资助的作用；后者则在实践中进行试验和做出成果，为进一步的改革提供经验和教训。毋庸置疑，从中央到地方"自上而下"的文化政策，对 2012 年少数民族文学的推动留下了鲜明的印记，它以主旋律、文化工程、献礼作品等形式，刺激和促进了一部分作品的诞生。

益希单增（藏族）《进军西藏的小小兵》[1] 就是纪念中国人民解放军成立 85 周年、西藏和平解放 61 周年的作品，讲述了一个农奴之子空山参加解放军的故事，朴实无华，散发着革命年代明朗简单的色调。班丹（藏族）《泉心》[2] 写退休老作家在采风过程中结识小女孩嘎嘎，让他在付出爱心的同时收获了纯净的人与人之间的关爱，这是一种互相哺育的情感。在人际关系日益疏离的社会进程中，这是个美好的童话般的愿景。这些作品响应主旋律的号召，素朴简单，无论从技法还是风格、内容还是形式都没有特别之处，但它们却是少数民族文学为数众多的实际生态里的存在。

达真（藏族）《命定》[3] 以军事小说、成长小说、历史小说的形式与结构，从两个边缘的小人物入手，通过反法西斯战争时期土尔吉和贡布的经历，构筑了一个民族寓言：土尔吉从一个自为的少数族裔个体，成长为一个自觉的现代民族国家公民的一员，而"中华民族"就是在这样"命定"的过程中，将各个不同的族群凝聚在一起，成长为一个宏大的主体。从这个意义上而言，边缘族群个体的成长与现代民族国家的塑造形成了同构。这不唯是两个藏族士兵的成长史，也是整个现代"中华民族"在反对帝国主义入侵中成长的历史。这是个雄心勃勃的写作，具有重塑一个时代精神历程、民族凝聚力和历史脉络的野心，让政治意识形态话语潜移默化地融合在文本之中。

犯了淫戒的喇嘛土尔吉和因赛马斗殴杀人的马帮客贡布前半生颠沛流离，后半生晦暗未明。无常的命运如同席卷康巴草原的冰雪，将这两个藏族青年推上了逃亡之路。他们从麦塘草原上天高云淡、遗世独立的边缘生活，走上抗日缅甸远征军的国际主义反法西斯征途，似乎是命定，却也是主人公自己选择的结果，更是历史偶然中的必然。起初，土尔吉只是因为动情而不容于寺庙，在与头人女儿私奔的过程中又遭到追杀，只想远离故乡；而桀骜凶悍的贡布则为了尊严而不得不远走他乡。两人在逃离熊朵草原过程中相遇，在共同逃亡中一起成长。在色甲果金矿听到抗日宣讲团演唱《松花江上》时，这两个"化外之地"的青年还不理解"抗日"的真正含义，土尔吉只是出于对宣讲者的感动而掏出仅有的藏银捐献了出去。不过，采金场上，汉人带来的"掌声、口号声这两样新品种同藏人的口哨声、'根嘿嘿'的助威声混交在一起，成为这片草原上以'杂交'方式重新孕育的聚会方式，并在此处生根、发芽、开花、结果，传宗接代"，"他融入了合唱中，融入了那种悲悯的场

---

① 益希单增：《进军西藏的小小兵》，《民族文学》2012 年第 8 期。
② 班丹：《泉心》，《民族文学》2012 年第 7 期。
③ 达真：《命定》，成都：四川文艺出版社 2011 年版。

景"。在异乡然打西修机场的半年，是土尔吉从对于"飞机"的想象到受到"抗日"的宣教的成长时期。虽然作为一个前佛教徒，他并没有想主动走上战场。命运似乎再一次显示了它的力量，追杀者的威胁将他和贡布裹挟进远征军的队伍之中，并且在战争中逐渐体会到民族、团结和国家的意义。逃离故乡，是进入已经被全球性改变的现代世界；修机场则是接触到现代科技对于农牧想象的冲击；而加入远征军时的土尔吉和贡布则已经不由自主在现代政治与战争中成了参与者。

老兵不死，他们只是逝去。抗战胜利六十年，土尔吉一直住在缅东北的巴默小镇守护着牺牲了的贡布和其他战友，等待着他们被历史"正名"的那一天。而达真打捞岁月封存的碎片，复原被遮蔽的故事，重写历史的冲动无疑也是一种"正名"的努力。由此我们也可以观察20世纪以来社会语境和历史话语之间纠缠错节、盈虚增长的面目，社会史、文化史、个人史、口述史逐渐突破正典叙述的系统，成为窥测过去的丛生幽径。在大历史内部，个人的命运让人可触可感，充满了灵魂激战和现实人生的血肉肌理。土尔吉在龙岗山五六六高地上"对人性和身形的理解在故乡的柔情和异乡的惨烈所形成的巨大反差里"如同佛陀在菩提树下顿悟了一样，"战士和佛教徒的双重身份在残酷的战争中获得了前所未有的体验，这个体验在碎片上写着：一个国家，一个民族，一个个体，一旦面临野兽一样的军队的凌辱，慈悲为怀的菩萨心理也充满了憎恨，真正表达了生命的最高境界——爱和友善"。因为"人类最强大的力量不是武器和智慧，而是人类利他精神所孕育出来的无私无畏"。这样的升华，可以说是还历史一个公道。而历史也不再是书页间冰冷的文字，而是一个个充满欲望、情感、烟火气息、挣扎灵魂的活生生的人上演的一幕幕可哀可叹、可歌可泣的戏剧。

小说描写的功力和在精神境界上的开拓，让人看到俄罗斯文学的那种深厚悠长的刚健笔力。无论是战场血腥细节让人血脉贲张的浓墨重彩，还是藏地风俗民情体贴充实的酣畅淋漓，抑或是人物心理活动的细致入微，都在当代文学重故事、轻描写的整体风尚中显得颇为醒目，尤其是将人性欲望上升到高尚情操过程中，人、兽、神杂糅的真切考察，在充斥琐碎与卑琐的写作氛围中显得难能可贵。而尤为让人注意的是它在结构上的特色。虽然情节的推进是按照线性时间的顺序，从故乡到异乡的经历也按照人物命运的自然推进而发展，但是在叙述中，每当涉及人物的前史或者旁牵的故事时，总是节外生枝，往往某些并不重要的细节和情节也会浓墨重彩、刻意铺陈，作者常常在叙述中间加入闪回、交错，构成了镶嵌叙事或者说嵌入式的故事层叠。因此从形式上来看，似乎不太精练，增加了阅读障碍，给人枝蔓错生之感。

不过，这倒并非一种技法上的缺陷，我将之称为一种"非权威叙事"。中国传统"说话"的叙事模式中这种方式并不鲜见，"在叙事主线之下可以发现一条循序渐进的线索，但它的发展在表层却被说话人不断地间歇破坏……故事临场感的产生往往得力于在主线'事件'之上穿插许多无关紧要的'非事件'（non - events）。因此，所有的语言姿态、声音回响、夸大、论断、琐碎的指涉、抒情的描写、叙事格式等通常被视为阻碍作品时序流通的技巧，反变成了一个功能性的意符，达到了藉说话情景造成时间留滞的效果"①。即作者的声音并没有称为定于一尊的权威，人物的声音时时穿插进来，与作者的声音构成对话的同时，又共同达成了群体声音的众声齐语。这些声音各有不同的功能，有的推进情节进展，有的铺陈藏地的风俗民情，有的则生发对于命运的沉思与反省。应该说，达真采取的这种叙述手法恰恰同小说本身要重写的历史形成了形式与内容上的暗合：历史并不是某条面目清晰的单线，而充满了各种各样横生的僻径，任何一个偶尔蹿入两位主角人生遭际中的人物都有着同样的重要性，并没有因为他们惊鸿一瞥的出场就可以掉以轻心。从中国传统说部和藏族说唱史诗的传统来说，这是古典叙事模式的遗产；从现代小说观念来说，这样的叙述超越了18—19世纪以来西方经典小说叙述模式的典型性；从长时段的历史来看，这是一种更为平民化的历史观；从众生平等的角度来看，这是一种带有佛教色彩的世界观。

中国作家协会发展少数民族文学的举措2012年度力度加大，其中重要的一项是开展东西部地区"一帮一、结对子"活动。阿拉提·阿斯木（维吾尔族）《蝴蝶时代》②就是上海市作家协会和新疆维吾尔自治区作家协会对口合作的成果之一。这个作品给人一种惊艳之感，让我意识到长久以来，少数民族文学因为语言差异及传播渠道不畅的关系，使得许多精彩的作品失去与更多读者见面的机会。这篇小说的语言如同波光粼粼的伊犁河，散发着金子般的光芒；哲思如同博格达经年不化的雪峰，凝聚着深邃的思考。它以精悍的篇幅锲进维吾尔族当下的生活，深入浮世男女的情义世界，描摹当代新疆的荒诞现实，以传奇错谬的故事，绵延不绝的警言与妙喻，意识流动与现实结合的结构，让人读来如同策马奔腾于果子沟目不暇接的花木丛中，启示与美感享受络绎不绝。这种对于情欲的思索既是根植于维吾尔族文化的洞见，同时也具备了给予其他族群和文化以普遍性参照的意义。

---

① 王德威：《想象中国的方法：历史·小说·叙事》，北京：生活·读书·新知三联书店1998年版，第90 - 91页。

② 阿拉提·阿斯木：《蝴蝶时代》，上海：文汇出版社2012年版。

地方集群性、区域总结性的成果于 2012 年也有部分面世。四川文艺出版社推出的"康巴作家群书系"第一辑共六本，包括意西泽仁近年的散文随笔集《雪融斋笔谈》①、格绒追美的散文随笔集《在雪山和城市的边缘行走》②、桑丹的诗集《边缘积雪》③、贺先枣的中短篇小说集《雪岭镇》④、窦零的诗集《洞箫横吹》⑤、赵敏的长篇小说《康定上空的云》⑥，四川民族出版社还推出《金色甘孜——优秀文学作品集》（藏文）⑦，集中了 60 位甘孜作家用藏语创作的小说、散文等，集中展示康巴藏族作家群最新创作成果。广西人民出版社出版了 20 卷本、一千多万字的"广西当代作家丛书"第四辑、"广西当代文艺理论家丛书"第一辑，收罗广西各民族作家如李约热（壮族）、包晓泉（仫佬族）等的成果。青海土族互助县的"彩虹印象系列丛书"分为"散文卷""诗歌卷""小说卷"三部分，九十多万字。互助籍各民族作家、诗人如王文泸、王立道、鲍义志（土族）、梅卓（藏族）、井石、祁建青（土族）等八十多人的作品得到较为全面的展示。这些丛书构成了阶段性的文学史料，也是地域文化与族群文化交融的鲜明个案。

以《民族文学》杂志社为主力推动的民族语与汉语文学文本之间相互的翻译，拥有了汉、蒙、藏、维、哈、朝六种文字的版本，在推动各民族文学相互交流上，成果非常丰硕，少数民族自治地方也出台了相关的文学翻译扶持政策。夏木斯·胡马尔（哈萨克族）《博坎传奇》⑧ 是"新疆民族文学原创和民汉互译作品工程"的成果之一。这部由姚承勋翻译的民族英雄传奇，情节并不复杂，说的是 19—20 世纪之交阿勒泰的哈萨克乡约博坎为了维护族群民众的利益，带着治下的阿吾勒同胞从故乡迁徙到博格达山，又向青海湖进发，最终到达藏区，周旋于清廷统治者、地方蒙古王爷以及维吾尔、汉、藏等不同势力之间，苦苦挣扎的故事。最终他的身体被埋在了青藏高原，头颅被清朝统治者砍下来，辗转回到了金山阿勒泰，在人类历史上留下了一个人躯体分成两部分安葬在地球上相隔几千公里远的两个地方的传奇。小说在风格上的独特之处是民俗细节及带有民族风格对话的描写，展现了特定年代哈萨克人沉重的苦难历史和坚韧的求生意志，即便通过汉语翻译之后还是能让

---

① 意西泽仁：《雪融斋笔谈》，成都：四川文艺出版社 2012 年版。
② 格绒追美：《在雪山和城市的边缘行走》，成都：四川文艺出版社 2012 年版。
③ 桑丹：《边缘积雪》，成都：四川文艺出版社 2012 年版。
④ 贺先枣：《雪岭镇》，成都：四川文艺出版社 2012 年版。
⑤ 窦零：《洞箫横吹》，成都：四川文艺出版社 2012 年版。
⑥ 赵敏：《康定上空的云》，成都：四川文艺出版社 2012 年版。
⑦ 根秋多吉：《金色甘孜——优秀文学作品集》，成都：四川民族出版社 2012 年版。
⑧ 夏木斯·胡马尔著，姚承勋译：《博坎传奇》，乌鲁木齐：新疆人民出版社 2013 年版。

人感到哈萨克的民俗风情的气息扑面而来。更值得注意的是，出自特定民族视角观察历史的维度，比如小说中有别于汉族、蒙古族的对于元朝和蒙古族的看法让人印象深刻，这样的细节才是"少数"的意义所在——通过他者自我阐释了解其自身、通过他者观察自我、通过他者了解第三方。

2012 年藏语诗歌的翻译有突出的表现，体现为"野牦牛丛书"的出版。该丛书包括居·格桑的诗集《居·格桑的诗》①、尖·梅达的诗集《尖·梅达的诗》②、赤·桑华的诗集《赤·桑华的诗》③ 以及 15 位活跃在藏族文坛的女性诗人选集《藏族女诗人 15 家》④。这些诗歌以其藏语文学特有的语感质地，融汇新时代的体验与感悟，带来了别样的美学风味，丰富了现代汉语诗歌的语言构成。

文学与其他艺术门类的结合是全媒体时代的趋势：文学改编为影视，影视作品改编为小说形态，影视技法在文学作品中的运用等。中国作家协会与中国电影资料馆合作举办了"民族文学与影视"研讨会，北京国际电影节将少数民族电影定位为"新文化电影"，种种举措都可以看到"自上而下、由内到外"在少数民族文学与周边艺术门类之间的交流，突破了族群、文字的局限，显示出"大文学"的趋向，这种趋向在未来可能会改写晚清以来逐渐树立起来的现代"文学"观念。

二、三个意象：底层的沉默、暮年叙事、女性心语

产业结构的变化、人口的频繁流动、信息传递的加速度，对于许多依然在从事农牧业的少数民族而言，不仅仅是传统的生活方式受到了外来文化的冲击，而且是整个社会文化结构产生了断裂性的局面，这中间带来的体验和感受无疑是复杂的：交织着感伤与希望、残酷与温情、失落与憧憬。2012 年度少数民族文学对底层题材与边缘的关注，尤其是城镇化时代的农村命运、不同文化碰撞时的心理与情感的作品占有很大比重。我在目力所及范围内，将这些文本体现出来的意象归纳为三种。

（一）底层的沉默

潘小楼（壮族）《小满》⑤ 是篇情节复杂、线索交错、人物众多的小说，

① 居·格桑著，龙仁青译：《居·格桑的诗》，北京：作家出版社 2012 年版。
② 尖·梅达著，洛嘉才让译：《尖·梅达的诗》，北京：作家出版社 2012 年版。
③ 赤·桑华著，程强译：《赤·桑华的诗》，北京：作家出版社 2012 年版。
④ 久美多杰译：《藏族女诗人 15 家》，北京：作家出版社 2012 年版。
⑤ 潘小楼：《小满》，《民族文学》2012 年第 1 期。

涵盖了两代人对残酷现实的认知和接纳。早岁丧父的莘八岁时候的一次失误造成母亲被强奸怀孕，生下妹妹小满。作为城市里的盲流，母亲带着两个孩子靠卖卤菜艰难生活。同样身为单亲母亲的林姨在母亲帮助之下勉强立足，却偷走了卤菜的秘方，又抢走了可能同母亲结合的老黄，但母亲体谅了她的不易。莘在童年阴影之下，对生活和感情都产生了洁癖，正因如此导致了悲剧的发生：抛弃了有真爱却不是处女的杨希希，娶了貌似纯洁的薛雪，最后却发现她的处女膜不过是医疗手术的产物。自己也做了母亲的小满在事故中被烧死，上大学后就没有回过家的莘终于发现了同母亲和解、宽恕薛雪的契机，但是，何去何从？小说节制而又富于张力的叙事，让这个关于漂泊、过失、坚忍和宽恕的故事，充满了对于复杂人性的体谅，呈现出转型时代中国的伦理与道德的嬗变。尼玛潘多（藏族）《协噶尔村的央宗》① 中的农区男人到藏北草原谋生活，受朋友临终委托，将他的情人带回家照顾，引起妻子的误会，直到死后真相才揭开。一方面体现女性情感的幽深纠结以及男女之间沟通的艰难，另一方面更主要的是显示了日益变迁的生产和生活方式对普通人家庭乃至情感结构产生的冲击。

在许多文本中突出的表现是，底层的民众是失语的。在喧嚣的社会变革中，他们丧失了言说自己的权力和能力。谢以科（侗族）《菊花，你开在哪儿》② 中，"我"到城里寻找逃婚的妻子菊花，在城市里无望的寻找中，菊花在"我"逐渐被城市腐化的过程中愈加成为一种符号化的象征——她成了男主角心中的美好念想，即便所有人都看出来那只是幻想。在这个意义上，乡下佬在执拗中显示出了深刻的悲剧力量，而他只能在城市中沉默地游走，所有语言只能沉潜在心中，成为一种内倾性的喃喃自语。李进祥（回族）《换水》③ 里"换水"是信仰伊斯兰教的清水河回民的习俗，小说以马清、杨洁夫妇换水始、换水终，中间是整整一年的城市打工生涯——那是个从沾染了污秽到清洗洁净的仪式化过程，肉体遭到了毁损和玷污，这是都市化进程的疾病，却让来自清水河的农民承受了苦痛。农民在遭受侮辱与损害时也只能默默离去，逃离于主流之外。但是他们要回归的故乡是否还能够再次接纳他们，他们回去后还能不能见到那个念想中的故乡，这都是大可质疑的。孙春平（满族）《城里的黎明静悄悄》④ 更是极尽描摹城市的莫测、凶险与神秘，

---

① 尼玛潘多：《协噶尔村的央宗》，《民族文学》2012 年第 2 期。
② 谢以科：《菊花，你开在哪儿》，《民族文学》2012 年第 1 期。
③ 李进祥：《换水》，桂林：漓江出版社 2009 年版。
④ 孙春平：《城里的黎明静悄悄》，《民族文学》2012 年第 12 期。

打工仔在这里不过是资本和权力捉弄的脆弱存在，悄无声息地消散在迷雾之中，散发出令人恐惧的彻骨荒寒。

这毋宁说是一种绝望的写作，我们可以观察到现代少数民族作者所秉持的写作道德：丢弃廉价的煽情与软弱的哭泣，持续地通过"无语"的姿态，对不平等、非正义、压抑性体制做出批判，而并不因身受体制化的福利就闭上了眼睛。肖勤（仡佬族）《暖》① 是个极端叙事，将极为悲惨的事件集中于12 岁的农村女孩小等身上：父亲去世，母亲在外逃债打工，祖母疯癫，她独自支撑着整个家庭，在身体的苦痛之外，精神上也得不到被生活压榨得失去温情的母亲的抚慰，在绝境中希望从瘸腿老师庆生那里得到一些庇护——甚至连能安稳睡觉的空间都没有。结局可想而知，在一种绝望的恐怖中，小等终于在雷电中得到了最终解脱，这是个能够在有限篇幅中显示出崇高感的小说结尾。钟二毛（瑶族）《回家种田》② 颇有些余华《十八岁出远门》的意味，不过少了冷漠的置身事外，多了成长小说的追问："我"在广东的各种打工及香港旅行的经历，让回归乡土的愿望更加强烈。虽然作者在细节处理和叙述节奏上显得有些草率和急躁，但这个题材无疑是值得重视的，它提示我们注意到乡土在受城市化入侵时被强势话语所压抑的一部分认同。

向本贵（苗族）《扯扯渡》③ 中，基层干部的敷衍了事与底层农民的本分善良都充满实在的质感。这篇小说却并非讽刺或揭露，而是以一颗平常心讲述中国人日常中的麻木与感动、冷漠与良知。在救人牺牲的老渡工那里，闪耀着照彻官员灵魂的光芒。杨仕芳（侗族）《没有脚的鸟》④ 对于社会的复杂性有着隐喻式的表达：这个世界并非黑白分明、逻辑清楚的架构，而是充满了各种暧昧、模糊、解不开的谜团。"我"的婶婶余艳阳无疑就是复杂生活中一个难以索解的谜，这个神秘的外来女人与乡村其他事物格格不入，然而又与乡村相依相存。最终长大了的"我"终于明白，秘密可能就是生活本身的一个组成部分。

（二）暮年叙事

对于想象中美好田园的挽歌式的怀念与向往，未必是真有某个美妙乌托邦的实际存在，而正是反衬出对于现实的不满与欲求。我们可以观察到，

---

① 肖勤：《暖》，《民族文学》2012 年第 1 期。
② 钟二毛：《回家种田》，《小说月报》2012 年第 10 期。
③ 向本贵：《扯扯渡》，《民族文学》2012 年第 8 期。
④ 杨仕芳：《没有脚的鸟》，见《我看见》，南宁：广西人民出版社 2013 年版。

2012 年的少数民族文学中有关怀旧与守望传统像过去几年一样依然是个显著的主题。

千夫长（蒙古族）《阿尔斯楞的黄昏》① 里，阿尔斯楞老人被送到城里生活，他和牧羊犬狮子都不太适应没有草原的生活。城市的生活只是让他在不停的回忆中加深对草原的思念，然而就在准备返乡时他却中风了，而狮子也在错乱中跃出阳台摔死在地下。这对他反倒是最好的结局，因为记忆中的牧场已经不复存在——被儿子改造成盖上水泥蒙古包的旅游景点了。阿尔斯楞和狮子在城市中的格格不入，其实也隐喻了传统游牧生活在现代商业潮流中已然进入黄昏。陈萨日娜（蒙古族）《哈达图山》② 写萨姆嘎老人对于火葬的恐惧，儿子阿古拉的不理解，儿媳妇吉姆斯的无动于衷，孙子胡格吉乐的冷漠，处处显示了传统面临断裂时的文化冲撞和代际冲突。而老人最后的自决，让人在深深感叹的同时，对于根深蒂固的传统守护愿望有了更深一层的同情和敬畏。

黄昏叙事也并非总是充满凄怆。陶丽群（壮族）《一塘香荷》③ 说的是恒久的时光轮转中沉淀下来的"宽容"，恣睢嚣张的乡民廖秉德年轻时以一口池塘强占势单力薄的李一锄家的土地，但对于土地的共同认同和亲近让这两个"仇人"在年近黄昏的时候达成了谅解。大地上的恩怨终究尘归尘土归土，唯独不能被都市化进程所割断的是与土地的亲缘关系。而罗荣芬（独龙族）《孟恰》④ 写独龙族母女的一世恩怨到老年终于获得了心灵的平静。这一方面可能来自于信奉基督教的安慰，另一方面也是在经历了无数情感和生活的折磨后，孤身一人的孟恰终于在收养的孟社儿身上看到了温情的回报。女性的戾气、压抑、坚忍、博大和宽厚，在平静细碎的字里行间喷薄而出，带有边地特有的生命力度和厚度。德纯燕（鄂温克族）《喜宴》⑤ 写涂音老汉弥留之际，儿子金明和柳真请钟大爷来主持丧事，在个体和群体的回忆中，涂音、柳大年、江梦芳两家合为一家的一世患难相恤，慢慢由记忆的碎片糅合为一个动人的情义故事。这是真正的人世温暖所在，因而最后原本充满凄凉色彩的垂死时分，变成了集体性共同体悟、相携互助的充满恩义的喜宴时刻。小说叙事精巧，细节与心理描写细腻生动，更难得的是在日光底下无新事中创造性地发现了新颖的视角，这不仅体现了技巧，更是体现了思想的深度和广度。

---

① 千夫长：《阿尔斯楞的黄昏》，《民族文学》2012 年第 1 期。
② 陈萨日娜：《哈达图山》，《民族文学》2012 年第 7 期。
③ 陶丽群：《一塘香荷》，《民族文学》2012 年第 3 期。
④ 罗荣芬：《孟恰》，《民族文学》2012 年第 2 期。
⑤ 德纯燕：《喜宴》，《民族文学》2012 年第 2 期。

其实，这些通过老年人视角讲述的故事，讲述的核心是"身份认同"问题，这是少数民族文学的焦点命题之一。较之 20 世纪 60 年代注重集体身份，不同的是，近几年少数民族文学的文化与族别身份问题才被凸现出来——它其实是在新的社会语境中被生产出来的概念和实践。在青春题材的作品中此类观照同样也比较显著，如朴草兰（朝鲜族）《飞吧，龙！龙！龙！》① 写到延边边境的"中国朝鲜族"在跨国的人口流动和务工潮流中，"整个世界都在剧烈的震荡"，"我"在经历家人亲戚的生离死别后，在北京的地铁上醍醐灌顶："我们每个人身上都有一口井……流淌着汩汩清泉的水井，那里游动着一条银龙……如果是一口枯井，堆放再多的东西都只是欲望之井。"认识自己，找到认同坚守，让在艰难生存中的人有了希望的寄托，虽然这种寄托本身是退缩性的虚幻存在。而赵吉雅（蒙古族）《人间第一等的幸福》② 写在法国学艺术的富家女慕诗仪租借男友的过程，也是蒙古族认同逐步觉醒的过程，并将这种情感上升到世间第一等的幸福感。从巴黎、上海时尚文化到对蒙古文化的回归，是身份认同的直观表达。老年人决绝的固守与年轻人最后的回归，二者似乎路向不同，却都指向同一个问题：少数民族如何在这样一个全球本土化、本土全球化的时代定位自己？而非少数民族和外来者又如何去看待这种定位？究其底，这关涉到"何为中国人"这样的根本性问题。

（三）女性心语

女性视角尤其令人注目，如白玛娜珍（藏族）的《西藏的月光》③ 用女性的敏感探触西藏血肉肌理里的大美和柔软。达拉（达斡尔族）《庭院雨花落》④ 用带有浓郁生活气息和地方风味的语言讲述了哈石太村的日常故事，尔汝恩怨、爱恨喜乐在岁月长河中被磨洗得也无风雨也无晴，给人一种地久天长之感，正表明了"活着"这一慈悲又自我安慰的情怀。扎西措（藏族）《林中放牧人》⑤ 通过卓玛的个人体验，展示了半农半牧区藏民的日常生活和变迁，蕴含着底层民众的韧性和对于生活的信念。苏·阿拉腾图力古尔（蒙古族）《穿上我的红裙子》⑥ 以车祸受伤后智商只有 8 岁的高中生哈琳娜，以及医生阿罗斯的不同角度，共同编织了一个复杂的故事，其中涉及城市变迁

① 朴草兰著，金莲华译：《飞吧，龙！龙！龙！》，《民族文学》2012 年第 3 期。
② 赵吉雅：《人间第一等的幸福》，《民族文学》2012 年第 11 期。
③ 白玛娜珍：《西藏的月光》，重庆：重庆出版社 2012 年版。
④ 达拉：《庭院雨花落》，《民族文学》2012 年第 3 期。
⑤ 扎西措：《林中放牧人》，《民族文学》2012 年第 3 期。
⑥ 苏·阿拉腾图力古尔著，朵日娜译：《穿上我的红裙子》，《民族文学》2012 年第 3 期。

而带来的人性的异化、家庭纽带的崩解、邻里关系的扭曲等多方面的元素，而最终以回到童年时代象征纯洁美好的"红裙子"作结，表明了对简单质朴情感的向往。

那些以性别情感为中心的写作则是女性写作中最让人注目的。尼玛潘多（藏族）《琼珠的心事》① 写协嘎尔村的琼珠姑娘到拉萨参加过一次运动会开幕式之后心理发生的变化，"赛事"这样的词语和牛仔裤这样的服饰表征了封闭乡村中外来事物的强烈冲击。琼珠对拉萨所代表的现代文化的向往，典型地体现了摒弃本土文化的价值他附特征，而她又要通过唱藏戏这样的古老形式才能获得接近拉萨的机会，这显示了在现代化过程中普遍性和地方性之间的悖谬关系。最终琼珠不切实际的幻梦在无可奈何中终于复归于现实，这可以说是一种青春的成长，也未尝不是一种理想失落的惆怅。段海珍（彝族）《私奔的兔子》② 以第一人称叙事，通过绿绿和博尔出走的故事同塔白村旧年惨事的交织，共同营造出一个充满迷幻和迷宫式的女性自语。是两性情感的探索，还是生态危机的警醒？是谣言与迷思，还是理性的冰冷？不同的读者应该能得到不同的阅读感受，显示了小说现代主义式的丰富内蕴。马瑞翎（回族）《昨夜的火》③ 中，镇医院的女医生不满乏味的生活，看不惯肮脏的俗世，因为崇拜市文联主席的缘故，而成了一个业余作家，正如"悄悄地追随一只遥不可及的兔子，却在沿途收获了意外的果实和风景"，但在可以单独相处的机会中，两个人又发乎情止乎礼，这是一种清洁的精神恋爱，充满了女性的自省与自爱。

徐连顺（朝鲜族）《请饶了蜘蛛吧》④ 是以男性视角出现的女性写作，颇值得注意。小说对童年创伤、性别压抑和职场压迫的描写同那个神秘的蜘蛛隐喻一样，充满了灰暗、紧蹙、憋闷、无力反抗的绝望，让人窥见当下生活在光鲜（如同主人公的记者职业一样）背后的暗角。达吾提·麦迪尼亚孜（维吾尔族）《咸馍馍》⑤ 讲述了一个极端荒诞的故事，因为赛迪尼萨在做馍馍的时候放了盐，就掀起了轩然大波，让周围人包括丈夫和父母都视她为异类，最后逼得她上吊自杀。这个卡夫卡式的荒诞小说，让人不寒而栗，因循守旧的顽固力量是如此强大，以至于任何一点变革都可能带来极端的权力戕

---

① 尼玛潘多：《琼珠的心事》，《民族文学》2012 年第 2 期。
② 段海珍：《私奔的兔子》，《民族文学》2012 年第 3 期。
③ 马瑞翎：《昨夜的火》，《民族文学》2012 年第 3 期。
④ 徐连顺著，金莲兰译：《请饶了蜘蛛吧》，《民族文学》2012 年第 7 期。
⑤ 达吾提·麦迪尼亚孜著，达吾提·阿迪力译：《咸馍馍》，《民族文学》2012 年第 1 期。

杀，这是父权制下女性话语的微弱表达。阿舍（维吾尔族）《玛丽亚的舞毯》① 给人的第一印象则是恢复了描写的细腻、精致与深情，在回忆童年时代玛丽亚家中舞蹈时的场面描写堪称绝妙。然后是玛丽亚的舞毯所象征的对于纯粹"美"的理想向往，这种美是超越于任何功利与理性之外的。最后则是这种心灵之光在现实中的破灭——不仅体现在"我"在大学里偷偷烧坏那个舞毯，而且体现在玛丽亚最终屈从于现实的重压，放弃了舞蹈，跟着世故粗暴的丈夫艾莎做起了地毯生意。它可以理解为一个寓言小说，更可以视作女性精神在现世中命运的曲折婉转的折射。

三、无法规约的多元声音

少数民族文学以其种类各别的文化传统，很难一言以蔽之。尽管经历了主要由西方传入的现代文学观念的洗礼，但依然在文本的缝隙中透露出别具一格的难以为通行美学范畴所规范的特质。它们形成了文学多样性的表征，有待于进一步的文学批评和文学理论研究的跟进和总结。比如布林（蒙古族）《怪诞的胡日格岱》② 中胡日格岱莫名其妙在喝喜酒时被鬼魅附身，做了许多荒诞的事情，却又莫名其妙地当选了嘎查长。就像这个故事一样，小说散发着不可名状的、无法用理性解释的荒谬。穆泰力甫·赛普拉艾则孜（维吾尔族）《黑嘴驴驹的眼睛》③ 是一篇极具特色的动物小说，借一只能够听懂人类语言的驴的眼睛和心思去观看人类的生活，既有辛辣的讽刺又有深沉的怜悯。帕蒂古丽（维吾尔族）、李克坚（蒙古族）、刘国强（满族）、冉仲景（土家族）、晶达（达斡尔族）、欧阳克俭（苗族）、艾吉（哈尼族）、人狼格（纳西族）、艾贝保·热合曼（维吾尔族）、金点顺（朝鲜族）、左中美（彝族）、密英文（傈僳族）、李万辉（瑶族）、孟学祥（毛南族）、南泽仁（藏族）、彭愫英（白族）、李俊玲（布朗族）等人的散文也在原乡风物、精神秘境、人情民俗等方面各有专擅，丰富了当下颇为萎靡的散文创作生态。

主流叙事中常见的成长与青春主题，在少数民族文学中显示了不同民族有意味的区别。才朗东主（藏族）《那个叫桑的女人》④ 是篇带有哲理色彩的小说。拉贝少爷疯狂迷恋上了一个叫"桑"的女人，从瓦德小镇千里迢迢去斋嘎绒寻找她。途中经过一户农家遇到了对自己有意的少女秀姆，但拉贝还

---

① 阿舍：《玛丽亚的舞毯》，见《奔跑的骨头》，银川：宁夏人民出版社 2011 年版。
② 布林：《怪诞的胡日格岱》，《民族文学》2012 年第 2 期。
③ 穆泰力甫·赛普拉艾则孜著，苏永成译：《黑嘴驴驹的眼睛》，《民族文学》2012 年第 8 期。
④ 才朗东主：《那个叫桑的女人》，《民族文学》2012 年第 1 期。

是一心追寻心中的爱情。直到最后在一个寺庙中找到桑时，才得知桑母女两代受过情伤，不再相信爱情，拉贝决定为了证明爱情同桑一起殉情，最后被救活时得到桑的告诫：只能用生命来保护爱情，不能用生命来换取爱情。而桑的意思其实就是"醒悟"，经历了这么多，拉贝在跟班尼嘎的提醒下，开始意识到可能秀姆才是踏实可靠的情感皈依之人。某种意义上来说，这也可以算是一个成长的寓言。马金莲（回族）《兄弟》[①] 中叙述的补习班的残酷青春故事并不新鲜，不过小说塑造的冯亚、马鱼和小猫子三个不同的人物形象颇具现实色彩，这三个人某种意义上都是兄弟，但冷酷又讲义气的混混老大、与世无争的用功学生和一心想通过进入帮派获得价值感的复读生彼此的结局却令人讶异，显示了命运在青春时代浑噩混乱的面相。袁玮冰（满族）《兴安岭的寒冬》[②] 中少年在大兴安岭伐木场中的一段经历，让他领会到艰难生活中爱与死、青春的懵懂与世事的无常，加上对于二十世纪七八十年代林场的细节写实，处处给人不事雕华而自有一番引人入胜之感。

更多的作品则显示了与汉族作家无异的探索与思考。刘荣书（满族）《换心》[③] 显示了小说在纯技艺层面所能够带来的阅读快感和想象空间。化身为城建局干部的逃犯范子增因为牙疼，做了心脏移植手术，而这竟然带来了整个精神状态乃至性格的转变，在寻访移植心脏来源的过程中引发出乡村出身的大学生刘小光一家令人感喟的境遇，进而又导致范子增身份的败露，及其身世隐藏的更久远而令人震惊的秘密。叙事层层推进，结构步步为营，在圆熟的情节递呈中凸显了具有"说书"意味的叙事方式的生命力，其中包含的气势宏大的所指则引而不发，收放自如。王华（仡佬族）《香水》[④] 里一个乡村教师半生的经历其实暗合了人生由"少年情怀总是诗"到"中年心事浓如酒"的历程。患有小儿麻痹症的彭人初对于自己的"文化"有自信，对同事陈丽丽的爱慕充满了浪漫主义色彩——他胜过一般健全同事的地方在于对香水知识的了解，也就是"文化"。而现实中他只能同"大老粗"张丽结婚，后者看重的也恰是他的一手好字——"文化"的象征。多年后，陈丽丽卖淫吸毒身亡，彭人初的女儿进城卖淫，而他同张丽则终于在经年日久的相濡以沫中达成了宽容和体恤。这是繁华落尽见真情的现实体悟和达观。苏兰朵（满族）《香奈儿》[⑤] 中，出租汽车司机王军捡到一个"香奈儿"手包，在还

① 马金莲：《兄弟》，《民族文学》2012 年第 1 期。
② 袁玮冰：《兴安岭的寒冬》，《民族文学》2012 年第 8 期。
③ 刘荣书：《换心》，《民族文学》2012 年第 7 期。
④ 王华：《香水》，《民族文学》2012 年第 1 期。
⑤ 苏兰朵：《香奈儿》，见《寻找艾薇儿》，合肥：安徽文艺出版社 2015 年版。

回这个奢侈品一波三折的过程中，手包的主人许丹光鲜生活背后的虚幻和脆弱逐渐向他铺展开来，而破除对于种种外在符号的迷信崇拜之后，王军重新审视了何谓真实和可靠。小说犀利的讽刺如同一柄无情的刀锋，割开了虚荣和虚伪不堪一击的表皮。

与那些注重技巧和思想深度的作品不同，另一些作品显示出朴实无华的底色。涂克冬·庆胜（鄂温克族）《杰雅泰》[1] 写为了家庭和爱人，一个出身贫苦的优秀干警因为办案中的微小失误而被迫逃走他乡，成为通缉犯的故事。在遇到律师之后，才敞开心扉，准备自首。这是个当代传奇故事，有着浓郁的蒙古风情。孙玉民（赫哲族）《月儿弯弯》[2] 中，收到交通罚单的张三无力支付，路政稽查队长龙飞和其他两个路政员一方面坚持原则，一方面却又自己掏腰包帮助他交罚款，这是个刻意为之的美好想象。安文新（彝族）《白乌鸦》[3] 是"天下乌鸦一般黑"的反命题，即在一个普遍"杀熟"的社会中对诚信的坚持，让人欣慰的是，小说最后让"白乌鸦"的价值得到了实现。

在创作和对创作的反思中，一些作品有着自觉的探索，石一宁（壮族）的自选集《湖神回来了》[4] 是作者多年来在各种刊物发表的散文随笔结集，谈史论今、说东道西、艺文杂话、岁月履痕、作家作品……这些芜杂的内容经过作者信笔点染，举重若轻，饶有诗情与趣味。黄培宗（壮族）《完整的印象》[5] 则是对写作本身的一种反思，作家路大山尽管多年前塑造了造林英雄江万林的光辉，但是对其真实的处境并不知情。多年后，当江万林"堕落"之时，他依然不知道这个人背后的曲折悲欢——写作永远只能是片面的真实，这是我们认识世界的限度，有了这种自知，写作也就具有了对于"真理"等超越性终极命题的心平气和的态度。另外值得一提的是台湾少数民族泰雅作家瓦历斯·诺干《当世界留下两行诗》[6]，可以称之为极简写作，它用看似随意而实则别具匠心的语言实验，在现代汉语诗歌中增添了令人难以忽略的气质。几年之后，在蒋一谈等人的倡导下，一种短小精悍的文体形式"截句"横空出世，可以说与此相映成趣。

新世纪以来尤其是近五年来，少数民族文学的发展和壮大有目共睹，这背后有着极其复杂的社会整体性驱动力，全球范围的文化多样性话语无疑是

---

① 涂克冬·庆胜：《杰雅泰》，《民族文学》2012 年第 2 期。
② 孙玉民：《月儿弯弯》，《民族文学》2012 年第 2 期。
③ 安文新：《白乌鸦》，《民族文学》2012 年第 1 期。
④ 石一宁：《湖神回来了》，北京：文化艺术出版社 2011 年版。
⑤ 黄培宗：《完整的印象》，《民族文学》2012 年第 7 期。
⑥ 瓦历斯·诺干：《当世界留下两行诗》，台北：布拉格文化出版社 2011 年版。

最为深刻的原因，这关涉全球性文化生态结构的平衡性和持续性。所以，少数民族文学尽管处于弱势地位，从长远和更广范围来看，却是调节与制衡一体化、固态化、霸权化文学话语不可缺少的因素。当然，也正因其如同散布在广阔大地上的繁花杂草一样的多元性，也给任何一种全面概括它们的企图设立了无法逾越的天然界限。本章仅作一个指向广阔森林的路标，读者如果能够循此路标深入千林深处、万花丛中自己进行一番寻觅与采撷，则收获当更多。

第六章　多维的中国故事

　　任何一个书写者，试图记录自己身处其中的现实，总会遭遇同样的困境：限于个体的局限、视角的狭囿、认知材料的不完整，他就如同迷失于丛林中的旅行者，无法跃然于森林之上鸟瞰全局，而只能披荆斩棘，自己开拓一条路径。每个方向都充满了可能性，而他所能做的只是选择其中的一个，不过他对于自己的位置应该心知肚明。回首 2013 年少数民族文学创作的时候，我很清楚自己就像那个迷失者，为了公平和客观起见，会给目力所及的作品尽可能的呈现机会，它们中的绝大多数也许会在后来的特定语境与范式的文学批评或者文学史中湮没无闻，却是此时文学格局的现实存在。

　　基于"少数者"的话语限定，对于王华（仡佬族）《花河》[1]，田耳（土家族）《割礼》[2]《天体悬浮》[3]，刘荣书（满族）《浮屠》[4]，央金拉姆（藏族）《独克宗 13 号》[5] 等已经引起主流批评家关注的作品，不再一一详述，下面记录的是那些本身就处于"不见"或者"无视"处境的文学存在。

一、中国记忆的复杂性

　　从柏拉图的"诗比历史更真实"的言说开始，文学与历史的纠缠与争斗一向是议论不休的话题，而文学之所以能自立于历史之外，其中很重要的一个原因就在于它提供了不同于历史书写系统的别样记忆体系，涉及理性与权力之外的情感、情绪乃至信仰与迷思。少数民族文学在多样性的记忆文本书写中，尤其具有丰富中国记忆的价值和功能。很长时间以来，地方性的、族

---

① 王华：《花河》，《当代》2013 年第 2 期。
② 田耳：《割礼》，《花城》2013 年第 5 期。
③ 田耳：《天体悬浮》，《收获》2013 年第 4 期。
④ 刘荣书：《浮屠》，《人民文学》2013 年第 8 期。
⑤ 央金拉姆：《独克宗 13 号》，《小说月报》2013 年第 6 期。

群性的边缘记忆，在历史与文学史的主流叙事中往往处于主导性话语的阴影之下或者干脆就是在场的缺席。随着近些年来少数民族文学创作的繁荣和文化平等观念的提升，那种生机勃勃的多元记忆也浮出历史的地表。

"年轻的哈萨克"艾多斯·阿曼泰在《艾多斯　舒立凡》①中显示出了他在表现技巧和思想上的圆融与成熟。这部带有浓郁诗性气质的长篇小说就如同一曲回环往复、无穷无尽的"阿依特斯"②。艾多斯与舒立凡两个男女主人公穿梭在时空永恒的隧道之中，以数世数生悲欢离合演绎哈萨克人前世今生的心灵与情感。在 50 个独立成章而又彼此关联的故事讲述中，作者有着重塑哈萨克人历史与精神的雄心，举凡爱情、亲情、战争、别离、伤痛、反抗、诗歌、命运、变迁……都在不同的侧面映射着连绵不绝、日日更新的哈萨克文化。作者将虚构与写实、想象与实录、过去与当下、文学与历史、抒情与议论几近完美地结合在一起，在叙事中杂糅进史志、歌谣、谚语等多种文体，这个散体辐辏式的小说，正如在"很久很久以前的"有关斯泰基女猎头舒立凡与她的波斯敌人和情人艾多斯的第一个故事结尾写到的："对于艾多斯和舒立凡，相遇与否都不是结果。他们爱彼此，想和彼此共度一生，这是真正的结局，是人性的结局，是小说式的结局，是胜利的结局。"诚然，文化与生活本身有何结局可言，小说在此处显示了一种"元叙事"式的观念。而在第三个故事中舒立凡成了"我的奶奶"。"我的奶奶"告诉"我"："我第一次来到乌鲁木齐市是 1953 年。"但当"我"和旁人讲述时就会变成："1953 年，奶奶骑着褐色的高头大马来到了乌鲁木齐。"而到最后，"我"散布的信息里面则既不涵盖 1953 年，也没有了乌鲁木齐，只剩下褐色的高头大马。刚开始讲述时，"我"还知道大马是假的，但到后来，连"我"都记不清究竟有没有这么一匹褐色的高头大马了。这种对于叙述的自我审思，体现出一种对于历史与有关历史的想象之间裂痕与张力的清醒认识，从而赋予了整个文本一种理性清明的风格。小说不仅诗意地勾勒了哈萨克人演变发展的历史节点，也通过爷爷的故事讲述了当代哈萨克族如何在现代转型中融入"国家"这一范畴之中。这是一篇将抽象性的理念与具体的细节结合得比较成功的佳作，显示了少数民族青年一代作家不可限量的潜力。

家国同构的历史之内，同样蕴含着个体更为细致的记忆，比如有关宗教、亲情等政治史、社会史乃至文化史之外的内容。丹增（藏族）《小沙弥》③是

---

① 艾多斯·阿曼泰：《艾多斯　舒立凡》，乌鲁木齐：新疆青少年出版社 2013 年版。
② 哈萨克族曲艺的典型代表，是一种竞技式的对唱表演形式。
③ 丹增：《小沙弥》，重庆：重庆出版社 2013 年版。

叙事体散文、自叙传小说的合集，同时也可以视作个体的亲历性记忆与想象性记忆在文字中的结合。《江贡》讲述了藏北大地上穷困的牧羊娃阿措如何一步一步在达普活佛的培育下成长为江贡活佛的故事，"寺庙的教育有时像一个学校——当僧童们晨钟暮鼓，齐聚大殿，在领经师的带领下诵读经文，学习宗教仪轨时，他们学到了一个民族的文化传承；有时寺庙又像一个训练营，僧童们在这里学习舞蹈、音乐、雕塑、绘画，甚至采集草药和学习藏药的制作"。江贡接受达普活佛的临终祝福：施舍、戒律、忍耐、精进、禅定、智慧，可以看作油尽灯传的结果。"寺庙为众生，众生供奉着寺庙，生活中的慈悲与信仰，就是在这一点一滴的相互依存中延续。"这是作者塑造的利乐有情的理想状态，而行文中时不时出现的智性言辞是一大亮点。《童年的梦》中写到的"镜子"和"望远镜"意象充满象征意味，尤其是"镜子"，既包含了镜像阶段的主体确立，又有反躬自省和窥见生死的明心见性的启悟。《生日与哈达》则回溯了叙述人一生中度过的三次生日——"佛门生日""革命化的生日""在莫斯科过生日"，"从佛教的文化观来说，生命不过是一次一次轮回，来来去去，就像日起日落。不是藏族人不看重一个生命的诞生，他们是看重生命的延续、生命的转换和生命自身的价值"。而作者写这三次具有标志性的生日关涉的是社会状况和个人命运的起伏转折，其中伴随着主人公一直不变的是贯穿于三次生日的阿西哈达，那是从祖母、活佛、母亲一直传到自己手中的，是慈悲、宽容、永恒的爱的象征，它是变中之不变者，就像肉身轮回中的灵魂。

从地域上看，艾海提·吐尔地（维吾尔族）《归途》[①] 已经超越了现代民族国家的界限，而在文化与宗教上将穆斯林文化区域作为连接方式。小说分上下两部，第一部"伸向大洋的路"讲述的是1948年以阿提汗和艾克拜尔父子俩为中心的喀什维吾尔穆斯林前往麦加的朝圣之旅。第二部"太阳亲吻的地方"则是描写这些朝觐者经过种种磨难抵达麦加后却因为政治局势的变化而无法回国，带着对故乡的思念，他们在异国他乡辛苦打拼的生活。总体而言，小说采取的是欧洲"流浪汉"小说的模式，如果用时兴的名词来说，这是一部讲述离散的小说：离散与归乡之间的张力构成了整个小说的叙事动力。从结构上来说，上部的离乡朝圣是一种信仰与精神上的归途，而下部朝觐后试图返乡则是肉体与情感上的归途，这两种归途合在一起构成了一幅不同于欧洲中心主义的中亚世界地图，也完整勾勒了既有宗教又有世俗的维吾尔人形象。在素朴的文字和不经意的俗语运用中，闪现着维吾尔的古老智慧、道

---

① 艾海提·吐尔地著，巴赫提亚·巴吾东译：《归途》，乌鲁木齐：新疆青少年出版社2013年版。

德与金钱观念，在一些细节中也可以见到对于宗教本身的反思。小说本身写于麦加、拉瓦尔品第、喀什和乌鲁木齐的旅次之中，写作行为和文本本身之间就构成了相互促进的关系。而最终文本将对于故乡的思念巧妙地转化为对于祖国的认同，从而达到了与主流意识形态的契合，不能不说是极为机智和巧妙的做法。

正所谓"隔教不隔理"，山东回族作家王树理的《卿云歌》①，敷写 20 世纪黄海入海处的庆云县从晚清到 20 世纪 80 年代的抗日、内战、革命、土改、"文革"、改革开放的历史，汉、回人物众多却没有一般意义上的"典型性格"，而是以平铺的笔致塑造庆云民众的群像和集体精神——他们都是"人民"的一分子。徐岩（满族）《母乳》和《大寒》② 通过横云断峰似的场面描写，刻画了历史人物赵尚志和李兆麟的人生片段，颇有明清笔记遗韵。这两者都具有本雅明所谓的"意愿性记忆"的特点，即与主流历史叙事保持同调。另外的一些文本比如阿来（藏族）《瞻对：一个两百年的康巴传奇》③ 是在发掘本地史料基础上对边地小县瞻对从清朝至民国，乃至到当下的两百年历史沿革、势力消长、地理变化所作的地方稗史。作者以"非虚构"的笔法切入地区过往的叙述，因为后来者的优势，从而可以将其置入宏观历史中，夹杂总体情势勾勒和分析，颇具重写历史的正襟危坐气象。它采用了"历史"的面目，凸显的则是以边缘之地为中心的观测之眼。

最能体现记忆的复杂性的则是那些跳脱出"历史"语法的作品，如泽仁达娃（藏族）的《雪山的话语》④，它通过晚清到民国初年康巴地区的人事铺陈，形成一种我称之为"康巴记忆"的文本。它显然不仅仅是表达某种藏族风情史诗，"雪山""骏马"等意象当然可以作隐喻式的解读，然而无论是世俗的日常生活、战争的非常态事件、宗教的超验式体验都是一种地方与族群的集体记忆和情感积淀。这不是一种"藏地密码"，而就是藏地的存在本身；它不是魔幻现实，而就是情感真实和心理真实。康巴倒话的思维方式和诗意的语言潜移默化地融入叙事之中。"倒话"是一种藏汉混合语，作为母语使用于青藏高原东部、四川西部甘孜藏族自治州雅江县境内，又称"雅江倒话"。倒话周边主要是藏语，分属藏语康方言南北两路土语群。作为一种混合语，倒话的基本特点是词汇成分主要来自汉语，但语法结构却与藏语有着高度的

---

① 王树理：《卿云歌》，济南：山东文艺出版社 2013 年版。
② 徐岩：《母乳》《大寒》，《民族文学》2013 年第 8 期。
③ 阿来：《瞻对：一个两百年的康巴传奇》，《人民文学》2013 年第 8 期。
④ 泽仁达娃：《雪山的话语》，《长篇小说选刊》2013 年第 1 期。

同构关系。这就可以解释小说中那种糅合了感伤与豪放、细腻与粗粝、柔情与剽悍的陌生化笔触，以及需得经过延宕和反思才能获得理解的审美效应产生的原因，它是用一种混合语在写作，这种语言丰富了当代中文写作样式和情感思想表现方式。所谓"雪山的话语"就是一种自足的内部言说，将以贝祖村为代表的康巴作为一个中心，敷衍传奇，演义过往，成就一段独立不依的族群与文化记忆。这种记忆中的"康巴中心观"无视外在的进化论、人性论、阶级斗争、唯物史观，而着力于枝蔓丛生的民间与地方表达，从而为认识中国这一多民族统一国家内部的语言多样性、文化多样性和历史多样性提供了一种崭新视角。边缘、边区、边民在这种话语中跃升为中心，形成一种新型的地方文化角逐力，在当下的文学文化格局中具有不可替代的意义——它一旦产生就会产生新的生产力，为未来的写作和知识积累养料。正是无数这样的"话语"的存在，才让中国文学拥有自我更新的能力。

二、民族故事的另类讲述

我在为"阅读中国，五彩霓裳"系列丛书写的推荐语中说："有轻声沉吟，有柔情细语，也有哀哭恸歌，更有洪钟大吕，甚至还有庙堂正音，在绵绵不绝的生命笙箫之中弦歌相继。这是女性的声音，是少数民族的表述，是商业喧嚣之外的别样话语，但它们又超越了性别与身份的界限和疆域，在少数者的表达中传递出了人类普遍和共通的吁求。"这套书包括叶梅（土家族）《歌棒》、赵玫（满族）《叙述者说》、金仁顺（朝鲜族）《僧舞》、娜夜（满族）《睡前书》、叶尔克西·胡尔曼别克（哈萨克族）《远离严寒》①等，可以视为少数民族女性文学的集体亮相。但如果具体到每位作家来看，也各有特质，比如叶梅的小说带有强烈的现实关怀和理性清刚之气，而娜夜的诗歌则有更多个体的省思，个人的情感创伤与苦难记忆在诗句之间隐约可见。金仁顺在对于古典题材凄迷冶艳的重新叙述中，改写了正史系统的记载和男性视角的叙事，而代之以女性对于肉体与心灵的自由与解放的诉求，尤其强调了欲望在理法压抑中的合理性："肉身不只是裹着血肉骨头的皮囊，不只是载梦的器物，肉身也不仅仅用来受苦受难，修行觉悟，肉身是大千世界里的一个奇迹，肉身本身也是个大千世界。"这种改写接续的是先锋小说和20世纪90年代的所谓"新历史主义小说"的技法与观念，总体谈不上创新，却提供了一种来自朝鲜族群的书写维度。文化身份是后天发生的，而这种碎片式的、

---

① 叶梅《歌棒》、赵玫《叙述者说》、金仁顺《僧舞》、娜夜《睡前书》、叶尔克西·胡尔曼别克《远离严寒》，均由中国对外翻译出版有限公司于2013年出版。

注重私人性的再写过去方式与民族国家话语书写之间的区别显而易见，这也使得那种首尾一贯、因果连续的历史想象与共同体建构绽开缝隙，凸显了当下族群个体对于某一"民族"的重新思考与认同，这其实是个普遍性的议题，即如何在"中国故事"中进行另类的族群叙事。

这类讲述体现为"民族特色"的性质，以民族文化基质为根基，显示出独特的美学风格。比如胡玛尔别克·壮汗（哈萨克族）的小说集《无眠的长夜》① 中收集了许多具有浓郁地方文化风格的作品，这些小说内涵丰富，包容了多方面的内容，总是指向某种超越于地方性和民族性的升华体悟。比如《拜黄尔老汉和夜莺》是将传说中的歌神夜莺在密林中唱歌的秘密进行了当代重写，中年鳏夫拜黄尔与少女库兰之间的爱情悲剧表达的是关于渴望、失落与懊悔的抽象观念。《嫉妒》中女主人公对于丈夫及丈夫的情人玛丽凯之间的恨怜怨忿的情感变化，揭示了永恒的人类情感，具有莎士比亚《奥赛罗》般的芜杂气势，又带有俄罗斯短篇小说般的意味深长。《翡翠》则是通过萨吾提老汉对于年轻时候的一次错误而给黄尔窝依带来沙漠化的严重后果懊悔、痛恨、救赎的描写，折射了当代边疆地带的生态变化：这种生态不仅是自然地理环境的，更是人内在的心灵和道德，从而使得这篇小说具有了典型性。

其中，神秘性叙事尤为值得关注。如叶尔克西·胡尔曼别克（哈萨克族）《昴宿星光》② 描写了在托克萨尔寻找丢失骆驼的事件中，还是少年的"他"无意中显示出难以解释的直觉感知能力，但这种"灵气"并没有给他在现实生活中带来什么好处，反而具有一些异类的色彩，他只能在自己的世界里与昴宿星对话，这是因为时代已变，人与自然的神秘沟通能力普遍丧失的结果。20 年后，当托克萨尔的孙子来找他寻找丢失的汽车时，却诡异地发现了一匹马，这个颇具启示意味的结果，让人无语而又忍不住进行多向性的思考。而合尔巴克·努尔阿肯（哈萨克族）《灵羊》③ 通过诡异的岩羊与猎者之间的故事，表达了敬畏自然和不可解事物的主旨。它们所形成的审美品格，不仅在于语言、情节、结构层面，还深层地体现于思维和精神向度上的别具一格。

这是"写什么"和"怎么写"的双重差异，即便在那些习见的故事框架中，也能体现出不同一般的气质。朱雀（土家族）《暗红的酒馆》④ 是篇充满现代主义色彩的小说，"地仙的酒馆"这种不可索解的空间往往可以开掘出乎

① 胡玛尔别克·壮汗著，阿里译：《无眠的长夜》，奎屯：伊犁人民出版社 2013 年版。
② 叶尔克西·胡尔曼别克：《昴宿星光》，《民族文学》2013 年第 3 期。
③ 合尔巴克·努尔阿肯著，阿依努尔·毛吾力提译：《灵羊》，《民族文学》2013 年第 4 期。
④ 朱雀：《暗红的酒馆》，《民族文学》2013 年第 5 期。

意料的精神领地，显示出新颖的思想向度。不过因为篇幅的短小，"我"的神思游走没有构成一个自足的异度世界，从而使得这种意识流动的尝试变得半途而废以至于最后以一个平庸的结尾草草了事。而杨树直（苗族）《遇上白蛇不要逃走》① 说的是一个江湖故事，流亡的逃犯、白蛇的传说与隐喻、底层社会的情感和义气……作者以一种零度叙事的态度勾勒了一个具有热度与爆发力的内在结构。我们已有的批评方法和理论模式已经很难有效解读和阐释这些另类讲述，必得发掘本土的诠释范式，而这些文本本身正是生发新的方法论的资源所在。

三、认同与社会变迁

在置身事外的他者或者后来者那里视作习以为常、稀松平常的事情，对于局内的当事人来说往往惊心动魄，意味着剧烈的历史社会变革，甚至会产生撕裂性的疼痛感。这就需要外人怀着同情方能进入理解的状态，在关乎身份与认同这样的问题的时候，尤为如此。2013 年的两篇短篇小说对此问题给出了鲜明的案例：海勒根那（蒙古族）《寻找巴根那》② 的文本内部充满了自我身份割裂的痛苦感，它在面临社会文化变迁的现状下，对于蒙古"传统"的认同和适应时代转型之间的犹疑不定，让叙事显得暧昧纠结。巴根那的失踪及"我"和堂兄对他的寻找，构成了现时代明确所指的民族寓言，反讽的是巴根那的一切作为其实是一种受挫后的退缩——退回到由历史和叙述所构成的"蒙古文化"中求得庇护，他最后化身为羊决绝而去的举动，与其说是对"蒙古之根"的追寻，毋宁说是一种悬崖撒手的溃退。杨仕芳（侗族）《别看我的脸》③ 则循序渐进地展示了金钱、权力、欲望如何一步一步将人的认同扭曲。打工仔李强因为一起车祸而与企业家王子健互换了身份，后者被当作已死去的李强，而李强则在整容后进入了王子健的生活。一方面是对于贫穷故土亲人的眷念，一方面是权势地位的诱惑，两种身份之间产生了角力，尽管试图进行媾和，但李强最终还是投入了王子健这个身份的怀抱。人格面具的飘移正显示了金钱权势对基本情感的压榨和泯灭造成的人性扭曲，在认同选择上的趋利避害不仅仅来自人性的本能，更是资本新语境中情感结构性的蘖变。

认同作为主观选择与想象，其实质是客观世界的变迁，正是由于外在环

---

① 杨树直：《遇上白蛇不要逃走》，《民族文学》2013 年第 5 期。
② 海勒根那：《寻找巴根那》，《民族文学》2013 年第 1 期。
③ 杨仕芳：《别看我的脸》，《民族文学》2013 年第 9 期。

境、结构、生产生活方式的变化带来了内在价值观念、道德情操、伦理尺度的嬗变。包倬（彝族）《纸命》① 以独白的方式勾勒了一个从乡村嫁到城镇的女人采莲半生横跨近三十年时间的生活挣扎，因而这种个人生命史必然与社会的转折关联在了一起：计划经济中的工人与市场经济里的商贩之间地位的转移，正是大时代的主潮。小说的人物性格颇为扁平，因而某种程度削弱了深刻的力量，不过另一方面采莲与老金、杜建峰、吕品三个男人之间的纠葛倒是突出了人生就是煎熬的主题。不同人物之间此起彼伏、此消彼长的相互社会关系与情感关系，映照着时代与社会的变局。

变迁中的丧失感，如果发生在外部，则可以通过哀悼来治愈。金昌国（朝鲜族）《形古山呢，呜噜噜》② 从一个巧妙的角度切入，小说的五个组成部分全都关乎人的基本欲望"吃"，从炒胎盘、荞麦面，到焖狗肉、烤蛤蟆，再到最后的聚会，食物的流转牵连起大时代的起承转合和底层互助的情意。

丧失感如果发生在主体自身，则会产生忧郁。第代着冬（苗族）《那些月光的碎屑》③ 就是个忧伤的故事，它以民间故事式娓娓道来的口吻讲述流浪的银匠故事，如同他那日益没有市场的手艺一样，银匠在寂寞中的一次沉迷，造成了对职业道德的破坏：为了给自己一厢情愿迷恋的女人打造七个银座佛，他开始蚂蚁搬家一样地偷窃雇主的银子，这葬送了他的职业生涯和信誉。寓言式的情节其实象征了如今在现代性功利与消费逻辑的冲击下，许多更广泛意义上脆弱的（非物质）文化遗产包括德性的沦陷。陶丽群（壮族）《风的方向》④ 同样具有忧郁的气质，它讲的是移民与原住民之间因为争夺生存空间而造成的冲突，作者虚构了"跪孝"的极端故事来加以展现，展现了一个古风犹存又扭曲变异的当代中国乡村形象。马元忠（壮族）《铁匠》⑤ 中的村庄冉家坪及其文化也面临沦陷的处境："现如今世道变了，村庄已经萧落得不像村庄，每年春节没过完，青壮年们便鸟一样飞出村子，奔赴城镇四处打工了，留下一个落寞的村子让这些老啊小啊的自行看守，这样的村子还指望它有什么热闹事呢。"当然，也有热闹，比如在村子里修建的金娇温泉度假山庄的灯红酒绿，但热闹却不属于村民，他们的热闹让村民世代以来的宁静和踏实荡然无存。在这种变局之中，村庄里来的陌生人铁匠父子则扮演了反抗者的角色——他们为了替被拐骗的女儿复仇，杀死了度假村的恶棍。这种勃然一怒

---

① 包倬：《纸命》，见《春风颤栗》，北京：作家出版社 2016 年版。
② 金昌国：《形古山呢，呜噜噜》，见《金昌国小说集》，长春：时代文艺出版社 2014 年版。
③ 第代着冬：《那些月光的碎屑》，《小说选刊》2013 年第 5 期。
④ 陶丽群：《风的方向》，南宁：广西人民出版社 2013 年版。
⑤ 马元忠：《铁匠》，《民族文学》2013 年第 9 期。

溅血五步的决绝，恰恰表明了更深的绝望：当社会与制度的保护缺失的时候，个体只能靠一己的血性自求正义，做最后的拼搏。尽管在冉家坪的村民心中，铁匠父子终究会回来，但显然被警车带走的他们已经预示了一个终究无法挽回的结局。这是一种现代性的悲剧，小说在这里只能提供安慰性的想象。

另一个方面，当主体内在足够强大，则会产生认同的能量。王小忠（藏族）《小镇上的银匠》① 表面上是写一个执拗于打制首饰、一心想传承手艺的嘉木措阿爸，尽管他经受过南木卡、道智两个不肖徒弟带来的失望，但依然矢志不渝，终于寻觅到身具天赋同时又有创新意识的小银匠。而隐藏在这个故事内部的隐线则是阿爸对于技艺的信仰，他对于"艺人"和"匠人"的区分在于能否打造出一尊真正的佛像，只有那样才有可能"找到自己的香巴拉"。这里可以看到信仰如何深入骨髓地植根于他的心中，这既是对宗教的敬畏，也是对技艺和生活本身的虔诚，让我们感受到一种在喧嚣的都市叙事中久违的内在精神力量。潘灵（布依族）《根艺》② 通过记者采访不同人物的结构，让不同声音交织出一个民间根雕艺人的故事与形象，而他们不同的态度，也折射出不同话语在面对"文化遗产"时候的取舍与价值评判。这种无分轩轾的呈现，体现出一种文化平等和自信。

王海（黎族）的小说集《吞挑峒首》③ 展示了较少为人注意的海岛黎族生活的变迁，同名短篇讲述的就是有着番板、班什、毛贵三个寨子的吞挑峒在 20 世纪 80 年代的现代化进程中发生的嬗变。峒首（头人）帕赶阿公的现实权位固然变了，然而其文化权威还在，他已经无法理解儿子亚通这一代人的情感与思维，却并没有构成剧烈的代际冲突。值得一提的是小说中不经意间对于黎家打猎种"山猪药"习俗的描写具有地方性知识的认知趣味。这种边地少数民族的风俗描写几乎贯穿于他的各个相关题材小说中，《帕格和那鲁》《弯弯月光路》里对于黎族少男少女"夜游"习俗的描写，《五指山上有颗红荔枝》中关于黎家赡养习俗的描写，这些特定民族的规矩惯例，并不是作为猎奇性的存在，而是成为情节结构推进的有机组成成分。作者在充满情感地流连于民族古老传统的刻绘时，带有"现代化"所引发的焦虑和冲击，就像《轻风，掠过夏日的山坳》中写的："虽说历史进入了二十世纪八十年代，可同在一个太阳底下的同一个世界，也仍然会有一些阳光未能照耀的角落。"外来者是否就像夏日掠过山坳的轻风一样，在当地人的心中不留一丝痕

---

① 王小忠：《小镇上的银匠》，《民族文学》2013 年第 9 期。
② 潘灵：《根艺》，《民族文学》2010 年第 3 期。
③ 王海：《吞挑峒首》，武汉：武汉大学出版社 2012 年版。

迹呢？变化已然来临，它所带来的可能并非剧烈的断裂性疼痛，却是伤感的回眸。这样的小说对于外族的读者来说，提供的显然不仅仅是审美的愉悦，更多是认知和理解空间的拓宽。这些小说关涉后进地区与民族被动现代化的处境问题，它提出的问题在今日变得尤为显著：在传统共同体日渐瓦解、旧有的伦理行将坍塌的语境中，如何规范道德、如何重塑价值、如何建立社会认同？这可能不仅仅是黎族或其他少数民族，而是整个中国社会所面临的共同问题。

四、生活的辩证现场

关于现实，人们都有太多的话要说，生活不如人意，因而现实主义总是批判的。没有一个真正的作家能够在这个时代宁静恬然，正如我在许多作品中读到的绝望和暴戾的气息。光盘（瑶族）《渐行渐远的阳光》①让人看到了曾经的乡土共同体的瓦解，田园牧歌的落幕。在残酷而冷漠的叙述中，小说呈现出悲悯的情怀：在城市边缘谋生的吕得林忽然得了眼癌，随之而来的是绝望的处境，尽管妻子汪小麦不离不弃，但是金钱的压力和恐惧让他们只能在无可奈何中被抛弃和放逐，回到乡村等死。弥漫在小说中的是无处不在的悲凉和对于不幸的麻木，这是人间的真相。尽管最后由于意外的帮助，吕得林保住了性命，却永远失明了，而汪小麦为了一家人的生存，也只能带着丈夫改嫁给同处底层的二良——值得注意的是这并非许地山《春桃》那种患难相恤的包容，而是生存绝境中的趋利避害，这让小说带上了存在主义式的荒谬和黑暗色彩。晏子非（土家族）《夜奔》②讲述的是另一个"失败者"的故事，朱长民这个原先的技术副厂长，却在妻子下岗时无能为力，从而导致家庭的不和。妻子自己开了一家副食品批发部，朱长民的生活却未见起色反而愈加落魄，最后竟至沦落为拒付嫖资、白吃白喝的无赖。随着妻子遭遇车祸，生死未卜，他未来面对的生活充满了未知。这些当下生活失败者的故事，如果能够联系更为广阔的社会关系进行刻画，可能会取得更加有力的效果。

"逃离"的主题在近年来的移民和打工题材作品中呼之欲出：人们总是不满于生活在当下和故乡，但是"异乡"并没有允诺一个黄金世界，反而让"故乡"产生了雪崩般的连锁反应。许连顺（朝鲜族）《链条是可以砍断的么》③讲述老许的老婆10年前到韩国打工一去无回，联系彼此的唯一纽带就

① 光盘：《渐行渐远的阳光》，《民族文学》2013年第2期。
② 晏子非：《夜奔》，《民族文学》2013年第8期。
③ 许连顺著，金莲兰译：《链条是可以砍断的么》，《民族文学》2013年第8期。

是时不时寄回来的金钱，这个过程中老许逐渐成为无人问津的无用之人，"就像练歌厅里多少年没有人点的歌"，父亲的情分荡然无存，而他与儿子"秀"之间连接的链条也仅是金钱，曾经世代传承的血脉经不起现实物欲的碰击。小说中穿插的老许对于一个靓丽女子的意淫最终也被丑陋的现实击溃：那个貌似清纯的女孩其实是个妓女。资本的外在他者对于内在主体的影响无微不至，对于传统家庭伦理和父权制文化的冲击，是一柄双刃剑，既有解放与突破封闭式权力的意义，又有控制及情感与道德沦丧的悲剧性后果。赵龙基（朝鲜族）《姜氏的上海滩》① 则是另一类型的流散故事，对于韩国的莫名追求，让姜氏的媳妇抛夫别子，给留下来的家人遗下的是颓废、焦灼和失落。而姜氏试图介绍给儿子的女房客为了出国不惜向韩国房客出卖肉体，这也是当代上海乃至更广大社会空间的浮世绘图景。

城市里的故事更多集中于肉体与欲望。木祥（彝族）《酒吧》② 讲述发生在丽江的日常生活，大学生李红梅进入一个失败艺术家张扬开的酒吧里所经历的一系列人事与生活的变迁。小说以朴素的白描展示了地方文化的侧面，本可以成为带有写实色彩的图绘，但由于缺少细节而使得整个小说更像是某篇长篇小说的情节梗概。同样讲述丽江故事的蔡晓龄（纳西族）的《艳遇指南》系列中篇小说则要丰满许多，《迷失在高原的艳遇》③ 叙述在城市中不堪情伤来到丽江山区支教的老师叶青遇到当地纳西东巴传人品珠的艳遇故事。作者扣紧尺度，没有让这个故事沦为俗套的"心灵救赎鸡汤"，所有的高尚与高雅的情操和情感都被剥去其优雅的外观而呈现出平凡人那市侩乃至鄙陋的真相。叶青的老情人陶白身患绝症到丽江寻求东巴的救赎，死亡才真正让叶青从一个平庸的浅薄女人逐渐获得了成长的可能。如果说这个作品还有着一种对于纳西文化的刻板想象，那么《秒杀》④ 中则抛弃了异族情调，让报社记者如歌、酒吧歌手稻子、社科院研究员未名的世俗人生纠葛在一起，这三个人物显然也并非日常百姓，如歌与未名的闪婚便带有脱俗的意味，而偶然的机会让未名更为超越日常的感情浮出水面则表露了这是追求爱情纯粹的人，与小说中穿插的副线果品厂董事长夫妻反目的绝情形成交错。艳遇、婚外情等当代情感现状的呈示，提供了观测我们时代道德风尚的一个坐标。

外出的人固然遭遇艰辛，留在故乡的人也无法安然。德纯燕（鄂温克族）

---

① 赵龙基著，靳煜译：《姜氏的上海滩》，《民族文学》2013 年第 4 期。
② 木祥：《酒吧》，《民族文学》2013 年第 8 期。
③ 蔡晓龄：《迷失在高原的艳遇》，《大家》2013 年第 1 期。
④ 蔡晓龄：《秒杀》，《大家》2013 年第 3 期。

《相见欢》① 关注空巢老人的心理问题。儿子在海外工作的王指挥因为孤独居然热爱上去医院，因为在那里他可以获得关注和体贴，以至于他最后主动留在医院给骨折的江工程师当义务护工。作者以细腻的心理描写见长，让老人的孤独、渴望和相互取暖的温情充满触手可及般的质感。随着中国老龄社会的来临，退休老人生活与心理问题将是个严峻的现实，魏荣钊（土家族）《纸条》② 关注的就是当下的社会敏感话题。

另一篇对感情有着细致描摹的是金仁顺（朝鲜族）《喷泉》③，它讲述了底层矿工之间爱恨交织的感情，隐忍柔顺的老安、性格刚硬而又不得不在情义之间挣扎的张龙、泼辣强悍的吴爱云的形象都栩栩如生，伦理冲突中的情感必得要以死来终结，情欲如同喷泉一样一发不可收拾，而毫发之间的微妙心理也正如同喷泉一样难以捉摸。而王向力（蒙古族）《宠物与女友》④ 则用一种漫不经心的戏谑口吻展示当代男女婚恋生态，它的水准同它的语言一样，完成度不高。同样略显粗糙的庆胜（鄂温克族）的小说集《陷阱》⑤，收录的都是类似自然主义色彩的写实作品，同题小说讲的就是一个呼和浩特的律师被设局到珠海，然后又逃脱的故事。《不浪沟开发记》则是市民白云丹试图开发山乡度假村而失败的故事。而《圣诞节》则截取了城市生活中的一个冲突细节。这些小说泥沙俱下，从技巧和语言来说并无惊人之处，倒是为这个急剧转型的时代和社会留存了最粗粝真实的一面：小人物腾挪挣扎的痛楚，大多数以叫做"伊克乌拉"的主人公为代表的普通人的郁勃的内心，混乱崩塌的道德世界……这些来源于作者丰富生活的故事贴切可感，人物并没有高于生活或者低于生活，是我们日常可见或者说就是每个人本身，而它另一方面的意义则从侧面体现了少数民族的当代生活——他们并非还是停留在想象层面的山林田园牧歌场景当中，而是身处主流生活中随波逐流、与世浮沉。

不过，现实生活也并不全然一片黯淡，这要取决于作者的眼光。肖勤（仡佬族）《在重庆》⑥ 从题材上说算是一种"打工文学"，却脱离了社会关系和阶层冲突的模式，而以普通个体的情感入手，这就让小说具有了清新积极、跳脱欢快的氛围。西北小伙打雷的敏感与憨厚，与西南女孩央央的泼辣与单纯相得益彰，他们的情感略有波折却有惊无险，正如打雷的异乡售楼生涯固

---

① 德纯燕：《相见欢》，《民族文学》2013 年第 3 期。
② 魏荣钊：《纸条》，《民族文学》2013 年第 9 期。
③ 金仁顺：《喷泉》，《小说月报》2013 年第 5 期。
④ 王向力：《宠物与女友》，《民族文学》2013 年第 4 期。
⑤ 庆胜：《陷阱》，呼和浩特：远方出版社 2012 年版。
⑥ 肖勤：《在重庆》，《民族文学》2013 年第 8 期。

然辛苦、倒卖假文物以作为行贿的中介遭遇固然离奇，最终也化险为夷，所凭恃的恰恰是人物最初的那一点淳朴和本真——那是青春和活力、生机勃勃的上升气象，人物和地方之间形成了彼此推进、相互烘托的效果。这篇喜气洋洋的小说给人的欣喜之感，就如同阴雨连绵数日中偶然放晴的感觉，体现了生活本身的辩证逻辑：喜忧参半，苦乐交织。

五、日常的诗意与梦想

"日常生活"一度在 20 世纪 90 年代成为美学话题，然而如今回头再看，那种命名及其所针对的对象无疑偏向于都市化、市民阶层、知识分子式的无聊、平庸、浮躁、面目模糊的无个性的状态，我这里复活的"日常"则指向多维度的，既包含前述内容，同时也是乡土的、底层社会的、边缘人式的不同层面。在理想主义褪色的年代，更需要的是对于诗意与梦想的再次张扬，而不是沉溺在"日常"的泥淖中助纣为虐，那正是无数的商业化文学取媚市场的方式。彝族诗人阿苏越尔在他宏伟的长诗《阳光山脉》① 中完成了一个原乡神话，他并不是在写诗，而是被诗所写。我们可以看到他在磅礴雄浑的文化中撷取零落的花朵，结缀起浩瀚的抒情。诗句中充满地域与族群文化的印记，又洋溢着恒久而广远的感悟，没有炫技，只有仰望与祈祷，文字已经写完，大地上只剩下吟唱。

潘小楼（壮族）《青柠》② 如同它的名字所暗示的，是一枚带有涩味的柠檬经过生活的炮制逐渐褪去青涩、走向成熟的故事。少女青柠的青春有惊无险，与残酷擦肩而过，最后是靠自己与一个老男人的"通过仪式"使情伤得到了痊愈。值得注意的不是这个故事，而是它的充满蒙太奇风格的写法以及细节里蕴含的巨大张力。比如写到少女听到邻居男人洗澡声音的场面："玻璃瓶全都被她摆到了木架上，所有的折光和反光汇聚一道，在她眼前出现了一壁的水纹光。她伸出手去，划过一只只瓶壁，指甲的轻叩声是轻灵的，像一枚枚水珠，坠到了深潭里。"既是实景，也是心灵；既是写实，也是写意。这样的细腻片段比比皆是，某些地方有着张爱玲式的洞察与尖刻，充分体现了一个青年作家的描写功力。收在潘小楼的小说集《秘密渡口》③ 中的许多篇章构成了"一个少女和工厂的故事"的怀旧式集束，"一个时代转身了，但我发现自己还停留在它的喧闹里"。于是，她开始清理自己的记忆，盘点个体生

---

① 阿苏越尔：《阳光山脉》，北京：中国戏剧出版社 2014 年版。
② 潘小楼：《青柠》，《文学界》2013 年第 6 期。
③ 潘小楼：《秘密渡口》，南宁：广西人民出版社 2013 年版。

活与社会的过往，让往事的碎片如同河边的石头一样，在笔端折射出经过内心生活打磨后的光芒。就像在《秘密渡口》这篇充满魔幻色彩而又无比真实的小说中所展示的，杀妻灭子的钱家数年来与神秘生物"水猴子"的缠斗，实际是自己受折磨的内心冲突；始乱终弃而年近暮年心怀愧疚与死之恐怖的赵尔克眼中所见，是无桨无橹的渡船远去江心，留下不解之谜。普鲁斯特式的"非意愿记忆"① 哗然嘎然，洞开过去幽暗的角落。这一切映照出一个边区工厂衰败的历史，在那些已经在滚滚时光之流中逝去的、被遮蔽的废墟之上，浮现出感伤与沉痛、悔恨与释然、忧愁与困惑——这是个体对于剧烈变动的大时代的感受：身处其中，半懂不懂，事如春梦，迷惑不解，该得到的尚未得到，该失去的早已失去。

在这样的普遍性感受之中，总有人举起理想主义的旗帜。向本贵（苗族）《济水长流》② 以极其家常老到的文字描写了同样普通的中国基层生活与官员故事，县城建局调下来的镇书记修功成希望在退休前为老百姓做点事，他没有任何高蹈的言辞，而埋首于治理济河、筹资修桥，虽然小说的结尾有些草率，却在不求刻意中表达了"花大力气保稳定，还不如为群众做点实事"的主题。此类正面形象在当代中国文学中正日渐稀少，因而显得弥足珍贵，因为它传递了一种素朴美好的愿望。他的另一篇小说《承诺》③ 通过一个近乎不近人情的人物与故事，重申了重信然诺这种如今已经近乎稀缺的品格。然而作者真正要讲述的其实是一种国家利益至上的意识形态，伍全老人一心守护金矿，乃至对于弟弟、妻子、儿孙显得"无情无义"，是出于对"国家"的忠贞，这是个理念型人物，它更多地体现了一种日益被大众媒体所淡漠的抽象理想和价值追求。从这个意义上来说，小说显示出一种知其不可为而为之的悲壮反抗。这显然是一种"中国梦"式的写作，却彰显了主观的理想状态。

山哈（畲族）《追捕》④ 也是如此。北湖监狱的犯人雷根发忽然在春节前夕越狱，这让原本就战战兢兢如履薄冰的狱政科长徐波的生活陡然落入一种焦灼不安的状态。徐波必须在限定的时间内将逃犯追捕归案，而恰恰两人都曾经是部队中优秀的侦察兵，小说一开始设定的这种情节构成了一触即发的

---

① 本雅明将普鲁斯特所说的 mémoire involontaire 称为"非意愿记忆"，他认为"普鲁斯特并非按照生活本来的样子去描绘生活，而是把它作为经历过它的人的回忆描绘出来……对于回忆着的作者来说，重要的不是他所经历过的事情，而是如何把回忆编织出来"。见阿伦特编，张旭东、王斑译：《启迪：本雅明文选》，北京：生活·读书·新知三联书店 2008 年版。第 216 页。

② 向本贵：《济水长流》，《民族文学》2013 年第 2 期。

③ 向本贵：《承诺》，《民族文学》2013 年第 7 期。

④ 山哈：《追捕》，兰州：敦煌文艺出版社 2015 年版。

紧张感与期待悬念，却没有向着俗套的个人英雄主义对决方向上演进。徐波在追捕中潜伏于雷根发畲乡山村老家时，情节陡然转向类似民俗主义式的描写，铺陈了畲乡的人情风俗，中间还穿插了逃犯母亲蓝采花和女儿燕子的生存窘态。于是，情节走上了反高潮的道路：徐波不得不将错就错，伪装成雷根发曾经的战友、如今的香菇收购商住了下来，进而填补了雷根发的空缺，成为这个残缺家庭中的当家人，送葬老人、抚慰孩童。这个过程短暂又漫长，就在徐波一无所获只能将雷根发的孤苦无依的孩子带回家时，他的爱心感动了逃犯，让他主动自首，因而"追捕"实际上成了突破类型小说的窠臼，完成了情感、心理和灵魂的救赎过程。许长文（满族）《在水中央》① 中孝子姚老八为了满足病重的母亲的心愿，在封海期间冒险闯海捉梭子蟹，却被边防哨所误认为偷海蜇而抓起来，但是在人性化的处理中却阴差阳错流落到荒岛上。小说节奏紧凑，环环相扣，引人入胜，最后通过"海神娘娘"般的母亲的话点出环保的主旨，可谓卒章显志、水到渠成。

阿拉提·阿斯木（维吾尔族）《时间悄悄的嘴脸》② 提供了另一种类型的"日常"，小说讲述新疆玉王艾莎麻利涉嫌杀人，逃亡上海做了变脸手术后重回新疆，在面对旧日朋友和仇人，尤其是母亲认出了自己的时候，他反思过往，重新换回本来的面孔，直面自己的人生和命运。在恩怨情仇中他一步步寻回自我，找到金钱和时间的真相，母亲的去世更是让他洗心革面，与仇人化解恩怨，获得重生。叙述中充满了自我反思式的议论和感悟，让每个出场人物都有表达心声的出口，从而使得这个"复调"小说富有浓郁的抒情与哲思色彩。这是一部充满陌生化表述的小说，体现在词语、语言、思维方式的诸多方面，尤其是小说中经常写到的朋友聚会，在聚会中让各个人物说出自己的心声，同时也展示相关联的更为广阔的社会关系，实际上就是维吾尔独特的"麦西莱普"③ 式的叙事法，而对于形而上命题的思考则让带有传奇意味的情节具有了诗意化的寓言效果。小说的结尾写道："清晨像诗歌，鼓舞自信的人们奔波四方。正午像神话，慷慨地敞开大道，滋润人间的福祉方向。傍晚像史诗，在亲切的大地上重复时间的恩爱和嘴脸，播种黎明的曙光，收获神话和史诗赐予人类的希望。"这是时间的嘴脸，也是人成长的轨迹，"人的肉体是一种形式，他的精神才是真正的人"。许多年前的普通石头，现在变

---

① 许长文：《在水中央》，《民族文学》2013 年第 4 期。
② 阿拉提·阿斯木：《时间悄悄的嘴脸》，北京：人民文学出版社 2013 年版。
③ 维吾尔语中意为"集会""聚会"，是维吾尔族人集取乐、品行教育、聚餐为一体的民间歌舞娱乐活动。

成了让人疯狂的"玉"，这个"玉"也就是"欲"，小说对于金钱至上的批驳与欲拒还迎的态度，体现了当下社会人们的精神分裂，而其最终的旨归是回复到母亲的教诲、心灵的皈依，则可以视作一种反片面发展的"单向度现代性"的现代性。

马金莲（回族）《长河》① 则书写了与"日常"对立的非常态情境。这篇风格上颇近于林海音《城南旧事》的散文化小说讲述了人类的终极命题"死亡"："似乎每一个生命的结束都在提醒活着的人，这样的过程每一个人都得经历，这条路，是每一个人都要去走的，不管你富有胜过支书马万江，高贵比过大阿訇，还是贫贱不如傻瓜克里木，但是在这条路面前，大家都是平等的。"通过回忆的淡淡哀伤笔触，作者在一个春夏秋冬的时间代序中描写了一个村庄中的死亡故事，这种准封闭的时空结构让小说文本形成了一个独立的世界，从而让老实本分的伊哈、柔弱可人的小姑娘素福叶、瘫痪在床的母亲、德高望重的穆萨爷爷四个人的死超越了村庄的界限而拥有了形而上的意义。这个意义便如同小说所揭示的，死亡作为不可逃避的命运，带有洁净和崇高的意味，而逝者只是生生不息的生命长河中的一朵浪花。小说对于西北乡村穆斯林的葬礼描写有着民俗学的价值，而从文学上来说，它正是通过"向死而生"的设定赋予了村庄与人一种经久不衰的韧性和顽强的主体精神。

最为本色当行的"日常"体现在那些将日常理想化的作品中，比如段锡民（蒙古族）《瓦瓦》② 通过浓郁的东北乡镇的闹腾、开朗和乐观态度的描写，让乡土生活活灵活现地浮现在读者眼前。瓦匠任满堂、屠夫笪继业、主妇徐燕子的形象都栩栩如生。这个乡镇脱离了现实的龃龉、挣扎、磨难，焕发着洁净明亮的光辉，让想象中的安稳与欣慰得以栖身。尽管这是个心造的幻梦，却依然让人不忍舍弃，因为这是梦想的权力和幸福。

以上仅是我个人阅读了 2013 年少数民族文学作品后，根据它们本身的内容与特色，结合自己的知识框架设立几个坐标予以勾勒的结果，希望能够以点带面地展示该年度的基本风貌，为未来的读者和研究者提供一定的参考与线索。

---

① 马金莲：《长河》，《民族文学》2013 年第 9 期。
② 段锡民：《瓦瓦》，《民族文学》2013 年第 4 期。

第七章　到了沉淀与反思的时候

　　较之前两年，2014 年的中国少数民族文学算是"小年"，这并不是说作品数量少或者质量下滑，而是说并没有特别醒目的表现，很大程度上，题材、风格、思想理念在循着惯性的轨迹稳步向前，这多少有些让人不满足。

　　因为种种机缘，我从 8 年前开始每年都会对中国少数民族文学创作作一个年度综述，虽然以一己之力，几乎不可能读完每年产生的大量作品，但以小说为中心，我尽量对自己所能接触到的各个民族作家的重要作品作一个述评式的梳理，并且试图提炼出一些在我看来值得讨论的问题。作为一种引起主流文学批评界关注的策略性举措，我总是努力从那些泥沙俱下、良莠不齐的作品中寻找任何一个闪光点加以表彰，那种情形就如同在一个杂草丛生的背阴山坡寻觅难以轻易为人发现的山参。但经常的结果是，你可能只会遇到一块块葛根或者萝卜。因此，这个工作带有一定的风险性，事实上绝大部分作品很显然在时间的淘洗中会泯然无闻，但我并无意进行某种"经典化"的举措——"经典化"背后的权力运作机制正是我所要竭力避免的，而是要为当代文学史存一份现场档案。它们存在过，是中国文学现实生态的一部分。

一、如何想象生活

　　如同我在前几年已经指出的，传统与现代、乡村与城市的二元对立式叙事在当下的少数民族文学中已经构成了一个难以摆脱的书写模式，其表现形式往往是将某个族群及其聚居地（常常是农耕或游牧共同体）表述为一种在城市化进程中的牺牲品，生活于其间的个体和他们的生活遭受来自外部的无法抗拒的强力掠夺，从而形成创伤性的文化记忆、生命体验和伤痛感受。其典型的表述形式是将某一个文化传统具象化为日暮西山或者垂暮衰朽的人物和生活方式，弥漫在文本中的是挥之不去的忧郁与颓丧的情绪。这本来是现实遭际在文学中的自然反映之一，但一旦这种叙事获得成功之后，它就具有了示范效应，进而启发了此后一系列相似的文本。这固然是各个少数民族普遍面临的共通的处境和心理反应，却不是唯一的，因而在当下的大量文本中重复式地出现这一叙事模式不能不说是一种写作上需要警惕的症候。

杨文升（苗族）《野猪坪轶事》①就是这样一首自然山村在现代性进程中持续性丧失的挽歌。野猪坪被树立为封闭式的空间，它自身没有发展的动力也失去自我更新的信心，在繁荣的外部世界的吸引下，人们纷纷远离而去，这种内外交织的双重冲击让野猪坪世界充满了忧郁凄怆的氛围。留守的妇女与老人信仰空虚，怀念想象中黄金岁月般的过去，为此小说通过刻意营造的仪式性细节比如巡逻整个村庄的狗，来标榜对于传统的守望。这是个村庄衰落史的哭啼叙事，几乎小说中的每个人物都有或痛哭或垂泪或号啕或歌泣或呜咽的情节，但新社长是个瞎子，而"上面"派来的大学生村官又因为被狗咬伤而离去，这两处形成了内在的隐喻：古老村庄已经迷失了方向，而又拒绝外来的改变。小说在文人式的多愁善感中把农民的社会关系切断，让他们成为一个个孤独面对残酷命运的单独个体，从而在现实主义的表面下形成了一种神话叙事。这种写法关乎我们时代小说的一个重大命题，即我们如何来想象生活。

显然，上述叙事模式中想象现实是以过去为价值旨归的，或者说在遭逢变革时是以退守型的"不变"为情感皈依之处的，古老的智慧被赋予了不证自明的价值，这种价值唯一不能解释的是为何自己会在现代进程中处于弱势地位而完全没有回旋余地。作家们似乎也仅仅停留在描摹已有的现象，而缺乏探究其背后的社会结构、动力因素、各种未来可能性所在。这实际上就让"传统"本身空洞化了，成了一种抽象的信仰。面对层出不穷的此类"家族相似"的故事，我不禁产生了疑惑：难道我们的少数民族文化与传统都丧失了应对现实的能力了吗？面对现实的冲击时，除了"向后看"，是否还有另外的维度？

任何题材本身都不会成为问题，关键在于如何将一种题材文学化地处理为一个命题。如果想象力过于集中于某一个点，那其实也就是想象力自身的窒息。毋庸置疑的是，描写老人、衰败的乡村、沦陷的草原、生态和精神双重失衡的山寨已经成为一种无法忽视的少数民族文学现象，2014 年也有很多这类作品。比如陈川（土家族）《相伴》②、忽拉尔顿·策·斯琴巴特尔（蒙

---

① 杨文升：《野猪坪轶事》，《民族文学》2014 年第 8 期。
② 陈川：《相伴》，《民族文学》2014 年第 1 期。

古族）《老人·狗·皮袍》① 等，或者关注老年人的情感世界，或者讲述人与自然的古老契约。他们多数讲述已然世界的故事，都没有追寻应然世界的欲望。这是一种有意味的缺失：作家们更多注目于自在的自然，较少在意主动的自由，这就无法形成一个能动的主体世界。

另外一些城市现实题材的短篇作品，如钟二毛（瑶族）《旧天堂》② 写的是深圳城中村里的二手书店"旧天堂"，其实也是讲述都市中的文艺空间和功利化时代中逝去的"旧天堂"。小说采用了人、树、新闻报道的不同视角，让这个大时代中的小故事得以全方位呈现。陈铁军（锡伯族）《谁住二单元九号》③ 是当代城市浮世绘，住在三单元九号的主人公总是莫名其妙地被走错门的送礼者登门，他们一边不得不收下形形色色的礼品，一边猜想着二单元九号的"贾主任"的权力地位，直到最后贾主任锒铛入狱，也没有弄清楚对方到底是什么身份、出了什么事情。严英秀（藏族）《雪候鸟》④ 让人想起麦克尤恩的《赎罪》，她在细腻的感伤主义情调中融入知识分子式的反思与自省，让青春年代的情伤转化为人到中年的原谅，在出走与归来的时空变换中让心理的成长自然地展现出来。人事恩怨的纠葛伴随城市化的进程，覆水难收却又水银泻地，接受命运的哀歌同时也是面对现实的恋曲。这些作品同样也存在着那些边远乡土题材作品类似的问题：作家和他们的作品都力图成为世界的认识者与局部的解释者，却没有人企图自己建立一个文学世界或者通过文字改造日常生活中的世界。

因此，问题的关键在于思想。我们的作家其实并不缺乏生活经历，也具有各种异质性的文化经验和丰厚的文化传统，但这一切如果要在文学上焕发出新的生命，必须要有独立的思想、世界观做支撑。

不唯书写现实，在想象历史时，也同样要直面这个问题，世界观在这里表现为历史观。重写历史也是近年来的文学热潮，少数民族写作在 2014 年度也出现了较多此类作品，比如马瑞翎（回族）的长篇小说《怒江往事》⑤ 以亚哈巴的一生交织茶山、批提的故事，反映怒江峡谷从 19 世纪末到 20 世纪中叶的历史变迁，展现怒江两岸傈僳族、怒族、独龙族的历史。羊角岩（刘小平，土家族）的长篇小说《花彤彤的姐》⑥ 则以长阳土家歌王田钟乐一生

---

① 忽拉尔顿·策·斯琴巴特尔：《老人·狗·皮袍》，《民族文学》2014 年第 1 期。
② 钟二毛：《旧天堂》，广州：花城出版社 2015 年版。
③ 陈铁军：《谁住二单元九号》，《知觉》2011 年 11 月刊。
④ 严英秀：《雪候鸟》，见《严英秀的小说》，兰州：甘肃文化出版社 2014 年版。
⑤ 马瑞翎：《怒江往事》，昆明：晨光出版社 2014 年版。
⑥ 羊角岩：《花彤彤的姐》，武汉：长江文艺出版社 2014 年版。

经历为线索展现了清江两岸人民从红军革命、国共合作到"文革"、新时期以来的生命历程。从人物到情节都颇类似余华的《活着》，小说所体现的思想也是"对于中国的普通民众而言，他们的'第一要务'就是'活着'"。唯一新颖之处在于小说的形式结构：它将田钟乐的生平遭际与作者"羊角岩"的议论相互交织出现，让后者充当了解释、说明与议论的功能，作为情节主线的补充，这就构成了一种"间离效果"，而后历史叙事的虚构性得以呈现。这部小说的主人公倒是值得一提，这是一个百无一用，总是亏欠别人又总是在忏悔中自我原谅的人物，具有很大的普遍性。他代表了历史中绝大部分随波逐流的人物，他们没有树立起自己的主体性，因而仿佛是个历史的局外人，随着命运的浪涛不由自主地颠来覆去。

这里涉及的是自然与道德、合于道德与出于道德之间的关系。那些随世沉浮的人物是自然的，却不是道德的，用康德的话来说，他们的行为合于道德，但不是出于道德的。也就是说，他们是不自觉的、没有"意识到的自由"的人。作家如果要从日常中超越，必须赋予人物以自由的意志，让他听从内心的律令，自主地行动。所以在写作历史题材时，关键的是对于历史的态度，作为一个社会人，人物一定是尊重客观的历史，却又有创造历史的冲动。

当然，道德是一个高要求，低标准则是对于历史的素朴态度。阿舍（维吾尔族）《蛋壳》①涉及较少为主流文学关注的边疆兵团题材：新疆的上海知青面对生活中的种种龃龉、幸福与愁闷。小说以小女孩倩懵懵懂懂的视角观察父母一代的情感与欲求，让那段渐行渐远的历史获得了相得益彰的形式。这既是故事的美学表达，也是历史的小说维度，而开放式的结局让这个普通故事因为诚实的态度获得了历史的尊严。龚爱民（土家族）《我的前世的亲人》②以一个死去的将军警卫员的魂灵视角，叙述从20世纪30年代的湘鄂川黔苏区红军长征开始，受伤的留守红军与红军遗孤半个多世纪以来的苦难与挣扎、信仰与坚守。历时性发生的重大历史事件在几代人那里一一经历，而支撑着他们生存下来的是朴实的民间思维："一个人从一生下地，他所走的每一步，都是缘分和气数。就像这个世界，总没太平，有杀戮和仇恨，就有给予和恩情，这个世界是让人过好日子的，绝不能让苦难的人过不下去，也不能不让跌足摔跟头的人爬起来再往前走……"这种看似宿命的观念其实是民众主体最后的自我树立，因为当一无所依的时候，他们最终是靠自己而不是靠将军的帮助活了下去——事实上，当将军最后返回故里的时候，只是完成

① 阿舍：《蛋壳》，《民族文学》2014 年第 3 期。
② 龚爱民：《我的前世的亲人》，《民族文学》2014 年第 7 期。

了自己的"田钟乐"式忏悔。人民,最广大范围的人民才是历史真正的实践者。

二、地方怎样呈现

地方性、区域性文化交织着族群文化,自现代以降一直是少数民族文学的主脉之一。书写地方文化的小说这些年来并不少见,但大多数流于民俗展示和风情展演,雨燕(土家族)《盐大路》① 则是 2014 年度出现的令人眼前一亮的长篇小说。这部书写民国年间鄂西、川东、湘南三地交界处的挑盐之路的小说让人不由自主想起李劼人、沈从文作品里那种睽违已久的风物、氛围与人情细描。《盐大路》的独特之处在于作者并没有自外于笔下的人物,而是饱蘸着情感,这种情感极具质感和代入性,读者能够感受到一种强大的悲悯情怀弥漫在字里行间。以梅子镇为原点的盐大路上的各种人物,或者豪气干云、强悍精明,或者狡诈机敏、好勇斗狠,或者苦情卑微、挣扎于情理之间,但都是坦坦荡荡,无论生死离别都让人击节感喟。"这一路都充满性灵与法则,散漫自由却又秩序井然",边远乡民通过自己坚忍不拔的意志力在苦难的人世艰难生存而又浩气长存。吕大路、花喜鹊、闷兜、青萍、望禾等人物都别具个性,形成了完整的鄂西民间人物画廊,挑二、民间社团组织福缘坛、村镇团练、行商与座店构建了立体的底层社会结构形态,小说不仅在独特题材和散点聚焦的形式上有所创新,更主要的是还以平视的视角展示了别样的生存哲学和价值评判,民间的伦理与情义绵延不绝,在"文明"之外别立新宗,尤其是一些超自然段落的浪漫主义描写,复活了被科学偏见所遮蔽了的存在。小说语言化用地道的方言土语,穿插或者活泼明快或者忧郁缠绵的俗语情歌,时不时将民间故事融入情节之中,虽然有些地方略显刻意,却掩盖不住边草野花般的异彩纷呈。作者以温情的笔触提供了一种地方性书写的鲜活个案,也为当代文学奉献了一种"在路上"式的本土大路小说。

雨燕写的是中南地方,马悦(回族)《归圈》② 写的则是西北风土。一对贫贱夫妻的半世生涯在粗粝恶劣的生存环境中慢慢呈现出细腻的底质:米姐不如意的婚姻在生活的磨炼和丈夫穆哈的宽容和奉献中逐渐消去了戾气,形成了相濡以沫的情谊。穆哈牧羊归圈和因过失入狱的儿子的归来,给充满辛酸艰苦的生活带来了难得的亮色。小说充满浓郁的西北黄土高坡风情,并且让这种风土气息融入人物的性格与生活之中,在短小的篇幅中蕴含着厚重的

---

① 雨燕:《盐大路》,北京:作家出版社 2014 年版。
② 马悦:《归圈》,《民族文学》2014 年第 12 期。

人生体验和感受。地方素材中赋予了普遍性寓意，如沙吾尔丁·依力比丁（维吾尔族）《鼠饷》① 这个寓言小说，尼亚孜·恰西坎靠挖老鼠洞为生，甚至比那些辛苦劳作的农民过得还要富足，但是终于有一天各种老鼠联合起来，潮水般涌向他家，将他家夷为平地，连他的孙子都咬死了。灾难过后的尼亚孜认识到"所有的罪责都在自己身上"，因为每个人的俸禄寿数别人都是无法占有的，这是为侵占别人俸禄付出的代价。这里面有教义也有教益，有忏悔也有彻悟。如果说前两部作品以情感代入取胜，这个作品则以宗教式的教诲引人。

地方特色也不仅是体现在内容上，形式上如果吸收了地方美学要素，则会显示出先锋性的一面。梦亦非（布依族）《碧城书》② 写西南远疆一个叫都江城的地方，以鬼师大院为中心的各种势力50年来此起彼伏的博弈过程。叙事者"我"是鬼师大院的长者，长期致力于在院中建筑拥有三个中心的迷宫。这三个迷宫分别是作为空间的月宫、作为时间的水宫和作为象征意义的玄宫，这个线性叙事通过将历史事件、过往县志、爱情故事、梦幻叙述糅合在一起，打破了时间的流程，在某种意义上也就是突破了"魔幻现实主义"的话语窠臼，让地方性的思维与心理赋予小说以新鲜的内涵。读者自可以从中看到马尔克斯、博尔赫斯、卡尔维诺、米洛拉德·帕维奇等人的影迹，但它终究是以黔南地方文化为基质的本土化生。

地方的独特性往往在于与现代性进程的一体性之间构成张力。在这样的结构中，地方如何自处？韩伟林（蒙古族）《遥远的杭盖》③ 也许暗示了一种可能。原本青梅竹马的厚和与图雅因为误会分手，这本是一个平常的情感故事，却因为与"围封转移、退牧还草"的城镇化过程密切相连，从而具有价值观冲突的色彩。厚和固守草原，因为他只喜欢放牧，这种行为中隐喻着游牧传统的失落，但值得注意的是，小说的情节和前史，很大部分是由厚和与图雅彼此互发的短信来推进和揭示的——厚和虽然排斥进城，却不排斥现代科技，虽然他的生活方式可能会面临日益边缘化的艰难，这是一种自我分裂。遥远的"杭盖"作为一个渐行渐远的精神家园，如何才能应对今日的变局呢？两个人最后各自找到归宿，却依然保持了友谊，这里以温和的态度显示了不同价值观共存的可能性。也就是说，不同的地方只要保持必要的理解和尊重，那么它们最终会形成平行的、并存的系统。

---

① 沙吾尔丁·依力比丁著，巴赫提亚·巴吾东译：《鼠饷》，《民族文学》2014 年第 7 期。
② 梦亦非：《碧城书》，北京：新世界出版社 2010 年版。
③ 韩伟林：《遥远的杭盖》，《民族文学》2014 年第 5 期。

三、从故事到小说

故事作为小说的基本要素，是现代小说文体的要求，然而故事如何转化为小说，故事如何为小说添加形式创新的催化剂，却需要文学技巧，因为故事并不天然地等同于小说，这就是常言所谓的"文学性"问题。复杂的中国多民族现场并不缺少故事，但许多故事却因为缺乏细节描写、思想提升而颇为令人惋惜地没有成为高质量的小说。光盘（瑶族）《酒悲喜》① 中，旅游景地沱巴的夏家自酿的酒虽然品质很高，却没有品牌，不得不借用"白虹"的酒瓶，结果假酒倒比真酒受欢迎。这是个具有喜剧色彩的故事，颇具娱乐性。何炬学（苗族）《收账员小芳》② 的现代都市传奇，透露出男人对于一个独立自强女性的猜测和想象。李光厚（苗族）《鸟嗜》③ 就像冯骥才20世纪80年代或者孙方友90年代的小小说，这种小小说更接近于"故事会"式的讲故事，于文学性表达上不免有所欠缺。许多此类小说的共同缺陷便是满足于讲述一个"好故事"，却忽略了成为"好小说"的诸多素质。

相形之下，孙春平（满族）《耳顺之年》④ 在处理材料上显示了圆熟的技法，土地利用管理处副处长那厚德年届退休之际，家中老母病危，而单位也正面临换届改选，两条线索有条不紊地交织在一起，刻绘了一个在家中尽孝悌、在单位忠职守的普通官员形象。那厚德的耳顺之年是波澜迭起的多事之年，同时也是本分做人平稳过渡之年。作者在针脚绵密的语言与心理描写中，将一个中低层公务员的人情世故、道德操守如实道来，底子里蕴含着对于传统美德的回归和褒扬。另外，在技巧上颇为讲究的如于晓威（满族）《房间》⑤，这是个构思精巧的极短篇。原本打算帮助朋友刘齐解决家庭矛盾的陶小促偶尔窥见朋友妻子与另外一个男人的隐情，但这个隐情又在双方各自的盘算中变成了一个刘齐可能永远无法了解的真相。小说饶有兴味地对心理的精细刻画显示了一个当代市民曲折幽暗的内心，这种回环曲折的心理本身才是使外部故事得以发生的动因。说到底，技巧与形式本身其实也是内容与思想。

于怀岸（回族）《一眼望不到头》⑥ 则讲述了一个现代聊斋故事，县图书

---

① 光盘：《酒悲喜》，《民族文学》2014年第10期。
② 何炬学：《收账员小芳》，《民族文学》2014年第2期。
③ 李光厚：《鸟嗜》，《民族文学》2014年第6期。
④ 孙春平：《耳顺之年》，《小说选刊》2014年第5期。
⑤ 于晓威：《房间》，《民族文学》2014年第6期。
⑥ 于怀岸：《一眼望不到头》，《民族文学》2014年第2期。

馆馆员武长安"文化下乡"送电脑，小说的这个开头看上去很写实，在对平凡而又具有文学梦想的武长安的工作与生活中遭遇的龃龉描写中，更是隐约具有现实批判的意味。然而当他被雪困在西卡村的时候，小说的风格忽然变得缥缈乃至诡异起来。黉夜而至的美少女向小欣对于走出"一眼望得到头"的封闭乡村的向往，与武长安走出庸常烦琐的日常生活的向往形成了同构。但正如武长安希望通过文学出走失败了一样，向小欣在最后被证明是早已死去的女子的鬼魂。这是个原型重写的小说，西卡村就像志怪传奇中那些书生误入的荒村野宅，这个异类空间意味深长，它被主流社会中的人当作一个充满浪漫色彩的异域所在，因而在其中发生的故事一旦进入主流社会之后立刻就被祛魅，变成了残酷而真实的偏远乡村的悲惨往事。作者在处理这个奇异故事的时候，并没有采用魔幻现实主义式的手法，而是回归到中国文化传统中"志异"的一脉，让文本增添了一种别样的怅惘。理性生活一步一步在为边远乡土祛魅——其表征之一就是电脑下乡，魔幻的空间也一步一步被蚕食，这就是中国现场的另一面。这样的小说可以称得上中国气象与民族风格现代转化的结果。

少数民族有着悠久的民间故事传统，比如藏族民间的尸语故事，它们缘起于顿珠为了赎罪，按照龙树大师的指点，到寒林坟地背取如意宝尸，但是背尸的过程中必须缄默不语，否则尸体就会飞回原处。尸体一路说故事，情节跌宕起伏，引人入胜，顿珠总是被故事所吸引而忘记禁忌，开口说话，不得不一次次返回重背。在这个来来回回中，宝尸扮演的角色就像一千零一夜中的山鲁佐德一样，让一个个精彩故事莲花般绽放开来。万玛才旦（藏族）翻译的《西藏：说不完的故事》①将尸语故事用简洁明朗的汉文呈现出来。

万玛才旦的小说集《嘛呢石，静静地敲》②中的诸多短篇也吸收了民间故事及其所蕴含的民间智慧与思维的营养。这些小说虽然并没有直接书写佛教和本教式的思维观念，但它们那种潜在的文化记忆和精神框架却隐约地弥漫在文本之中。这使得他的小说游离在严整的结构和因果链条之外，充满了不可索解的谜团、诡异奇谲的逆转和出人意料的消失。许多时候惯常的故事"结局"不再存在，而成为一种事件的"停止"，一种在浩瀚无垠、广阔无边、幽深无比的生活和命运中短暂一瞥后的印象留存。在他那里，试图完整地描摹世界、解释生活，或者对未来和未知做出承诺和预测，是一种渎神行为——他能做的是讲述"因缘"。酒鬼洛桑睡梦中遇到死去刻石的老人，于是

---

① 万玛才旦译：《西藏：说不完的故事》，西宁：青海人民出版社 2014 年版。
② 万玛才旦：《嘛呢石，静静地敲》，北京：中国民族摄影艺术出版社 2014 年版。

洛桑让这位老人替托梦的母亲刻一块嘛呢石,究竟是酒后的幻觉,还是实在的经验?也许这种二分法本身就出了问题,还存在一种虚实未分、真假难辨、亦圣亦凡的状态,这种状态也许就个体经验而言更为真实。从这个意义上来说,这是一种认识论的革新。叙事在这里更进了一步:活佛希望刻石的时候,老人已经无力再做。结果洛桑在梦中听到母亲的嘱咐正是要捐赠给寺院,恰好完成了所有人的心愿。这就是因缘,是无目的的合目的性,而不是因果,不是凭借逻辑和演绎可以推导出来的结局。嘛呢石,静静地敲,真正意义上的美便是来自这种无目的论的自由。《陌生人》中寻找卓玛的陌生人在佛经中记载的二十一个卓玛的故乡,功亏一篑,带着第二十个卓玛走了,却与他要寻找的最后那个擦肩而过。《第九个男人》则是一个类似于《百喻经》中的抽象故事。雍措最后的出家,正是经历了九个男人所代表的世间万事后的选择。所有这些都指向只可意会不可言说的体悟。《八只羊》中甲洛和老外之间的交流与误解,从广泛意义上来说也是人类恒久的命题。

万玛才旦的个案似乎可以提供一种启示,即少数民族文学在面对自身的文化传统资源时,创造性地继承这些遗产,将它们重新激活,胜过跟随时风去编织无根的街谈巷议、流行口水。

四、南方与地域诗歌

诗歌一直是少数民族文学中成就最高的文类。2014 年发表的鲁若迪基(普米族)《高处低吟》、赛利麦·燕子(回族)《比纸白的水》、麦麦提敏·阿卜力孜(维吾尔族)《玫瑰赞》、单永珍(回族)《青藏册页:众神之山》、姜庆乙(满族)《蜻蜓》、东来(满族)《审视灵魂》、北野(满族)《承德:我的乌有之乡》、徐国志(满族)《种回故乡》、曹有云(藏族)《诗歌,词语,春天》等都是可堪一读的佳作。

南方少数民族诗歌在整个中国当代诗歌中都据有重要位置,甚至形成了某种带有人类学意味的存在,21 世纪从西南边缘民族中崛起的诗派"地域诗歌写作"就是其中代表之一。四川诗人发星主编的民刊《独立》第 23 期推出《大地的根系——地域诗歌写作十四年纪念专集(2000—2014)》就是一个多民族诗人集体性的亮相。彝族诗歌尤为值得一提,它们已经形成集束性的影响力。2014 年 3 月由比曲积布创办了民刊《蓝鹰》,9 月在宜宾举办了"第一届国际地域诗歌写作笔会"。阿索拉毅主编的《此岸》第 11 期推出《诗与思的风暴——21 世纪彝族文明访谈录》,访谈了以彝族为主的 49 位诗人,是观察彝族文化人心灵轨迹与创作思想的第一手材料,也是少数民族边远文化群落的典范读本。

　　作为一种现象，地处天涯海角的海南岛黎族诗歌值得一提。他们的诗歌不事玄言、摆脱颓靡，将清浅的口语转化为抒情性言词，别有一番南来之风的湿润气息。谢来龙（黎族）诗集《乡野抒怀》①中，黎族的纹脸、大风村、昌化江、霸王岭、微波岭、大角山、木棉树都是抒情感怀的对象。这些诗歌并无特异之处，却是一个诗人的写作日常。在1985年的《诗人的进击》中，他还以青春的激情呐喊："繁星高悬于天空/灵魂长啸于森林/目光闪耀无休止的思想/血脉之河铿锵作响/想象飘飘为白帆/情思挥舞为长橹/宇宙万物为航船/我们要进击蛮荒。"到2004年写作《诗心》时，已经是"步履纵然匆匆/人生岂能迷惑/诗心行走在繁忙的公务中/真善抚平浮躁的思绪/周围的一切会因你/变得和谐美丽"。正是这种平凡诗意让庸常的生活变得偶尔灵动起来，这其实也是大多数少数民族非职业诗人写诗的非功利动机。

　　金戈（黎族）诗集《木棉花开的声音》②是一种抒情小夜曲式的集锦，就像他在《我愿是山间的一条小溪》中写的："我愿是安静的小泉眼儿，哼唱小曲度过白天黑夜。没有谁规定声音的高低！……作为平凡生命的最高礼赞，我把水花溅起在岩石边上。"他写雨后、午后的梦、乡村的夜晚、木薯地、拾贝人、椰子、夜来香……都清新可喜，"用优雅而明白的抒情语言、艺术语言去表达作者内心的情感和思想"。这些诗歌就像它们的诞生地一样，远离主流之外，自成一格"希腊小庙"式的世界："众人离开河流/我回到宁静的村庄/现在，我们在一起生活/喝喝鱼汤，晒晒渔网。"郑文秀（黎族）在诗集《水鸟的天空》③中，以"大海的儿子"身份畅言"我为我的诞生而骄傲/为我的到来而自豪/我相信，我所有的听众——/高山、森林、河流、天空/还有前方的城市/能理解我跨越的呐喊/理解我来时的惊讶和尖叫/理解我丰富的世界"。《诞生》则是个带有民族史抒情的自我证言，在这种民族文化自觉当中，诗歌就充当了七彩斑斓的彩桥，"让虹的梦连着大海和高山"，所以他在《我的诗，我的希望》中写到，"每一个词语，每一行诗/都会说话，都会流动/跳跃的词句/都会变成高山、森林/都会变成大海、河流/都有太阳和月亮/都有鲜花和草木/甚至有我和我生长的城市//我希望，我行走的诗/带着祈祷，带着水鸟的祝福/行走在大江南北/让无数个检阅的灵魂/尽情地欢呼/让遥远的地平线/

　　① 谢来龙：《乡野抒怀》，北京：中国文联出版社2013年版。
　　② 金戈：《木棉花开的声音》，海口：南海出版公司2014年版。
　　③ 郑文秀：《水鸟的天空》，海口：南方出版社2013年版。

载歌载舞/并且带着芬芳的爱//并且，再让我的诗/温暖每一个黎明/温暖每一个夜晚/温暖每一颗等待的心"。这是一种真正的对于诗歌和文化的自信。

与上述几位黎族诗人带有南岛水汽的诗作不同，杨启刚（布依族）的诗歌因其鲜明的高原乡土美学风格，而被论者称为"现象地域性写作"，他的诗集《打马跑过高原》①确实充满了西部、乡村、云朵的意象，但同时也有许多记事、纪实，充满现实关怀的诗作，比如《抗冻救灾诗歌三部曲》《在生活的边缘》组诗中对于下岗工人、失地农民、留守儿童、低保人家的素描和感喟，体现了一个有着入世情怀诗人的责任感。《低吟或晚唱》②则是他的散文诗合集，在这种目前已经较少有人操持的文体中，他娴熟地将抒情与叙述、写意与刻绘、讴歌与酬唱融汇起来，在更为自由而又开阔的文本中抒写所见所闻所行所感。试读《故土之秋》："绵延坎坷的高坡上，田坝之间，那些星星点点散落在高原深处的布依山寨，那些千年傲岸的石屋水碾和古井，瞳孔依然那样透明！头颅依旧那样高昂！那些倒下去的和站立起来的，都一样地坚韧，都一样地单纯。为了天穹下故土的永远金黄，滔滔奔腾不息的河流。这片土地上勤劳贤惠的兄弟姐妹，我高举着那丰盛的祭物和祷词，歌颂这金秋时节的十月，歌颂这生生不息的日子，歌颂这雄浑神奇的南高原……在打谷场，在远山高原密林深处。我满怀慈爱而幸福的泪水，倾听燃烧的胸腔，放声歌唱。"杨启刚的散文诗与他的诗一样题材很开阔，但最成功的无疑还是他最熟悉的南高原的颂歌，那是对于故土和地方文化的祭物和祷词。

西南的妩媚与刚烈果决则体现在出生于黔渝川一带的诗人那里。末末（苗族）《黔地书》③中直言"乌江不要人类的哲学"，它聚焦白鹭洲，为其立传；关切文家店，在那里怀古；行走六景溪，缅怀大地与母亲；穿行在毛南族的文化长廊，陶醉于卡蒲的篝火，那些古寨"把我从远方带来，又把我带向远方"。意象直观，又能迅速且不露痕迹地跳脱入抽象的哲思。冉冉（土家族）《雾中城》④则将峭拔、明丽、犀利的词语以极简主义式的手法组接起来。有时候，诗人直抒胸臆："我们共用两件嫁衣——爱和谅解/我们共有两个女儿——谅解和爱"；有时候，她又婉转含蓄："涨水之前/这些鳊鱼全是草鱼/那些草　结网的乱麻　波涛的骨架。"雾中的城池幻化为心底的玄思与妙

① 杨启刚：《打马跑过高原》，北京：中国文联出版社2013年版。
② 杨启刚：《低吟或晚唱》，郑州：河南文艺出版社2014年版。
③ 末末：《黔地书》，见《归去来》，贵阳：贵州人民出版社2014年版。
④ 冉冉：《雾中城》，见《朱雀昕》，北京：作家出版社2014年版。

悟，锦心绣口，余味无穷。吉狄马加（彝族）《我，雪豹……》① 这首献给动物学家、自然保护主义者乔治·夏勒的长诗，以彝族文化所赋予的主体视角与雪豹这一自然物种融合，观照目前成为全球性话题的生态问题。生态这样的普遍性议题如何转化成诗歌表现的内容，诗人做了自己的尝试，在独特性的美学方式中具有共通性的体验和忧思，显示了"诗"作为"思"的方式的生动显现。这已经超越了地域诗歌的局限，或者说地域性之中本身就包含了世界性的因子。

其他的诗歌板块，在西北，陕西回族诗人孙谦《苏菲绝唱》获得了2014国际华文诗歌奖项，这被媒体认为是边缘民族诗歌朝向公平与透明诗境的标志。在新疆，唐加勒克·卓勒德（哈萨克族）是一位具有现代文化英雄意味的哈萨克诗人，但长久以来较少为汉语圈的读者和研究者所知，2014年阿依努尔·毛吾力提（哈萨克族）翻译的《唐加勒克诗歌集》② 获得了首届哈萨克族"阿克塞文学奖"翻译奖，她的翻译让汉语读者可以直接感受到这位20世纪诗人的激情、忧愁、斗争与思想，他的质朴刚健、直抒胸臆的美学风格。因为在监狱中备受折磨，1947年英年早逝的诗人曾经在之前一年给自己写过悼诗："可叹他温暖的容颜和那珠玉良言，百灵般歌唱的唐加勒克一去不返。凭借自己的才华将俄国，重返故土投入祖国怀抱。六年来尝遍监牢的味道，终归于巩乃斯的一抔黄土。"这本诗集的翻译，是一份迟到的纪念，也让汉语读者领略到西域中亚少数民族的抒情方式和言志形式。

五、散文与文学生活

少数民族作家的散文较之诗歌与小说，显得颇为落寞，这当然是由文体本身在整体文学结构中的权重决定的。它们大多是小说与诗歌的剩余产物，但因为很大程度上与生活的接近而显示了当代文学的一种"走向生活"的趋向。这种"走向生活"是指文学从它在此前年代（比如现代启蒙时期、20世纪80年代强调纯文学时期）的那种精英性位置上俯身下来，重新成为平常生活的一部分，回归到它原本应该所在的位置。而文学也恰恰只有成为普通人日常习焉不察的一部分，才可能再次融入民众，真正在如今的媒体爆炸年代寻找到安身立命之处。

---

① 吉狄马加：《我，雪豹……》，《人民文学》2014年第5期。
② 唐加勒克·卓勒德著，阿依努尔·毛吾力提译：《唐加勒克诗歌集》，奎屯：伊犁人民出版社2013年版。

2013 年 10 月，叶梅（土家族）出版了她有关多民族文学现场的走访、素描和点评散文的结集《穿过拉梦的河流》①。在与湖北作家李鲁平的对话中，她解释了"拉梦"这一词的意思：它来自藏语，是"多样化"的意译，从这个标题也可以看出她的基本理念：美美与共，和而不同，千灯互照，天下为公。全书分为"北疆雪域风""七彩南国云""灯火阑珊处"三辑，这种空间化的分布几乎涵盖了中国文化地理的全景，而其中涉及的作家作品则包括鄂温克、蒙古、藏、维吾尔、哈萨克、裕固、彝、仡佬、傈僳、纳西、羌、土家、瑶、满、回、阿昌、布依、仫佬等民族，几乎囊括了中国绝大部分民族，既有文学群体的整体扫描，也有具体作家的专论，还有个别作品的评点。无论从何种意义上来说，叶梅通过她的这些批评文章，都提供了一个中国文学地理学的最新样本，更主要的它还是中国多民族文学风貌的鲜活图画，正如诗人吉狄马加在序言中所说，这"是对我国当代少数民族文学的一次诗意巡礼与展示"。从书中可以看出，她南上北下、东奔西走，从边疆的村寨到北京的编辑部，始终活跃在文学现场的第一线。生活的阅历和实际的参与，让她的批评具有知人论世的扎实特质。她追溯纳西族女作家和晓梅的文化源头和根本，阐说仫佬族女作家肖勤的乡长身份对于创作的滋养，解说彝族诗人纳张元的文学渊源……都有着结实雄厚的底气，因为她熟悉这些人物并且有实际的交流与接触，并不是蹈空而言。从这个意义上来说，她不仅有着明确的批评观念，也有着知人论世的批评方法，这是一个有着创作经验的作家在直觉体悟基础上的提升，同时也是一位有着深厚民族文化素养的知识人在学养层面的总结与概括。我们可以说，通过穿越拉梦的河流，叶梅绘制了一幅中国多元文学的地图。这幅地图不仅是现实地理空间层面上的，同时也是心灵与精神价值意义上的。

更多的散文则是乡土怀旧，是现代散文抒情与言志的余脉。钟翔（东乡族）的散文集《乡村里的路》② 可以作为代表。他很注重描写，对于细节巨细无遗，所写内容也都是极其普通的乡土事物。路、水磨坊、雪花、犁、麦草、苜蓿、烧柴、包包菜、麻雀、蜜蜂、羊、鸡、土豆、包谷、粪火、炕……这些细琐的事物出现在回忆之中，呈现出温馨的面孔。在大段的细致入微的观察中，显示出作者对它们的迷恋，但这种迷恋本身并没有呈现出抒情的风貌，书写者沉浸于其中，并没有自觉要出乎其外、跃乎其上，而仅仅是为了呈现而呈现，

---

① 叶梅：《穿过拉梦的河流》，北京：作家出版社 2013 年版。
② 钟翔：《乡村里的路》，北京：大众文艺出版社 2010 年版。

让事物尽量以一种客观的面貌出现在读者眼前，尽管这种客观的面貌只是作者的主观。钟翔文字中的乡村在现实里正在经历堪称天崩地裂式的转型。但是作者的思维模式是前现代式的，所以乡村并不是因为对比于现代化的城市文明而表现出浪漫的诗意，而是它本身就是抒情性的，无须刻意强调。因为这种抒情性的本质，所以钟翔的文字纡徐舒缓，其节奏与乡村那种不疾不徐、张弛有度的生命节奏息息相关，这是一种自然化的呼吸节奏。乡村以其质朴的形象展现，没有被作者的文字风景化、客体化，作者自身也与这种节奏契合，沉入其中，而没有成为一个现代性的反思个体，疏离在乡村之外。我们可以注意到，钟翔对社会关系很少描写，他书写的是一个并没有社会化的单纯而明净的乡村。作者的东乡族与穆斯林的身份在文字里也退隐不见，因为较之于共通的内在乡土情感，这些外在的文化差异属性都不重要。

类似的散文写作比比皆是，它们的内在理念是反机械复制的，认同于一种人与故乡未分的状态，所采用的不是陌生化的修辞手法，而是"熟悉化"。一方面，作者对笔下的事物非常熟悉，另一方面，写法也是一个普通人最熟悉的思维方式。我目之所见的少数民族散文大多数篇什都是这种熟悉化的内容，经由非意愿性的回忆连缀起来，因而我们会发现，那些在共时性的回忆过滤后呈现出来的文字中的乡村往事是无时间性的——它们可能是幼年的某个片段、少年时期的一件小事、现在偶发的感想，它们统统被消弭了彼此之间在时间上的差异性。因此，这些事物所组成的乡村是静态的，已经沉淀为记忆中鲜明意象的存在，而不是处于急剧变革的乡村。这是一种想象中的美好乡土根性。

乡土根性另一面体现在对乡土中国古老伦理的讴歌之中，石彦伟（回族）《奶白的羊汤》① 通过朴实的笔触以滋味醇厚的羊汤为线索回顾了祖母、母亲两代人对于"清洁的精神"的执守，美味之中蕴藉深情，羹汤之间传递信仰。朴实无华的文字摒弃技巧的炫丽，回归到简单与纯粹。敏洮舟（回族）《怒江东流去》② 写川藏线上长途司机的生死情谊，沉郁厚重、哀而不伤，非有亲身经历不能如此体贴真实，"修辞立其诚"，说的就是这种不煽情、不滥情却又低回悠远、绵延不绝的写作方式，像滔滔东去的怒江："一脉大泽从业拉山狭长的低谷中奔腾而去，过尽重山，迤逦抵达云南后转身向南，再一路长歌进入缅甸，之后从容地汇入印度洋，汇入一片无垠的广阔。至此，生命的流程

① 石彦伟：《奶白的羊汤》，《北方文学》2013 年第 2 期。
② 敏洮舟：《怒江东流去》，《散文选刊》2015 年第 1 期。

不再激荡汹涌，而是默默地领略着一份浩瀚的宁静。"像这样落点很小、意旨悠远的作品并不多见。

就是在对乡土根性的迷恋中，也潜藏着危机。比如向本贵（苗族）《母亲是河》① 是篇长篇叙事散文，勤劳辛苦一生的母亲以惊人的韧性、宽容、忍耐和奉献成为一种融传统美德于一身的"中国母亲"形象，但是讴歌这种"感动中国"式的母亲其实是不道德的，因为母亲的自我完全被外在于她主体的东西所挤压和牺牲掉了，这是另一种保守性思维，而我们知道传统总是革故鼎新方能源远流长。面对某种族群文化传统也应该如此，尤其是对于散文这种明心见性的文类来说，短兵相接中更要注重对陈腐思维和观念的扬弃。

回到前面所说的文学生活，不得不提另外两本按照一般文学观念而言不合散文"正典"规范的作品。一是乌热尔图（鄂温克族）《石器思维》②，这是乌热尔图转向非虚构性历史写作的最新作品。按照有关学者的研究，中国史前玉文化被划分为五个亚板块：夷玉文化亚板块、华夏玉文化亚板块、鬼玉文化亚板块、羌玉文化亚板块、荆蛮玉文化亚板块。《石器思维》主要涉及的就是鬼玉文化亚板块，即内蒙古高原中北部及蒙古高原中东部狭长地带，他以自己收藏的石质古物为对象，进而探讨文化形态和文明起源的问题。二是阿不都克里木·亚克甫（维吾尔族）《岁月山河：诗歌日记》③。作者是一个在北京工作的公务员，业余时间用"打油诗"的形式记载自己的生活、经历、随感，十几年来积累成一集，这些作品从纯粹文学的角度来看可能不入"文学"的法门，却是文学如何进入生活的鲜明案例：文学只有在这个意义上才不仅仅是文人墨客的案头玄思，而是切切实实的日常生活的有机组成部分。

回眸这一年来的少数民族文学的收获，在我的观察中，2014 年的多民族文学延续了之前数年的写作模式和观念，少有突破，当然我并不是说一定要有某种"创新"，而是说如果再不走出因袭的"民族文学"观念，创造出有着自觉的美学追求和意义思考的作品，很可能它就会形成另一种套路化、类型化的写作，沦为真正意义上的文学体制性符号或者个人无关紧要的事业。新世纪以来尤其是 2006 年之后，国家文化体制建设中加大了对少数民族文学的扶持，效果一时半会尚难以判断，毕竟历史尚在进行之中。但就文学创作的实绩而言，并不乐观。出版物确实在增多，作家和作品也蓬勃涌现，多语

---

① 向本贵：《母亲是河》，《民族文学》2014 年第 9 期。
② 乌热尔图：《石器思维》，北京：中国文史出版社 2014 年版。
③ 阿不都克里木·亚克甫：《岁月山河：诗歌日记》，乌鲁木齐：新疆人民出版社 2013 年版。

种的杂志也在相关政策的扶植下创办了不少，这些却没有改变少数民族文学自身在整体文学格局中的位置——它依然是在场的缺席，在主流文学的视野中，它被另立为弱势的一类。这背后当然有着文学话语权力的承袭使然，但很大程度上也是少数民族文学作家与作品自己的问题，外来的因素总是通过内部自身才会真正发生作用。

这些问题的关键在于，很多少数民族文学作品似乎总是满足于"民族"这一个后设话语，在这个话语内部进行写作，而放弃了与时代最重大话题的参与。这其实是倒果为因了，一种文学首先是自为的，然后才会被赋予其他形形色色的定位和角色，是时候进行沉淀和反思了。总体而言，对于未来维度、开阔视野、美学深度的期待，大致可以算是对2014年度少数民族文学泛览后的最大希望。

第八章 流动的现实主义

正如罗杰·加洛蒂（Roger Garaudy，1913—2012）所说："一切真正的艺术品都表现人在世界上存在的一种形式"，因而"没有非现实主义的、即不参照在它之外并独立于它的现实的艺术"。① 现实主义作为一种特定方法和观念，源于 18 世纪的德国与法国现实主义文学运动，在 19 世纪成熟并达到其美学意义上的顶峰并延至 20 世纪，经过司汤达、巴尔扎克、福楼拜到托尔斯泰、高尔基和马雅可夫斯基，由写实主义到批判现实主义，再到社会主义现实主义，它自身获得了历史性的发展与演变，但总体而言都建基于作家主体对外部世界的摹写、提炼与洞察之上。这种历史变迁之中蕴含的意味是：现实主义不仅是方法论，也是世界观，它始终包含了客观认识与主观创造的结合，而不是脱离实际的臆想与独断。在特定的时代与社会中，现实主义总是作家、艺术家用一种民族的语言与方式表达具体生产条件、生活方式、制度体系中最为核心的思想观点、现实状态和未来趋势。作为马克思主义文艺观中最重要的一脉，现实主义也体现在新中国当代文学的历次潮流之中，无论从早期的"为人生"、革命文学、革命英雄传奇、社会主义创业史，还是到 20 世纪 80 年代具有启蒙精神的各种文学思潮，以及 90 年代的新写实主义甚至现代主义艺术的探索之中，它们可能在形式、语言、风格、技法上各有不同，但总是贯穿着现实的精神。新世纪以来随着"纯文学"与先锋文艺的落幕，文学创作中"现实主义的回归"② 成为近年来现象型的事件。

这种回归的现实主义是一种"流动的现实主义"，即它可能既包含现实主义经典定义所界说的特质，也涵括了那些被后来的文学批评者称为现代主义或后现代主义式的写作。本章以 2015 年少数民族文学创作为中心，结合近些

---

① 罗杰·加洛蒂著，吴岳添译：《论无边的现实主义》，天津：百花文艺出版社 2008 年版，第 171 页。

② 刘大先：《现实主义的回归与更新》，《光明日报》2016 年 4 月 4 日。

年来相关作品的扫描，期望对此种趋势进行概括，以裨补整个中国当下文学现场的观察，立此存照。

一、平面现实主义

所谓现实主义的回归，并不是说它一度消失，而是呈现形式有别于经典的 19 世纪的现实主义手法。此类手法其实一直是中国现当代文学创作的主流，无论是现实题材还是历史题材，只是在更注重形式求新求变的"新时期"以来，被批评家和文学史书写者有意淡化。但现实主义有着巨大的自我更新的能力，我们可以看到新世纪以来的"回归"的现实主义也已经不同于原先印象中较为定型的形象。一个世纪以来中国现代文学到当代文学诸多立场、理论、流派、潮流已经改造了当下现实主义的笔法，满族作家叶广芩的文集①最典型地体现了这一点。无论是《采桑子》《全家福》《青木川》《状元媒》等主要以京城家族史和地方史为主题的长篇小说，还是以现实生活为对象的《黄连厚朴》《山鬼木客》等中短篇小说集，抑或是《老县城》《琢玉记》等散文集，叶广芩都以一种抒情化的现实笔法呈现出来，将个体与社会连接起来，通过人物与特定环境的铺写描摹，形成历史与现实的比照性叙事。显然她已经不再试图塑造一个能够涵括时代精神的典型人物，而是平视地展示，从而形成了自己的特色，表现为：一是细致逼真的描摹。叶广芩的作品，大多涉及北京地方的民风民俗尤其是满族家庭的各种生活习惯、礼仪制度等。她对旗人贵族的那一套礼仪、习俗，描写细致，于中把玩品味，并有一种流连和忘情之感。闲笔式的细节描写作为一种艺术表达的需要，有时候因其精雕细刻而带有民俗学的文献意义和认识价值。比如对贵族的繁文缛节的描写，使她的作品不仅丰满真实，而且可以帮助人们了解当时的特定社会生活实况。这些知识在客观上体现了作家深厚的文化修养。二是真挚自然的风格。叶广芩的作品风格真挚自然，凝重老辣，颇见功夫，语言幽默与优美并重，这是典型的旗人文化修养沉淀下来的结果。更重要的是叶广芩的作品以"真实"为生命基调的散文化特质，是对当下古典现实主义的一种变革。三是对于族群气质秉性冷静考察达到人性的深度。叶广芩的小说，如同她自己坦言的，"其中自然有不少我的情感和我的生活的东西"②，许多是以自己的家族兴衰和亲朋故旧作为原型，故事情节和人物跟现实生活可以相互对照。其叙述格局采取的是一种否定的叙述视角，抱着冷静而又温情的态度，有分寸地打开

---

① 叶广芩：《叶广芩文集》（九卷本），北京：北京十月文艺出版社 2015 年版。
② 叶广芩：《采桑子》，北京：北京十月文艺出版社 2015 年版，第 396 页。

斑驳陆离的往事与现实之门，上演贵族家庭及一群末世子弟的故事。石玉锡（侗族）《逃汉》也是历史题材，讲述的是红六军团长征过程中在黔东的锦屏县路过一个叫高坝的侗寨，逃汉石金果参加红军并献计立功的故事。"逃汉"是对高坝方言"塞嘎"的翻译。因为此地一直闭塞愚昧，那个时候侗族自称"腊更"，而称呼苗汉同胞为"腊嘎"。历史上"腊更"落后，遇到强盗或战乱只有逃匿。红军到来时，村民误信国民党关于"赤匪"的谣传，所以很多人就逃入深山躲藏。从恐惧怀疑到加入红军，胜利到达延安，石金果经历了成长的过程，认识到"我们不可能连国家都不要"①。个人融入集体的洪流之中，边缘少数民族与主导性意识形态之间形成了沟通和融合，这也是绝大多数少数民族文学的普遍书写模式。

同为散淡的叙事，石舒清（回族）的小说则加强了主体自身的反思与感悟。他淡化情节和人物性格而刻意营造一种舒缓的"讲故事"式的松散笔法，几乎都是由叙述人"我"的讲述与回忆，以及与情节内部人物之间的对话构成，从而形成一种言说的闭合圈，这样就使他的小说有一种叙述者自我反刍的色彩。在涉及宗教信仰题材的作品中，这种特点尤为明显。比如《灰袍子》②里写到三个与信仰有关的人物，我的叔叔、村里面的一个老人以及努尔舅爷的片段经历与言辞，他们之间并没有特殊的联系，而是通过对于宗教、信仰以及迷信的态度，将他们关联起来，充满了内部的对话和比照，从而使得小说显得哲思悠长。这是一种外在型的讲述，很少描写与刻画，叙述人是一个耽于外部的观察者，因而形成了一种间离效果，敦促读者像作者一样进入对平常事物的体味和感悟。《韭菜坪》写的就是"我"在韭菜坪拱北住的几天经历、观看、体会以及反思的内容。"我"已经是世俗化了的教徒，所以并没有以一个伊斯兰教的局内人的眼光进行描绘，而是采取了与外来旅行者、普通游客类似的观察视角，有种与普通读者的贴近性。因为这个观察者有着优裕纡徐的时间和空间去反思，因而他的句子往往精雕细琢，并且时有充满灵性与机智的想法蹦出。《贺家堡》通过杨万山老人和他儿子之间对于将小孙子出散到拱北去的不同态度，可以看出民间日常中复杂的宗教态度，显示了世俗化时代的信仰景观。

无论是在零散的故事中，还是在写法上，石舒清世俗生活题材的作品都更多体现了日常化的特点，但又不同于 20 世纪 90 年代盛行一时的凡庸"新写实主义"，而可以称之为"抒情现实主义"。《果院》里的心理描写堪比

---

① 石玉锡：《逃汉》，贵阳：贵州人民出版社 2015 年版，第 138 页。
② 石舒清：《灰袍子》，银川：宁夏人民出版社 2012 年版。

"新感觉派"，耶尔古拜的女人在年轻男人剪果枝时候的春心萌动被描写得细致入微。《遗物》里面写到二爷家的姨奶奶，一个没有子嗣的寡妇的平凡人生，她为人处世的态度、道德观和伦理观，展现了自尊又自卑的中国乡土妇女代表性的形象。《黄昏》里通过姑舅爷的还钱和克里木的借钱，折射出时代变迁当中道德、信誉和情义的变迁，也正暗示了姨奶奶、姑舅爷这代人弥足珍贵的品质的逝去。《尕嘴女人》中写到尕嘴女人对患有老年痴呆症的母亲的爱恨交织，在自责与怨恨中的自我反思，并没有过于高蹈的超脱性，而就是芸芸众生所面临的常见的情感处境，却于平淡中见出爱的联系与传承。《迁徙》也是一个小品式的小说，写到尔萨爸与大舅爷从新疆到宁夏的来回迁徙，情节平淡，其中透露出的许多叙述者的议论倒值得一提。比如他写道："有时候甚至可以说人是活在不同的世上，但终归是同一个世界。终归都是人在活着。回村里的时候，村里人眼神已有些变化，好像我已是一个客人。他们观察并探究着，要是我显得热情，他们就很热情的。我觉到村子的老旧，就像一坛子腌菜，多少年来也是那个味道。其实村子是变化了不少的，只是在外面游逛的人不容易看出来。当看到两个年轻、健硕的女人骑了摩托车由村巷里一掠而过；看到一个除草的人突然停住劳动，取出别在腰里的手机呜呜哇哇讲着时，心里还是很有些异样的。但同时就看到高天下面的塬上，几只乌鸦在缓缓盘旋，忽然的一个俯冲，像被什么击中似的掉到塬下面去，你就觉得眼前情景，真是和儿时所见没有两样。"① 在这样的文字当中可以看到，时代的变迁与更久远、永恒的自然山川相比，凸现出人在转型时代的存在感。《眼喜欢》写几个拣枸杞子女人之间的闲话，那些家长里短、人间细碎，所体现出来的村庄的声调、速度、气息，既伤感又无奈，也有着对生命的达观，令人不禁想起另一位"农民哲学家"刘亮程的风格——就是在村庄里、在最普通平凡的人们的闲话中，发现一些颇具哲理意味的乡土智慧。《阿舍》写的是"我"家十几岁的保姆的生活，她的生活当然也只是"我"零碎的观察与猜测，显示出浓郁的中年况味。《二爷》中毕业于兰州大学历史系的二爷，曾经在固原地区法院工作，"文革"时期被打成右派，命运颠簸起伏，又成为厨师，最后以给人糊顶棚为生，直到平反。但是无论什么样的生活处境和态度，他都保持着一种处变不惊的态度，这种态度不仅是回族人，也是中国最广泛民众乐天知命或者说在艰难时世中的无奈选择。《低保》是一个非常有意思的小说，老鸦村村长王国才需要平整果园，通过吃低保的人们和希望吃低保的人们的不同反应，王爪爪、王尖头、呱啦啦、马建文、脱书记、王国才的漫

① 石舒清：《迁徙》，见《灰袍子》，银川：宁夏人民出版社2012年版，第102页。

画式群像，显示出基层乡村里面的微观政治，从而对权力的毛细血管及其背后更为宏大的体制与结构进行反思。

在这些作品中，可以看出作者似乎无力进行复杂结构的处理，往往都是一种笔记式的写法。这种散文化的小说从正面而言渗透着"修辞立其诚"的真实感，从反面而言则失之于清浅。石舒清的小说就像一个百无聊赖的中年人在闲适的午后说闲话，已经没有了"为赋新词强说愁"的矫情，也没有"青春作伴好还乡"的欢快，这些是少年心性；当然他更没有"僵卧孤村不自哀"的凄凉，或者"死去元知万事空"的绝望，那是老年人的心境；他用那不疾不徐的语调讲述村巷闲谈和家族往事，其中浸润着一种心事浓如酒却又逐渐趋向于达观和平静的态度。因而他的小说就有一种自然天成的气质，有时候甚至显得有些絮叨，但正是在这些细密、琐碎甚至无聊的讲述中，显示出了乡土中国日常生活的肌理。这些故事就是一些家长里短，人物显得面目模糊，却给人一种地老天荒的感觉，仿佛那是亘古不变的人间常道。这种感觉来自于他那舒缓从容的讲述语调，但更重要的是一种非性格式、非典型性的散点叙事——它们不是被虚构和创造出来，而就是生活本身，就是每个人所经历的家长里短和飞短流长。石舒清是个很好的观察者，比如他在一篇短篇小说《剪掉的嘴》当中写到母鸡抱窝，其细致入微的描写堪称文学史上少有的华彩段落。他很少进行描绘性的刻画，更多的时候更倾向于平淡地讲述，人物的性格、外貌、服饰等都被模糊化，他要传达的是一种人生况味，比如《果核——记邻村的几个人》里面写到的望天子、懒汉、哑巴、大姑父，《杂拌》里面写到的陈太太、小朋友、爷爷、祖太太、太太、太爷、父亲，这些小人物的生活史、家族史构成了一部微观村庄史，与大时代遥相呼应，在漫长而又起伏变幻的人生经历当中体现出一种变中不变的厚道，构成了一个微观的中国现代史，但这个现代史并没有传达出任何一种史观，而是一种抒情式的人生体验。

人生体验的书写赋予了经验以共情的可能。马金莲（回族）《赛麦的院子》从儿童的视角，写出了消逝的童真和希望的幻灭，以其密实的生活质感和强烈的性别意识，令人印象深刻。《念书》则有着强烈的自叙传色彩，小说写了12岁的"我"到北山回民小学念书的苦难经历，没有亲身体验很难写出那种残酷中的自我成长："12岁的日子过得紧绷绷的，干涩，枯燥，又孤独，矜持。"① 这种写青春期的小说与时尚中流行的"青春文学"作比较，有着令

---

① 马金莲：《念书》，见《长河》，北京：作家出版社2014年版，第86页。后文涉及马金莲作品引文均来自小说集《长河》，不再一一标注。

人恍如隔世、判若鸿沟的感觉。其可贵之处正在这里，这些艰苦的青春是"中国故事"的另一种侧面，其中有着底层少年的挣扎和《悲惨世界》中冉阿让般的道德命题。《柳叶哨》里困境中的少女梅梅每天都陷入繁重不堪的劳动之中，又被饥饿所折磨，邻居少年马仁的念经声和他的微笑，是这种阴郁悲惨青春中一缕难得的阳光。这是一个少女成长的心灵史，烙下了时代的背景，最后少女朦胧的爱情在时空与身份的隔阂中渐行渐远。在必然性与惆怅当中，少女的人生经验贯通了所有人的人生经验，因而这个童年记忆就超越了故事本身，而具有了普遍的人类性。《暗伤》写的是父与子之间几十年的爱恨交织，直到死亡时，父亲才获得最终的安宁和儿子最终的救赎。最终，儿子的心头也安静下来："他想，交给时间吧，就像过去这几十年里经历的一样，随着时间推移，所有的伤口都会痊愈，包括那些长久以来难以弥合的暗伤。"

马金莲的作品，以朴实自然的叙述风格，细腻单纯的艺术手法，生动地展现了西北地区的乡村故事，揭示了现实的沉重和命运的无常。在书写特有的生命体验和文化记忆、生存、成长、蜕变以及对人性的观照时，她的小说形成了三个突出的特点：第一，儿童视角的自叙传，孩童从懵懂无知到明白事理的过程，就像太阳升起，光芒逐渐驱散早晨的浓雾，袒露出清白而复杂的大地景色，因而这样的小说总是带有成长小说的意味。第二，性别意识的不自觉流露，比如在《赛麦的院子》里写到的那个生了七个女儿的悲苦的母亲，《念书》中在学校里经历月经初潮的女孩那种惶恐的心理，《鲜花与蛇》里怀孕少妇的微妙的心理悸动。她以一个女性作家细腻的经验与体验，书写出为很多男性作家所忽略的女性那幽暗曲折的生理与心理过程。第三，细致而富有质感的底层生活日常描写，充满了种种真实可信的细节，尤其令人印象深刻的是她关于饥饿和劳累的精雕细刻。她的小说就像在西北贫瘠山地上生长着的豌豆花，清新、流丽又有着坚韧而顽强的内在生命力。这是一种经验性的写作，作家依靠着厚重密实的人生经历，以朴素而直观的文字娓娓道来，因而获得了接地气的感人力量。但是这样的写作缺点也是明显的，也就是说，当作家的个人经历写完了之后，她如何进一步开掘自己的写作潜力，她如何从一种个性的经验诸如亲情、友谊、村庄、信仰中超越出来，使这种独特性获得它的普遍性。在这条道路上，马金莲还有很长的路要走。

与上述诸位的"自叙传"式小说不同的，是虚构性写实所带有的旁观者理性色彩。木妮（回族）的小说以都市女性的家庭与情感生活为核心，而常常涉及死亡。《花儿与少年》从一个懵懂的卖书少年的眼光切入，进入一个他无法理解、不可诠释，也可能永远没有答案的秘密当中。那个自始至终没有透露出姓名与身份的神秘女人自杀的原因，她经历了什么，她背后的故事和人生，一切都隐藏在都市的喧嚣与杂乱当中。《双鱼星座》则是一个啼笑皆非的网恋故事，因为阴差阳错的误会，自视甚高的女教师潘朵拉与陌生网友发生了一夜情。当他们彼此都发现这一点的时候，却出现了诡异的一幕：男人在网上建立的刻骨铭心甚至自己都以为可以克服外表、身份等世俗差距的爱情，在遇到这个美艳而又知书达理的女人后迅速瓦解。即便在两人去开房的路上他已经发现了真相，却也没有揭破；蒙在鼓里的潘朵拉也同样，第二天在知道真相后，对在网上苦心经营的情感也产生怀疑，因为她也开始喜欢这个男人，但是她还要装模作样地离开，"其实他不知道，双鱼星座是天下最柔软的星座。只要他再叫声朵拉，朵拉"①。这个结尾相当有力地揭示了当代情感最为深刻也最为浅薄的一面。《爱人同志》将都市爱情当中冷漠、理性、苍白的特质推到了极致。舒拉与格恩两个相恋十年、结婚六年、分居两年的"爱人同志"，"既不愿打破一个旧世界也不愿建立一个新世界"，以名义上的夫妻身份生活在一起，又各自有着性爱对象与情感生活。这种非常规的婚姻与家庭形态，显示了当代社会中情感结构的重大变革。这些都市中的男女都是患有世纪末颓废式的懈怠症人物，软弱而又自闭，都没有建立起自己的主体性，而在轻糜的时风中载浮载沉。倒是《彼岸灯火》中的女电台主持人获得了精神上的成长：她发现丈夫出轨之后，在准备自杀过程中的一系列心理活动与行动，逐渐让自己摆脱了情感的狭隘桎梏。在这个从愤怒、怨恨、忧愁到沉思、解脱的过程当中，女人获得了精神上的重生，重新建立起自我的主体性。

　　曹海英（回族）的小说同样聚焦于城市里的家庭与情感故事，但题材更为开阔与丰富。《半杯水》当中，马杰与李小红进入婚姻疲倦期的中年心态，在一地鸡毛的生活状态中面临着令人蠢蠢欲动的诱惑。小说在马杰接到仰慕自己的女实习生的短信后戛然而止："马杰看着短信，张了张嘴，却什么也没说。心里面突然虚飘飘的，好像有一缕烟，就在他的面前，但他只能远远地看着。一伸手，就散了。"② 这个结尾预示了多种可能性，而很大的可能是他会重复李小红父亲的出轨覆辙，这也正应和了"半杯水"的寓意。俄国在十月革命后曾经出现过"杯水主义"的理论，其实就是性放纵的代名词，摒弃了传统女性应有的道德观，追求性的享受，在生理需要的情况下与人发生性

---

① 木妮：《双鱼星座》，见《彼岸灯火》，银川：宁夏人民出版社 2012 年版，第 159 页。后文涉及木妮作品引文均来自小说集《彼岸灯火》，不再一一标注。

② 曹海英：《半杯水》，见《私生活》，银川：阳光出版社 2013 年版，第 14 页。

关系，就如口渴了就应该喝水一样，认为性欲应该得以满足，而且是很平常的一件事。① 但"半杯水"恰恰表明了这些当代都市人的尴尬、纠结与不彻底。《忙音》则关注城市里空巢老人的心理与情感状态，老人接到一个儿童误打进来的电话，亦真亦幻，体现了一种喧嚣中的刻骨孤独。《私生活》则是以猫咪的角度，以宠物的遭遇暗喻了人受困而又没有出路的境遇。马丽华（回族）对女性形象的塑造也令人印象深刻。《浪花》写底层女性在艰辛日常中与丈夫的患难相恤。《筏子客的女人》可以视为其姐妹篇，进一步凸显了女性自我欲望的觉醒和情义观念的信守，而最终不得不在命运之前走向了轮回式的人生困境。《风之浴》别有不同，写的是独自到北京寻求新生活的广播电台主持人司叶的"北漂"生涯，这个小说有着更为强烈和明确的女性共同体意识。司叶是由单身养母教养成人，在漂泊中时时有着探晓身世秘密的愿望——她在自己主持的节目影像里想象母亲的形象，正是一种女性寻找自我主体的隐喻。而主任徐丽君同样是一位独立自强的女性，在司叶遭受挫折的时候给予鼓励与支持："两个人一起站在阳台上看远处。这时看去，景物全变了，变得像模型。这一种凌空俯视的视野，给人一种傲视一切也藐视一切的感觉。"② 木妮、曹海英和马丽华，显示了回族文学在乡土题材之外都市题材开掘的极大空间，她们更多局限在个人的情感与个体之内，但也显示了向更广领域开拓的可能，尤其是性别自觉维度的发掘有着极大的空间。

了一容（东乡族）的小说显示了他掌控多样题材的能力。《命途》通过一个年轻人和撒拉族老头在青海路途中的遭遇，通过抽象化的极端情境与意象象征了人性内在的自我挣扎与搏斗，正如小说所要表达的主题："在生命的旅途中人的信念是压不垮的。"③《立木》则是一篇充满民俗风情韵味的小说，对于上房梁和檩木的乡村习俗进行了饶有趣味的描写。《褴褛王》是一篇寓言化的小说，老实巴交甚至有些愚昧的村民尕细目，在青年劳教所的儿子出狱的时候，因为信件延迟的缘故，赶到水城监狱却没有接到儿子。漂泊在水城的尕细目受尽冷漠，像乞丐一样流浪回家，一路上饱受饥饿、歧视甚至殴打的苦楚，而在村里也没有人把他当人看。这是一个触目惊心的悲惨世界，苦难像挥之不去的雾霾，一层一层笼罩着这个可怜的底层人。"尕细目这样的农民在水村确乎有一大批，他们的内心与灵魂多是复杂的，难说清的，也可以

---

① 参见许柳旺：《学习列宁反对"杯水主义"的思想》，《学习与研究》1982年第4期。
② 马丽华：《风之浴》，银川：宁夏人民出版社2007年版，第17页。
③ 了一容：《命途》，见《红山羊：了一容小说经典》，银川：宁夏人民出版社2015年版，第36页。后文涉及了一容作品引文均来自小说集《红山羊：了一容小说经典》，不再一一标注。

说是扭曲了的。他们的内心与灵魂一直在一种奔突中进行较量，寻找平和宁静的理由。他们的复杂在于平时看起来显得低三下四和自我作贱卑微的样子，甚至是无限的忍耐和顺从。但是他们的内心和灵魂里却暗暗隐藏着一种激情，甚至是一种强大而炽热的激情，这就像是引燃的木炭或者地火，外表上总是覆盖着一层灰烬，但里面却炽烈地暗暗地燃着，一旦突然爆发，就会令你感到震惊和匪夷所思，乃至觉得后悔得不可收拾。"不出所料，尕细目最终走向了无可挽回的境地，将村主任一家全部杀死。小说成功地塑造了一种让人忍无可忍的绝望处境，并在这种极端的情境当中细致入微地刻画了犯罪的发生。正如在小说的结尾，作者借尕细目妻子的哥哥感叹道："人活着就是为了呼吸，呼是为了出这一口气，吸——却是为了争这口气啊！"小说在批判现实之外，更有一层现实关注，那就是对于底层宗教信仰的探讨，正如马克思所说"宗教是被压迫众生的叹息，是无情世界的感情，同样也是精神丧失状态中的精神。它是人民的鸦片"①。尕细目正是到了走投无路的时候，在他人即地狱般的场景当中，只能投向宗教的怀抱，而最终导向了一个不可避免的悲惨结局。小说的现实意义在于，提醒了我们社会的暴力、戾气和极端行动的起源。

《红山羊》以儿童的眼光见证了金钱给世道人心所带来的变化："这世道，就连我这么个涉世未深的娃娃，竟也这么喜欢钱，对花花绿绿的票子竟也这么感兴趣！"在这种世道下，曾经本本分分、一心为公的牧场场主父亲，就变得不合时宜。他抱怨"现在这些羊把式，私心太重了，把这个公家的牧场当成了一台发家致富的机器。他们在场里放上几年羊之后，个个就都成了附近的羊大户。后来场里发现了，让公安上的人来查，最后也没有查出什么眉眼，不了了之。关键是后面没有人来撑腰，国家的腰软了，财产就这样流失了，场里只把以前的几个羊把式给辞退了"。人们为了钱，用羊绒爪子狠命地抓羊绒，可以把白山羊变成血淋淋的红山羊。山羊在这里就成为一个显豁的隐喻，对人们丧心病狂的欲望进行了揭示。"我"的立场和态度在父亲的坚守与老马、老赛的唯利是图之间显得暧昧，小说的高妙之处在于没有将这种人性道德上的溃败，仅仅归结为个人的道德品质，而是将其与国家政治、经济、社会结构的大转型结合起来，从而显示了现实主义的广度。《颂乃提》则是另一篇直接讨论宗教仪轨的小说，所谓颂乃提就是给包皮过长的娃娃做手术，有些地方则称作海太乃，叫法不同，翻译过来叫做割礼，意思是干了一件善事，做了一件好事。小说通过少年伊斯哈格给自己做割礼前后的心理活动，形象地展示了一个通过仪式。有意思的是这个小说所体现的是另一种意义上的残

---

① 马克思著，费青译：《黑格尔法律哲学批判导言》，北京：人民出版社1955年版，第4页。

酷青春，没有成年人的支持和在场，完全靠主人公个人的内在力量，去追求一种清洁的精神，作者在这里实际上对宗教本身是毫无保留接受的，因而缺乏一种自我反省。这些作品丰富了现实主义的形式，却普遍采取了平面化视角，除了为数不多涉及深层次的社会结构性变迁的，大多数是如其本然地观察与回望，从这个意义来说反倒是对现实主义内涵的缩减。

二、自动写作或经验写作

自动写作原先是 20 世纪 20 年代法国兴起的超现实主义的一种写作方式。在其倡导者安德烈·布勒东（André Breton，1896—1966）看来，"经验本身也有其局限性……经验就像关在笼子里的困兽，要把它从笼子里放出来是越来越难了。经验也要依赖即时效用，而且还要靠理性去保持。人们打着进步的借口，以文明为幌子，最终从那些被轻率地当作迷信及幻觉的东西里将思想清除掉，摒弃所有追求真理的方式"①，因而他强调弗洛伊德的无意识理论，提倡不受任何理性控制的"自动写作"，使意象与意象的连缀超出常规。这种诗歌宣言也影响到其他艺术门类，而在当代少数民族文学当中也有着有意无意的暗合，它们或者体现为尽量摆脱逻辑束缚，而跟随意识流动的自动写作，或者表现为对现实不加剪裁的自然主义式映照。虽然最初自然主义是被现实主义所摒弃的，而自动写作又是对现实主义的叛逆，但如果从"无边的现实主义"角度来看，它们都是现实写作的一种。

杨仕芳（侗族）《白天黑夜》就可以视为一种本土自动式写作，这是用六篇相互关联的中篇小说连缀而成的一部散文式的长篇小说，"每个故事都来自故乡"，分别讲述了以某个故事为核心的村庄人物志。"我"作为遗弃儿的身世和民办教师姐夫的经历，显示了底层民众的艰难生活，这种生活本身的素朴、杂乱、龃龉没有惯常小说中所见的戏剧性，而只有为生活所迫的困窘、变通和适应。杨树枝在山路上恶作剧挖坑陷人，无意中使得刘婿凤坠落山坡，她的家庭因而陷入困境，儿子杨果被送入县城，却又难以适应，逃回家中，在给卧床的母亲捞鱼时被河水淹死。偶然性造成的伤害成为杨树枝和目睹者"我"长久的心理负担，换个角度看，偶然性其实也是必然性。吴玉柴的父亲有精神病，他从云南带回的女人与电影放映员私通，却又因为难产而死去。在吴玉柴与放映员的和解中，可以看到在无可奈何中的悲悯，这是乡村情与欲在沉重现实里的弃绝。患了绝症的"我"的生母与失忆的生父再次出现在

---

① 安德烈·布勒东著，袁俊生译：《超现实主义宣言》，重庆：重庆大学出版社 2010 年版，第 16 页。

村头，但他们背后的故事被岁月的风尘湮没，在"我"的猜测中若隐若现而难以连贯清晰，他们与远方的城市一样构成了乡村缺席的在场。王菊花与杨树根有着质朴的乡村之恋，王菊花却因为杨树根救回跳水的母女而产生误会出走，进而造成两个人十几年的分离。小说情节有种非理性的转折，却在不合情理中凸显了爱的执着和决绝。复员归来的杨桃与县城里的白洁真诚相爱回到乡村生活，白洁却又因为他长期在外而与教师李强发生婚外恋。在村庄的巨大宽容中，白洁最终得到了原宥和谅解，再次坦然地与杨桃和好如初。这些情节如同山野间疯长的野草，枝蔓杂生，旁枝逸出，缺乏典型性的性格与叙事的主线，时常出现大段的议论和无关紧要的插曲，那些插曲的出现与隐没毫无征兆，也没有必要的解释和归束，叙事者就像一个充满悲悯情怀的旁观者，沉溺于自我反思和伤感抒情之中。"生活远比我想象的深厚和宽广"，"在生活面前，手中的笔是无力的，现实的坚硬让人绝望"。[①] 这种叙事上的粗糙和不加节制，可以看到某种类青春期写作的色彩——敏感的作者从乡土中来，难以割舍对于故乡的那份深情，进而试图在自己笔下展现风俗画式的全景，因而无力，更多是不愿意舍弃那些杂草丛生般的人事与感触。这一方面固然是生活本身的丰富与复杂大于小说造成的，另一方面却也表现出作者在叙事上仍然需要打磨和提炼，树立起一个叙事者应该有的价值观，而不是被叙事对象所覆盖，毕竟经验如果要转化为表述，需要提炼。《白天黑夜》与作者之前的《故乡在别处》构成了"故乡三部曲"的前两部，还带有学步期的探索色彩。如何抵达日益变化的乡村的核心，庞杂的经验与细腻的感受固然必不可少，可能也需要在既有乡村书写的模式中跳脱出来，在普遍性的底层危机和生活洪流中寻找到独特性的书写者的路向，这未必是要确立某种导向，而是从生活的杂质中凝练出某种新鲜的经验和价值。

　　涂克冬·庆胜（鄂温克族）的小说则普遍有种准自然主义的倾向，一方面在内容和题材上并没有刻意提炼某个核心情节或者线索，而是让事件自行流淌，或者截取某个人生片段，在这个片段中，意外的人物和事情隐现无常；另一方面在语言和技法上采取的也是"顺其自然"的原生语言，有时候不加节制，使得他的人物对话更像是某个现实语境中的交谈，风格也显得粗暴，却也正因为粗暴而变得有力。这一切给庆胜的小说带来了一种"似真性"，他似乎就是把日常生活、社会经历中的某个真实部分原封不动地截取下来，用文字还原给读者。初读庆胜的小说，往往给人一种晚清黑幕小说式的阅读体验，像那些在新兴报刊上连载社会百态的精于世故的作家一样，庆胜有着极

---

　　① 杨仕芳：《白天黑夜》，桂林：漓江出版社 2015 年版，第 226 页。

其丰富的社会经历，因而从写作一开始实际上就已经确立了自己的风格和方式。他的处女作《第五类人》就是个以平视视角紧贴着生活来写的作品：一群少年经历过"文革"，中年投入改革开放和商品经济大潮中的大院子弟，去西藏自驾游的"在路上"。这个小说元气淋漓，有着生机勃勃的活力，任凭叙事自动展开，性格面貌各自呈现。这个叙事中，作者并不以塑造某种典型人物为旨归，也不在意某种超越性思想的反思，而是"展示"日常本身粗糙、鄙陋、心血来潮和偶尔让人心领神会的感动瞬间。作者主体是淹没在情节之中的，虽然文本中随处可见叙事者的主观心理活动、回忆等，但他并没有表明某种明确的道德态度和价值立场。我将这样的小说称为经验型小说。与体验型小说的不同之处在于，经验型小说很少借助于抽象的哲思、超脱的想象、理性的反省，它与作者的现实生活密不可分，繁复丰富的经历会压倒塑造人物、刻画典型的欲望，呈现出笼统的、含混的、铺天盖地的琐碎而庞杂的经验。因而，经验型小说总带有自叙传的色彩，但这种自叙传又不像日本"私小说"那样是内倾型的心理、情感与欲望，而是外在现象的观察、看法与意见。

　　《跨越世界末日》虽然主人公是王倩妮，但她只不过是个串线式人物，通过她贯穿起律师业所涉及的政府官员、法官、商人、军人、黑社会、罪犯等方方面面的社会关系网络，因而叙事的主体其实是社会关系。小说吸引人的地方在于它所营造的是一种社会氛围：一个人人都利益至上的社会氛围。小说的风格同样是平实白描，紧贴着生活来写，袒露出真实的心理、卑琐的人性、丑恶的社会。作者在铺陈各种人物的行为举止、语言和观念时，摒除了道德判断，让人与事粗砺的真实感自己呈现。王倩妮是个以自我为中心的当代女性，从小县城飞出来的凤凰女，一心希望通过自己的能力实现在大城市立足的愿望。她在行事的时候为了达到目的，似乎没有道德挣扎和犹疑，这种价值观上的淡然甚至冷漠是一种"时代病"，而不是一般我们所谓的"城市病"。这种"时代病"的基本特征体现在对于权势、金钱、欲望的艳羡和追求，而将其他的各种诸如伦理、理想、公义、感情都置之于无视和搁浅的境地。在这样的经验型小说中，可以看到当下社会的第一手材料，可以看到那些经过语言和技巧修饰了的现实表述中所没有的让人触目惊心的人性黑洞与道德绞肉机。个体与社会、小民族与大时代之间的关联，一直体现在庆胜的写作主题中。他似乎无意识地表达了这样一个理念，即任何一个哪怕是极其边远地带的、似乎很边缘的人群，也始终与整体性的社会变局联系在一起。写鄂温克民众自发抗日的历史题材小说《萨满的太阳》中有一段很有意思的情节，青年满嘎试图联络同胞抗日，在征询族内老人们的意见时，木哈力大叔强调保全族群存活比荣誉重要，而鄂温克人原先是大清国的戍边士兵，如今被满洲国和中华民国抛弃了。这显然是鲁迅所批判过的只知有家，不知有国的"沙聚之邦"的看法，最终满嘎还是走向了抗日的道路，也正体现了中华民族现代进程中的复杂与曲折。这些作品放在整个中国文学的大背景中看，有个很重要的启示，即边地少数民族文学除了各具特色的文化之外，也有着与东南沿海、中心城市共通的命运；一个小民族的作家在言说我们时代最深刻的政治经济与精神转型时，其可以抵达的经验深度较之于发达地区的作家一点也不遑多让。①

　　夏鲁平（满族）的小说则较少涉及具体民族，他最引人注目的一部分作品是写中低层公务员和公司职员的日常处境、行为模式与处世心态。这些作品包括《监控盲区》《紧张》《一罐茶》《回家》《升迁》《世事难料》《找魂儿》《单位》《放松》《竞争》《风在吹》，主要的人物有侯处长、马大壮、许文达、李纯刚、李奇、李老蔫儿等。在这些小说的写作中，夏鲁平很少进行描写和刻画，而更多是以一种讲故事的口吻来展现一种当代官场众生相。这些人物大多是科级到处级干部，他们的面目很相似，有的甚至直接以职位代替名字，是一种群像式的展示而不是性格的塑造。小说从外在的角度进行生态描摹，无论是一心向上爬的小职员，退休赋闲在家的老干部，还是正处于权力斗争漩涡的实权派，这些人都不是某种道德高尚的人，但也不是恶贯满盈道德败坏之徒，而是在一地鸡毛、无可奈何的处境中挣扎的普通人。普通人的性格特点不是那么鲜明，他们之间的性格特征趋同，完全可以互换，因而在这些短篇之间互文式情节的相互补充之中，形成了一种类型化色彩。在这种类型当中，我们可以看到官场人物关系之间的微妙，人物心理内部变化的幽微曲折，人际交往中的谨小慎微、斤斤计较。在这里可以看到社会的普通常态，夏鲁平是用一种自然主义式的纯写实手法讲述当代中国生活的一个社会空间普遍状态。

　　在这个过程当中作者没有设立一个价值标准或者道德评判的尺度，而有一种温柔敦厚的悲悯在里边，因为这些人都是在时代的大潮和复杂社会当中的蝼蚁，放逐了任何诸如为人民服务这样的崇高目的，而仅仅是谋生糊口、争权夺利。这就使得人物的命运具有偶然性的荒诞感，有时候他们用尽心机拼尽全力，只是得了一个荒谬的结局，比如《监控盲区》和《紧张》是少有

---

① 上述提到的涂克冬·庆胜作品包括：长篇小说《第五类人》，呼和浩特：内蒙古人民出版社2005年版；长篇小说《跨越世界末日》，呼和浩特：远方出版社2007年版；长篇小说《萨满的太阳》，呼和浩特：内蒙古人民出版社2009年版；中短篇小说集《陷阱》，呼和浩特：远方出版社2011年版。

的在心理描写上下了比较大功夫的作品，小说通过淋漓尽致铺张扬厉的细腻刻画，主人公的焦虑、恐惧与后来的结果形成了巨大的反差，有一种反讽的效果。这些小说有意义的地方在于无形中显示了我们社会在共识与情感上的分裂。《一罐茶》以一罐从台湾带回来的茶辗转于不同人物之手，平实地展现了权力之间的尔虞我诈以及在底层人那里关联起恒久情感的意义，小说最后还形成了一个反讽：那罐在公司老总李纯刚那里很普通的茶，却被保洁工李春梅的奶奶当作了精神寄托。"李春梅在讲述中已哭成了泪人。许多天里，李纯刚望着头顶那个小小的窗口，都无法理解李春梅为什么把自己哭成那样。"①这里面有着两个阶层间的互不理解和隔阂。李纯刚只有突破"头顶那个小小的窗口"，才有可能与他人达成情感上的共通。《回家》和《升迁》中许文达被纪检部门调查时一度落势返乡，而家乡的亲戚邻居并没有带来想象中的慰藉，而只是充满了投机与利用心理，一旦发现真相后便暴露出势利的态度。但许文达再度升迁后，邻居农民孙亚芝依然不依不饶地胡搅蛮缠。亲情作为最后的港湾，也无法消除人与人之间的刻薄与冷漠。《世事难料》中城市白领之间无视道德伦理的婚外情更是让爱情也染上了玩世不恭与及时行乐的色彩。这样的观察因为其刻骨的真实感，让人肌肤生凉。但作者无法给出一种想象中的解决方案。因为如果没有某种内在自我设立的目标，人物只能在做无规则的布朗运动，这里显示出当代小说具有普遍性的一个问题，即价值观的缺失。《找魂儿》形象地体现了这一点，退休以后的侯处长百无聊赖，希望在传统的萨满教中找到精神家园，而事实证明那不过是南柯一梦式的发癫，"外孙女才是他全部的魂"。这种"魂"的失落和最终落脚于日常亲情之中，其实无法给他带来灵魂的安顿。这一系列某种意义上可以称之为"官场小说"的短篇作品可以视作分散的长篇小说的章节，如果将他们统摄在一起可能会起到一个集束式的效应，但根本问题是需要构建一种批判视角，想象一种可能性生活，而不仅仅停留于生活表面鸡零狗碎式的世情描摹。

另外一部分作品是带有所谓的"正能量"意味的作品，比如《去王家村》《土鳖》《参园》和《北京邻居》，多以底层民众的苦难为主，叙事人的情感往往是零度介入的。在这些小说当中，夏鲁平竭力追求一种类似于欧·亨利式的结局，欲扬先抑或者是在层层铺垫之后突然逆转，给故事一个光明或温馨的结尾，这可能跟发表的刊物或者报纸要求有关系，往往给人一种意犹未尽的感觉。《土鳖》对于亲情在金钱社会中的沦丧有着清醒冷静的揭

---

① 夏鲁平：《一罐茶》，见《风在吹》，长春：时代文艺出版社 2015 年版，第 131 页。后文涉及夏鲁平作品引文均来自小说集《风在吹》，不再一一标注。

示，《参园》里沉沦于生存苦海中的农民之间的冷酷关系的展示，都是表面平静实则惊心动魄。但作者无意挖掘其背后整体性社会结构因素，因而使得小说透视生活的力度打了一定的折扣，通过底层民众之间相互的温情体恤来化解之前累积的矛盾，固然有着人性上的可能性，却并没有解决问题，而只是暂时的和解。短篇小说因为篇幅的缘故往往无法进行广阔层面的铺写和深度的精神剖析，它要求在精致结实的情节构造和凝练的语句中蕴藉一种力道，以小见大、见微知著，通过核心性的意象或人物袒露现实世界的复杂与丰富。这是小说区别于故事的地方，即文学在拆除和颠覆既有的现实时，一定要确立某种整体性和超越性的视角，从而在给读者带来阅读的娱乐的同时，也有思想上的启迪与引发进一步思考的韵味。这可能不仅仅是夏鲁平，而且也是很大一部分作家在将来的创作中有更多发挥空间的地方。

三、先锋与日常

1986 年前后兴起的"先锋小说"经过 30 年的起伏，如今已经沉淀为文学史的一部分。尽管早期充满形式探索、语言变革和反叛意识的先锋小说进入新世纪以来逐渐趋于弱化，早年的先锋作家如格非、余华、苏童也发生了创作转型，新生的 70 后、80 后作家也很少再刻意踏上先锋小说的路径。但这并不意味着先锋小说已经在历史中耗尽了它的能量，恰恰相反，先锋小说的遗产已经成为一种正典化了的遗产，浸润在当下写作的日常之中。特定时期产生的先锋小说无疑有着隐秘的意识形态意义，无论就其形式还是表达的观念与思想，都有对抗、颠覆、变革之前革命现实主义或抒情式写作的自觉意愿，而这种功能在经过了世纪之交巨大变迁的新语境中已经不再成为问题，或者说文学再次要面对的革新对象已经变了，曾经的方式不再适用，作家们必须要寻找自己的方法。

次仁罗布（藏族）的中短篇小说集《放生羊》[①] 和长篇小说《祭语风中》无疑体现了先锋小说的当代面貌。如果回眸藏族文学的当代脉络，可以清晰地看到从最初的革命英雄传奇到 20 世纪 80 年代兴起的西藏"新小说"与魔幻现实主义的转变路径，而到了次仁罗布这里，魔幻现实已经内化为一种自然，它不再刻意寻求叙事上的标新立异，或者追求某种玄幻的终极意蕴，而是将魔幻化为日常，通过重写历史进而复归了现实主义的本源。《祭语风中》将西藏和平解放至当下的发展历程与 11 世纪至 12 世纪藏密大师米拉日巴的

---

① 次仁罗布：《放生羊》，北京：中译出版社 2015 年版。

一生双线交织起来，通过细微的人物命运关联宏大的民族国家历史，这里也可以看到先锋小说乃至新历史小说的潜在影响。小说起于帕崩岗天葬台，这是旧时代的死亡，同时也是新时代的诞生；终于帕崩岗天葬台，则是历史中的个人体悟到命运的轮回与救赎的可能："漫天的星光闪闪烁烁，习风微微吹荡，我的心却静如一面湖水。我们经历的一切会随风吹散，不会留一丝丝的痕迹！"① 也许这样的历史观并没有脱离宗教的窠臼，但艺术的特权在于它无须像哲学一样周延完整，它正是通过这种偏狭显示了一种现实的存在。

来自于湘西的作家于怀岸（回族）的《巫师简史》② 也是一部富于野心的作品，它的气质就如同马尔克斯《百年孤独》与陈忠实《白鹿原》的杂糅结果，某些情节和片段富于魔幻现实主义般的神秘色彩，总体上却又具有极强的"在地性"，浸染着浓郁的湘西地方信仰、宗教、风俗、血性和情感。小说横贯从清末到新中国成立后的肃反与镇压反革命的半个世纪历史进程，焦点集中于猫庄这一偏僻湘西山乡的村落，线索人物是猫庄的巫师与族长赵天国。巫师简史即为猫庄的近代史（它本身就是由《猫庄史》扩展改写而来），也是湘西地方文化现代蜕变与阵痛、疏离与融入、挣扎与奋斗的轨迹。国与家、公与私、政治与宗族之间的纠缠与冲突是盘旋在整个小说中萦绕不去的情结。作为族长，赵天国从继承家族使命开始，无论是领导猫庄与白水寨土匪的对抗，还是当保长周旋于军阀势力和自治地方官员收租与征兵的盘剥之中，抑或是对国民党和共产党的双重疏离，自始至终都是为了保全猫庄及其子弟的存续和绵延。他是宗法制度和乡野伦理结出的最后果实，心中念兹在兹的是家园的守卫。这种意识是如此强烈，以至于成为一种执念，而拒绝了个人与国家，纠结于横亘在二者中间的"家族"的存亡绝续，因而注定要在个性自主日益自觉、国家主权逐渐确立的情境下趋于失败。这是现代以来中国社会堪称天翻地覆的结构性变迁，乡土社会中的乡绅、族长、头人这一联系底层细民与国家政权的阶层，在汹涌而至的外部威胁（包括经济、军事、政治和文化）之中，或者走向堕落蜕化成为土豪劣绅，或者成为极少数坚持传统伦理道德、道义观念的悲剧性英雄。赵天国无疑是后一种，他战战兢兢、如履薄冰地守护的家族观念固然有其合法性，却是过时与注定落败的，乃至自外于大环境之外，这使得他的无望的守护有种宿命与反抗宿命的悲凉，就像他在 14 岁从父亲手中接过巫师法器的时候已经观看到一生最终的结局，却

---

① 次仁罗布：《祭语风中》，北京：中译出版社 2015 年版，第 442 页。

② 于怀岸：《巫师简史》，北京：中国青年出版社 2015 年版。本文涉及该作者作品引文均来自此一版本，不再一一标注。

依然明知不可为而为之。

巫术与科技、神秘与解魅、情感与理性则是与主线同时并行的隐线。作为巫师，赵天国有着占卜预测的神秘能力，然而从一开始，他就已经悲哀地感到"世道越来越乱，巫师的法力却越来越小"。小说结尾部分借制作棺材的小师傅之口又呼应道："神都走了，通神的人还能灵吗？"猫庄在乱世中苟延残喘的半个世纪，同时是巫师的神性逐渐沦丧的过程。彭武平一枪击碎了法器羊胫骨，就是现代科技击溃古老秘技与信仰的象征。尽管山野村庄中依然残存着飘魂、梦兆这样的灵异现象，但现实已然发生改变，这是金与铁、利与权交织的世界，正在逐步蚕食古老村庄悠久的传承与美德。最后一个赶尸人雷老二在战场的死去，预示着一切都在祛魅，抗日战争、解放战争、土地革命正在使得世界日趋透明化，而笼罩在寒冷、阴郁烟云中的村庄也日益被纳入体制化、规范化、标准化的现代性建构之中。土匪龙大榜、国民党彭学清、红军彭武平……这些从猫庄及周边走出的人，他们的身份都在不停地随着时代和局势的变化移形换位；苗人、毕兹卡人、汉人和猫庄人的认同，既在情义恩仇中固守，又在时代裂变中瓦解与重组。在变与不变之间，乡土中国的根脉和血性经受着一轮又一轮的洗礼，得到的终将得到，失去的已经失去。《巫师简史》留下的是中国大地上一段既普通又独特的记忆，就像小说本身写法上时而空灵诡异、时而冷峻写实一样，这是一部充满了先锋精神与日常经验的作品，虽然没有提供新的写作范型，却在已有的文学典范中增添了湘西叙事的别样视角，并通过这种地方经验达到一种具有普遍性的中国现代史体验。

云南纳西族作家和晓梅形成了自成一体的审美风格，与她那些充满神秘边地、怪异异域的题材相得益彰的是空灵、飘忽却又锐利而有力的文体，这两方面形成了一种别具特色的风格化小说。这种风格糅合了福克纳的杂乱与明媚、苏童的阴郁与唯美，加上阿来《尘埃落定》式的缥缈与罗曼蒂克色彩，突出地体现在她的《宾玛拉焚烧的心》里。这个小说以独白和私语的方式，讲述自己的经历，并由自身的经历折射出周边地域的变迁。独白与私语的方式是女性文学的常见表述方式，最典型如林白、陈染，有种排他性，即以第一人称的主观直接呈现对于自我与世界的认知。它可能会忽略广阔社会背景的纵横捭阖与开阔视野，好处却是能够更加贴切地显示内心的真实和情感的深度。而这种表述方式与小说要讲述的内容恰是非常吻合的，因为无论是上部"猎与物"，还是下部"时与光"，故事都发生在一个另类空间。仅从文本来看，这个空间是无所有的，尽管读者可以从作家本人的身份和所在地域作出一些推断，比如她写的可能是滇西南某处，但这并不重要，和晓梅写的其实是个抽象的具有普遍性的空间。这个空间容纳了那些在现代制度性规划之外的神秘、苍茫、悠远、偏僻的丛莽与山谷、河流、垣陵。只有在这样富含隐喻并且难以索解的空间中，那些有关人性与时代的最根本的主题才会如你所见、如是我闻般地显露出它们最初的质地。

《宾玛拉焚烧的心》有着明显的女性叙事的特色，似乎延续了和晓梅之前作品的主题，比如《女人是"蜜"》里关于几代女人的生活与命运。小说的主要角色都是女人，男人虽然看似强势，甚至能够主宰女人的命运，但他们左右不了女人独立的自我、幽微的内心。宾玛拉墨是在傈僳女人的共同体中长大的，虽然女人们之间也有着各种小心眼，却从来不是根本性的冲突。她和格木人猎人乌卡是自由的结合，但保持了个体的独立，是一个背着弩弓的女猎人。宾玛拉金夫人似乎依附于土司家的哲格汝总管，但一直有着自己无法被总管理解的超脱的精神世界。几代女人面目模糊，她们之间的区别并不明显，因而可以看作女人整体的历史性展开。在这个女性共同体中，她们共同体验到爱情、嫉妒、生育、等待、愤怒、仇恨、痛苦和期盼，以及与男人之间百多年来爱恨交织、纠葛缠绵的历史。这是个情感的共同体，共守着女性所特有的对于世界原初的认知，也共享着对于永恒事物的基本信念和对外来神奇的预测与判断。这是个有别于男性思维方式和世界观的观察视角，在政治斗争、金钱谋利、尔虞我诈之外，关心最细微的心灵痛楚、大自然的和谐生态、非理性的认识方式。宾玛拉墨少时见到的那几个偷牛贼杀死了牛，但最终都因为诅咒而受到了惩罚。这个诅咒正是来自于女巫师宾玛拉金。这也可以视为性别之争，男性似乎以功利的态度主宰着世界、捕获着猎物，而女性却在这个逻辑之外，用巫师式的态度与做法委婉而又坚韧地予以反击。猎物自身会复仇，"猎"与"物"之间的主客关系被颠倒了。但性别议题只是小说的一个方面，下部"时与光"则是以性别角度观察到的时间主题，换句话来说是个变迁主题。宾玛拉金希望用光线的变化试验来改变时间，这是一种"宾玛拉式"的思维，也即尚未同神性断裂的巫术思维。这种思维看似野蛮，里面却有种人类的初心和童真，就像小说开篇题词中祖母女祭司宾玛拉赫的话："尽管我深知我们所面临的是一个怎样蒙昧的世界，但我依然愿意，为无知保持必要的好奇，为野蛮保留必要的童贞，毕竟我们的任何一次选择，都来自我们纯净的内心。"[1] 但是光线却并不能扰乱时间，因为小说中随处可以看到变化的来临，即便在深山密林之中，商人还是将贸易的观念以及欺骗带了进去。宾玛拉墨的两个舅舅知道用金钱作为统治奴役他人的技巧。

---

① 和晓梅：《宾玛拉焚烧的心》，石家庄：花山文艺出版社2015年版，第1页。

这一切与"宾玛拉式"的生活都是相悖的。变化和失败已然到来，宾玛拉赫的心在燃烧，宾玛拉女人们所要做的是用自己的方式进行保全的努力，保存那些人类最后的天真与淳朴、柔情与爱、非功利的生活方式。

和晓梅的叙事就在情感与时间的交错中，走向了一种个体的生存论式的叙说。宾玛拉女巫家族身处的变革时代，正是一个现代性逐渐入侵与消解神性的时代。用克尔凯郭尔（Soren Aabye Kierkegaard，1813—1855）的话来说，这是一个"溶解的时代"①。圆融自足的自然个体，被消融在缺乏激情、平庸功利的时代汪洋之中，难以抵抗。宾玛拉那颗焚烧的心，就是一个被焚烧的神性主体。这造成了自然式个人的毁灭，女巫再也无法预测一个确定性的未来，或者通过诅咒与光线的变化试验来左右命运与时间。宾玛拉这样一个超越性的，充满神秘魅力的家族将要走向终结，虽然在毁灭的过程中会留下恒久不灭的馨香，但也不可避免地散发出悲怆的气息。这也是文学在我们这个时代的意义所在，当一切都已经按照发展模式汹汹向前，工具理性不可避免地侵蚀到我们生活的方方面面。在这种情形下，唯有文学还可以给我们的心灵以慰藉，给我们的精神以超脱之境，给我们的灵魂以栖居之所。

四、素朴与感伤的诗

诗歌一直是少数民族文学当中最为出众的文类，因为语言和文化的差异性以及在运思方式和精神观念上的特异性，很容易带来陌生化的美学效果。另外，由于许多民族有着自身悠久厚重的母语诗歌传统，在进行现代转化过程中，当代少数民族汉语诗歌很自然地将许多迥异于刻板话语的形式与内容带来。诗歌语言本身的高度本质直观性质，又使得沟通更为便捷。除了汉语写作的诗歌之外，双语诗歌则是少数民族诗歌独有的现象。阿库乌雾（彝族）多年来一直致力于母语诗歌及其理论的创作与实践。由他与文培红、马克·本德尔合作的汉英双语诗歌集《凯欧蒂神迹》可以说是数年来成绩的一个集中性展示。这些诗歌是他"在数次旅美之行期间创作的。这些诗歌中很大一部分表达了诗人对美国印第安文明的独特看法。首先是印第安人信仰的神灵世界，与阿库自己文化中的传统信仰形成共鸣，诗人还对印第安文明史中负面的部分内容作了评述。在族群关系方面，诗人倡导一种'差异的平

---

① 转引自 K. 洛维特著，李理译：《克尔凯郭尔与尼采》，《哲学译丛》2001 年第 1 期。同时参见洛维特《基尔克果与尼采——对虚无主义的哲学和神学克服》，收入洛维特、沃格林等著，田立年、吴增定等译：《墙上的书写：尼采与基督教》，北京：华夏出版社 2004 年版，第 91 页。两文译法不同，后者译为"崩解的时代"，本文从李理译。

等'。整部诗集体现了诗人的人文关怀和世界多样性的理想"①。这是一种"双重写作",我之前曾经在一篇论文中指出双重写作是一种内在包含了比较的跨文化写作。它与一般所说的"翻译写作"不太一样,而是一种同时在不同地方用不同语言发表的作品,意图在文本旅行中获得叠加传播的效应。迁移与旅行赋予了回忆行为以"召唤"与"追忆"的移动和弹性,让不同的历史连接起来,同时呈现出少数民族文学很少看到的对不同种类文化的双重批判。② 这种诗歌门径是在主流诗歌关于语言讨论的逻辑之外的,而将诗与思对接于全球性的跨文化语境,从而彰显了某种弱势文化的独特意义,丰富了被主导性文学权力宰制的文学生态。

不过,此类尝试并不是很多,绝大部分少数民族诗歌依然属于古典诗歌式的自然抒情状态,更多注目于本族群文化的变迁和乡土风物的讴歌,较少致力于语言试验与哲思提炼。龙道炽(侗族)《清水江歌行》以"清江水月""森林部落""村庄行走""时光镜像"四辑集中抒写了黔东南境内沅江的上流清水江的青山绿水、丹枫白鹭、乡风俚俗、如潮世声。那是"盛产民歌和银饰的水乡/天生带着雨种/繁衍了中国林业的恋史……我的先祖 先祖的先祖/就在这方盛产水稻和杉木/盛产民歌和银饰的江边/耕作 栽培 编织 撒网/在山川 坝子 田间/收割 歌唱 祭祀 祈求丰年/用琵琶和芦笙敲击岁月/他们滚出玉米粒/吐出桐油的体气 糯米粑粑的香味/在节日里烧几颗辣子/摆一坛腌鱼和家酒/便可以游方 斗牛 赛龙舟"③。通观这些诗篇,清浅直白,却是出自质朴心声。此外,也有旧体诗词的创作,如吴隆文(侗族)《啸咏遏行云》④ 是以七绝、七律、五绝、五律等旧体诗写作的合集,颇有风雅余韵。这些诗歌如果不是放入少数民族诗歌的视野里,很难进入批评家的视野之内,但是它们构成了少数民族诗歌的一般状态,与泥沙俱下的形形色色诗歌圈子里自我抒怀与自我抚摸的诗歌相似,它们也构成了一种自娱自乐的文学样貌,在客观上对于地方风物与民族文化起到了一定的塑像与宣传作用。

席勒曾经区分古典与现代诗歌的不同,"诗人或者是自然,或者寻求自

① 文培红:《译后记》,见阿库乌雾著,文培红、马克·本德尔译:《凯欧蒂神迹:阿库乌雾旅美诗歌选》,北京:民族出版社2015年版,第364页。
② WEN JIN, LIU DAXIAN. Double Writing: Aku Wuwu and the epistemology of Chinese American writing in the Americas. Amerasia journal, Issue 38:2;Summer/Fall, 2012:45-63.
③ 龙道炽:《清水江歌行》,贵阳:贵州人民出版社2015年版,第2-3页。
④ 吴隆文:《啸咏遏行云》,贵阳:贵州人民出版社2015年版。

然。前者造就素朴的诗人，后者造就感伤的诗人"①。他们的区别在于一个是模仿现实，一个是表现理想。素朴的思维方式是自然对矫揉造作的内在精神的胜利，是一种孩童般的天真，它的信念是不变的淳朴自然，而感伤渴望是一种现代方式。诗人是自然的保护者，自然的证人和复仇者。在一个矫揉造作的时代，素朴的诗人不合主流诗歌的时宜，而主要集中于边地、边缘族群诗歌之中。郑文秀（黎族）的诗歌集《梦染黎乡》就体现出此方面的特点。首先，它是一种地域诗歌写作，像"南方，森林丰腴而诡秘/带着温热和灵气的大地/包容着几千年来/不休的文明之光/你的赤裸的古铜色/可能是岛屿上风削的肤色/透明隐秘的无桅船屋/——你的宅邸/系过无数条幽蓝的子母线……"② 充满了南方草木氤氲的潮湿气息，山海岛屿的海洋美学，水鸟天空的独特意象，这一切给他的诗歌带来了极具辨识度的地方性色彩。我们可以清楚地看到他的诗歌与东北、西北、西南地方诗人的风格差异所在。其次，它也是一种族群文化的记忆书写，通过对于黎族黎乡的自然景观、地理风物、民俗事象、文化符号的富于深情的描绘和特写，显示了自觉的身份意识和文化意识，并且给予这种认同感以"正能量"般的积极描写，这在充满怀旧与挽歌氛围的少数民族文学中并不多见。他以诗写史、以诗释文，着意塑造一个民族的文化形象。最后，郑文秀实际上是个席勒意义上的"素朴的诗人"，他通过清新、明快、晓畅的诗句，表现黎乡的山水人文，有着内在的自足，这构成了他的长处和短板。因为，"在自然的素朴状态中，由于人以自己的一切能力作为一个和谐的统一体发生作用，因而他的全部天性都完全表现在现实中，所以诗人就必定尽可能完美地模仿现实；相反，在文明的状态中，由于人的全部天性的和谐协作仅仅是一个概念，所以诗人就必定把现实提高到理想，或者换句话说，就是表现理想"③。从这个意义上来说，如果郑文秀的诗歌需要再上一个境界，可能还需要在自我的精神向度和内在的思维向度上进行深一步的挖掘，这也是素朴的少数民族诗歌要面对的共同问题。

彝族诗人近年来引起广泛关注，不仅因为有吉狄马加这样具有国际性影响的诗人，而且由于诗歌属于他们文学生活的一种形式。以并不出众的沙马阿古（彝族）为例，他的诗集《彝人梦》是在撕裂性的现实中书写阵痛，在针砭和讽刺种种扭曲与龌龊之后，表达无奈的感伤和期冀："我多么希望/让

---

① 席勒：《论素朴的诗与感伤的诗》，见《秀美与尊严——席勒艺术和美学文集》，北京：文化艺术出版社1996年版，第284页。

② 郑文秀：《梦染黎乡》，武汉：长江文艺出版社2015年版，第18页。

③ 席勒：《论素朴的诗与感伤的诗》，见《秀美与尊严——席勒艺术和美学文集》，北京：文化艺术出版社1996年版，第285页。

神扇继续攥在毕摩的手中摇曳下去/诵经祈福　幸福安康/让神鼓依然握在苏尼的手中继续扭转乾坤/让德古又重新周旋在不共戴天的仇敌之间/化干戈为玉帛/让工匠再次归位/操起他的家当/施展超凡的技艺/让骏马再回到奔驰的赛场上/驰骋在众目睽睽之中/ 我的梦/彝人的梦/让我们的后裔酷爱自己的文字/用母语大声说话/用母语对话/与世界对话/让大人们永无止境地说唱尔比尔吉下去/让老人们陶醉在克哲的雄辩中安然离去。"① 无疑，这种"梦"是一种逃遁与回避，而诗人所操持的意象也基本上是彝族文化中刻板化了的符号，因而这种感伤的诗某种意义上是脱离个性化感受的，成为一种抽象的抒情。此类诗歌大量生产，既可以看到其繁荣的一面，同时也显示了丰盛下的匮乏，即其表意方式较为单一，表达的观念也缺乏创新。倒是诗歌与流行音乐的结合，有着令人惊喜的一面，瓦其依合、莫西子诗、阿鲁阿卓、吉克隽逸这些彝族歌手，通过在大众传媒中的创作与表演，反而起到了书面诗歌很难达到的宣传效果和广泛影响力。在新媒体日益盛行的当下，诗歌的发展形态可能会越来越趋向于与新技术的结合，摆脱精英化，重新进入普通民众的日常生活中来。

五、非虚构趋势

"非虚构"在 2010 年以来成为当代写作的一个热门话题，它与此前"纪实文学"、新闻特写、报告文学的不同之处在于强调社会担当、个人介入和参与式体验。波及虚构性作品之外的一切写作都沾染了"非虚构"色彩，也因此它成了一个无所不包的大筐，但其中还是以散文为主。事实上张承志、乌热尔图、阿来等作家早在 20 世纪 90 年代已经开始了这样的转型。"非虚构"的核心问题在于对现实的再认知，它力图从官方意识形态的定型中走出，重建关于真实的表述。

如果要在少数民族写作中选出一部最为切合"非虚构"界定的作品，显然非夏曼·蓝波安（达悟族）的《冷海情深：达悟男人与海的故事》莫属。夏曼·蓝波安原先在台湾淡江大学读法文，后在台湾"国立"清华大学人类学研究所获得硕士学位。曾经参与"台湾原住民运动"，1989 年回到故乡兰屿岛上开始回归祖辈潜水射鱼的传统生活方式，并且积极参与了反抗核废料存储兰屿的社会运动。《冷海情深：达悟男人与海的故事》中收罗的作品都是他在台北求学与谋生 16 年之后，回乡重新经历文化冲击和再次接受祖辈传统

---

① 沙马阿古：《彝人梦》，沈阳：白山出版社 2015 年版，第 2 – 3 页。

文化教育与践行的记录。这些作品每一篇都表现了一个具有反思精神的"我",他在不断地再学习和融入祖辈生活共同体之时,经历了情感与现实困窘的种种冲突,在这个过程中逐渐树立了坚强的认同感:"当你越是了解老人们的固执时,你就越是敬畏大自然的一切神灵,你就有义务为山林的树木祈福。你念的书是汉人写给你们的,你写的书是岛上的一切赠予你的,你也提供了祖先的生活智慧给后代的雅美人。所有的劳动的价值是为自己求生存而劳动的人,方是你要尊敬的人,更是你创作的泉源。月悬挂在族人幻想的宇宙间,我的父亲们不曾企图用文字记载族人的历史,他们只有在脑海里雕刻所见所闻的事物。他们都是七旬以上的老人,但他们的思路清晰得令我心服口服。我唯一的途径就是努力地创作,才能记录有海洋气味的作品,我如是勉励自己。"① 他在父辈那里学习月亮与潮汐的关系、洋流与鱼群的线索、山林与恶灵的禁忌,这些地方性知识成为在兰屿小岛安身立命的实用技巧和精神依托,夏曼·蓝波安因此也就不仅仅是一个观察者与记录者,更是一个身体力行者,并且通过自己的实际行动召唤了一种岌岌可危的海洋民族文化的自我救赎。

"非虚构"浪潮渗透到少数民族散文创作之中,特点是少了现代主义式的虚拟玄思和寻章摘句式的修辞雕琢,而更多本乡本土实际经验的平白书写。王小忠(藏族)《静静守望太阳神:行走甘南》主要集中于他所熟悉的甘南自然与人情的心像留影。他倾心于甘南草原上的草地、寺庙、院落、节日和风物,朴实文句中透露出亲身体验的真切感受。这个小镇青年曾经是游荡的行吟诗人、恬淡的乡村教师,如今在城里生活却依然按捺不住对于草原的怀念,在边走边想的旅行中展现记忆与现实的叠合与落差。因为对生活本身的熟悉,那些带有偏僻地域风情意味的晒佛节、亮宝节、香浪节、采花节、插箭节、赛马节就脱去了遥远与疏离的感觉,而呈现为个人的经验。作者在向一个不熟悉的外乡人讲述的同时,也浸润了人们共同的感受。故乡草原曾经孕育了一颗敏感而富于反思精神的灵魂,这颗灵魂回馈的则是在文字中对它如其本然的自然呈现。"我见青山多妩媚,料青山见我亦多情",这是一种日常化的情景交融。相较于脱去时间感的民俗,那些在行走中的沉吟和思索则是最打动人的部分。从郎木寺到扎尕那,从桑科草原到冶力关,王小忠对甘南这块土地陌生又熟稔,总是能够发现那些可能很容易被无所用心的观光客所忽略的细节。他在首曲黄河的南岸看到两艘年久失修的破船时写道:"我的

---

① 夏曼·蓝波安:《敬畏海的神灵》,见《冷海情深:达悟男人与海的故事》,北京:生活·读书·新知三联书店 2015 年版,第 78 – 79 页。

上编 创作生态 | **161**

身后是无穷无尽的草原，我的身前是一览无遗的黄河。水的漫漶使岸边五米之外的草地全积满了酥软的泥沙。当回望那停泊在岸边突兀的弃船时，怅然所思：黄河缓缓而去，缓缓而去的河面之上满是飘动着的岁月碎屑。那些载歌载酒，曾经泅渡的艰难岁月越来越苍茫，生命的坚韧和张扬也似乎在不断地萎缩，只剩下苦苦的记忆。"① 时代与外部世界带来了变迁，这是无法抗拒的时代潮流，就像他写的："落日使人情不自禁地忧伤起来，但我不能拒绝它的到来。"但是草原无声却又具有柔韧的坚守，尕海湖边"三两只紫蝴蝶和蓝蜻蜓闪闪烁烁，追逐嬉闹。黑天鹅似梦里飘来的仙子，轻盈、柔缓、神秘而孤独。极目远望，水域、蒿草、紫穗，这些随风而动的事物仿佛凝固在云朵中。此刻，花前月下、十指相扣的伊人就会从遥远的记忆中蹒跚而来，带着露水，带着花香，带着小红马清脆的响铃，在一片蔚蓝里蹁跹起舞。谁能守住如此美妙的瞬间，谁就守住了高原盛大的温暖"。可以看到，尽管在作者心中天堂般的草原已经日益为旅游业和商业所侵蚀，但那里的底质和气韵仍在，而那些生活在这块土地上的底层文人的所看所感所思所想，这些文字就是见证之一。

山东回族作家王树理的《大道通天》是关于回族与移民主题的系列散文，立意在"既有记录整个族群通过正信正行的修为弘扬圣洁信仰的一面，更注重用鲜活的事实再现回族儿女与祖国同呼吸共命运、与时代同振幅的含义"②。当然，文集关涉到穆斯林诸多兄弟民族，他们的历史、文化、古迹、风俗和当代生活，作者以质朴的文字表达真实的情感与忧思，可谓相得益彰。与王树理综揽古今与中外的题材不同，谭功才（土家族）的非虚构散文集《鲍坪》则通过地理、人物、风俗、风物不同的方面，集中笔墨细描鄂西乡下一个小村庄的时间地理与日常人文。他在开篇《在异乡》的诗中写道："在祖国的河流上/在大风吹过的早晨，在缓缓驶过的轮船上/雨水让我想起湖北，洪峰拐弯之处/在粤语南国，在番石榴飘香的中山/在栖居之斗室，在宽大的书桌前：叹息。/故乡是一个名词，活在祖先的墓地，活在/女儿出生证籍贯之一栏，活在地图标注之一点/活在我未能完全遮盖的口音里，活在云横之岭南/在岭南，我一路搬迁的肉体不再迁移/一只蜗牛，背上潮湿而脆弱的家园。"③ 与王小忠在本土行走不同，这是一个生活在广东中山的"离散"恩施

---

① 王小忠：《时光里的尕海湖》，见《静静守望太阳神：行走甘南》，深圳：海天出版社 2015 年版，第 8 页。本文涉及王小忠作品引文均来自此散文集，不再一一标注。
② 王树理：《大道通天》，北京：线装书局 2015 年版，第 256 页。
③ 谭功才：《鲍坪》，桂林：漓江出版社 2013 年版，第 1 页。

作家回望故乡的深情吟唱。但是，"作者没有呼天抢地，没有申告呼吁，没有叹息哀婉，没有涕泪涟涟，甚至很多时候是充满幽默和喜感的。他只是默默地、忠实地再现记忆，尽可能地试图呈现真实，却自有一种直指人心的力量如暗潮涌动，这是节制的艺术"①。在这种节制中，可以看到皇天后土、乡土中国的温厚稳固的根性，也正是这样的根性使得在面临当代社会的诸种堪称天翻地覆的变革中的，虽然很难清晰定义却依然可以感受到的、我们称之为"民族性"的东西，不至于荡然无存，反而成为在庸常琐碎、奔波劳碌的生活中带来慰藉的源泉。

六、结语

通过以上的观察，可以看到现实在当下少数民族文学的书写当中，呈现出现实主义的不同变体。它们或者竭力平视使之等同于现实，这是对来源于现实又高于现实的现实主义经典律令的转移，却有可能在技术性的精确中放逐了目的和伦理旨归，从而使得价值判断远离，而让文学成为一种平面的反映之镜；或者低于现实，而刻意谋求某种巨细无遗的"真实性"，但是在追影摹踪上，书写永远跟不上外在世界的纷繁复杂，尤其是当摄影、电视、网络已经全面侵占到原先许多属于文学的领地的时候，文字的技术无法匹敌声光影像的立体式呈现。如此种种，会带来片段化的现实书写。诚然，文学中的现实从来都是片面的，但在它的片面之中一定要有种现实感，这种现实感使得一面镜子可以照见大千，一滴水可以折射阳光。当下少数民族文学的一种显著趋势就是对传统的迷恋，这个传统内在地包含了族群、地域、宗教、时代的因素，它往往由于情感认同的作用而被赋予压倒一切甚至发展权的价值。极端的传统主义者意味着对外在不同于自身的一切抱有本能的怀疑，对理智的自觉选择有着非理性的拒斥，那些高声大喊、自我标榜的浪漫主义者的后裔们对现实的变化视而不见，听而不闻，有意背过脸去，只对自己一厢情愿的狭隘内心说话。这只会使得原本充满各种可能性的少数民族文学狭隘化和封闭化。

所有的现实主义及其变体的根本关切在于"现实"，这种现实既包含信息社会的媒体呈现的编辑与整合过的新闻现实，也包括社会中人所无时无刻不在经历与体验着的心理与情感现实，更主要的是隐藏在纷繁复杂的社会与人物事象背后的社会结构性现实。真正的现实感要求有一种卢卡契（Georg Lu-

---

① 刘川鄂：《那一抹挥不去的"乡愁"——序谭功才乡土散文集〈鲍坪〉》，见《鲍坪》，桂林：漓江出版社 2013 年版，第 6 页。

acs，1885—1971）所说的整体对各个部分的全面的决定性的统治地位："假若一个作家致力于如实地把握和描写真实的现实，就是说，假若他确实是一个现实主义作家，那么现实的客观整体性问题就起决定性的作用。"① 即社会生活中的孤立事实不能通过自身得到说明，而必须把它作为历史发展的环节，并把它归结为一个总体的情况，即与总体相联系才可以得到揭示。这样的话，对于事实的认识才能成为对现实的认识，这才是现实主义的内容本质所在。另一方面，如同布莱希特（Bertolt Brecht，1898—1956）所说，艺术之中的现实主义者，也是一个艺术之外的现实主义者。现实主义写作方法不应该拘泥于 19 世纪现实主义的陈规，而要因应现实的变化发展出自己的广阔性与多样性："关于文学形式，必须去问现实，而不是去问美学，也不是去问现实主义美学。人们能够采用多种方式埋没真理，也能够采用多种方式说出真理。我们根据斗争的需要，来制定我们的美学，像制定道德观念一样。"② 卢卡契与布莱希特观点的结合，也是我对近年来少数民族文学现实主义复归所抱有的期望，即一方面期待它摆脱关于现实本质主义式的执念，另一方面希望它不偏执于建构主义式的幻想，而将现实感落实到对于某个民族历史进程的体认、现实语境中横向交往的理解，进而全面、立体、完整地进行呈现、再现与表现。

---

① 格奥尔格·卢卡契：《问题在于现实主义》，见中国社会科学院外国文学研究所、外国文学研究资料丛书编辑委员会编，张黎编选：《表现主义论争》，上海：华东师范大学出版社 1992 年版，第 156 页。

② 贝托特·布莱希特：《论现实主义写作方法》，见中国社会科学院外国文学研究所、外国文学研究资料丛书编辑委员会编，张黎编选：《表现主义论争》，上海：华东师范大学出版社 1992 年版，第 324 页。

下编　批评话语

第九章　中国多民族文学论坛：记录与行动*

缘　起

2004 年 11 月 12 日至 14 日，由中国社会科学院《民族文学研究》编辑部与成都数家高校联合创办的"中国多民族文学论坛"在四川大学召开。这个当时并不太引人注目的学术活动，在日后却显示出在中国文学研究中的转折意义，尽管它所包含的深刻学术史意义尚没有充分体现，但人们已经日益感受到它所彰显和生发的许多命题在未来的中国文学研究学科中越来越重要的位置：虽然是从较为被人忽视的"多民族文学"入手，却又超出了某个具体民族的界限，而关乎重新认识"中国文学"的命题。

这个命题的源起，从文学学科内部来说起于双重的危机意识：一方面是原先的少数民族文学学科倾向于民间文学、口头文学和文学史的研究，集中于族别文学，客观上自我边缘化了，缺少与其他学科的对话；另一方面，"中国文学"一级学科下属的各级学科在现代形成的文学观念中，对于少数民族文学合法性的质疑根深蒂固。而从文学的发展现实及其与外部世界的关系来看，新世纪以来少数民族文学出现了新一轮的创作与出版热潮，少数民族文化与精神资源也成为主流文学的重要创作来源，这种现象背后当然有着复杂的政治、经济原因，因而从理论上进行批评和总结也成为现实的需求。

20 世纪中叶创立的少数民族文学学科最初主要集中于少数民族文学史的材料收集和编纂，到 80 年代当代少数民族文学批评及理论建设方兴未艾，然而，对于少数民族文学的理性阐释却极其缺失。人们要探讨少数民族文学创作，还往往会被"什么是少数民族作家文学"一类的初级问题所困扰，很大程度上批评话语系统跟着主流理论浪潮随波逐流。因而，总是处于迟到与滞

---

　　* 本章原是为汤晓青主编《全球语境与本土话语：中国多民族文学论坛十年精选集》所作的序言，该书 2014 年 7 月由社会科学文献出版社出版。2015 年最后一次论坛召开后，我又作了一些增补修订，算是对新世纪以来最为重要的少数民族文学学术活动的脉络梳理、流变勾勒与意义总结。

后的状态，少数民族文学自身也没有产生可以影响到其他文学门类的批评视角与方法。1986 年初由中国作家协会《民族文学》杂志社在京举办的中国有史以来第一次"少数民族文学理论研讨会"，虽然谈不上有根本性的理论建树，却的确具有筚路蓝缕、投石问路、解疑释惑、正本清源的开拓之功。而此后 20 年，这些理论成果淹没在风起云涌的各类"文化热"中诞生的话语洪流之中。

为应对少数民族文学创作的态势和建立相应的批评话语与理论探讨，"中国多民族文学论坛"以"多民族"取代"少数民族"，有意纳入宏观的全球视野，以跨学科的意识，自觉地跨越边界、填平鸿沟，力图打破文学研究各个领域存在的画地为牢、闭关自守的局面，从而达到让独具中国文学特色的少数民族文学走出民族院校、边疆地区，而成为一种文化与文学常识的目的。经过多年来的努力和推进，"中国多民族文学论坛"先后与成都、南宁、西宁、桂林、昆明、乌鲁木齐、喀什、赤峰、太原等地高校、文联和作家协会等组织机构合作，召开了 12 次，与会人员包括来自全国各地各个民族的专家、学者、作家一千余人次。任何一个严肃可靠的文学写作、批评和研究者，都不能忽略这一逐渐崛起的话语——它已经成为民族文学研究乃至中国文学研究的一个品牌，构成了观察新世纪以来中国文学研究格局的一个节点。

历届论坛回眸

回顾论坛的 12 年之路，可以看出，每一届论坛议题的变化，都是一个逐渐深入的过程。从最开始的问题的提出，到概念的倡导，到新的思索，收获颇丰，其中的理论成果和对学术著作出版的推动，更是让人欣慰。

2004 年，成都第一届论坛由中国社会科学院《民族文学研究》编辑部与四川大学、四川作家协会、西南民族大学、四川师范大学等机构筹备数年创办，关纪新、汤晓青、徐新建等人起到了重要作用，与会的人员包括阿来、曹顺庆、包明德、毛建华、徐其超、罗庆春、唐小林、毛迅、黎风、张直心、彭兆荣、赵志忠、张泽忠、德吉草、夏敏、陆卓宁、李怡、马有义、姚新勇、冉云飞、梁昭、李骞、徐希平、色波、栗原小荻、白朗、李晓峰、马绍玺、潘年英、欧阳可惺、黄伟林、刘大先、周翔、高荷红等人，随着此后论坛规模的壮大，这些人中的大多数成为骨干人员。第一届论坛但开风气，主要是对既往民族文学理论建设的得失进行探讨与总结，论题被归入"概念、现状与批评""作家、时代与使命""理论、比较与兼容"三方面的七项议题，都是当代少数民族作家文学批评和理论建设的热点。通过对少数民族文学概念的重新把握，对当代少数民族文学批评中存在的少数民族文学独特批评框架和话语系统的匮乏，缺少多重知识结构的融会贯通，批评范本的缺失，感情关注与身份基点的迷惘，与外来理论对接的不足等，有了清醒认识。论坛实施的"圆桌会议"形式，为学者们提供畅所欲言、激烈争论、充分交流的场地。与会者来自古代文学、现当代文学、文学理论、比较文学、人类学、少数民族文学等学科，不同的学术视角和研究方法相互启迪。而作家与批评家的对话，对于民族母语创作的得失和发展前景的探讨也颇有意义。这种格局，体现了少数民族文学学术具有的跨学科、跨语言、跨文化的学科特色。

2005 年，南宁第二届论坛由中国社会科学院《民族文学研究》编辑部、广西作家协会、广西民族大学联合举办，新加入的成员包括张燕玲、冯艺、鬼子、凡一平、容本镇、蓝怀昌、黄佩华、刘川鄂、吴投文、李建平、徐文海、杨霞、冉隆中、马明奎、余达忠、韩春萍、徐萍、王素敏、马光兴、吴道毅等。议题包括"多元文化与民族文学批评及其学科理论探讨""民族作家身份认同问题""中国多民族作家研究与批评"等板块。关于民族国家体制下中国少数民族文学学科起源和本质的反思，是探讨得较为深入的话题。对权力和知识的互动关系的探索，体现出民族文学批评理论的话语自觉。由掌握本民族语言又掌握汉语的不同民族研究者对少数民族文学的双语写作问题加以分析，倡导以多元文化的理念搭建对母语文学的关注与平等对话的平台等话题引起共鸣。由于有许多本地作家参与，关于壮族及南方少数民族当代文学创作与批评的话题是本届论坛的亮点。

2006 年，西宁第三届论坛由中国社会科学院《民族文学研究》编辑部、青海省文联、青海民族大学联合举办。除了上两届人员之外，新加入的学者包括宁梅、白晓霞、黄晓娟、李华、杨文笔、张薇、严英秀、蔡贻象、朱霞、霍福、李鸿然、达伍·扎西、马志俊、依克巴尔·吐尔逊、毛艳、马梅萍、王锋、索南丹巴、赵慧等，论题也具有较强的联系西北地域文学和民族文学的特点。与会者就"民族文学批评理论""跨学科学术视野中的民间文学生态"，以及"西部开发与民族文学书写"等论题进行探讨。此次论坛议题集中在关于"中华多民族文学史观"的提出与确立。学者们对此有了比较一致的认识，也开始在各自的研究或理论探索中体现出其学术追求。可以看到论坛在话题上的延续性和稳步推进：第一届论坛提出"重写文学史"话题，主要是认识上的沟通；第二届论坛关于学科建设的反思，已经注重在理论层面的梳理和挖掘；第三届论坛关于"多民族文学史观"的提出与研讨，则带有更强的实践性。

2007 年，成都第四届论坛由中国社会科学院《民族文学研究》编辑部、四川省作家协会《当代文坛》编辑部、四川省中国现当代文学研究会、西南民族大学、四川大学文学与新闻学院、四川师范大学文学院等单位共同主办，由西南民族大学文学院承办。新参加的学者、作家包括吉狄马加、意西泽仁、梁庭望、纳张元、罗宗宇、吴刚、李光一、佟进军、安少龙、周建江、马卫华、晁正蓉、李祥林、李春霞、周芳芸、曹万生、阿牛木支、李光荣、杨荣、贾剑秋、涂鸿、郑靖茹、刘波、文培红、谷云龙、傈伍拉且、李炬、汤巧巧、王菊等。会议主题是"多民族文学史观与文化多样性"，并设置了"中华多民族文学史观的理论建构与思考""文化多样性守望与少数民族文学功能""民族文学关系研究的学理阐释""多民族文学史观维系下的民族母语写作""西南各民族的文化生态与书写"等主题。与会者达成共识：中国文化史自古以来就是中国境内各民族共同缔造的"多元一体"的历史，中华文学史自然也应当是多民族以多语种、多样式、多风格以及多种精神传统共同创造的文学史的有机整合。构建中华多民族文学史观，加强多民族文学史研究与撰写，对推动中国境内各民族文学互动互补、互益互生从而共同繁荣，具有重要意义和价值。

2008年，乌鲁木齐第五届论坛由中国社会科学院《民族文学研究》编辑部、新疆大学人文学院联合主办。新参加人员包括阿扎提·苏里坦、阿尔斯兰·阿布都拉、麦麦提·吾休尔、贾一心、李菲、刘珩、安琪、韩英姬、热依汗·卡德尔、刘红、张景忠、昂自明、刘俐俐、权雅宁、杨曦、王立杰、古丽娜尔、王立杰、张春梅、马提卡比力、吴晓棠、祁晓冰、冯冠军、王志强、买提吐尔逊·艾力、宝音达、张华、阿不里克木等。中华多民族文学史观、少数民族文学研究的公共性意义、少数民族文学个案研究与理论升华等引起了热烈讨论，各民族古典文学、当代文学、民间文学研究使本届论坛具有地域特色。中华多民族文学史观讨论的进一步深化，表现出对于理论问题具体化的个案研究诉求，促进了少数民族文学公共性的提出，展开了从人类学、文艺学、比较文学等角度对多民族文学史观的切磋。传统的断裂与继承、民族性与现代性、交流与融通，这些民族文学的根本性课题是关注的重点。来自现当代文学研究的学者从鲜活的批评现场提供了可行的理路，对后殖民理论的借鉴与批判、民族国家中少数族群文学的民族意识问题、民族志书写的观照、少数民族母语写作与翻译等，都有新的成果。

2009年，昆明第六届论坛由中国社会科学院《民族文学研究》编辑部、云南民族大学人文学院共同主办，新参加学者包括王本朝、席扬、邵宁宁、张永刚、杨玉梅、胡沛萍、昂其珍、陈勇志、王学振、尹晓琳、袁向东、高建新、刘伟、银浩、黄玲、王璐、詹玲、钱文霞、路芳等。本届论坛继续鼓励对中华民族多元一体格局的思考，把握其认同一体性与文化多元性。少数民族文学及文化的翻译与沟通、各民族文学关系及相互理解、边地少数民族文学创作与评论、各民族作家群研究，都得到关注。与会者着重讨论了"多民族文学"与"少数民族文学"概念，提出民族文学文本的民族志价值及其研究方法，阐发了对民族文学作家历史观与历史叙述的考量价值，还讨论了民族文学多重创作视野、创作目标的问题。论坛在当代少数民族文学的批评讨论中引发了一些新问题，例如提出对单边叙事特征的考量，身份认同与危机等。

2010年，桂林第七届论坛由中国社会科学院《民族文学研究》编辑部会同广西师范大学文学院联合主办。新参加学者包括王德明、覃德清、凌宇、罗安平、杨剑龙、石兴泽、郭崇林、马云、谭桂林、魏韶华、陈红旗、何圣伦、周建军、张丽军、杨亭、李瑛、傅学敏、温存超、王瑜、李小凤等。值得注意的是，本次论坛特别邀请了部分国内综合性高校从事中文教学的教授参加，并将论坛议题挪移到一个新的层面，即"如何在综合性高校推进中华多民族文学教学"。随着学界近年来的观念嬗变，这个话题已经愈来愈为身在中国文学史教学一线的老师所关切和思索。与会者就在授课中怎样普及与强化中华多民族文学史观，在有少数民族语言文学专业的本科及硕博研究生教育的学校如何实施此项教育，在普通高校中文系如何传授中华多民族文学史观与中华多民族文学内容，普通高校中文系如何培养能够讲授包含多民族文学内容的中国文学史课程的师资，普通高校中文系如何选取涵盖中华多民族文学的教材等具体的措施进行了具有实践意义的探讨。

2011年，赤峰第八届论坛由中国社会科学院《民族文学研究》编辑部、内蒙古赤峰学院共同主办。新参加学者包括王霄冰、郭万金、汤哲声、丁琪、杜改俊、贺·赛音朝克图、胡谱忠、李艳梅、蔺文龙、龙仙艳、吕双伟、毛巧晖、孟庆澍、陈珏、特·额尔敦巴根、王宝琴、晏妮、于东新、陈忻、阿比旦、胡格吉乐图、拉给苏荣、哈斯其木格、敖敦、乌云其其格、额尔顿哈达、郝青云等。主要包括三个议题：第一，"文化认同与身份问题"，鉴于现代民族身份及其文化选择的复杂性，文化认同与身份问题在研究少数民族文化、文学、作家领域中越来越突显其重要性，论坛主要从文本层面、方法论层面和建构层面探讨相关问题；第二，"多民族史观的发端、发展和展望"，主要从整体性建构、政治文化性建构和历史民族语境建构方面进行讨论；第三，"少数民族文学的'空间'话语"，讨论了整体性"空间"话语研究、地理性"空间"话语研究、历史性"空间"话语研究和民族性"空间"话语研究这四个方面。另外，蒙古族学者的参与让有关蒙古古典文学、民间文学和现当代文学的最新研究成果得到了集中展现。

2012 年，喀什第九届论坛由中国社会科学院《民族文学研究》编辑部、喀什师范学院人文系共同主办，新疆作家协会、新疆大学人文学院协办。新参加学者包括范子烨、董炳月、刘毓庆、艾尔肯·吾买尔、王立胜、亚生江·沙地克、付海鸿、熊家良、朱丽晓、刘惠卿、陈芷凡、陈建宪、王明科、阿丽亚·阿布都拉、王佑夫、罗浩波等。论坛主题为"多民族文学研究的理论与方法"，具体分为三个议题，即民族政策与民族文学：多民族国家的文学表述问题；民族书写：如何看待作家文学与民间传统；新疆多民族文学研究及评论。整体上论坛呈现出"新老交替"的局面：一是老成员新成果，老成员是基本力量，他们带来了很多新成果，如李晓峰、刘大先的《中华多民族文学史观及相关问题研究》① 试图把史观看成一个世界观，一个完整的民族文化观，一个整体地看待多民族社会历史现状的理论工具。还有欧阳可惺、王敏的《"走出"的批评：当代少数民族文学批评的阐释与实践》② 等。更可贵的是对现实的关怀与反思，像关纪新对民族政策的追问有助于促进少数民族文学研究反作用于现实。二是老学科新提问，如跨境民族文学的比较研究、借鉴西方利用物质媒体复制传播中国多民族文学经典、王佑夫中国民族文学理论重大课题的研究等，都对多民族文学研究作了开拓。三是老地域新扩展，中国多民族文学论坛的特点之一就在于走出书斋、跨越区域。四是老议题新争论，具体表现在探讨了多民族文学理论研究如何构建、多民族文学史如何编撰，以及民族多元怎样由"各美其美"到"美人之美"进一步发展等诸多方面。

2013 年，太原第十届论坛由中国社会科学院《民族文学研究》编辑部、山西大学文学院、辽金文学学会共同主办。新参加人员包括杨彬、杜国景、张晶、胡传志、多洛肯、李瑞卿、钟进文、唐红梅、陆凌霄、刘玲娣、杨宁宁、赵延花、周肖肖、邱婧、刘家民、刘洁、谢淑玲、龚举善、崔荣、叶淑媛、冯淑然、冯文开、樊义红、张哲等。本次论坛与辽宋金元学会合作，是试图沟通古典文学研究与少数民族文学研究的一种努力，议题有针对性地设置为三项：古今中西之争与中国多民族文学的历史线索、十年来中国多民族文学研究的比较性议题与个案研究、辽宋金元各族群文学的互动交流。论坛

---

① 李晓峰、刘大先：《中华多民族文学史观及相关问题研究》，北京：中国社会科学出版社 2012 年版。

② 欧阳可惺、王敏：《"走出"的批评：当代少数民族文学批评的阐释与实践》，乌鲁木齐：新疆大学出版社 2011 年版。

上，张杰、李琦运用文献计量学原理，从载文数量、栏目设置、作者民族及地域分布、引文数量及类型等角度，对《民族文学研究》从 1983—2012 年这30 年间所刊载的 131 期论文进行定量的统计与分析，为今后的少数民族文学研究提供了一定的数据参考。[①] 研究表明，《民族文学研究》同多民族文学论坛一样，正处于承上启下的历史节点，如何打破目前整个研究范式依然存在整体性的陈旧局面，成为大家关心的焦点。

2014 年，大连第十一届论坛由中国社会科学院《民族文学研究》编辑部、大连民族学院共同主办。新参加人员包括卓玛、王志清、吴哈斯塔娜、田梦、李柯、何圣伦、李国太、赵锐、张玉、张羽华、张琼洁、张立群、张放、段炳昌、于东新、杨红、谢淑玲、王玉、吴中胜、王敏、汪亭存、谢刚、赵秀丽、孙诗尧、李元乔、穆宏燕、包海青、刘霞、刘嘉伟、林琳、李晓梅、李娜、李苗苗、金学泉、江震龙、王启凡、汪荣、王治国、罗义华、郭晓婷、冷纪平、傅钱余、郭明军、杨一男、魏永贵、闫姗姗、车红梅、肖远平、杜文学、杨树喆、安少龙、陈永香、杨荣昌、陈玲玲、孙宏哲、宋晓云、刘振伟、韩传喜、曾江、郝欣、曹崎明、郑荣健等。本次论坛上，共有六项国家社科基金重大项目的研究团队参加，分别是"《中国少数民族文学理论批评文库》编纂与研究""中国多民族文学的共同发展研究""新中国少数民族文学研究史（1949—2009）""柯尔克孜族百科全书《玛纳斯》综合研究""甘青川藏族口传文化汇典""胡仁乌力格尔（300 部）整理与研究"。本届论坛主题分为四个方面，即马克思主义视野下的民族文学研究，新世纪少数民族文学批评的动态、趋势与理论总结，少数民族文学研究的回顾，多民族文学论坛的学术反思。在对少数民族文学研究的回顾和总结中，与会学者回顾了 20世纪以来的少数民族文学总体研究、新世纪少数民族文学批评、藏族文学、彝族文学、蒙古族文学、仫佬族文学、哈萨克族文学、新疆多民族文学、西南多民族文学、东北三少民族文学、少数民族女性文学、少数民族生态文学等学术研究的成就与不足。对少数民族文学研究各个领域包括从少数民族文学到多民族文学概念转换折射出学科观念的发展的学理总结和阐释进行了讨论。学者们一致认为，多民族文学是一个高于少数民族文学与汉族文学的文学共同体。多民族文学以及多民族文学史观的提出，标志着少数民族文学研究观念和范式的重大转型。"马克思主义视野下的民族文学研究"是此次论坛的主题之一，与会学者重点探讨了在统一的多民族社会主义国家中，少数民

---

① 张杰、李琦：《开榛辟莽三十年，聚沙成塔惠学林：1983—2012〈民族文学研究〉刊发文章的数据分析》，《民族文学研究》2013 年第 5 期。

族文学与中国文学思潮，与近代中国政治、社会、文化思潮的关系，少数民族文学在统一的多民族国家建构中所发挥的作用、地位和价值。

2015 年，贵阳第十二届论坛由中国社会科学院《民族文学研究》编辑部、贵州民族大学联合主办，在贵阳和榕江两地召开。会议收到来自全国各地高校与科研机构的论文 130 余篇，共有 90 余名学者到会参与讨论。会议议题原先设计为五个部分，分别是"重返 80 年代""多民族文学理论建构""多民族文学教育研究""多民族文学比较研究"和"西南多民族文学研究"。从与会者的反馈来看，更多集中于学术史回顾与反思的"重返 80 年代"议题和多民族文学个案研究，尤其是以贵州为中心的西南民族口头与作家文学讨论。因为种种原因，此次论坛也是"中国多民族文学论坛"的最后一届，但积累的学术资源几乎都被中国少数民族文学学会的年会所继承。

三个阶段的稳步推进

"多民族文学"的提法是对"少数民族文学"提法的一种突破，体现了跨学科视野下从多样性的民族、语言、历史角度重新解读中国文学与文化的遗产，实现古与今、中与西、文学与生活之间勾连的企图。参与者从故事学、人类学、历史学等多种角度论述了作为"中国文学"之"多民族文学"体现出的强烈的国家性和当代性，是构建和谐中国、统一中国的重要文化动因。而更进一步的学术史意义在于，中国多民族文学论坛通过一种溢出于既有文学研究范式的创造，尝试摸索一条研究中国文学的崭新路径，尽管"路曼曼其修远兮"，尚没有形成某种具有典范意义的理论范式，却已经在不经意间撬动了原先主流文学与少数民族文学之间壁垒森严的局面，让它们可以共享彼此的思想成果。可以说，新世纪初 12 年的中国多民族文学论坛见证了一个时代文学批评与研究发展和转型的踪迹，预示了一种无法抗拒的文学研究革新潮流已然到来。

从历时的角度，论坛十二年可以粗略分为三个发展阶段，第一阶段是从 2004 年到 2006 年，是论坛的草创期。所谓"嘤其鸣矣求其友声"，关纪新、徐新建、汤晓青等人最初起意，主要是突破既有少数民族文学研究囿于学科的界限，以引起兄弟学科关注为目的，逐步向各个主流学科，尤其是向文艺学、民俗学、古代文学、现当代文学、比较文学等领域渗透，并在文化遗产的发掘、整理、保护和少数民族文学创作兴盛的背景下，从文化多样性的角度出发，重新打造一种符合少数民族文学时代发展的研究方法和理论。主要参与者刘大先、姚新勇、彭兆荣、李晓峰、罗庆春等是来自于少数民族文学、比较文学、人类学、现当代文学领域内有着变革既有学术格局愿望的中青年学者，且已经在各自领域取得了一定的学术成就。这个阶段与论坛相关的成果包括姚新勇获得的国家社科基金项目"转型期中国文学与边缘区域及少数民族文化关系研究"，关纪新获得的国家社科基金项目"满族小说与中华文化"，出版的主要著作包括李鸿然《中国当代少数民族文学史论》①、张直心《边地梦寻——一种边缘文学经验与文化记忆的探勘》②、吴道毅《南方民族作家文学创作论》③ 等。

　　第二阶段，2007 年到 2010 年是论坛的发展期。经过几年的积累，统一共识，逐渐从国家文学的角度谈论少数民族文学，确立了讨论"中华多民族文学史观"的话题，紧接着《民族文学研究》杂志开辟"创建并确立中华多民族文学史观"的专栏，与会的专家学者纷纷撰文表述相关观点。如同关纪新所说，之所以要确立"中华多民族文学史观"，实在是因为当下的时代和学界，需要这样一种观念来支撑与完善自己的思维。确立中华多民族文学史观，包含四个方面的意义：完善知识结构、补充历史书写、提升学术基点、丰富科学理念。确立中华多民族文学史观的任务，已经历史性地落在了当代学人们的肩头。这既是文学研究界的当务之急，又是一项可能需要通过长久努力才能达到的目标。他强调了少数民族文学研究与传统的中国文学研究界积极沟通的重要性，呼吁研究者应当走出去，介绍民族文学研究成就，宣扬古往今来兄弟民族的文学业绩。同时强调民族文学界也该注意防止故步自封于一孔之见。在 2009 年的桂林会议上，与会专家普遍认为在国内综合性高等院校普遍开设民族理论与民族文化课程的过程中，国内综合性高等院校的本科阶段的中文专业，也应当普遍加开中华多民族文学的课程。论坛的影响力逐渐增大，《文艺报》《中国民族报》《北方民族大学学报》《百色学院学报》等陆续加以报道或者开设专栏，"多民族文学"的观念也从少数民族及地方院校扩展开来。论坛相关成果有李晓峰获得的国家社科基金项目"中华多民族文学史观及相关问题研究"，姚新勇获得的国家社科基金项目"转型期'民族文学'与'文化民族主义'"，欧阳可惺获得的国家社科基金项目"当代少数民族文学批评与民族主义意识形态研究"，出版的著作主要包括马绍玺《在他者

　　① 李鸿然：《中国当代少数民族文学史论》，昆明：云南教育出版社 2004 年版。
　　② 张直心：《边地梦寻——一种边缘文学经验与文化记忆的探勘》，北京：人民文学出版社 2006 年版。
　　③ 吴道毅：《南方民族作家文学创作论》，北京：民族出版社 2006 年版。

的视域中：全球化时代的少数民族诗歌》①、徐新建《全球语境与本土认同：比较文学与族群研究》②、丹珍草（杨霞）《藏族当代作家汉语创作论》③、陈祖君《汉语文学期刊影响下的中国当代少数民族文学》④、吴道毅《当代湖北民族作家文学研究》⑤、姚新勇《寻找：共同的宿命与碰撞：转型期中国文学多族群及边缘区域文化关系研究》⑥、汤晓青《多元文化格局中的民族文学研究：中国社会科学院民族文学研究所建所 30 周年论文集》⑦ 等。

第三阶段是从 2011 年到 2015 年，是论坛的收获期，议题主要转向多民族文学理论。论坛此阶段发展表现出三个特点：一是许多综合性院校如暨南大学、南开大学、苏州大学、浙江大学、内蒙古大学、宁夏大学、新疆大学、湖南大学、首都师范大学、福建师范大学、安徽师范大学、云南师范大学、广西师范大学等高校也有相关学科的学者逐渐参与进来，并且与台湾的相关学者建立了比较稳定的学术联系；二是在论坛创立的学者的带领下，年青一代的学者开始成长，如中国社会科学院民族文学研究所的杨霞、刘大先、周翔、吴刚，四川大学徐新建与厦门大学彭兆荣的学术团队，西南民族大学罗庆春、南开大学刘俐俐、暨南大学姚新勇等各自培养了一批从事多民族文学研究的博士与硕士研究生，为民族文学研究的梯队建设奠定了基础；三是开始与中国作家协会合作，在学术倾向上逐渐由最初较为芜杂的多方跨学科探索，逐渐集中到现当代文学与批评理论建设，并以其为中心辐射到人类学、民俗学、影视文学等领域。学术成果包括徐新建领衔获得的国家社科基金重大招标项目"中国多民族文学的共同发展研究"、国家社科基金后期资助项目"多民族国家的文学和文化"，王佑夫领衔获得的国家社科基金重大招标项目"《中国少数民族文学理论批评文库》编纂与研究"，刘大先获得的国家社科基金项目"晚清民国旗人书面文学的现代演变研究（1840—1949）"，李骞获得的国家社科基金项目"当代大凉山彝族诗人群研究"。出版的主要著作包括

———————

① 马绍玺：《在他者的视域中：全球化时代的少数民族诗歌》，北京：社会科学文献出版社 2007 年版。

② 徐新建：《全球语境与本土认同：比较文学与族群研究》，成都：巴蜀书社 2008 年版。

③ 丹珍草：《藏族当代作家汉语创作论》，北京：民族出版社 2008 年版。

④ 陈祖君：《汉语文学期刊影响下的中国当代少数民族文学》，北京：中国社会科学出版社 2009 年版。

⑤ 吴道毅：《当代湖北民族作家文学研究》，北京：学苑出版社 2009 年版。

⑥ 姚新勇：《寻找：共同的宿命与碰撞：转型期中国文学多族群及边缘区域文化关系研究》，北京：中国社会科学出版社 2010 年版。

⑦ 汤晓青：《多元文化格局中的民族文学研究：中国社会科学院民族文学研究所建所 30 周年论文集》，北京：中国社会科学出版社 2010 年版。

李长中主编的《生态批评与民族文学研究》①，杨彬、田美丽、沙媛合著的《中国当代少数民族小说的审美特色研究》②，钟进文主编的《中国人口较少民族书面文学研究》③，刘大先《现代中国与少数民族文学》④《文学的共和》⑤和《本土的张力：比较视野下的民族文学研究》⑥，欧阳可惺、王敏合著的《"走出"的批评：当代少数民族文学批评的阐释与实践》⑦，李晓峰、刘大先合著的《多民族文学史观与中国文学研究范式转型》⑧等。可以看到经过数年的沉淀，中国多民族文学论坛出现了井喷式的成果，一些核心命题如"多民族文学史观"得到了全面的阐述，"少数民族文学"的学术史脉络也有了富于学理性的清理，巩固了学科队伍。同时从国家社会科学基金和教育部人文社科基金的项目规划来看，中国多民族文学论坛尽管依然并非主流，但它就如同一个处于关键位置的杠杆，撬动了整个中国文学研究的总体格局，让多民族文学的内容在国家学术规划中的权重有所增加。

结　语

应该说，中国多民族文学论坛的创办与发展虽然是中国少数民族文学学科的内部突破，却并非仅仅是一种内部的风景与小圈子闭门造车的产物，它是一群敏感的学者觉察到整个新世纪以来中国文学与文化话语整体走势的变迁，而刻意寻求学术研究范式转型的产物。因为痛感西方式的批评与理论话语在遭遇本土多样性文学现实时的无能为力，而本土气象的理论建构又无法从带有武断与霸权色彩的主流文学研究范式中获得，因而这些学者采取了"边锋突进"的方式——抛弃那些习以为常的、经过无数主流学者操练而显得"自然化"了的、得心应手的工具，径自从边缘、被忽视、地方性弱势的族群文学入手，以陌生化的、差异性的视角反观自身与中国文学乃至全球文学的总体及彼此之间的关联，从而努力恢复中国文学实际上的多样性存在。

---

① 李长中主编：《生态批评与民族文学研究》，北京：中国社会科学出版社 2012 年版。
② 杨彬、田美丽、沙媛：《中国当代少数民族小说的审美特色研究》，北京：中国社会科学出版社 2012 年版。
③ 钟进文主编：《中国人口较少民族书面文学研究》，北京：民族出版社 2012 年版。
④ 刘大先：《现代中国与少数民族文学》，北京：中国社会科学出版社 2013 年版。
⑤ 刘大先：《文学的共和》，北京：北京大学出版社 2014 年版。
⑥ 刘大先：《本土的张力：比较视野下的民族文学研究》，北京：中国社会科学出版社 2013 年版。
⑦ 欧阳可惺、王敏：《"走出"的批评：当代少数民族文学批评的阐释与实践》，乌鲁木齐：新疆大学出版社 2011 年版。
⑧ 李晓峰、刘大先：《多民族文学史观与中国文学研究范式转型》，北京：中国社会科学出版社 2016 年版。

当然，这种自觉并非从一开始就树立在每个论坛参与者的意识之中，然而事情在慢慢地起变化，因为参与本身就意味着行动，是一种创造当代学术史和文学史的实践。身处在历史中的人们就如同行走在群山中的旅客，一时还无法看清自己的位置和自己行为的意义，也许需要许多年之后才能明白它的深刻含义。基于这种历史的局限性，总结过往，瞻望前程，留贮记忆，立此存照，正是为一个时代的文学研究留下证词。凡走过的路，总会留下痕迹，它们标示了一群先行者自我牺牲的勇气，一个学科蜿蜒曲折的跋涉，同时也将证明一阵起于青萍之末的微风会如何引起蝴蝶效应般的涟漪。

第十章　多民族母语文学：文化动力与文学生活[*]

　　所谓多民族母语文学，是指中国境内除了通用的汉语之外，各民族使用自己民族的语言和文字创作的口头和书面文学。这是一个由来已久的文学事实，然而在主流文学批评和研究领域却始终没有成为引起广泛关注的学术命题。应该说，这是现代以来由西方移译转化而来的文学观念形成的典律和标准所形成的知识权力的结果——我们的教育、媒体、学术体系中常规化的"文学"更多以书面文学如小说、戏剧、诗歌、散文等现代文类作为主要内容，母语文学在这种文学理论法则中是作为亚文学形态出现的。

　　然而，新世纪以来的不同民族语种文学蓬勃发展的态势，已经让我们越来越无法闭目塞听，故步自封。一方面得益于中央文化方针和民族政策的扶持，比如《民族文学》的多种文字版的诞生；另一方面地方族群精英的文化自觉和自豪感的增强使其意识到较之于其他资源，文化同样是一种重要的资本，各种地方民族语文学杂志、书籍也大量出版。中国文学得以展开了它在汉语之外丰富复杂的面貌。维吾尔文、哈萨克文、蒙古文、藏文、彝文、朝鲜文、壮文、傣文等都产生了大量的作品，即便那些没有文字的民族也有自己丰富的母语口头文学传承。这些母语文学让中文不再仅仅是一般公众想象中的汉语，既丰富了中文的内涵与外延，也让中国文学具有了在文化内涵、美学品位、民俗趣味、民族特色、文体风格、修辞方式上的多层次多维度的拓展。

　　为什么要关注母语文学？显然这不光是民族平等政策在文学领域的反映，

---

　　* 本章原为在 2014 年 3 月西昌举办的"中国多民族母语文学研讨会"上的报告，后部分内容曾于 2014 年 4 月 16 日以《作为文化动力的多民族母语文学》发表在《文艺报》上，现纳入本书时作了大幅度增改。

也是对于中国当代文学复杂现实的敏感与尊重，因为不同语种的多民族文学所关联的世界观、人生观、价值观、历史观乃至家国观，是中国文学深厚的思想源泉和实践动力，许多语种比如柯尔克孜语、朝鲜语、哈萨克语、蒙古语等还涉及现实的地缘政治与文化交流。无论从何种意义上，中国多民族母语文学都到了不得不引起严肃的学理探讨的时候了。

母语是一种思维

文学是语言的艺术，两者之间的密切联系毋庸置疑。它们的关联并不仅仅是语言作为文学的表现工具，而是语言在根本的意义上构成了整个文学的形成方式、内容及内涵。20世纪哲学伴随着科学主义思潮发生了一个从认识论到语言论的转型，即语言不再被视为一种手段，而是一种方法论。经过结构主义和后结构主义的洗礼，人们普遍认识到我们都是通过语言来认识世界的，通过叙述来把握实在事物的，语言就是存在的家园。这种"语言学转向"对于人文社会科学带来的冲击是巨大的，它提醒人们认识到拥有何种语言就拥有何种看待世界的方式，语言实际上是一种思维。它是文化传承、知识生产的整体系统构成，与政治、审美、观念、心理、感情都息息相关。

上述说法来自于影响深远的萨丕尔—沃尔夫假说（Sapir-Whorf Hypothesis），这种未经证伪的假说认为，语言决定我们的思维方式，一种语言中存在的差异在其他任何一种语言中都无法找到。虽然萨丕尔强调不能肤浅地将语言与思维混同，思维不同于人为的语言，但他还是认为"言语似乎是通向思维的唯一途径"，"语言并不等于它的听觉符号"。[1] 而他的学生沃尔夫则推进了一步，认为"思维的问题是语言的问题"[2]，"一个人思维的形式受制于他没有意识到的固定的模式规律。这些规律就是他自己语言的复杂的系统，它目前尚未被认识，但只要将它与其他语言，特别是其他语族的语言做一公正的比较和对比，就会清楚地展示出来。他的思维本身就是用某种语言进行的——英语、梵语或汉语。而且，所有语言都是一个与其他语言不同的庞大的型式系统，这个型式系统包含了由文化规定的形式和范畴，个人不仅用这些形式和范畴进行交流，而且也通过它们分析自然、注意或忽略特定种类的关系和现象、引导推理过程、构筑自己意识的房屋"[3]。这种语言决定论和语

① 爱德华·萨丕尔：《语言论》，北京：商务印书馆1986年版，第14页。
② 本杰明·李·沃尔夫著，高一虹等译：《论语言、思维和现实：沃尔夫文集》，长沙：湖南教育出版社2001年版，第242页。
③ 本杰明·李·沃尔夫著，高一虹等译：《论语言、思维和现实：沃尔夫文集》，长沙：湖南教育出版社2001年版，第255－256页。

言相对论，从其思路的脉络和根源来说，也深受博厄斯文化相对主义的影响（萨丕尔即博厄斯的学生），因而自然导向了对于少数民族母语及其文学的再认识。

按照一般的观念，母语是指一个人自幼习得的语言，通常是其思维与交流的自然工具。按照萨丕尔—沃尔夫假说，母语在本体的意义上构成了操母语者最初的精神、情感、思想与心灵世界，这决定了母语文学的基本底质。表现于外在形式上，则构成了母语文学参差多态的美学风貌。母语的多样性和通用语的标准化之间因而构成了一定的张力结构，从而也为文学多样性提供了巨大的生存空间和展示平台。

多民族母语文学作为中国文学的丰富性构成，至少在两个层面上具有补充、充实、创造的功能。其一是它们各自以其具有地方性、族群性的内容，保存了不同文化、习俗、精神遗产的传统。如藏文、彝文、蒙古文、维吾尔文、突厥文、东巴文等都有丰富的典籍，《萨迦格言》、毕摩经书、《蒙古秘史》、《福乐智慧》、《突厥语大辞典》、东巴经书等，这些多元性存在打开了中原汉语言文学之外广阔的文学空间。其二是当掌握母语同时又掌握第二、第三种书写语言的作家，会将母语思维带入书写语言之中，让传统的母语书写文学、民间口头文学滋养着当代作家作品。比如我们会在蒙古族作家赛春嘎、巴布林贝赫、玛拉沁夫、阿尔泰，维吾尔作家穆塔里甫、阿拉提·阿斯木、麦买提明·吾守尔，哈萨克族作家唐加勒克、艾多斯·阿曼泰、壮汗，彝族的吉狄马加、阿库乌雾、贾瓦盘加、时长日黑，藏族的阿来、扎西达娃、次仁罗布、尼玛潘多等作家的作品中，读到有别于传统汉语文学的特点。这后一点尤为重要，应该说母语文学书写，从纵向历史发展来看，是对于传统母语文化的承传创变、革故鼎新；从横向的现代进程来看，为现代汉语的发展起到了促进和变革的作用，带来了新质，丰富了现代中文写作的内容和形式。

如果我们将眼光放到全球范围，就会发现多民族母语文学是一种世界性现象。以英语为例，俄裔美国作家纳博科夫的俄罗斯语、法语背景，让《洛丽塔》《微暗的火》为英语输入了新鲜血液；奈保尔、拉什迪、石黑一雄这三位移民英国的作家，将特立尼达和多巴哥、印度、日本的母语文化因子带入了英语文学世界；华裔美国作家赵建秀、汤婷婷、谭恩美的作品，中文或者已经不再是第一母语，但作为一种"积淀"性的文化记忆依然渗透到写作之中；随着新移民的增加，比如获得多项美国文学大奖的哈金，最初在中国大陆接受中文教育，其后来的英文写作就有很大程度上的母语痕迹，形成了一种独特的中式英语（Chinglish）特点……

在与他山之石的对比下，尽管中国文学中的多民族母语文学，与移民国家不同，除了如朝鲜族等不多的移民文学之外，绝大部分是世居民族，它们以其母语传统和新兴的母语文学创作在中国文学内部构成了本土话语的张力，让中国文学的话语模式和思维空间不再局限于汉文化。其意义从"长时段"的历史来看具有超越西方式民族国家文学的意味：中国已经不再是前现代时期的"帝国"，也不能简单比附为欧洲式的现代"民族国家"，而是内部包含着极其丰富复杂的各种共同体的特色性结构体系。

文学是一种记忆

1992 年，联合国环境与发展大会在巴西里约热内卢举行，通过了《生物多样性公约》。生物多样性是指在一定时间和地区中所有生物（动物、植物、微生物）物种及其遗传变异和生态系统的总称，包括基因、物种和生态系统多样性三个层次。生物多样性的重要意义在于能维持生态平衡，克服单一性所易于受到灭绝性危机的弊病。文化多样性观念从生物多样性理念中吸取营养，核心意义在于对文化多样性的维持，有利于防止在日益全球化、现代化、一体化的文化进程中的片面性、单向度、平面化的危机，后者正是人类精神颓败和文化衰退的根源。

中国的多民族社会具有天然的文化多样性资源，多民族母语文学便是其最直观与直接的体现。作为"中国记忆"的（非）物质文化遗产，如三大史诗，蒙古族的"江格尔"、藏族和蒙古族的"格萨（斯）尔"、柯尔克孜族的"玛纳斯"已经为人所熟知，还有各式各样的小型史诗与口头文学传承。如壮族的"莫一大王"，达斡尔的乌钦，彝族的支格阿龙史诗、"梅葛"……以傣族为例，一般大众可能只知道召树屯和孔雀公主的传说，但它还有"五大诗王"——《乌沙巴罗》《粘芭西顿》《兰嘎西贺》《巴塔麻嘎捧尚罗》《粘响》，六大悲剧叙事长诗——《葫芦信》《楠波冠》《宛纳与帕丽》《线绣》《娥妍与桑洛》《叶罕佐与冒弄决》等，以前这些作品都被放入边缘的"民间文学"或"民俗学"的角落中，如果要从母语文化记忆的角度加以研讨，则能得出融合特殊性和普遍性为一体的理论成果。

当代母语文学更是文学多样性的现场。据统计，2000 年以来，维吾尔族作家总共发表接近一百部中长篇小说，而 1971 年创刊的杂志《喀什噶尔》更是成为柯尔克孜、塔吉克、乌兹别克等多民族的文学园地。[①] 除了本身就有悠

---

① 姑丽娜尔在"中国多民族母语文学研讨会"上的报告，西昌学院，2014 年 3 月 14 日。

久母语书面文学传统的几大民族语种文学之外,原先只有口头文学的壮族,母语文学也有自己的新兴发展。壮族学者梳理过 1986 年创刊的壮文版《三月三》《广西民族报》等母语刊物的历史,壮文作品如蒙飞的长篇小说《节日》、石才以等人的《古荒河畔》等都获得了全国性的奖项。① 当代文学研究者如果忽略这些作品,不能不说是汉文文学中心论的偏颇,也不利于认识真正的中国文学现实版图。

涉及跨境民族时,情形更为有趣。比如苗族母语文学,有学者梳理了清中期以前的城步苗文、清末板塘苗文等的苗族母语文字历史,指出 1958 年中央人民政府主导的"新创苗文"在川黔滇次方言、黔东方言、湘西方言和滇东北次方言区使用后,一些民族自治区开办了苗文学校,唐春芳、燕宝、潘光华、王廷芳、石启贵等用苗文写作了许多作品。从国际上看,以"国际苗文"创作的作品,就有澳大利亚苗族作家李岩保的《谁之过》《苦难的生活》,美国苗族作家杨岩的《被剥夺的爱》、李哲翔的《孤儿》,泰国苗族作家玛茨的《回顾》,法国苗族作家李查盘夫人的《未选择的爱》,老挝苗族作家侯智的《你是谁的女儿》等。② 他们或者回顾迁徙的历史,或者讲述流散的生活,将国内外的苗语文学作比较,可以对主体、认同、历史、传统等全球性共通话题有更深刻的认识。

社会学家涂尔干曾经创造出"集体欢腾"(collective effervescence)的概念,指出与亲属、社区、宗教、政治组织、社会阶级等关联的集体欢腾是凝聚族群的关键——集体意识通过部落的庆典、仪式、舞蹈、宴会、节日、歌曲等对文化进行创造和更新。"在聚会上,团体成员通过表明其共同的信仰,使他们的信仰重新唤起了。如果任其自便,这种情感很快就会削弱;而要使之加强,只要有关的人聚集在一起,把他们置于一种更密切、更活跃的相互关系中就足够了","古往今来,我们看到社会始终在不断从普通事物中创造出神圣事物"。③ 而在与狂欢相区别的日常状态中,文化是如何维持的呢? 涂尔干的学生哈布瓦赫发明了"集体记忆"的概念:"存在着一个所谓的集体记忆和记忆的社会框架;从而,我们的个体思想将自身置于这些框架内,并汇入到能够进行回忆的记忆中去","个体通过把自己置于群体的位置来进行回忆,但也可以确信,群体的记忆是通过个体记忆来实现的,并且在个体记忆

---

① 陆晓芹在"中国多民族母语文学研讨会"上的报告,西昌学院,2014 年 3 月 14 日。
② 吴正彪:《苗族母语文学发展现状及其变化趋势简论》,《四川民族学院学报》2015 年第 4 期;熊玉有:《国外苗族的母语书面文学》,《民族文学研究》1997 年第 3 期。
③ 涂尔干著,渠东、汲喆译:《宗教生活的基本形式》,上海:上海人民出版社 1999 年版,第 280、281 页。

之中体现自身。"① 他认为正是集体记忆保持了某个族群文化的延续和发展。再到阿莱达·阿斯曼和扬·阿斯曼，又进一步从"集体记忆"中发展出"文化记忆"说。② 可以说，多民族母语文学正是文化记忆的一种方式：它既有存储性记忆也有功能性记忆，既有意愿性记忆也有非意愿性记忆，既接受官方记忆也容纳民间记忆。最关键的是它是以文学意象的方式进行记忆，从而与定型、霸权式的"历史"书写区别开来，使得记忆具有了绵延不绝的灵活的流动性。这是一种生生不息、流变不已的有生命、有质感、有温度的记忆，承载着过去，活跃于当下，展望着未来。

实践历史与文学生活

多民族母语文学为当代文学提出了几个关键性命题。一是从文化到文学的翻译问题。它们之间以及与通用汉语之间的相互借鉴、彼此促进、文化融合与创变是中华民族文学和文化复兴的思想与精神资源。二是媒介与文学问题。即在新媒体、多媒体的语境中，母语与通用语、外国语之间的交流方式与引发态度的转变。这涉及社会转型、文化变迁和"技术转向"所带来的挑战与契机。三是主体间性的问题。即母语文学关联着文化身份与国家认同，如何在中国内部确立各民族的交互主体性，以及作为整体的多民族国家与他国之间的美美与共、千灯互照，其中显示出巨大的理论生长空间。以上这些实际上关乎时代重大性事件的命题（比如边疆与民族问题），都是一般主流文学批评和研究话语所无力触及的。如果我们的批评家和研究者依然停留在审美与鉴赏的层面，或者只是跟随商业写作的潮流、西方话语的热点人云亦云，那么就会与我们时代重要的文学话题失之交臂，也丧失了应该有的学术品格。

母语文学并不是抱残守缺的骸骨迷恋，而是以平等共处的姿态，摆脱单一视角，从独特的角度看待历史与现实，它有着"穷则变，变则通，通则久"的内涵。就像冯骥才早年小说《神鞭》中写到的人物傻二，他会辫子功，在武林中被称为"神鞭"，但在义和团抗击八国联军入侵的时候，辫子被洋枪打断了。时代的变化来临，傻二开始改用手枪，成为北伐军中的神枪手。傻二有句著名的话："祖宗的东西再好，该割的时候就得割。我把'鞭'剪了，

---

① 莫里斯·哈布瓦赫著，毕然、郭金华译：《论集体记忆》，上海：上海人民出版社 2002 年版，第 69、71 页。

② 阿莱达·阿斯曼著，潘璐译：《回忆空间：文化记忆的形式和变迁》，北京：北京大学出版社 2016 年版；扬·阿斯曼著，金寿福、黄晓晨译：《文化记忆：早期高级文化中的文字、回忆和政治身份》，北京：北京大学出版社 2015 年版。

'神'却留着。"① 这可以视为一种寓言：民族文化应当顺应时代与社会环境而改变，但其灵魂和精粹却一直保存着。从某种意义上来说，多民族母语文学也是如此，随着语境的变化，它的语言和文字都发生了许多变化，但文化的精魂耿耿如月、历久弥新。它们既书写了历史，其本身也是历史的一个组成部分。它们从传统中赓续而来，历史的养分和现实的处境交织创新，形成了我们时代的"效果历史"。所以，它是一种实践的历史，更是历史主体的实践。

从现实的角度来说，多民族母语文学不仅是在书写历史中成为改变历史的文化动力，同时也是中国各个民族实实在在的文学生活本身。因为文学并不是无源之水、无本之木，如果一种语言与其使用者的日常生活关联不大，必然会逐渐走向弱化乃至灭亡，历史上的文言文、拉丁文、梵文就是例子，它们只存留在少数精英的知识领域。而如果某种语言文学有活力，必然是因为它与其所有者的生活、生产、生命息息相关。多民族母语文学提醒我们要注意的是，文学可能既有风花雪月、阳春白雪的一面，有娱乐休闲、放松愉悦的一面，有批判反思、覃思超越的一面，同时更是一种日常的生存智慧、生活方式与体验、生命状态和境界。了解并理解中国多民族母语文学，其实就是了解和理解中国各民族的民众及他们的生活实际。重新认识、阐释、创造、复兴中国文学与文化，在此一念之间将获得无穷的动力。

---

① 冯骥才：《神鞭》，《小说家》1984 年第 3 期。收入孙颙主编：《中国新文学大系 1976—2000·第十集·中篇小说卷二》，上海：上海文艺出版社 2009 年版。

第十一章　格林尼治之外：人口较少民族
文学的意义[*]

"新时期中国少数民族文学作品选集"总共 55 种，是 2012 年第五届全国少数民族文学创作会议之后中国作家协会推出的"中国少数民族文学发展工程"的一个宏大项目。虽然如今达斡尔、鄂温克、鄂伦春散居在全国各地的人口也已经不少，但习惯上还是被称为内蒙古"三少"民族，这三卷也是由内蒙古作协牵头组织编辑。受内蒙古作协领导特·官布扎布和锡林巴特尔的委托，我和达斡尔族同事吴刚、海拉尔《骏马》杂志的姚广分别主编了这三卷，2015 年陆续出版。

毋庸讳言，这种集簇形式出现的"政府工程"图书很容易被文学批评界所忽视，尤其是当它们被冠以"少数民族"这一名目的时候，更是在抱有普世的"文学性"观念的人那里缺少合法性。不过，是否存有普世的"文学性"，或者说我们从 20 世纪 80 年代以来习以为常、已经固化了的"文学性"观念是不是到了该反思的时候了？我刚巧不久前看到达斡尔族作家李陀的一篇题为"腐烂的焦虑"的文章①，虽然只是评论格非的短篇小说《戒指花》，却牵涉当代文化与文学的一个背景问题——西方现代主义文化的影响，因而得到一个很有意思的启发：我们的文学观念有没有腐烂的焦虑？

带着这样的问题，2015 年 11 月 19 日至 20 日，我策划组织了"达斡尔族、鄂伦春族文学论坛暨文学作品选发行式"，请来了这三个人口较少民族中散居于内蒙古、北京、黑龙江、甘肃、辽宁的 30 多位作家和学者，希望在对话中能够对此有所回应，即某个边地小民族的文学在整个中国文学版图中究竟体现了什么样的特色、处于什么样的位置、能够为整体的中国文学提供什

　＊　本章原为《新时期中国少数民族文学作品选集·鄂温克族卷》的序言，后结合我在 2015 年 11 月的"三少民族文学论坛"上的发言修改而成。

　①　李陀：《腐烂的焦虑》，见《雪崩何处》，北京：中信出版社 2015 年版，第 167–178 页。

么样的养料。达斡尔总人口有 13 万人，鄂温克只有 3 万余人，而鄂伦春仅仅 8000 人，但人数的多寡与文化的厚薄并无必然关系，正如经济的发达与否与道德修养的高低也没有因果链条，"三少"民族文学的创作实绩证明了这一点。这些有着悠久口头传统的族群，一直没有书面文学，但是一旦开始了当代文学的历程，就迸发出惊人的能量，他们用汉语、蒙语迅速创造了一系列精彩的篇什，并且产生了具有全国性乃至国际影响力的人物，如李陀、乌热尔图等人。李陀从来没有声称自己是达斡尔作家，任何一个有抱负的写作者都不会将自己局限在某个族群的狭隘范围之内。但这并不妨碍达斡尔文学史将其列为重要的一员，就像没有谁规定山东籍作家一定不能写拉丁美洲题材的作品一样，这是两个层面的事。

　　事情的另一面是：文学确乎有种秘密的、但广为人所领会和接受的潜在规则与隐形世界。用比较文学学者卡萨诺瓦的话："这是一个被心照不宣的力量支配的空间，但是它将决定在世界上到处被写出来并到处流传的文本形式；一个有中心的世界，它将会构建它的首都、外省、边疆。"[①] 也就是说，文学有种隐约含糊却又坚实存在的"标准"。用时间作比喻，原先各个地方、不同民族其实都有着自己的认知，但是一旦"格林尼治子午线"成了现代时间的标准线，无远弗届的亚非拉美等地方都要以这个欧洲中心规定的刻度为准绳了。文学也有自己的"格林尼治子午线"，对于后发的现代中国文学来说更是如此。我们如今的文学是以巴黎、伦敦、纽约、斯德哥尔摩为衡量尺度的，如果某个文学不与这些文学世界的"中心"保持一致，就会被无视，或者被认为是不合格的残次品。而在中国文学内部，文学的中心显然是京沪宁这样的政治、文化和经济先发地区，虽然文学中心和政治与经济中心并不必然保持一致，但先发优势通过文学机构、评价机制、传媒与刊物等，还是确立了这样的文学权力格局。这样一来，少数民族、边地的文学便在这种格局中处于劣势位置，它们天然地被打上了"局部的、不具备通约性的"烙印，必须要超越于具体族群的边界，才有可能获得更广泛的影响。因而，如果某个声名已经超出于其族群之外的作家被称为"某族作家"，他当然会感到不满。

　　这个问题背后有着深刻的"文明等级"的误解和逻辑层次不明的错觉，即我们的评价和自我评价实际上都被"文学格林尼治"左右了——"三少"民族文学在文学共和国中是属于比"外省"还要偏远的"边疆"。但我们需要注意到，文学总是从个体出发的，它必须有着坚实的落脚点，才不至于蹈空，它的普遍性总是根植于这种具体性之中。对于少数民族文学而言，最好

---

　　① 帕斯卡尔·卡萨诺瓦著，罗国祥、陈新丽、赵妮译：《文学世界共和国》，北京：北京大学出版社 2015 年版，第 26 页。

的状态是我在"鄂温克族卷"后记中所期待的"小民族大胸怀，小文章大关怀，小叙事大境界"①。有了这样的认识，小民族文学完全可以用自己的方式发言，它也没有必要对自己卑微的出身感到羞愧。一个小民族作家同样也可以并行不悖地是一个世界级作家，就像柯尔克孜人艾特玛托夫，有着毛里求斯血统的勒克莱齐奥，或者特尼立达一多巴哥的印度人后裔奈保尔。

"鄂温克族卷"中选了乌热尔图、乌云达赉、涂志勇、杜梅、安娜、涂克冬·庆胜、阿日坤、道日娜、敖蓉、德纯燕、德柯丽等人的作品；"达斡尔族卷"选了萨娜、孟晖、阿凤、苏华、苏莉、晶达、傲蕾伊敏、赵国安、安晓霞等人的作品；"鄂伦春族卷"选了敖长福、阿代秀、空特乐、敖荣凤、孟代红、刘晓春、刘晓红等人的作品。他们的水平自然参差不齐，有的人的写作如果从"文学格林尼治"去看，可能并不出众，但是问题恰恰在于"文学格林尼治"的"文学性"经过30年来的各种思潮与试验，已经到了需要反思的时候了。文学从来就不仅仅是审美的体验、娱乐的消遣，它也是教育和认识的途径、自我表达和张扬精神的渠道，更是凝聚族群、振奋精神的工具，换句话说，它可能是一种生活方式。"三少"民族文学作品中，可以看到小民族的日常状态，所关心的事物，心里想要表达的欲望，情感诉求的倾向，内蕴丰厚的文化传统以及对这种传统的自豪与珍重。我们读这样的作品，只要不带着惯有的审美惰性和思想偏见，都能从哪怕最简陋的文字中汲取到不可忽略的灵魂，就好像从表面充满杂质的原石中发现珍贵的白玉。

文学史上所谓的"新时期"以来，从"三少"民族文学第一波浪潮直到当下，现代性中的内在冲突与裂变就是个经久不衰的主题，它以两种形式被表述出来：在历时层面是传统与现代、代与代之间的矛盾；在横向层面是族内共同体与外来者、地方性与全球性的扞格。这些作品往往在清新刚健中蕴含着深沉广阔的思索。直到新世纪以来，这种现代性的失落依然是挥之不去的主题，只不过它增添了一种挽歌式的怀旧色彩和忧郁笔调。商业化和市场化的强势进入，造成了执拗性的退守形态，使得越来越多的"三少"民族作家投入对本民族文化特色的强调之中，这在整个中国多民族文学中都是值得注意的普遍现象，因为差异性才是应对全球通约性的资本和基点。但这无疑使得写作主题狭窄化和单一化了，文化寻根和认同的强势造成了更多可能性的压抑，让那些更善于自我更新、自强不息的主题被掩盖。因为即便是边缘、边远、边境的少数民族，也都不是自外于主体、主流、主导性的文化与话语的，它的命运总是交织着大时代的变革。所有的忧伤与欢欣、哀愁与希冀、

---

① 中国作家协会编：《新时期中国少数民族文学作品选集·鄂温克族卷》，北京：作家出版社2015年版。

失落与梦想、迷惘与探索都是整个中华民族现代命运的一个组成部分。

这一切的文学活动都不是孤立的存在，它们既是"三少"民族文学，也是"中国文学"，更是"世界文学"，回响的是时代的跫音，只不过是在"文学格林尼治"之外。从这个意义上来说，我们需要进行双重反思，首先是反思我们的文学话语是不是出了问题。少数民族文学与文化普遍处于被忽视的状态，尽管国家主流意识形态一直不遗余力地进行扶持，但是因为长久以来的文化习惯和"文明等级"潜移默化的影响，它始终处于一种尴尬的位置。其实，这并不是因为少数民族"野蛮""没文化"，而是在由"文学格林尼治"影响下的既定教育系统中培育出来的批评者缺少知识储备和同情性的关怀。少数民族题材也往往缺乏商业性的价值，无法在市场上获得广泛的关注，所以它们难以赢得主流批评者、研究者的梳理与阐发，也很难作为一种国家性的文学知识进入主流文学体系之中。然而，各个民族几乎都有自己足以自豪的文化经典，也产生了一些少数民族的著名和新锐作家。正是这些多民族作家的文学书写，反映了中国文化生态的多样性和中国文学生动的现场。

另外，"三少"民族文学也需要进行自我反思，应当意识到固然自我族群文化有着难以替代的价值，但"无穷的远方，无数的人们，都和我有关"①。在回首往事、瞻望历史和关注现实、贴近生活的同时，文学书写要更多发挥想象、着眼未来，主动将自己个体及族群文化遗产融入更广阔的语境中进行思考。如果只是聚焦于本民族的小视野，而不关注他者的文化、总体性的社会变迁，则很容易落入你不关心别人、别人也不关心你的陷阱。

概而言之，在"文学格林尼治"之外的"三少"民族文学，构成了"中国精神"的一部分，讲述了一种不太为人所知的"中国故事"。它们通过对人物、风景、住所、仪式、饮食、服饰、习俗、信仰、禁忌等的描写与刻画，不仅绘声绘色地提供了让人如深入其境的代入感，也是对于本族群文化的传播，保存了丰富的历史与情感信息，对他人起到了认知和教育的作用，增加了中国当代文学的内容组成和多样元素。不过，其中也存在着向族群共同体文化退缩的危机。而在我们这样的时代，需要主动走出文化的封闭圈，在关注本民族社会、生活、文化的同时，也努力在继承中有所扬弃和超越，在一己的命运沉浮、悲欢离合中把握时代脉搏，脚踏草原大地，瞻望前行之路，毕竟每个人都命运相连，那些素昧平生、从未谋面的各民族同胞其实都在经历相似的命运。

---

① 鲁迅：《"这也是生活……"》，《鲁迅全集：编年版：全十册》（第 10 卷），北京：人民文学出版社 2014 年版，第 110 页。

第十二章　以文学正义书写历史正义[*]

　　新世纪以来"重述历史"成为虚构和非虚构体裁创作的又一个热潮，20世纪中国经历的巨大变迁是尤为集聚各种书写的一段过往。其中，抗日战争则是自20世纪50年代以来经久不衰的一个主题。这个题材从投身其中的如"东北作家群"的民族主义书写，到五六十年代的革命英雄传奇，再到90年代一反主旋律的个体化、欲望化、人性化的新历史小说，美学趣味的屡次转变都可以看到时代风潮的走向。值得注意的是，新世纪以来尤其是近几年来的抗日战争书写有种重新回到现实主义和崇高风格的现象，个体叙事中努力将创伤记忆转化为人文遗产，从中阐发历史镜鉴与抒发现实关怀。在这样的背景中看中国多民族文学创作中的抗战题材作品，我们可以发现一种与主流历史叙事既有共通性又有区别的书写。这是一种深扎于民族文化底层的写作，它们普遍有着超越于族群认同之上的国家认同，却又对个人在历史洪流中的无常命运充满同情，一再体现了通过文学正义重新赋予历史正义的冲动。

　　近几年关于滇西抗战以及中国远征军题材的虚构与非虚构写作乃至影视作品日渐增多，曾经一度因为种种原因不太为一般读者所知的国民党军队、民主人士、地方豪强以及协约国参与的中国抗战这一历史侧面也因而得到了更多的言说。不过，值得注意的是，反拨既有意识形态话语很容易重复单一性的思维逻辑，容易走向另外一个极端，即片面强调国民党正规军队和美化诸如美军等"友邦"的功绩，而忽略了中国本土地方性以及民间力量所做出的贡献。在这个意义上，李贵明（傈僳族）《热血长歌——滇西多民族抗战纪实》^①、金学铁（朝鲜族）《到太行山》^②和陈永柱（白族）《慷慨同仇日　间

　　* 本章原载《民族文学》2015年第9期，感谢石一宁、赵晏彪约稿。
　　① 李贵明：《热血长歌——滇西多民族抗战纪实》，《民族文学》2015年第9期。
　　② 金学铁：《到太行山》，《民族文学》2015年第9期。

关百战时——李根源滇西抗战岁月》① 这些非虚构作品起到了补苴罅漏的历史主体角色，尤其重要的是它们更多呈现了底层民间的多民族同胞的历史主体角色，正是这些无法表述自己的沉默民众的牺牲与奉献，才有了抗战胜利的可能。

《热血长歌——滇西多民族抗战纪实》以其"后见之明"的优势，爬梳材料，贯通史实，言简意赅而又充满令人印象深刻的细节，全面地展现了滇西抗战中错综复杂的国际与国内环境，突出了国民党中央、地方政权、民间组织势力、英美同盟军与共产党及滇西各民族的对比，从不同角度出发的言说使得历史的复杂与丰富得以呈现。但这种呈现显然是有立场的，也就是说作者并没有摆出一副犬儒主义般的中立面孔，或者怀旧式勾勒出一幅幅民国风情画卷，而是直面惨淡乃至惨痛的过去，在混乱的历史大潮中有意识地强调了中国共产党之所以取得最终决定性的胜利，与其团结一切可以团结的民众共同奋斗有关。作者在一开头就将中国共产党的"团结各民族为一体，共同对付日寇"的政策提出来，指出滇西多民族抗战局面正是在中国共产党倡导和坚持抗日民族统一战线和民族团结政策的背景下诞生的。这种对于宏观历史的把握凸显出一种有情感的历史，具体而微地诠释了何谓"血肉铸成新的长城"。

中国的抗日战争是国内各个民族团结抗战的结果，也有着世界反法西斯同盟的作用，并且在这个过程中逐渐凝聚其"中华民族"这一共同的认同。金学铁（朝鲜族）《到太行山》是20世纪80年代写作的回忆录，作为战争的亲历者，作者曾经担任过朝鲜义勇队的分队长，在伪满洲国、湖北、湖南、广西战场上奋勇作战。他1940年加入共产党，在太行山上与日军战斗中受伤被俘，直到1945年才出狱，此后又在朝鲜担任记者，晚年定居于中国延边继续创作，被称为"朝鲜族的鲁迅"。金学铁一生创作言为心声、至诚至性，《到太行山》主要是回忆自己二十世纪三四十年代辗转各地抗战，直到进入太行山根据地的经历，着重写了战友金学武。金学武是一位具有国际主义自觉的革命者，在与民族主义革命者尹奉吉人生道路的对照中，作者更是强调了金学武和太行山上的共产党人在自己加入国际反法西斯同盟的成长过程中所起到的引领作用。在太行山上的抗日根据地，除了有朝鲜战士，还有日本人、越南人、菲律宾人等，这是一个国际性的大联合。如同文章结尾所写到的："金学武牺牲后，连一座坟墓都没有留下，更不用说立单个墓碑了。然而，太行山依旧巍然险峻，岂非他不朽的墓碑？"金学铁的这个作品也是另一座文字

① 陈永柱：《慷慨同仇日　间关百战时——李根源滇西抗战岁月》，《民族文学》2015年第9期。

的丰碑，记载了为反抗日本帝国主义侵略献出生命的英雄们的不朽业绩。

　　与这些纪实性的作品相比，虚构体裁在今日如何记忆过去？吴刚思汗（蒙古族）《白马巴图儿》① 提供了一个很有意思的案例，这个小说是由"我"对作家同学讲述东北抗日联军战士爷爷的回忆构成的。曾经的抗联战士爷爷患了老年痴呆症，"他跟我说过的话、讲过的故事，几乎分不清到底哪个是真实的、哪个是他残存的记忆作怪给他撮合出来的"。故事是讲爷爷所在的连队被日本关东军深夜偷袭围剿伤亡惨重，爷爷在逃亡过程中，遇到了家破人亡独自向日本人复仇的蒙古人巴图儿。两人一起重新回到抗联部队后，经历了一系列艰难的战斗，最终战至最后一人，在爷爷不愿投降即将被杀的时候，一匹白马救了他，那匹白马就是巴图儿。这个故事被听故事的人认为太假了，但"其实真假，我倒觉得并不重要了。很有可能巴图儿就是爷爷幻想出来的这么一个勇敢的蒙古族战士；或者爷爷那天就是自己眼看无望便跳了悬崖却没死成；或者第一次见到巴图儿那晚是他自己杀了两个日本兵。可这些都不重要啊？因为爷爷告诉我的这个故事，更好听不是么？"过去难以细究，即便是最严苛的实证研究也很难还原历史的现场，当我们用文学这一表现形式去书写历史时，最重要的是在自觉到对历史无法复原的同时，保持当下叙事的历史感，而这种历史感并不是那种"历史主义"的冰冷理性对于史实的锱铢必较，因为历史不仅仅包含客观理性的认知，对于具体个人而言，更包括情感、理解和倾向性，以及书写者从当时情境出发的主观态度。

　　王跃斌（满族）《悬案》② 也是通过亲历者马二的叙述来讲述日军铁山包守备队仓库大火的悬案，以及日本守备队袭击中共北满省委密营被领入森林迷魂阵全军覆没的传说。马二原先是抗联的一个副官，因为哥哥违反纪律被枪毙而投降日本人做特务，在苟活于世70年后重新讲述这个悬案，虚实本在模棱两可之间，但他的讲述在关于大火的三种说法中最接近主流意识形态许可和鼓励的倾向。至于马二没有亲历的迷魂阵故事，作者直接说："我是在编写小说，而不是撰写史志，而编写小说需要我振动联想的翅膀，凭借虚构来补充故事。"这种虚构的合理性根基就是建立在历史正义的基础之上。王跃斌另一篇小说《马肉》③ 以日军军马防疫场的牧马人王二狗的视角，侧面讲述了较少为人所知的关东军100细菌部队的故事，这个主观视角有效地规避了史料和历史研究方面细节的不足，而着力于表现一个称得上蒙昧的农民如何

① 吴刚思汗：《白马巴图儿》，沈阳：白山出版社2015年版。
② 王跃斌：《悬案》，《民族文学》2015年第9期。
③ 王跃斌：《马肉》，《民族文学》2015年第7期。

在不自知的情况下助纣为虐，以及普通人对于这场战争的无知——他居然将日军做细菌实验的马肉送给村里人吃，还以为占了便宜。与之形成对照的则是顺天学校的老师国兰，她作为东北抗联地下组织的一员，有着抗争的主动性。在两个人最终走向行刑场的时候，王二狗贪生怕死、萎靡不振，国兰"奋力托起王二狗的肩膀，用不容置疑的口吻说，你站不起来，我扶着你走"。小说写实地描绘了普通民众与知识精英在抗战中各自的表现，也暗示了启蒙这一持久的现代性主题。王二狗与《悬案》中的马二一样，是个小人物，当渺小个体在大时代中挣扎时，如果他没有树立自己的主体性，那么就只能随波逐流，"人不人，鬼不鬼的，生不如死"。

生逢乱世命如蝼蚁，当然可以映照出和平生活的珍贵。但这种判断对于历史的当事人来说没有意义，因为他必须面对自己的命运并且从中找到出路。韩伟林（蒙古族）《归还兵》①写诺门罕战役的侧面战场，苏联和蒙古人民共和国军队与"满洲国"唯一的野战部队兴安骑兵师的战斗。原本是日苏之间的战争，结果却成了内外蒙古人之间的厮杀。日本关东军命令兴安师和兴安北警备军调到诺门罕前线分别承担左、右翼的战斗。右翼的兴安北警备军团长郭上校和一个达斡尔情报组秘密地将日军情报送达共产国际和苏联，为苏联的胜利发挥了特殊作用，而左翼的兴安师战斗则死伤惨重，溃散流落。小说的主人公小喇嘛就是左翼部队的散兵游勇，"他只是被强征过来的壮丁，乌珠穆沁草原的牧民，在乌珠穆沁旗时轮金刚法会上被九世班禅膜顶赐过福的小喇嘛"。战争的肮脏、血腥、丑恶、绝望让他认识到，对于蒙古人来说，这是一场无意义的战争，同时也感受到日本和"满洲国"及兴安师日本军官与蒙古族官兵间等级森严的不平等关系。"为谁去死？"成为困扰着他与他的同胞的根本性问题。当战争的正义性无法落实的时候，作为被殖民者和被压迫者的蒙古士兵缺乏战斗的信念，而成为听凭本能支配的随波逐流者。"归还兵"自然就产生了，日语"归还兵"意为"回家的兵"，其实就是临阵脱逃的逃兵。小喇嘛带着一伙归还兵四处游荡，但是他却无力对战争的性质做出判断，只能毫无目的左冲右撞，成为毫无价值的历史冗余物，并将死于历史的暗角处，无法留下一丝一毫的印记。小喇嘛在历史中无法找到出路，是一个无能为力的个体在宏大历史中沦陷的悲剧，因为他夹杂在各种错综复杂的政治关系网络之中，无法确立自己的归属。这提示了身份与认同问题在历史实践中的重要意义。

---

① 韩伟林：《归还兵》，《民族文学》2015年第9期。

　　陈铁军（锡伯族）《轰炸》① 有意识地将身份认同作为叙事的动力，小说独辟蹊径，以开封的一个日本侨民吉田一郎（中国名字叫马门鼻儿）为主角，巧妙地将身份与认同的主题放置于细致入微的日常生活与面临生死抉择的重大关头。吉田一郎原本是离散的贫穷日本生意人，因为父亲生意失败、病死街头成为孤儿，被卖"绿豆丸儿"的马长喜收留，成为马门鼻儿。小说用了大段篇幅对开封的风物、景致、习俗、语言进行了精笔细描，在这种人间世情的况味中，马门鼻儿谋生、结婚、生子、盖房，许多年来逐渐融入普通中国人的生活之中，已经忘记了日本人的身份。中日两个名字之间其实只是文化身份与血缘身份之间的差异，认同总是在不自觉间完成，或者说在普通人那里身份问题并不是那么重要，安稳的生活才是第一位的。但是，日本的侵华战争无疑打破了宁静生活的表象，即政治认同被凸现出来，而政治认同显然不仅仅是某种心理机制，而是现实利益乃至生死抉择。吉田一郎先是被开封的日本侨民中的军国主义者鼓动，成为"迎接圣战会"的一员。这里面有个值得注意的细节，"迎接圣战会"的倡导者后藤是吉田的舅舅，而这个舅舅在当初他遇难濒危的时候并没有伸出援手，就像他的祖国日本并没有给他这样贫困无计的国民以安谧的生活一样。按照后藤等人的计划，日本开封侨民在日机前来轰炸前，各自秘密地在开封的重要车站、工厂、桥梁、要道、学校、商铺、军政机关设立标志。吉田一郎这时候面临着正是关乎切身利益的选择：他家毗邻电话局，如果在自家布置标志，就意味着自己辛辛苦苦建造的家业会连同电话局一同被毁。他在关键时刻通过醉酒回避了文化身份与政治身份之间的冲突，结果是他家和电话局是唯一没有被轰炸毁灭的建筑。他的选择与其说是国家理念的自觉——对中国的认同、对日本的排斥，毋宁说是出自于市民百姓趋利避害的本能，以至于到最后他被日本人执行死刑的时候，想到的还是他卖的绿豆丸子。吉田一郎的故事表明了国家与个人之间的联结是如何受到现实的牵掣，而不仅仅是某种理念形成的"想象的共同体"，这一方面固然体现了中日战争中复杂的一面，即个体认同选择的多样性；另一方面则同样表明国民意识的启蒙在中日两方都具有未完成性。如何让国民真正热爱国家，国家观念的灌输与宣传固然很重要，但如果要深入内化为个体的主动选择，必然不能停留于词语的抽象层面，而要落实到能够提供实在的美好生活上面。

　　阿明（回族）《一顶白礼拜帽》② 中的巴三一开始也是一个处于灰色地带

---

① 　陈铁军：《轰炸》，《民族文学》2015 年第 8 期。
② 　阿明：《一顶白礼拜帽》，《民族文学》2015 年第 9 期。

的人物，他本是口外贩羊到北京的回民，落魄京城，幸亏"天下回民是一家"，靠同胞相助才得以继续他懵懂平淡的日子。但 1942 年秋天，因为一个日本兵的被杀，他落入了尴尬处境。日本特务机关村山队长有意拉拢他加入"回教青年团"，巴三虽然是个有血性的人，但是没有家国的自觉，他的意识还停留在回民认同的层面，对汉人颇有排斥，虽然并没有做汉奸，却被其他同胞孤立了。"没有同胞的人，要想活着，就得认主子"，这突出了在特定时期身份与认同的重要。巴三无疑需要同胞的认同，却一再因为彼此的误会，而没有得到澄清。但这个过程让他开始思考自己是不是"中国人"的问题，认识到"要是没有国家，哪里来的民族"，同胞的遭遇和日本人的傲慢最终让巴三走上了抗日的道路。这是一个从狭隘的族群认同走向更广阔的国家认同的过程，正是反抗帝国主义侵略的过程让中华民族的认同得以确立。

寒云（瑶族）《灭瑶关》① 讲述的也是认同嬗变。怒山上以蓝元凯为首的瑶族与山下牛头镇的壮族土司潘凤岳之间因为争夺神石有族仇，加上夺妻的家恨，原本不共戴天。年青一代蓝火龙与潘小凤的恋爱象征着仇恨的和解，但这种和解并没有演变为罗密欧与朱丽叶式的故事，而是因为日本人的入侵抢夺瑶山神石改变了整个族群关系格局。如同蓝火龙所说："我们（瑶人）和壮人是世仇，但现在形势不同以往了。现在东洋鬼子侵略中国，听说不管什么民族，一律杀光烧光抢光。"瑶山神石是瑶壮共同的精神旨归，在这里成为一种中国认同的象征，因而中国内部族群之间的争斗在共同的敌人面前让位于对日本侵略者的民族仇恨。蓝元凯与潘凤岳守护在灭瑶关前的神石边与日军同归于尽，既是族群的和解，又是另一种身份的生成，即一个唇亡齿寒、共御敌寇的中国人认同。

这些作品并不是全部，但一管窥豹，它们至少体现出三方面的特征：一是注重发掘那些曾经被遮蔽的边缘历史，让不能发声的群体得以浮出历史地表，给予其在历史场域公正的辩论机会；二是不仅仅单方面控诉侵略者、殖民者、帝国主义者的罪恶，同时也进一步反求诸己，反思本土的"国民性"弊病及文化的不足之处，让历史主体在理性的天平上进行博弈；三是在历史叙事中呈现浓郁的现实感，让过去、现在、未来不再是线性进化论链条中的某个节点，而是让它们成为开放性史观中平等对话的对象，即唯有我们在现在做好清理工作，充分认识到历史可能在未来重演，那才有可能避免"历史的诡计"与历史喜剧化的重复。如同玛莎·努斯鲍姆（Martha Nussbaum）所说，文学集中关注可能性，召唤强有力的情感，"小说是一种有生命力的文学

---

① 寒云：《灭瑶关》，《民族文学》2015 年第 9 期。

形式，而且事实上仍然是我们文化中普遍的、吸引人的以及道德严肃的最主要虚构形式"，它"从总体上建立了意味与小说的角色拥有某些共同的希望、恐惧和普遍人类关怀的虚拟读者，并且，因为这些共同的希望，这位虚拟的读者仍然位于别处，需要让他熟悉小说角色的具体情境"。[①] 历史依然在前行，对于历史的重塑与反思从来也不会止歇，唯有诗性的书写才能赋予历史以永恒的正义。关于抗战的文学书写并不一定指向延续已久的民族主义，它还可以通往更为广阔的人类道德与伦理空间。

① 玛莎·努斯鲍姆著，丁晓东译：《诗性正义：文学想象与公共生活》，北京：北京大学出版社2010年版，第18、19页。

第十三章　艰难的复杂性[*]

对于作家来说，21世纪初年的中国可谓喜忧参半。一方面，他们要面对诸多不利于文学的内外因素，诸如新媒体的发展挤压了书写印刷媒体的空间，政治生态与政治技术的变化使得文学在文化结构中不再具有话语引导性的重要地位，主要依靠科技和服务创新的经济模式和形态令文学的生产和消费成为一种小众行为。另一方面，他们却也因为文学的边缘化而获得了前所未有的自由以及历史上几乎从来没有过的丰富现实，而现代文学的方法和技术在经历了三个世纪的更迭与创造已经在各个方向都开掘了多种可以进一步掘进的途径。当代中国几乎每时每刻都在发生变化和生发出出人意料的事件，无论在学术界和思想界都酝酿着巨大的可能性，一切坚固的东西都在逐渐剥蚀瓦解，而新的带有标杆意义的规范尚在建立的过程之中。许多年以后，当人们回顾这段时间的时候，也许会意识到对于作家们来说，这可能是一个复杂到让人沮丧的时代，同时也是一个蕴含了无穷机会的时代。这个时代包容各种形式，也呼唤着伟大的作品，并且在内容和观念上提供了无与伦比的素材。

机会同时意味着挑战，只有勇于面对时代的现实，努力将它表述出来，并与之形成对话，才有可能窥见时代的丰富性和复杂性。越来越多当代社会与生活的观察者意识到其复杂性，并且体现在日常用语和文字表述中。这些表述似乎显示了写作者和批评者的谨慎，以免对纷繁复杂、变动不已的情况做出仓促的说明、简化和归纳。埃德加·莫兰（Edgar Morin）梳理过哲学、逻辑学、自然科学中的复杂性思想，指出复杂性不仅是事物内部组成单元的数量和相互作用的数量，"它还包含着不确定性、非决定性、随机现象。复杂性在某种意义上总是与偶然性打交道。因此复杂性部分地与不确定性相吻合，

＊　2016年广西南宁的《红豆》杂志与甘肃甘南的《格桑花》杂志策划了数期"壮族藏族作家作品系列专辑"，由是这些作家作品在这两个刊物上集体持续亮相。本章原是为这个系列专辑写的评论，纳入本书希望达到以蠡测海、见微知著的效果。

这个不确定性或者是源于我们知性的极限，或者是源于客观现象本身的性质。但是复杂性并不化归为不确定性，它是具有丰富的组织样式的系统内部的不确定性。它关系到半随机的系统，这个系统的有序性与系统有关的随机因素不可分离。复杂性因此与有序性和无序性的某种混合相关联；这是一种密切的混合，异于统计学上的有序性/无序性的混合"①。处理当代的复杂性无疑是艰难的，而这也恰恰构成了一代作家共同的命运。在这样的背景中观察《红豆》杂志发表的"壮族藏族作家作品系列专辑"，就不仅仅是某个文学期刊在偶然情况下的策划——当然，它在实际中确实有着因缘际会的因素——而应该视之为当代作家进行的一场齐头并进的奋斗。壮族或者藏族的族别身份、地域区别、文化差异在这样的视野中，都不再重要，因为如果仅仅强行组结两种异域风情式的书写，那就只不过是蹩脚的拼盘游戏。重要的是，这些来自南方山河与西部高地上的不同民族作家都是作为当代人来书写当代人的生命与人生。

王小忠《缸里的羊皮》② 以旁观者"我"的视角，叙述了亲历的多瓦村故事。班玛次力是"我"以前的同窗，却由于打架退学，后来又因为偷窃而入狱。他的妹妹云毛草本来对"我"暗藏情愫，却在现实的差异中嫁给了老实本分的皮匠楞木代。出狱的班玛次力凭着在监狱学习的制作翻毛皮鞋技艺，在佐盖牧场用缝纫机缝制皮袄，而妹夫楞木代则只能打下手泡皮子、鞣皮子、剪皮子。两人一度获得成功，但不安分的班玛次力终究忍受不了日复一日的乏味生涯，走上冒险探宝之路，结果赔得一干二净，还毁了楞木代的生意，致使二人反目成仇。这种亲密关系的撕裂，显然来自于急剧变革的时代，外来的技术和金钱的诱惑使得宁静的村庄发生了波澜。小说呈现出现实的复杂性和个体在这个复杂性之中的不同态度与应对方式。班玛次力的形象尤为生气勃勃，他并非某种"正面形象"，却也正显示了混乱、无序状态中，处于自然状态里的人的左冲右突和挣扎。而楞木代一板一眼的匠人行为和对班玛次力的仇恨，则是另外一种固守性的抉择。生活的重压，也让云毛草心灰意冷。"我"最终只能感慨："在短暂的几年时间里，我们都变得如此陌生，相互间少了最初的怜惜，多了仇恨和猜疑。我一直想着，那些泡在缸里的羊皮，大多都能缝在同一个皮袄上，可我们呢？其实何尝不是，我们多像泡在缸里的那些羊皮，然而无法预料的是，我们是否还能缝在同一个皮袄上！"小说于此

---

① 埃德加·莫兰著，陈一壮译：《复杂性思想导论》，上海：华东师范大学出版社 2008 年版，第 32 页。

② 王小忠：《缸里的羊皮》，《红豆》2016 年第 6 期。

获得了一种共通性，让"缸里的羊皮"成为一种时代与社会的隐喻，它已经超越了一个草原村庄的藏人故事，而成为整个中国社会充满活力又遍布危机的现场寓言。

在充满细节与质感的《弟弟旺秀》① 中，完玛央金是以旁观者"姐姐六十女"的视角展开弟弟旺秀的人生叙事的。四年级就辍学的旺秀年纪并不大，但其经历却是我们这个转型时代乡村青年的缩影。他先是在姐夫的帮助下开出租车，因为出了车祸等原因而被解雇；后来进入朋友哥哥的榨油房，又因为老板的不务正业和盘剥而离开；和同村的青年企图到外地打工，却在贵州陷入传销的陷阱；屡次失败，千辛万苦才逃回故乡。这是一个虽然在命运的折磨中颠沛流离却也不失善良天性的人，但生活并没有因为他的和善与努力而绽开笑脸：妻子虽然能干，自己在外面做服装生意，但与别人有染，这几乎让他丧失生活的信心和动力。在六十女的劝慰下，他在绝望的边缘鼓起勇气，期望从头再来。前途当然是未知的，但这种百折不挠的韧性其实是无数底层人民的命运与精神写照：他们在生活里无处藏身、无枝可依、无可回避，唯有靠着自己的生命力，顽强地支撑下去。世界的变化就如同六十女在吃洋芋时候的念头："洋芋煮熟了，六十女打开锅盖，见个个都笑得咧开了嘴，露出奶白色的瓤，急不可待地取出一颗，吹口气，尝一口，却不似前几年吃过的味道那般醇厚，不禁有些失望。如今事事都与以前不一样，以前种菜种庄稼使用农家肥，后来改用化肥，增了产量，激活了人人买卖挣钱的欲望，单单毁坏了土地和它产的果实。但看这洋芋，拿在手里，怎么都是个洋芋，谁知道谁又愿意去管它的味道淡许多了呢。贡保，旺秀，旺秀他媳妇，也跟以前大不一样了，他们每个人各自聚拢起来的那团熟悉的气息消散许多，透露出冷淡陌生让人费解的一面。"每个人在这个流变的世界中也发生了从精神风貌、道德伦理到情感结构的变迁，如何在这个仓皇杂乱的世界中树立主体，其实也是小说提供给读者的思考。

扎西才让的《菩萨保寻妻记》是根据真实发生的案件改编的②，说是"寻妻"，其实是"杀夫"的故事。古老藏戏中诺桑王子与云卓拉姆的故事，与现实中菩萨保与云卓玛的爱情交织互文，映照出一个悠久的现代性命题："文明"与"野蛮"的对立以及由此所造成的悲剧。菩萨保与云卓玛这对在偏僻藏区的农民曾经有过出自天性的单纯爱情，却在现实的婚姻中经受消磨

---

① 完玛央金：《弟弟旺秀》，《红豆》2016 年第 7 期。

② 扎西才让：《菩萨保寻妻记》，《红豆》2016 年第 5 期。2016 年 5 月 31 日，在从四川若尔盖到甘肃甘南迭部县的路上，扎西才让跟我讲述这个小说的"本事"源于他家乡临潭县的一桩凶杀案。

和摧残。这是世俗现实与朴野天性之间的冲突，在他们无知无识的生活中本来听从天性生活，伴随着他们的是与宗教传统和习俗相关的一系列男尊女卑的陈旧积弊。人的自觉其实并没有被外出务工的潮流所惊醒，却被其搅扰，因而产生了不可调和的矛盾，最终导致原先的自然生活方式很难再维持下去，云卓玛在被殴打和欺压的长期不满和恐惧中举起了反抗的屠刀。直到小说最终，两个人其实都没有获得真正意义上的醒悟，而只是在本能的混乱中走向惨烈的终局。这无疑是偏远底层民众的写实，在不作道德评判的同时其实已经显示了一种需要改变的必然性。

改变的主题也隐含在黄佩华的《表弟的舞蹈》①之中。小说的故事显示了某种地方小传统的持久而弥散性的影响力，即便是研究生毕业并且在省直机关做了小领导的秦文武也无法摆脱对于家乡魔公信仰的似有若无的影响。然而有意味的地方在于，小说通过老魔公敬德去世、新魔公土生趁机篡夺了地方信仰的主导权，消解了信仰本身所应该具有的神圣性，而将其转换成一种世俗生计的考量。与情节的反戏剧化相协调的是，自始至终小说的叙述语调和人物的内心活动都显示了这种信仰自身岌岌可危却又苟延残喘的现状。这是一种贴近本然的描摹，展现了作者对于面临变革的乡土价值体系的怀疑，他无法给出确切的答案，但答案已经隐约显示在字里行间。与之形成映照的是，信仰在龙仁青《转湖》②中暮年的多杰与措果夫妇那里，则是日用而不知的存在。他们在退休后决定去转湖祈福，体检时多杰却意外地发现妻子身体出现了状况。这个时候显示出相濡以沫多年后的情感温度：措果不愿意耽误多杰转湖而让他独自前去；多杰则为了陪伴措果，善意地欺骗她已经上路，事实上却一直在背后操持她的住院与手术事宜。两个人之间彼此带有"麦琪的礼物"意味的牺牲和奉献，在结尾的细节中显示出来，"甲乙寺高处的那尊立佛，这是他们转湖要出发的地方，最终也是转湖结束后回到原点的地方"，宗教色彩淡化在日常的关切之中，形成了一种爱的轮回。

周末《玛利亚的祝福》③讲述了另一种爱和信仰。美国女人带着自己收养的中国病儿在旅馆大叔班德的帮助下出海到巴拉岛去看望他监狱里的父亲，经历了台风、搁浅、营救、阻挠，终于让失明的孩子摸到了即将执行死刑的生父。这是个简单的虚构故事，玛利亚台风中的美国女人似乎成了玛利亚圣母，简单的白描中，作者想要表达悲悯的情怀，有点像一个使徒行传故事。

---

① 黄佩华：《表弟的舞蹈》，《红豆》2016 年第 5 期。
② 龙仁青：《转湖》，《红豆》2016 年第 6 期。
③ 周末：《玛利亚的祝福》，《红豆》2016 年第 6 期。

较之于《转湖》的纯粹,《玛利亚的祝福》的圣洁,陶丽群《当归夫人》① 中的情感则显得怪诞甚至有些恐怖意味。小说前面用了很大篇幅叙写了驾校学车的日常经历,以及遇到的一个不同寻常的女子"当归夫人",她的绰号来自于身上隐约散发的中药尤其是当归的气息。小说的节奏和悬念控制得比较好,让人很清晰地感觉到不安,却又说不出其所以然。传统中医里,当归调血是治疗女性疾病的良药,在它形成的文化符号中隐含有想念丈夫之意。而小说里,当归夫人的父亲木伯正是个老中医,这种独特的绰号其实已经隐含了小说在结尾迅速揭示出的真相:当归夫人与教练的恋爱很快终结,原因是教练发现他们父女俩睡在一起,这可能正是阻碍了当归夫人感情生活的原因,以至于直到 34 岁依然害羞、内向、懵懂和单身。木医生未必是恋女的变态,却可能是控制欲极强的老人,一直将当归夫人当作小孩,从而隔绝了她的社交。最终当归夫人刻意脱光衣服睡觉,让她的父亲再也不敢和她睡在一起,却依然摆脱不了父亲传给她的养生之道——他已经深刻地影响了她的性格。当她三伏天请"我"喝热气腾腾的中药汤的时候,让人不由得产生冰凉的惊悚感。这是一个都市八卦,但是,如果仅仅是讲述一个猎奇式的故事,那么它的意义又在何处呢?难道仅仅为了表述人性的复杂?

意义的匮乏,可能表明某种价值观的模糊。李明媚《惊鸿一瞥》② 是个情节错综、人物众多的童话,所谓"童话",恰恰就是不讲求意义,而只以形式呈现人对于世界的认知限度。那水镇上出现的神秘美女扰乱了老街古老而平静的生活。所有人在欲望的驱使下似乎都蠢蠢欲动,然而终究难以名状。警官刘作为理性和秩序的象征也弄不清事情的真相,关于女人的失踪、镇民胡小光的怪病、胡小芒去而复归的离奇经历,一切都在扭曲、诡异、矛盾和不可索解之中。这个小说带有 20 世纪 80 年代中后期先锋叙事的气质,营造了一个异质空间,却又没有给出意义。确实,在经历了形形色色理论与主义的洗礼之后,多元主义的含混和暧昧几乎成了我们时代主体性懈怠的逃遁妙计了。形式上的试验和意义的破碎凌乱,也许折射了现实的复杂和难以把握,无论是作者和读者都只能"惊鸿一瞥"。这种不可知,也许是当代作家所面临的集体性困境,在某种意义上表明了叙事的艰难和无力。

我在这些作品中并没有看到某种表面风俗之外的特殊性,它们共有着时代的环境,也共享生活带来的艰难与欢欣。文学意识无疑发生了变化,这根植于个体与社会之间的冲突,而冲突在过去可能还有共同体或者身份制度等

---

① 陶丽群:《当归夫人》,《红豆》2016 年第 7 期。
② 李明媚:《惊鸿一瞥》,《红豆》2016 年第 7 期。

的庇护，如今只能裸身上阵，直面这个时代的惨淡与光芒。生活对于他们，无论是甘南高原草地上的藏族作家还是云开大山左右江畔的壮族作家，都不再是某个局部地方和族群中恒常不变的所在。这种意识到的"变"，作为无意识已经漫漶在各种作品之中，如乡土中国的转型、精神共同体的裂变、情感结构的重塑、价值观念的彷徨……现在的问题是，如何将这种意识转化成文学意识，转化成新的感受与体验方式、思想的方法和自觉的创造。在我看来，唯有冲决黏稠浑浊的现实所带来的无力感，重新在这个变局中确立并赋予文学形式以价值，才有可能创造出真正不枉于这个复杂时代的作品。

第十四章　多民族文学的侨易视角 *

　　自尼采以降，在人文学科做理论的体系性建构是危险的，因为很容易导致带有某种权力体制色彩和过于鲜明的目的论导向而趋于僵化，20 世纪被称为"理论的世纪"，恰恰是因为形形色色的各种"理论"都只是针对某种具体问题提出特定的对话维度和批评视角。侨易学主张从"物质位移，精神质变"的角度看待文化交流问题，应该说也是论从史出的一种尝试。按照我的理解，"侨"包含了物质和精神的多重迁移、流徙、离散，而"易"则包含交易、贸易、变易的各种侧面，"侨易"因而具有从具体现象出发的多重形而上意味的面相，可以作为思考跨文化、文学交流问题的一个基本起点，在涉及中国多民族文学研究中，也有重要的参考价值。

　　前现代意义上的传统中国，其文化图式上带有浓重的"天下观"意味，即它是一个抽象意义上的"文化中国"或者说"天下中国"，地理边界不明显，而是以含混的理念认知把握世界。"王者无外"的"天下"中，华夏与蛮、夷、戎、狄的"五方之民"按照远近亲疏分布在以"畿服图"为框架的宇宙模式中。文化的中心位于华夏"中原"，以"礼闻来学，未闻往教"的自信和包容，呈现出远夷慕德、怀柔远人的文化交往形态。①

　　当然，这种形态是礼乐中国的理想状态，在实际的地缘政治和"国际关系"历史中几乎没有实现过。19 世纪中叶后，因为工业革命后的殖民主义与帝国主义扩张，帝制中国被迫进入康有为所言的"万国竞争"体系之中，也就是进入所谓的近现代"世界史"之中。从洋务运动到维新立宪，再到共和

---

　　* 本章源于 2015 年 5 月 8 日中国社会科学院外国文学研究所召开的"知识、资本与权力空间的侨易个体"工作坊，后叶隽替户晓辉主持的"侨易学圆桌：侨易学与文学研究"栏目向我约稿，刊发于《侨易》第二辑，北京：社会科学文献出版社 2015 年版。

　　① 参见刘大先：《现代中国与少数民族文学》，北京：中国社会科学出版社 2013 年版，第 207 - 214 页。

革命，古典中国的"天下观"破产，从以夷为师、富国强兵到根本性的制度和理念变革，原先的价值体系发生转移与裂变。

这个过程实际上是中国士人及文化观念侨易的过程，从现象上也因而可以分离出侨易的不同类型。一是"侨而不易"，即便遭遇了西方文化的冲击，甚至发生了实际上的个体迁徙、旅行、考察等物理意义上的实践，却并没有带来精神的变化。比如最早出使西方的旗人官员斌椿，以及曾经跟随郭嵩焘出使的刘锡鸿等①，欧洲的使程并没有带来相应观念上的转变。二是"不侨而易"，即虽然没有物质上的位移，而思想观念上却接受了异文化的洗礼，比如魏源和林则徐的"开眼看世界"，这里显现出精神的主观能动性。三是"侨易互动"，这又分为两种类型：一种是如辜鸿铭这样的华侨，身受西方文化的熏陶，却在回国后回归到保守主义一脉；另一种是广为人知的那些因为出国留学而普遍接受西化观念的精英知识人士。当然，这也不能一概而论，事实上留学生在回国后具体应对国内外形势时，也有转而坚守中华文化本位主义的。这里将侨易分为三种类型，只是一种马克斯·韦伯意义上的"理想类型"②的分类，便于从错综复杂的具体人事中提炼出代表性的类型。其实这便是"易有三义"——简易、变易、不易，叶隽将之发挥为变易、互动、不变——在侨易学中的体现③。

以上是从近代以来中西文化交流中提炼的分类，事实上中西交流自古以来就没有断绝过，只不过在近现代发生了世界观和价值观意义上的根本性嬗变。古典中国要应对新的形势，不得不改弦更张，按照强势文化的逻辑去改变自己，进而在竞争中争得世界民族之林的一席之地。这中间自然充满了巨大的精神裂变与挣扎，所以才会出现形态各异的侨易形态。回顾 19 世纪至 20 世纪中叶的历史，我们会发现这种自我改造是如此的激进，以至于作为一个整体性的"中国"对比于古典时代似乎变得面目全非——一言以蔽之，这种文化侨易毋庸讳言很大程度上变成了文化交流的"单行道"，"中国"文化尽

---

① 尹德翔研究过斌椿、志刚、郭嵩焘、刘锡鸿、张德彝、薛福成等人出使西方国家的日记，每个人对待异文化接受态度不同，可供参考。见尹德翔：《东海西海之间：晚清使西日记中的文化观察、认证和选择》，北京：北京大学出版社 2009 年版。

② 马克斯·韦伯认为："只有现象中'合乎规律的东西'才可能是科学的本质内容，'个别'的事件只有作为'类型'，这里也就是说，只有作为'规律'的代表性才可能得到考虑"，因而就要主观建构"理想类型"，"获取这种理想类型的方式或者是片面地强化一种或几种观点，或者是把从属于这些片面地突出了的观点的一种充满混乱和分散的、此处多彼处少而有些地方根本不存在的个别现象联合在一个自身一致的思想图像之中。这种思想图像因其概念的纯粹性不可能经验地存在于任何实在之中，它是一个乌托邦。"见马克斯·韦伯：《社会科学认识和社会政策认识中的"客观性"》，马克斯·韦伯著，韩水法译：《社会科学方法论》，北京：中央编译出版社 1998 年版，第 36、40 页。

③ 叶隽：《变创与渐常：侨易学的观念》，北京：北京大学出版社 2014 年版。

管内部有着激进西化、保守主义、调和主义的分别，但无疑在以民族主义为底色的反帝反殖民运动中，历史性地选择了跟随西方的道路①，这自然就造成了西方现代性的"一元孤立"的情形。

时至今日，反思一个多世纪的文化侨易之路，我们可能需要重新反思"何为中国"？中国文化内部一度在形形色色的革命实践中被压抑的差异性、多元性、多样性有无重新认识的可能？这种意识到的"中国性"的复杂与丰富，是否能够为再造新的文明提供一定的文化滋养并做出精神贡献？

这首先需要我们做的是摆脱早期弥漫在知识分子思想中的那种中西二元对立，或者中国、印度、西方三元划分，或者儒家文化、基督教文化、穆斯林文化的"文明冲突"的窠臼。② 西方是复杂多元的西方，而中国内部的多样性、历时性和流变性也是客观事实，尽管在特定历史年代因为意识形态的缘故我们有意无意地忽视与遮蔽了这一点。中国显然不是欧洲式的"民族国家"，也不是那种新资本主义的"帝国"。中国是一个在进行着社会主义实践的多民族国家，其内部在经济地理、文化民俗、宗教信仰等方面的差异带来了"跨体系社会"③ 式的复杂性与丰富性。在中国每一个具体的地域和族群内部，都有不同的文化，无法统一。回到本土原点，以内部多区域、多民族、多语言、多文化的交往互动为考察对象，去重新审视与命名"中国文化"这一文明体。从"一元"到"多元"，在"二元"的交流中引入"流力"因素，构建出"三维"的模式，侨易学就成为一个基本的观察方式。

上面归纳的三种侨易类型置诸中国多民族文化与文学之中，同样可以适用。随着经济活动、信息与交通技术的发展，各个不同族群之间的交流、交汇与交融已经成为一种普遍现象。在当代全球化的这种普遍性时间中，由于区域发展并不均衡，就存在着特殊性空间，也即产生所谓文化上的"同时异代"的情况。如果我们摆脱时间上的他者的迷思，将中国的多民族文化视为一种在中国大主体下的亚主体，那么它们可以展现出多个"别样的中国"，也促使我们反思霸权性的文化理念如何桎梏了更为广阔的学术视野和知识生产

---

① 如同赵毅衡曾经指出的，"20世纪中西文化交流中的一个基本态势，是交往的'双单向道'——表面有来有往，实际是两个单向：中国人去西方当学生，西方人到中国当老师。这个局面已经100多年，至今基本格局未变。"见赵毅衡：《对岸的诱惑：中西文化交流记（增编版）》，上海：上海人民出版社2007年版，第341页。

② 比较有代表性的如梁漱溟《东西文化及其哲学》第四章（北京：商务印书馆1999年版，第75－164页）和亨廷顿（Samuel P. Huntington）《文明的冲突与世界秩序的重建》（周琪等译，北京：新华出版社1998年版），也同样将某个内部极为复杂的文明政治体简化了。

③ 汪晖：《亚洲视野：中国历史的叙述》，香港：牛津大学出版社（中国）有限公司2010年版，第283－321页。

的可能性。

以此视角观之，"侨而不易"就不仅包含了某种文化保守主义的立场，还蕴含着另外的可能，那就是文化相对主义式的平等观念对文化等级制的突破。某种在前现代历史叙事中被视作"远夷慕德"的文化存在，可能在今天获得了自己的主体性，从而有自信在外部变迁中执守于文化核心部分的稳固性。我们在当代许多少数民族文化精英那里都可以看到这种情形的存在，典型的如鄂温克族的乌热尔图。作为一个 20 世纪 80 年代早期就获得盛名的作家，进入 20 世纪 90 年代之后转入非虚构的民族历史追踪考源的准学术活动之中。[①] 他从内蒙古到北京工作数年，又返回到海拉尔，开始对民族典籍与民间传统的收集与整理，完成了一个完整的空间侨易，精神上却更为坚定地回归到对于鄂温克文化的"自我阐释"当中。

作为精神能动性表征的"不侨而易"，则首先通过思想上的迁徙，不经过空间的变动就完成了精神裂变，藏族的扎西达娃可作如是观。事实上，他在 80 年代就明确提出绕过"汉化"取"西化"的主张，并且在《骚动的香巴拉》中把藏地风情与美国南方文化作了有意味的沟通。这一方面固然反映了时代的整体性西化思潮，另一方面也可以看出藏族精英文人在既没有通过中国内部的全方面考察，也没有西方游历经历的情况下，如何通过文字、图像、影视等媒介完成精神上的迁移。这提示了一种虚拟空间侨动的可能性，在新媒体日益兴起的当下尤为值得注意——侨易已经不仅仅是物理空间、地理空间、心理空间的问题，同样也在技术空间中生成了一个不容忽视的话题。

张承志则是典范性的"侨易互动"案例。作为一名北京知青，他在下放内蒙古时深受蒙古族文化影响，并曾用蒙语写诗。此后，去日本留学又广泛接受日本文化的熏陶，并翻译了江上波夫的《骑马民族国家》。在不停的行旅与田野考察，尤其是在大西北的行走中，逐渐认同于伊斯兰教哲合忍耶门宦，并唤起了作为一个回族穆斯林的宗教热情，写下争议不断的《心灵史》和《西省暗杀考》。但是 20 世纪 90 年代末期，他与乌热尔图一样转向了非虚构写作，在中国和其他国家各地游走，尤其是拉丁美洲的旅行笔记更是将阶级与公正主题的议论推进到一个深沉的境界。这种空间与精神的不断变化，生动地显现了侨易的本质。

其实，集中到某个单一地域的单一民族内部，我们依然也可以看到侨易主体的不同选择。比如广西贺州地区，是湘、粤、桂"三省通衢"的交界地，

---

① 刘大先：《重寻集体性与文学共和——为什么要重读乌热尔图》，《暨南学报》（哲学社会科学版）2014 年第 2 期。

汉、瑶、苗、壮等多民族聚居区，通行汉语七大方言中的五种，并行的还有壮语、瑶族勉语、苗语、标话等少数民族语言，属于"南岭民族走廊"的要冲。我曾经考察过三位瑶族作家：游记型女作家纪尘，她走了很多国家，用侨易学的观点来看，她是通过地理旅行完成了"自我—远方"的文化交流；冯昱则从未离开贺州，他的文本里，远方是摧毁乡土共同体的恶魔化存在，在这种想象中，本土是作为价值存在的；林虹也没离开过贺州，但是在不停地虚构远方，她的作品中的人物是被大众媒体规训的形象。① 这三个作家也可以映照我前面所说的三种类型，无论有没有完成真正意义上的"侨易互动"，这些实际的情形都是属于侨易学的内容。它指示的是家族相似的侨易主体，也就是说无论何种侨易的形式，其实际起作用的是主体的形态与位置。不同的侨易形式恰恰说明了主体的创生性、弥散性和流变性，这也就是"变"与"不变"的辩证法。

　　需要指出的是，认识到中国文化内部的多元源起的历史和多样共生的现实，至少可以在三个方面对当代语境中的中国文化"创变与渐常"做一些思考：其一是现代书面汉语建构过程中的混血因素，如同语言学家张清常、罗常培等所考证的，满语与蒙语及外来语在现代汉语白话文形成中起到了重要影响，② 及至当代这种少数民族语言之于汉语的渗透与改变，通过双语写作文本的作用依然在进行中，就如同纳博科夫、布罗茨基之于英语，藏族的次仁罗布、维吾尔族的阿拉提·阿斯木、彝族的阿库乌雾等双语作家，让当代汉语进入了一个"混血时代"③。与语言相应的是，多民族文化以史诗和各种非物质文化遗产，如藏蒙的《格萨尔》、柯尔克孜的《玛纳斯》、蒙古族的《江格尔》、彝族的《梅葛》、苗族的《亚鲁王》、壮侗的萨岁信仰、鄂伦春的"摩苏昆"等，将突厥学、蒙古学、藏学、东北亚萨满教等知识形态在华夏文化之外充实进中华文化的谱系之中。

　　其二，与语言和知识形态相并行的是现代国家建构过程中的侨动与选择，共产主义理念在全球范围内的传播和帝国主义的侵略，促使亚洲境内各个民族与国家之间的人员与文化侨易。典型的例子如 1927 年加入中国共产党的越

---

　　① 刘大先：《远方、自我与集体性——贺州瑶族三作家论》，《南方文坛》2015 年第 4 期。

　　② 张清常：《漫谈汉语中的蒙语借词》《一种误解被借的词原义的现象——兼论"胡同"与蒙语水井的关系》《北京话化入普通话的轨迹——老舍作品语言研究的新途径之一》，见《张清常文集》（第二卷），北京：北京语言大学出版社 2006 年版。罗常培：《从借字看文化的接触》《从地名看民族迁徙的踪迹》，见《语言与文化》，北京：北京出版社 2003 年版。

　　③ 阿库乌雾：《混血时代》，北京：作家出版社 2015 年版。

南人洪水①，1955 年被授予中国人民解放军少将军衔；朝鲜人郑律成 1993 年来中国参加革命，创作出著名的《延安颂》和《中国人民解放军军歌》，并于 1950 年加入中国国籍②；哈萨克族的诗人唐加勒克·卓勒德（1903—1947）和更早的阿拜（1845—1904），更多受俄罗斯和中亚文化的影响，前者在苏联学习过③，后者还翻译和改写了普希金、莱蒙托夫等人的诗作④。他们留下的精神遗产已经成为中国文化的有机组成部分。这些跨境民族文化及其最终走向社会主义共同追求的案例，从另一侧面提示了一种现代中国主体意识觉醒和张大的过程。

其三，随着网络的发展，虚拟空间的侨动改变了现实空间中国族身份与文化认同的状态。比如"僚人家园"论坛就复活了"僚人"这一见于典籍中的古老词语，用于指称壮侗语族中复杂的族群，包括分布于中国西南地区及越南北方的壮族、布依族和岱依族，而壮族被认为是粤人（广府人）的表亲，泰族人、老族人、傣族人、掸族人的堂兄弟，这实际上就打破了国家体制内的民族识别与认定的体系，也促使我们重新认识"中华文化"的弥散与衍生。类似的情形还有苗族与越战后流散到北美与欧洲的 Hmong，瑶族与流散在北美的勉人。人类学家发现，"虽然族群之间有人事流动，但界限仍然存在。换句话说，各种各样的族群差异不是因为缺少流动、联系和信息，而是包括排斥和接纳的社会过程；因此，虽然在个人生命历程中会改变参与形式和成员资格，但仍保留着毫不相干的各种类型……稳定、持久，通常十分重要的社会关系可以跨过这种界限而存在，这种社会关系通常是很明白地建立在族群地位的两重性上的。换句话说，族群差异并不是由于缺乏社会互动和社会接纳而产生的，恰恰相反，经常正是这一封闭社会系统建立的基础。在这种社会系统中的互动通过变迁和涵化，不会导致自己消失；虽然族群内部的相互联系和相互依赖存在，但文化差异依然存在着"⑤。在"核心稳定、边界流动"的"变"与"不变"当中，中国多民族文化的侨易其实也是全球文化的一个生动缩影。

以侨易为基点来考察空间与心理意义上的边疆、边远、边缘的多民族文

①　洪水的经历参见陈寒枫、阮清霞：《我们的父亲洪水—阮山：中越两国将军》，北京：中国书籍出版社 2016 年版。

②　郑律成的经历参见丁雪松等：《作曲家郑律成》，沈阳：辽宁人民出版社 2009 年版。

③　热合木江·沙吾提：《唐加勒克·卓勒德》，乌鲁木齐：新疆人民出版社 2009 年版。乌拉赞拜·叶高拜、吴孝成：《唐加勒克诗选》，乌鲁木齐：新疆人民出版社 1998 年版。

④　穆合塔尔·阿乌埃佐夫著，哈拜、高顺芳译：《阿拜之路》，北京：民族出版社 2004 年版。哈拜译：《阿拜诗文全集》，北京：民族出版社 1993 年版。

⑤　弗雷德里克·巴斯著，高崇译，周大鸣校：《族群与边界》，《广西民族大学学报》1999 年第 1 期。

化，会发现所谓的"三边"情形在多维并举之中，并不必然带来边缘性，这取决于观察主体所处的位置和主体的自我审视角度。在空间上互换位置会带来视角变化进而导致所谓"中心"与"边缘"之间的互动，有助于二元僵化模式的拆解；而从各个主体的角度分别观察自我与他者，则会产生"满天星斗"①"万象共生"②的局面。从这个意义上来说，侨易学也就成为带有普遍意义的文化交往模式，可以刷新既有观念，促使一种"新文化"的诞生。

---

①　苏秉琦：《满天星斗：苏秉琦论远古中国》，北京：中信出版社 2016 年版。

②　纳日碧力戈：《万象共生中的族群与民族》，北京：中国社会科学出版社 2015 年版。

第十五章　民族文化的历史叙述问题

——从五卷本《中国回族文学通史》谈起*

文学史是一种知识话语

文学史是现代以来的产物，是应现代民族主义和国家建立的意识形态需要，对已有文学成果及其发展脉络与过程的一种梳理、叙述和知识化，从而构成一套有头有尾的完整叙事，并成为教育国民、凝聚共同体情感的一种方式。中国文学史最初是由近代以来"新史学"的转型以及日本文学史叙事的影响而产生，经历了一个认识观念不断深化和转变的过程。从早期黄人、林传甲的较为模糊的学术与文学未分的文学史，到后来日益具有鲜明史观（阶级斗争论、人性论、文体变迁论）的各类"中国文学史""中国文学发展史"的出现，显示了不同话语在关于文学的观念和文学史的功能等问题上的争夺。①

中国少数民族族别文学史的动议早在 1958 年就被提出来，因为少数民族作为"人民"的一员、"阶级"的一分子，自然有进入历史的权力。当时是为了继承与弘扬各民族文学文化的遗产，加深国内各个民族之间的认知、理解与交流，从而更好地为建设社会主义文化事业服务。这个学术规划的背景是蓬勃展开并且依然在进行中的民族识别与民族文化调查工作。此后几年迅速出现了十几种少数民族文学史，到 1959 年新中国成立 10 周年时，至少已经有 10 种少数民族文学史和 14 种文学概况出版。1960 年，中国科学院文学研究所（后改名为中国社会科学院文学研究所）在上海召开了第二次少数民

---

* 《中国回族文学通史》是国家出版基金项目、"十二五"国家重点出版物。2015 年 4 月 2 日，我在宁夏银川参加该著研讨会后，整理思路，撰成本章，原刊于《中国民族报》2015 年 4 月 17 日，纳入本书时有修改。

① 李晓峰、刘大先：《多民族文学史观与中国文学研究范式转型》，北京：中国社会科学出版社 2016 年版，第 227 – 274 页。

族文学史编写工作座谈会。截至会议前夕，有白族、纳西族、苗族、壮族、蒙古族、藏族、彝族、傣族、土家族 9 个民族写出本民族的文学史或文学简史初稿，其中《苗族文学史》（讨论稿）于 1959 年和 1960 年两次内部印刷；《白族文学史》（初稿）和《纳西族文学史》（初稿）于 1959 年和 1960 年由云南人民出版社出版，《藏族文学史简编》（初稿）于 1960 年由青海人民出版社内部出版发行。同时，布依族、侗族、哈尼族、土族、赫哲族、畲族 6 个民族也写出本民族的文学概况或调查报告。[①]

　　但这项工作不久因为"文革"的激进运动而中止，直到其结束才重新开始。宁夏于 1979 年 9 月成立了《回族文学史》编写小组，在王十仪和李树江的主持下，取得了一些阶段性的成果。先后出版了张迎胜、丁生俊编写的《回族古代文学史》[②]、李树江编写的《回族民间文学史纲》[③]、杨继国和何克俭编写的《当代回族文学史·上编》[④]。2015 年由杨继国总编，何克俭、王根明主编"民间文学卷"，张迎胜主编"古代卷"，赵慧、拜学英、王继霞主编"近现代卷"，哈若蕙、郎伟、石彦伟主编"当代卷"，共 320 万字的《中国回族文学通史》[⑤] 五卷本终于出版了，这对于中国族别文学史的建构来说是持续性学术工程的又一成果。

　　早期的中国族别文学史在分期上往往跟随了主流历史分期的时间模式，这种时间模式来于马克思主义的历史阶段论，尤其是经由斯大林的新解和 20 世纪 30 年代《联共（布）党史简明教程》所确立的"原始社会—奴隶社会—封建社会—资本主义社会—社会主义社会"的五阶段进化式图式。现在看来，这种分期不免有些僵化，无视了中国具体历史情境和进程的特殊性，也较少考虑各个兄弟民族之间由于族裔、地域、文化差异所带来的多样性文学传统和美学风貌。这当然是由于特定历史阶段人们认识的局限性所致，而《中国回族文学通史》则在近 60 年来学术积累的基础上，有所创新，从中国本土的历史朝代事实出发，搁置了某种刻意为之的分期和"发展规律"的探讨，而让作家作品自身呈现出来。

《中国回族文学通史》的特色

　　回族是中国人口仅次于汉族与壮族的第三大民族，其民族共同体可以追

① 刘大先：《现代中国与少数民族文学》，北京：中国社会科学出版社 2013 年版，第 58 - 60 页。
② 张迎胜、丁生俊：《回族古代文学史》，银川：宁夏人民出版社 1988 年版。
③ 李树江：《回族民间文学史纲》，银川：宁夏人民出版社 1999 年版。
④ 杨继国、何克俭：《当代回族文学史·上编》，银川：宁夏人民出版社 1994 年版。
⑤ 杨继国：《中国回族文学通史》，银川：阳光出版社 2015 年版。

溯到唐代。由于商品贸易、传教及战争等原因，信仰伊斯兰教的阿拉伯、波斯及中亚、南亚的穆斯林来到中国，不少人在华定居下来。自唐至宋，这种迁徙绵延不绝，并有一些在华与穆斯林习俗相近的犹太人、吉普赛人等以及改信伊斯兰教的回纥、突厥人等加入，成为回族的先民。13 世纪随着成吉思汗的西征，更加速了这种民族流徙，色目人的主要部分就是回族先民。信仰伊斯兰教的汉人和其他中国定居民族也有一部分转化为回族。明代是回族形成的主要时期，此后日益成为中国多民族大家庭中不可或缺的一员。① 但是关于"回族文学"历来有不同的看法，《中国回族文学通史》则直接将"回族文学"归结为"回族人民群众口头和书面创作出来的文学作品"，其概念和范围以作者的族属为划分标准。这是近些年来民族文学界逐渐达成的共识，虽然未必完美，却不失为一条中立稳妥的途径。

在这种对于"回族"和"回族文学"的界定中，《中国回族文学通史》显示出三方面鲜明的特色：一是具有实事求是的客观视角，它的编纂遵照流传下来的史料和口头传统的调研结果，努力以平实的描述呈现过去的作家与作品，较少进行过于主观化的阐释和解读，从而让读者自行评判。"民间文学卷"往往在一般的"中国文学史"叙述中被忽略不计，这显示了一种精英书写文学的傲慢，而本书则独立一卷，给予充分展示，这样一来，让文学史知识本身成了主角，同时让我们反思"经典化"的文学史所可能存在的一些茸漏——"经典"在不同的视角和话语之中具有可变性，它们是历史沉淀的结果，并非一成不变的教条。

二是在地理和空间视野上的突破，因为回族散居全国各地且有移居国外的，这使得回族文学史的编写在一般文学史的历时性之外还要补充入共时性的维度。这在"当代卷"中体现得尤为明显，它将当代回族文学分为北京地区、华北地区、东北地区、华东地区、中南地区、西南地区、西北地区、港澳台及海外、中亚东干族等不同板块，从而绘制了一幅完整的回族文学地图。空间视野的引入可以进一步细化对于某个具体的民族的认知，即以回族而言，它的内部也充满了多样性，虽然有着总体的一致性，但因为地缘不同也会形成各具特色的差别。

三是现场存照的档案性。文学历史的书写总是一个以"后见之明"回溯的叙事，古代、近代、现代的划分都是以当代的历史观念为指针对过往的文学遗产进行收集、整理、编排、叙述。经过时间淘洗逐渐经典化了的作家作

---

① 关于中国回族的历史演进与发展，参见邱树森：《中国回族史》，银川：宁夏人民出版社 1995 年版。

品已经转化为今日文学教育的丰富资源，那些依然处于变动不已的文学现场则需要当代人立此存照。占五卷本近一半篇幅的"近现代卷"和"当代卷"则努力回到历史现场，让回族文学的完整性得以展示。比如"近现代卷"对于报刊媒介多有关注，同时将翻译文学也纳入其中。"当代卷"则力求全面囊括老中青、有极大影响力的著名作家作品与尚不知名的作者，存留了大量的第一手资料。其中收入并述评的许多作家也许在时间的淘洗中，会被各种不同的文学史遴选机制所淘汰，但就回族文学自身而言却也是其生动鲜活的组成部分。因而它们一方面为未来进一步的研究存储了丰厚的历史记忆和材料，另一方面也显示了一个少数民族在"自我表述"时有别于主流话语的地方。

重写历史是文化更新和转型时代的必然现象，从 20 世纪 80 年代以来在文学史书写领域就不断涌现出各种各样的"重写文学史"思潮，其实在那之前的历史书写的实践中，就不断地有着未曾明言的"重写"：梁启超"新史学"提出要重新反思二十四史的帝王家谱模式，而将历史界说为"叙述人群进化之现象而求得其公理公例者也"①；"五四"新文化运动则重新叙述了中国的过去，社会主义中国早期和当下也在历史唯物主义和辩证唯物主义的方针下不断地重写过去，改革开放以来西方不同流派的历史哲学和思潮涌入更是带动了史学界一大批的重新书写浪潮。然而，所有的一切重写其实都是围绕着现实来的，历史总是根据现实语境的变化而在进行重写。《中国回族文学通史》的重写如果发散开来，其实可以引导我们进一步思考整个民族文化的历史叙述问题。

民族文化历史叙述的三个维度

诚如有人所言，对于一个民族来说，政治是头脑，经济是筋肉血脉，那么文化则是灵魂。对于文化的书写与探求关乎民族精神的塑造、民族情感的建立、民族认同的形成，进而会成为整个国家文化安全、文化建设、文化创新、文化生产的动力与源泉。那么我们如何进行文化的历史叙述呢？

2015 年 3 月，我连续参加了两个相关问题的研讨。一个是中国作家协会主办的"唐弢文学论坛"，主要是从事现当代文学研究的学者讨论当代文学史叙事的相对整体感是否可能，代际的断裂与共通文学史的困境，当代文学史叙事的历史观，文学史的现实感如何体现，主流文学史是否已经走向终结等问题。另一个是中国社会科学院文学研究所《文学遗产》与《文学评论》编

---

① 梁启超：《新史学》，《梁启超全集》（第三卷），北京：北京出版社 1999 年版，第 740 页。

辑部主办的"中华文学的发展、融合及其相关学科建设学术研讨会",主要是古代文学学科的学者试图系统深入地清理史料,准确描述在中国历史的不同时期,中华各民族文学汇聚、融通的历史过程,再现中华文学的整体风貌,为构建新世纪中华文学史宏大叙事的理论体系奠定基础。文学是文化的重要组成部分,从这种学术动态可以看出,如何在新的形势和语境中找到一种具有生产性的文化的历史叙述方式,已经日益成为有关怀的学者的共识。

在我看来,文化的历史叙述,其关键点逐渐聚拢到三个维度:第一,整体观的关怀,即我们站在何种世界观和价值观的尺度下进行文化观照。一个真正的知识分子作为文化的传承与创造者,显然应该走出个体的局部经验,而具有超越性;同时他又是一个具体的生活在特定时代与社会中的个人,受限于特定的语境。综合此二点,当代中国文化的历史叙述显然应该是具有中国气象和本土关切的,需要充分意识到中国作为一个多民族国家的历史与现状,从整体上进行观照。尽管经过后殖民主义、后现代主义、后马克思主义等一系列理论的变迁,"总体性"已经被视为一种已然沦陷的霸权,但整体观并不是要重复某种单一的视角,而是强调文化间彼此的尊重与理解、交流与对话,在一种关系性的联结中给予差异性的文化以共享与共生的空间。

第二,历史性的尊重,即进行任何历史叙述,都需要严格而谨慎地将史料的真实性和认知的真实性统一起来。这并不是重复兰克史学的"客观性"俗套,或者"历史主义"的那种刻板,而是既讲究有一份材料说一分话,同时也要有明确的历史性担当和情感认同。以《中国回族文学通史》为例,事实上就显示了某个特定少数民族的文学史从被他者表述到自我言说的尝试。这种不同话语所叙述出来的历史可能会表现出不同的面貌,都具有在其主观立场下的真实性,但是并不是唯一的真理,"历史性"需要在不同话语的碰撞和交融中产生。

第三,现实感的参与,即无论何种历史叙述总是要介入当代的文化实践中去,要将静态知识进一步向动态实践转化。知识如果仅仅沦为不及物的言说,那就是死去的展览物,只是无关紧要的消遣娱乐。纯粹趣味性的知识固然必不可少,但文化只有真正发挥干预现实的作用,才是活的具有能动性的事物。历史叙述的现实感要求文化走出历史的封闭圈,把历史转化成现实实践的动力之一。唯其如此,文化才不仅仅是少数精英的游戏,而是与最广大民众生活息息相关的生产力。

就此而言,五卷本《中国回族文学通史》尽管成就瞩目,但依然陷入民族主义史观之中而又对史观本身缺乏反思,"回族文学"的作家与作品在叙述中更多成为孤立的存在,较少与中国境内其他少数民族文学进行结构性的关联，这就容易使得它的叙事转入一种族裔民族主义式的现象梳理与脉络结撰——它的贡献更多集中于史料，而在多民族既有差异又有统一的文学史观上则无所建树。不过，诚如上面已经提到的，越来越多的人已经开始进入关于历史叙述的整体观、历史性、现实感的讨论之中，相信假以时日，中国文化的伟大复兴也就是在这样稳健的"范式转换"中得以实现。

第十六章　民族文学的跨界、翻译与超越[*]

一

"比较文学"是一个含混的词组，它同时兼有方法和学科的双重意味：前者是因为比较视野几乎是进行任何文学批评和研究的基础，没有辅助、映照、对比的他者材料，局限于某个单一文本、作家与现象，不可能形成具有学理性和知识性的结果，充其量是一个自恋式的自说自话；后者则更有着一个多世纪的学术史积淀，并且在学科自身的流变之中形成了自己区别于浮泛的比较视野的独特的比较文学方法论。涉及少数民族文学的比较视野，则还有第三种意义，即一种相对的、多元的和对既有"比较文学"学科及其方法论超越的期望。

一般从事比较文学研究的学者，因为学科的西来传统，是以民族（国家）为单位进行研究的，在总结开放性和边缘性的基础上，将比较文学的基本特征归结为跨越性，即跨国家、跨语言、跨文化、跨学科方法等。晚近数十年，比较文学自身的理论与视域发生了较大的变化，译介学、文化研究、媒介研究等逐渐突破了传统平行研究与影响研究的窠臼，尽管如此，一国之内少数民族文学的比较研究仍然是一个较为敏感的话题。这个话题至少在三十余年前季羡林就提过，不过此后并没有形成有意识的理论自觉，然而晚近十余年少数民族文学研究因缘际会，受惠于综合国力的增长、国内外文化交往的增多、传媒技术的更新，族别之间、与域外他民族比较、由特定族群文学观念出发形成的理论观点已经渐成气候，是进行一定的总结和提升的时候了。

"少数民族文学"在其学科建立之时，有其政策考量和文化平权的特殊

＊　本章原是我为我主编的《本土的张力——比较视野下的民族文学研究》一书所撰写的导言，该书 2013 年由中国社会科学出版社出版，纳入本书时作了一定修订。

性，而某些主流学科的学人囿于历史感的匮乏和学术视野的偏狭，往往在本学科中故步自封、坚壁清野，以一种无知无畏的傲慢质疑"少数民族文学"的合法性——它们似乎只被囚禁于"民间文学""民俗学""民间文艺学""神话学""宗教学""史诗学"等名目繁多的学科夹缝之间踽踽独行。① 这倒让我想起厄尔·迈纳（Earl Miner）说过的一段话："我们的各种专业研究机构越来越注重我们大多数人还不太熟悉的那些文学（包括我们自身文化中潜藏着的文学），真正把它们纳入研究计划之中，不再只是把它们视为无足轻重的杂耍了。然而，这里存在一种奇特的不平衡现象。我们的社会机构（包括大学在内）助长了我们中间那种认为研究西方文学的人不需要广泛阅读其他民族文学的不良倾向。另一方面，那些处于边缘位置的系科的研究者们却被迫一直与西方文学研究现状看齐。结果是他们知道我们所知道的，而我们却不知道他们所知道的。很显然，我们中没有谁能够全部了解世界上各种不同的文学和诗学。真正的比较文学研究和诗学研究要求我们进一步拓宽想象力，因为过去习惯了的想象力远远不够。比较研究的智识标准还有着清晰、强烈的伦理意义。如同女权主义者所坚信的男女两性应该平等这一观念一样，我们也必须考虑到，地球上其他四分之三或五分之四的人种也应该加入任何以比较为主导的文学研究中来。我希望能够宣称自己是在为人类的文学而歌唱，以激起众多的缪斯一起歌唱。"②

厄尔·迈纳认为，每一种文学体系都植根于其特定的诗学和文学传统的土壤中，因而我们可以顺理成章地发现很难用某种定于一统的"文学"观念去界定、衡量、评判纷繁复杂的各种文学现实实践。现代中国文学学科中的"文学"观念基本上是对传统中国文化中文学观念的摒弃或化约而移译西方概念而来，然后用西方现代文学观念去规约、梳理、整饬古典文学材料，形成中国文学的知识体系。少数民族迥异于主体民族的文学思想和系统更处于无名的状态，而一并隐设在这一套现代文学知识话语之中。然而，西方文学观念也并非固于一体、统于一端，它自身也经历了复杂的历史嬗变。仅就体裁而言，*Princeton Encyclopedia of Poetry and Poetics* 载：

传统的诗学体裁或门类三分法：史诗（叙事诗）、戏剧、抒情诗，实际上同希腊天才们最初发现的体裁的"自然"划分相去甚远，并没有出现于前亚

---

① 刘大先：《当代少数民族文学批评：反思与重建》，《文艺理论研究》2005 年第 2 期。刘大先：《中国少数民族文学学科之检省》，《文艺理论研究》2007 年第 6 期。

② 厄尔·迈纳：《比较诗学》，北京：中央编译出版社 1998 年版，第 12 页。

里士多德的创造性时代或是亚里士多德本人的著作中。这种三分法不如说是一个漫长而沉闷的累积和调整的过程的结果，是通过对传统的诗歌体裁罗列的带有细微变化的因袭而得出的，直到16世纪才演变成了现代的公式。

在伟大的雅典时代，我们找不到一种简单、清晰的分类，却可以发现关于特定体裁的形形色色的术语名称：史诗或朗诵诗、戏剧或表演诗，后者还可以细分为悲剧和喜剧；还有抑扬格诗或讽刺诗（之所以成为抑扬格诗因为诗作是按照抑扬格律创作而成的），以严谨的格律写成的挽歌；具有分支的挽歌对句（elegiac couplet）、警句和格言诗（因为是按照相同格律创作而成的，所以所有这些诗体可以归为一类）。后来出现了"歌诗"（这是后世的称法），或者说是一般由合唱队在长笛或某种弦乐器伴奏下唱的诗。"歌诗"和我们的抒情诗概念最为相近，但它还不包括我们会认为是基本抒情式体裁的挽歌（elegy）和格言诗（epigram），后者发展成为以后的希腊诗选中优美的抒情诗。此外还有颂歌（hymn）、长曲（dirge）或哀歌（threnos）以及酒神颂……亚里士多德在他的《诗学》中甚至都没去一一列举出这些体裁，而是聚焦于悲剧、喜剧和史诗三者之上，只是偶尔提及其他体裁。

现有记载中最早把抒情诗作为体裁提及的文法学家是公元前2世纪的狄奥尼修斯·特拉克斯（Dionysius Thrax）。他提出的一系列体裁如下：悲剧、喜剧、挽歌、叙事诗、抒情诗、哀歌（葬歌）。①

这是对西方文学历史中题材分类的一管窥豹，中国汉字系统的语言文学体裁也经历数变，在现代被追认为"文学"的内容恰恰是经史子集的知识系统中最不受重视的诗词歌赋。所谓的"文学自觉"的魏晋时期，对于文学体裁的辨析依然是众说纷纭的。曹丕《典论·论文》提出了"奏议""书论""铭诔""诗赋"四科八体②；陆机的《文赋》扩充为诗、赋、碑、诔、铭、箴、颂、论、奏、说十体③；挚虞的《文章流别论》④、李充的《翰林论》等也各有说法。刘勰《文心雕龙》"论文叙笔"，则以"文"和"笔"为别，分为35种文体。所谓"文"，指重在抒情言志，讲求音韵文采的作品，如楚辞、

---

① 杜萌若、胡燕春主编：《比较文学理论导引》，哈尔滨：黑龙江大学出版社2007年版，第57页。

② 曹丕：《典论·论文》，见郭绍虞主编：《中国历代文论选》，上海：上海古籍出版社2004年版，第158—159页。

③ 陆机：《文赋》，见郭绍虞主编：《中国历代文论选》，上海：上海古籍出版社2004年版，第170—175页。

④ 挚虞：《文章流别论》，见郭绍虞主编：《中国历代文论选》，上海：上海古籍出版社2004年版，第190—193页。

诗、赋、乐府等；"笔"主要指政治学术性的，不重音韵文采的作品，如史传、诸子百家之文等。不过，无论"文"还是"笔"，总需要找到其本体性的根源："论、说、辞、序，则《易》统其首；诏、策、章、奏，则《书》发其源；赋、颂、歌、赞，则《诗》立其本；铭、诔、箴、祝，则《礼》总其端；纪、传、铭、檄，则《春秋》为其根。"① 也即是说，中国的"文学"从来都没有"纯粹"过，其传统一向以"道""圣""经"为旨归。这种知识的等级格局，贯穿于科举制度的始终。清刘熙载《艺概》中论文、诗赋、词曲，诗歌中也分古体、近体、乐府、律诗、绝句、五言、七言等②。直到晚清，文学观念依然是颇为含糊的，小说是到了近代批评才独立出来的概念，这个时候"文学"这一概念逐渐通过日本对于西方文学观念的译介，而慢慢获得其现代含义。但是就文学观念而言依然要有个漫长的转变过程，并且不时会有反复和重新界定的过程。

而少数民族文学则更有着无法在既定文学知识体系中获得言说资格的多样性，维吾尔族的达斯坦、哈萨克族的阿依特斯、达斡尔族的乌钦、蒙古族的好来宝，以及诸多后来被各种文学学科肢解的故事、传说、歌谣、乐曲、子弟书、宝卷抄本等，都有其源自本族群或地域的文化、美学与政治内涵，不能因为无法纳入文学知识范型之中，就让它们沉寂在特定时代文学话语的幽暗背面。近半个世纪来整个学术话语的刷新，为少数民族文学带来了重新被发现的契机。如今可以说，一国之内的多民族文学比较同样具有无可置疑的正当性，它因应着文学研究范式的转型和作为文学及文学研究语境的整体社会文化结构的重组，而就比较文学话语而言，是对欧美比较文学传统的突破。

二

一般而言，比较文学存在的理论问题在"跨越性"和"文学性"两个基点上融通，其跨越性特征的四个研究范围包括对不同文学体系的实证关系研究，各种不同文学体系彼此之间的变异研究，建立在文学类同性基础上的平行研究，追求多元文明时代的总体文学。回顾比较文学的发展历程，一般都会认为影响研究强调文学关系的重要性，而平行研究则注重对比中的兴发。当然，也会细化成影响研究是追求实证性的文学关系研究，而接受研究则属于一种对文学变异关系的研究，二者是不同层面的研究模式。根据季羡林

---

① 周振甫：《文心雕龙今译》，北京：中华书局1995年版，第30页。
② 刘熙载著，袁津琥校注：《艺概注稿》，北京：中华书局2009年版。

1981 年的说法，狭义的比较文学或者说"原始的"比较文学，是 19 世纪前半叶源于德国的，而作为一个有比较牢固理论体系的学科却是 20 世纪之后的事情。他将比较文学归纳为德国学派、法国学派、西欧学派、美国学派四个独立分支，并在不同场合呼吁要建立"比较文学的中国学派"。① 后有中国学者总结归纳，将中国新兴的比较文学研究列为中国学派："法国学派以流传学、渊源学、媒介学以及异域形象学等构成影响研究的诸研究领域，美国学派则以比较诗学、主题学、文类学、跨学科研究等构成平行研究的诸领域，而中国学派则以异质文化中的双向阐发和异质比较、对话、融会法来构成跨文明研究的比较文学新范式。"② 具体而言，影响研究的传统下，包括流传学、媒介学、渊源学、形象学等分支；平行研究的传统下，涵盖着本学科研究包括比较诗学、主题学、文类学、类型学，跨学科研究包括文学与艺术，文学与宗教、历史、哲学，文学与社会科学，文学与自然科学等的比较。跨文明研究则包括跨文明双向阐发、异质比较研究、文化探源研究、异质话语对话理论、异质文化融会研究、总体文学研究等。③ 不同族群文化之间的比较研究显然是跨文明研究的题中应有之义。

　　循着跨文明研究这一思路，自然就会引申到文学人类学的提法。早期从事接受美学研究的沃尔夫冈·伊瑟尔（Wolfgang Iser）后来便转入文学人类学（Literary Anthropology）的思考。④ 较早对文学人类学进行探究的中国学者一般是从神话与原型入手，比如方克强《文学人类学批评》主要引入原始主义批评和神话原型批评的方法。⑤ 萧兵、叶舒宪的一系列著作也是以此种新的视野对古代典籍进行重新解读并与西方神话对比。⑥ 嗣后，叶舒宪等人开始从文

---

① 季羡林：《新疆与比较文学的研究》，《季羡林文集（第八卷：比较文学与民间文学）》，南昌：江西教育出版社 1996 年版，第 249 页。

② 曹顺庆：《比较文学论》，成都：四川教育出版社 2002 年版，第 118 – 119 页。

③ 曹顺庆：《比较文学论》，成都：四川教育出版社 2002 年版，第 80 页。

④ WOLFGANG LSER. Fiction and lmagine – charting literary anthropology. Baltimore：The JohnsHopkins University Press，1993. 沃尔夫冈·伊瑟尔著，陈定家、汪正龙等译：《虚构与想像：文学人类学疆界》，长春：吉林人民出版社 2003 年版。

⑤ 方克强：《文学人类学批评》，上海：上海社会科学院出版社 1992 年版。

⑥ 萧兵：《中国文化的精英：太阳英雄神话比较研究》，上海：上海文艺出版社 1989 年版。萧兵：《楚辞的文化破译：中国文化的人类学破译》，武汉：湖北人民出版社 1991 年版。萧兵、叶舒宪：《老子的文化解读》，武汉：湖北人民出版社 1994 年版。叶舒宪：《诗经的文化阐释：中国诗歌的发生研究》，武汉：湖北人民出版社 1996 年版。叶舒宪、萧兵：《山海经的文化寻踪："想象地理学"与东西文化碰触》，武汉：湖北人民出版社 2004 年版。叶舒宪：《高唐神女与维纳斯：中西文化中的爱与美主题》，西安：陕西人民出版社 2005 年版。叶舒宪：《庄子的文化解析：前古典与后现代的视界融合》，西安：陕西人民出版社 2005 年版。萧兵：《孔子诗论的文化推绎》，武汉：湖北人民出版社 2006 年版。萧兵：《中国上古图饰的文化判读》，武汉：湖北人民出版社 2011 年版。

学转入引入人类学的相关理路。① 经过此前几年的积累，2005 年 5 月 13 日至 5 月 17 日在湖南湘潭召开的中国文学人类学第二届学术年会可以视为在方法与视野研究上的一个标志性事件。这届会议设置的主题包括：①知识全球化时代的文学研究；②文学与仪式、文学与疾病、文学与神话；③文学中的神秘主义和原始主义；④原型批评在中国；⑤文学与性别；⑥口头诗学研究；⑦人类学电影，文化与图像；⑧中国文学人类学的学科建设。这些主题细大不捐，几乎囊括了文化人类学的所有内容，因而也导致"文学人类学"的泛化问题：既然这些原本就是人类学研究的内容，那么单独拎出"文学人类学"的意义又何在呢？该次会议主要成果收在《国际文学人类学研究》中②，内容包括国家地理与族群写作、逾界的想象、现代人的认同危机与怀旧情结、人类学小说试论、本土人类学小说对批评的挑战、陇东民间小戏的人类学解读、神话研究、蒙古神话研究综述、理论研究、论人类文学大系统的分类结构、面对哲学的人类学家、萨满教与中国文化等，同样存在着上述问题。

　　"文学人类学"如果要表现出其独特性，那显然突出地体现在它的想象与表述上，它通过叙述、虚构、语言、文字的表述来塑造世界，这一点逐渐也为相关学者所认识。③ 就中国各个族群文化而言，不同的文学表述，构成了中华民族文化的动力系统，也是进行文学比较的基础。语言与翻译问题就是其中最为关键的命题，少数民族与主体民族之间语言文学的互译一向较少为文学研究者所关注，而其中所透露出来的权力与政治交织下的文化网络则是理解中国不同民族文学差异性与同一性的关键。不同族群文学之间的翻译总是权力沟通、互动、妥协的结果，从而形成了差异补充、中介传输、文化增生的功能。如果要解除少数民族文学因为弱势而产生的阐释焦虑，则有必要将中华民族内部语言与文学的多样性落实于具体的研究范式之中，以同情的理解促成多民族文学的和谐共生。④ 这种研究路向因应了比较文学界"从比较到翻译"的译介学转向。

---

　　① 叶舒宪：《文学人类学探索》，桂林：广西师范大学出版社 1998 年版。叶舒宪：《文学与人类学：知识全球化时代的文学研究》，北京：社会科学文献出版社 2003 年版。彭兆荣：《文学与仪式：文学人类学的一个文化视野：酒神及其祭祀仪式的发生学原理》，北京：北京大学出版社 2004 年版。叶舒宪：《文学人类学教程》，北京：中国社会科学出版社 2010 年版。

　　② 史忠义、户思社、叶舒宪主编：《国际文学人类学研究》，天津：百花文艺出版社 2006 年版。

　　③ 徐新建、唐启翠：《"表述"问题：文学人类学的理论核心——上海交通大学人文学院徐新建教授访谈》，《社会科学家》2012 年第 2 期。

　　④ 刘大先：《中国现当代少数民族文学的语言与表述问题》，《中国社会科学院研究生院学报》2008 年第 5 期。刘大先：《少数族裔文学翻译的权力与政治》，《西南民族大学学报》（人文社会科学版）2010 年第 2 期。

翻译文本较之原创文本一般都被视为派生性和次等性的，苏珊·巴斯奈特（Sussan Bassnett）指出，根据二元模式，一个好的比较文学家应阅读原著，这是一个比读任何译作都要优越的阅读形式，因而那种二元比较研究是坚决反对翻译的。但是她历数材料，发现晚近的学术趋势中，翻译不再是次等的、边缘的活动，而是可以被看作文学史内部的一个主要塑形力量。① 以色列学者伊塔马·埃文—佐哈尔（Itamar Even - Zohar）认为 12 世纪标志着西方文化最主要的转变之一是从史诗到浪漫主义的转变，当然变化也是诗的变化，它展现了从传统的口头的英雄传说到书写的、作者革新过的文学的转变。这种转变包含大量的文学要素如文学样式、人物类型的转变；也包括形式的转变如韵律、修辞手法以及类似的转变；同样也有意识形态的转变，它涉及从骑士文化精神到宫廷显贵文化模式的转变和对浪漫主义爱情的赞美，翻译在其中起了重要的作用。② 因而，他基于俄国形式主义和捷克结构主义，于 20 世纪 70 年代提出了关于解释文学翻译活动受除文本以外的社会文化等因素制约的多元系统理论。1976 年，美国学者安德烈·勒菲弗尔（André Lefevere）也提出应该将翻译研究作为独立学科进行，标志了比较文学广义上的文化转向。在他看来，翻译无疑是一种文学传播活动中必然的再写现象："再写，或以批评的形式或以翻译的形式（同时，我还加上，或以编史和人类学的形式），成为非常重要的策略，文学监护人用此来改写那些'外来物'（在某个时间或地理位置）以符合接受文化的标准。正因为如此，再写在文学系统发展中起了非常重要的作用。在另一水平上，再写有接受的迹象，也可以据此来分析它。这看来就是给再写以文学理论和比较文学核心地位的两条最好理由。"③ 中国学者也发展出自己的译介学，包括翻译文学史、文学翻译的创造性叛逆、文化意象的传递、误译等问题的研究。按谢天振所言："译介学最初是从比较文学中媒介学的角度出发，目前则越来越多是从比较文化的角度出发对翻译（尤其是文学翻译）和翻译文学进行的研究……是一种文学研究或者文化研究，它关心的不是语言层面上出发语和本族语转换过程中信息的失落、变形、增添、扩伸等问题，它关心的是翻译（主要是文学翻译）作为一

---

① 苏珊·巴斯奈特：《从比较文学到翻译研究》，见杜萌若、胡燕春主编：《比较文学理论导引》，哈尔滨：黑龙江大学出版社 2007 年版，第 257 - 260 页。

② ITAMAR EVEN - ZOHAR. The position of translated literature within the literary polysystem. Tel Aviv：Historical Poetics，1978.

③ ANDRÉ LEFEVERE. What is written must be rewritten，Julius Caesar：Shakespeare，Voltaire，Wieland，Buckingham. The Hermans，in Second Hand：Papers on the Theory and Practice of Literary Translation. Antwep：ALW - Cahier，1985 （3）：88 - 106.

种跨文化交流的实践活动所具有的独特价值和意义。"① 这种转变可以视为比较文学的文化学派对语言学派的否定，虽然它力图从比较文学中独立出来，却也给它注入了新鲜的活力，它们尤其强调的翻译不仅是语言间的转换，而且是文化间的汇通，是理论上的创新。对于有着极其复杂多样的母语文学的少数民族文学研究对象而言，这种思维方式的转变就显得更加重要。

三

文化转向导致所谓"无边的比较文学"，雷马克（Henry Remark）在《比较文学的定义和功能》中认为，"比较文学是超出一国范围之外的文学研究，并且研究文学与其他知识及信仰领域之间的关系，包括艺术（如绘画、雕刻、建筑、音乐）、哲学、历史、社会科学（如政治、经济、社会学）、自然科学、宗教等。简言之，比较文学是一国文学与另一国或多国文学的比较，是文学与人类其他表现领域的比较"。即除了跨国文学研究之外，也可以对文学和人类其他一切学科领域进行比较研究，为了避免大而无当，雷马克还提出"系统性"的限制。② 然而，这依然是囿于学科门户之见，对于学科发生本身缺乏反思，需要在认识论和方法论上有个突破，不过扩大了的比较视域，为无边的比较文学埋下了伏笔。如同有学者指出的，"到了 20 世纪下半叶，随着西方文化批评的兴盛，人们又试图用文化研究来取代比较文学研究，对于这点已有不少学者提出过批评意见，他们或是批评其研究中的泛化现象，或是重新强调其研究中的'文学性'或'诗性'成分，以此来防止比较文学研究中出现实体'不在场'的现象。然而他们的努力好像未能阻止比较文学研究继续出现'无边化'的趋势"③。巴斯奈特的翻译学观点也就是在这种背景下提出的——比较文学作为一门学科，已经过时了，因为女性研究、后殖民主义理论和文化研究这三个方面所涉及的跨文化研究，已经改变了文学研究的面貌。从现在起，应将翻译研究视为一门主要学科，并将比较文学视为其中的一个有价值的研究范围。④

文化研究的理念从 20 世纪 60 年代之后逐渐成为主流之后，原先比较文学研究的领域向政治学、社会学、影视、商品、日常生活审美等领域扩张，

① 谢天振：《译介学》，上海：上海外语教育出版社 1999 年版。

② 雷马克：《比较文学的定义和功能》，见干永昌等编选：《比较文学研究译文集》，上海：上海译文出版社 1985 年版，第 208 页。

③ 张旭：《跨越边界：从比较文学到翻译研究》，北京：北京大学出版社 2010 年版，第 4 页。

④ SUSAN BASSNETT. Comparative literature：a critical introduction. Oxford：Blackwell Publishers，1993：161.

造成了经典比较文学学科的式微。斯皮瓦克（Gayatri Chakravorty Spivak）专门写过《一个学科的死亡》①，而她本人就曾任美国哥伦比亚大学比较文学与社会研究中心主任，以印度庶民研究和女性主义言论闻名。该中心的另一位著名华裔学者刘禾则以话语的跨语际实践为核心命题展开有关中国现代文学、晚清中英外交研究以及帝国与技术、新媒体研究。法国学派的形象学向媒介研究的转向是晚近比较文学的另一个重要趋向，与英美文化研究异曲同工。如同法国学者巴柔（Daniel - Henri Pageaux）所说："现在更有现实意义、更有用的事情，是不再去思考'再现'（representation）的概念，而是去思考"媒介"（mediation）的概念。需要强调指出，媒介与再现共处于同一个社会集体想象的语境中，而现在比任何时候都更应维持这种语境。② 身处新媒体、全媒体、自媒体的时代，文化文学间的交流已经与之前的传播语境大有不同，重新审视媒体与传播内容之间的互动，更利于理解文化多样性的关注及这种关注背后的话语关系。巴柔进一步分析，多元文化主义（multiculturalism）首先是对某些探索或研究的主题化。更深一步讲，它远非一种方法论，而更接近于一种意识形态。它或许是个人主义或种族主义的一种有效的平衡力量，因此，不是一种意识形态就是一种伦理学。从多元主义到"数种文化共存"的话语过渡，反映了一种处于比较文学中心的概念的重新表述：如何去思考各种文学和文化之间的关系、关联与对话。针对文化间性的文学研究意味着文学应当被看作跨学科研究的对象，是一个朝向社会科学，尤其是历史、人类学或社会学开放的领域。但是，社会科学必须使我们可以更加丰富地回归文学。简而言之，这意味着针对文化内涵的研究（即文化研究）不能取代文学现象的研究。因此，比较文学研究必须发展一种内在的或"国家内"的研究，与一种陆地间或跨国界的思考齐头并进。正是在这一点上，"多元文化主义"和"文化研究"的发展起了主导作用，它们将"边界"的概念放置到了探讨的中心（包括经济、文化和种族）。由吉尔·德勒兹（Gilles Deleuze）和菲力克斯·迦塔里（Felix Guattari）提出的关于卡夫卡的"小文学"的概念，可以帮助我们去理解对一种书写文字的选择、作家的位置以及它造成的后果。

多元文化主义是对欧洲中心主义的反叛，然而它自身也是西方学术脉络中自我反思的一个部分，如同吉拉尔德·吉列斯比所说，"我们不能武断地将

---

① GAYATRI CHAKRAVORTY SPIVAK. Death of a discipline. New York：Columbia University Press，2005.

② 达尼埃尔—亨利·巴柔：《多元文化主义与文化间性：从形象学到媒介》，见乐黛云、孟华主编：《多元之美》，北京：北京大学出版社 2009 年版，第 127 页。

欧美相对主义的标签贴到其他文化上"①。保罗·柯奈阿在《相对主义的挑战和理解"他者"》中就指出，"过分重视个别性和地域性，常常会同民族主义合流。这与我们所处的经济、技术、交通、环保和生活方式全球化、开放边疆和国家主权消减的时代是十分矛盾的。……在当今西方，宽容的知识界有一种精神的极端自由主义风气（禁止被禁止了）和一种后现代的浅薄的纵容（每种思想都有其价值）"。进而他认为："有时我们还需重复一些老生常谈。我们固然扎根于一定历史、语言和文化之中，但首先，超越于个体主义之上的，是我们有生物学—躯体的和精神的共同结构，这是千万年来不变的。在所有已知的人类社会形态中，不论其进化水平如何，都可识别出认知、娱乐、信仰和艺术创造等天赋，人们通过一种语言来整理各种印象，对世界进行分类，并互通思想和感情。所以不仅存在一个差异的基础，还有一个更深层的基础，它指向人类的同一性。正是人类的同一性使我们能够超越古代、中世纪和现代，超越民族和陆地的界限而融入一种有着相似创世神话和艺术杰作的共同体。"②

　　归根结底，比较文学始终有种"异中求同"的思维底色。正如钱锺书所言："东海西海，心理攸同；南学北学，道术未裂。"③这种全球性的整体性视野是人类学的基础观点，其思路的根底是结构主义式的认知图示：在一个整体性的结构中，任何部分都与整体有着割裂不了的关系，它们的参差多元保持了整体的有机性，而比较的方法则是基本的研究途径。如同列维—施特劳斯（Claude Lévi – Strauss）在《种族与历史》中指出的，世界文明只能是在世界范围内的联盟，所有的文化都要保存自己的独特性。④但因为15世纪之后的一系列贸易、殖民、知识传递活动造成的文化等级论，已经成为文化平等的一大障碍，所以对于之前一元化的价值标准进行反思是必要的前提工作。世界主义的文化等级论造成了既有的复杂性，"文化的优劣分等依然只是某些人正着手推行的计划，而且就像有人对所有文化一律持平等尊重的态度一样，同样也有人会对某些文化持蔑视鄙薄的态度。东方主义的那些溢美之词，在本质上和世界主义不谋而合，因为它们的赞美只属于过去，属于古代印度创造的奇迹，也许它还含有对现在的责难抑或怜悯。正是这样，文化相

　　①　吉拉尔德·吉列斯比：《文化相对主义的意义与局限》，见乐黛云、张辉主编：《文化传递与文学形象》，北京：北京大学出版社1999年版，第9页。
　　②　保罗·柯奈阿：《相对主义的挑战和理解"他者"》，见乐黛云、张辉主编：《文化传递与文学形象》，北京：北京大学出版社1999年版，第36 – 38页。
　　③　钱锺书：《谈艺录》（下），北京：生活·读书·新知三联书店2001年版，第1页。
　　④　克洛德·列维—施特劳斯：《种族与历史》，北京：中国人民大学出版社2007年版。

对主义触及问题的本质，即使没有它的那些评论文章和它所表明的态度。文化浸染是个历史问题，排除它的可能性就是排除历史存在的可能性。实际上，文化相对主义假定的是文化本体的非历史化。然而，文化真能是非历史的吗？文化自然有其自身的历史，它循着一定的轨迹向前发展，无论多么缓慢，总能为人所察觉。但是，不管两种文化是如何独立和纯粹，仍有一种历史将二者联系起来。这一历史是如此具有渗透性，很少有一种文化能与它保持绝对距离。实际上，文化孤立的理论，也许有人称作文化的自足，在与不均衡的世界经济遭遇时，往往被证明是不堪一击的。……这种交易的相互性将会产生一种似乎伸手可得的替代的平等。……贬抑常常是相互的。也许这正是一种文化借以抵御一切外来攻击以维护其自身的纯洁性的一种方法。但它是否就意味着所有的文化对话肯定只能是一种文化误读？对此，文化相对主义者将有何解释？"① 对话是双方或者说多方的事情，诚然，很多时候我们都无法对话，其实是独白的先天限制，讲述都是片面的、有局限的、武断的，但它们如果容纳了与其他看法的争论就具有价值。因为跨文化交往往往是绝对的主观主义，所以阐释学式的视域融合就是必然的选择。

因为自我与他者之间的辩证关系是一切文化关系的基础。比较是应对新事物和疏者的唯一途径。因此，理解必须与印象中熟习的事物联系起来。如果想要理解他者和自我就必须投入其中的存在主义循环。这不是一个我们能不能用我们的能力去理解的问题，作为人类，我们一直并且已经在理解。这种理解把握了我们与之同在的他者，因为人类的存在是一种共同存在。在认知进程中，误解是把他者作为生疏的、非熟习的、新的事物来指认和理解的，带着对异种文化的关注。理解有两个基本方面：理解他者和疏者，并将其移植且整合于习者之中的渴望；同时，还有保持疏者之为生疏的需要。但在这样的并置中，习者也会，且首先会作为自我而被建构，作为习者而被理解。在吸收和排斥的辩证矛盾中，我们发现了自我意识之源，同时也发现了误解的场所。在文化领域中，所有对他者的误解都是对自我的理解的必要推论。把误解发展为不再误以他者为自我之理解的机会。恰恰在人类存在的对话性结构中，在这个现实里，每一个自我都在人类行为和人类言说的大范围内通过与他者的异置而指认自身。在此前提之下，汉斯—乔治·伽达默尔阐释，只有在习者与疏者、自我与他者的对话中，才能以与理解其自身相同的深度

---

① 阿米亚·杰夫：《文化相对主义与文学价值》，见乐黛云、张辉主编：《文化传递与文学形象》，北京：北京大学出版社 1999 年版，第 20 - 21 页。

和广度克服误解。① 所以跨文化（文学）理解和交流的真正场所正是在非此非彼之间（in - between），或者霍米巴巴（Homi K Bhabha）所谓的"第三空间"（the third space）②。

四

对于他者的好奇和探究的欲望根植于人类认知深处，在他者和自我之间协调好距离，转换视角和角色，是构筑"之间"状态的关键，这种非此非彼、即此即彼的"之间"是新知诞生的处所。谢阁兰（Victor Segalen，1878—1919）提到的异域情调之美，认为美来自观察者对事物的异质性或陌生性的感觉，或者更简单地说，只有异质、陌生的事物才会给人以美感；要想保持美感，就要保持差异和距离，要善于在自我与他者、熟悉与陌生相对峙的那一瞬间感受美，还要善于在熟悉的事物中发现陌生的一面。晚近学者在对异域情调的解读中，认为肯定差异性的价值，在文化的层面上就意味着充分肯定他者文化的价值，意味着拒绝自我中心主义、种族中心主义的立场。其运思方式是从本族中心文化中走出去，绕道异民族再回到自我，达到一种自知，其结果是包含了他者的自我。因此，"比较学者非常有必要从单纯的审美转向认知，从单纯想象他者是自我的镜像转而认识到他者也具有自己的历史与现实，也有自己的声音和伸张自己的权利。……超越异域美的概念，把他者作为现实来理解"③。当然，如同前面反对相对主义者所说，应该摆脱"纯粹幻觉"的纠缠，那种幻觉认为仿佛真有一个从未与其他民族接触和融合的纯粹他者。其实，人类的交流和彼此的关联从来没有断绝，尤其在这样一个全球化的时代，各种文化彼此的互动更为显著。正如萨义德（Edward W. Said）在《文化与帝国主义》中所言，如今"跨越国界、跨越国家类型、民族和本质的新的组合正在形成。正是这种新的组合现在正在向帝国主义时代文化思想的核心——身份认同——这种极端僵化的概念挑战"④。所有文化都彼此卷入，没有一个是唯一的或纯粹的，所有的都是混合物。只不过作为混合物，它们互不相同。

---

① 瓦尔特·F. 法伊特：《比较文学、不可通约性与文化误读》，见乐黛云、张辉主编：《文化传递与文学形象》，北京：北京大学出版社 1999 年版，第 89 - 98 页。

② HOMI K. BHABHA. The location of culture. Routledge，2005；132 - 174.

③ 张隆溪：《异域情调之美》，见乐黛云、孟华主编：《多元之美》，北京：北京大学出版社 2009 年版，第 35 页。

④ 萨义德著，李琨译：《文化与帝国主义》，北京：生活·读书·新知三联书店 2003 年版，第 21 页。

以这种比较视野衡量中国少数民族文学，则既要注意它们作为中国文学内部的次属文学的共性——前现代的不同族群文学传统尽管根源不同，却有着"大一统"的主流文化观念的统摄性影响，现代尤其是经过社会主义革命的当代中国少数民族文学更是深处国家意识形态建构的中心命题之中；也要注意到它们有着不同传统的独特性。但是反对少数民族文学与主体民族、少数民族文学彼此之间进行比较的观念在主流的比较文学研究圈子中并不乏其人，典型的言论是认为，如果多民族国家内部的民族文学之间算是比较文学研究，就缩小了比较文学的视域与胸怀，有悖于比较文学的"世界胸怀""国际眼光"的学科宗旨，所以他们认为"把一国内部的民族文学比较研究研究仍然作为国别文学范畴比较合适"①。这种似是而非的说法，其实缺乏历史的洞见和逻辑的严谨，仅从国际政治单元进行表面上的观察，潜意识有着欧洲中心主义和国家沙文主义的影子——它预设了民族国家内部的族群文学较之于国家是次级的，这不过是以行政单位或地理空间的大小来界定文学，而所谓的"国别"不过是特定历史阶段出现的"民族国家"的政体组织形式，并不具有永恒性，"世界"的话语带有殖民时代的浓郁气息，都是需要进行话语分析的概念。

其实，早在 1989 年，季羡林就从本土文学实际出发说过："西方一些比较文学家说什么比较文学只能在国与国之间才能进行，这种说法对欧洲也许不无意义。但是对于我们这样一个多民族的大国来说，它无疑只是一种教条，我们绝对不能使用。我们不但要把我国少数民族的文学纳入比较文学的轨道……而且我们还要在我国各民族之间进行比较文学活动。"② 最初的中国比较文学学者继承早期神话学、人类学的研究方法，比如弗雷泽的《金枝》、泰勒的《原始文化》，均是以世界范围内大量的不同民族文化中的口头传说、神话、故事或者书面记录为基础，进行罗列、归纳、衡量和对比，然后得出结论。从事少数民族文学比较研究的情形更为明显，如收在 1984 年编选的《比较文学论文集》中几篇相关论文按照编者的说法，都属于影响研究：刘守华在《〈一千零一夜〉与中国民间故事》以中国民间故事中发现的 11 例在情节结构上与阿拉伯民间故事中相似的作品做比较，提出了三条可能的影响途

---

① 曹顺庆：《比较文学学科理论的"跨越性"特征与"变异学"的提出》，见曹顺庆主编：《中外文化与文论：新时期文论与比较文学研究专辑》，成都：四川大学出版社 2006 年版，第 121 页。

② 季羡林：《少数民族文学应纳入比较文学研究的轨道》，《季羡林文集（第八卷：比较文学与民间文学）》，南昌：江西教育出版社 1996 年版，第 464 页。

径①。不过，这种借鉴于早期人类学、神话学的研究方法，主要以归纳见长，从方法论上来说只是以对于材料的占有和罗列为主，未曾有理论上的突破。刘守华在《民间童话之谜——一组民间童话的比较研究》中说："在世界各国流传的民间故事中，有许多是情节结构相同，表达同一主题的……有的认为处于同一社会发展阶段的民族，因为存在共同的生产生活方式与社会心理，能够在各自的土壤上生长出主题与情节相似的幻想故事来；有的则认为它们是共同起源于某一个故事中心……脱胎于一个母体以致模样相似……实际上是两种情况都有，完全用某一种说法都无法对所有事实做出合理的解释。"②"所有的事实"是不可能穷尽的，因此这一研究模式注定了方法论上的粗糙简单。这后来成为民俗学主题、母题、类型研究的严重缺陷。李沅《从印度的〈罗摩衍那〉到泰国的〈拉玛坚〉和傣族的〈拉嘎西贺〉》则认为后二者从前者演变而来③。这些不同文学的主题与结构之间的关联性或亲和性背后的思维都是求同，支撑它们的是前述人类学整体观。

《中国少数民族文学比较研究》④是此类比较研究的综合之作，分别就少数民族的神话、民歌、民间传说与故事、民间叙事长诗、作家文学五个方面进行了国内域外的比较。郎樱的《三大英雄史诗的比较研究》《贵德分章本〈格萨尔王传〉与突厥史诗之比较——一组古老母题的比较研究》等文是对蒙藏英雄史诗《格萨（斯）尔》、蒙古英雄史诗《江格尔》、柯尔克孜英雄史诗《玛纳斯》的共性与差异的比较研究。《藏族史诗〈格萨尔〉的圆形叙事结构——与印度史诗〈罗摩衍那〉之比较》中则通过对《罗摩衍那》与中国史诗《格萨尔》《拉嘎西贺》的比较，发现《罗摩衍那》对中国藏族、傣族史诗的影响是显而易见的，而《格萨尔》的圆形叙事结构是藏族信仰佛教文化的结果，是受印度文化影响所致。⑤《从〈霍斯罗与西琳〉到〈帕尔哈德与西林〉的演变看波斯与维吾尔的文化交流》认为"波斯型《霍斯罗与西琳》到突厥型《帕尔哈德与西林》的演变，是在特定的文化史背景下进行的。维吾

---

① 刘守华：《〈一千零一夜〉与中国民间故事》，见张隆溪、温儒敏选编：《比较文学论文集》，北京：北京大学出版社1984年版，第261－272页。

② 刘守华：《民间童话之谜——一组民间童话的比较研究》，见张隆溪、温儒敏选编：《比较文学论文集》，北京：北京大学出版社1984年版，第293－294页。

③ 李沅：《从印度的〈罗摩衍那〉到泰国的〈拉玛坚〉和傣族的〈拉嘎西贺〉》，见张隆溪、温儒敏选编：《比较文学论文集》，北京：北京大学出版社1984年版，第273－288页。

④ 马学良、梁庭望、李云忠：《中国少数民族文学比较研究》，北京：中央民族大学出版社1997年版。

⑤ 郎樱：《藏族史诗〈格萨尔〉的圆形叙事结构——与印度史诗〈罗摩衍那〉之比较》，《中国北方民族文学比较研究》，北京：民族出版社2011年版，第203－213页。

尔名著《帕尔哈德与西琳》是波斯与维吾尔文化交流的结晶。波斯与维吾尔的文学交流，在维吾尔文学中留下了鲜明的印迹。除《帕尔哈德与西琳》之外，还有《莱丽与麦吉侬》《依斯坎德尔的城堡》等作品"。① 由于地理的接近、历史与现实中的交流甚至血缘上的关系，少数民族与汉族、少数民族与域外他民族文化文学的比较是切实可行的命题，近些年这方面的工作也在边疆地区进行着。当然这些在很大程度上缺乏理论的自觉，停留于简单的材料罗列、简单类比阶段。②

有着较为自觉的少数民族文学比较的理论意识的是扎拉嘎，他在许多个案研究——包括阿日那翻译的蒙文本《西游记》《水浒传》二种蒙译本的比较研究，乌兰巴托蒙译本《今古奇观》研究，尹湛纳希一系列小说如《红云泪》《一层楼》《泣红亭》等的分析，蒙古族话说中原的故事本子新作如《五传》《平北传》《紫金镯》《寒风传》等的基础上，提出了"平行本质"的观点，"'平行本质'是对事物本质关系的双重界定。'平行本质'表示某些事物或者系统的本质即支配力量之间，处于一种类似几何学中平行线的既不相交，也不分离的双重关系状态……这些事物，在本质上存在两重性乃至多重性。这些事物在某一个层面上应该可以抽象为具有共同本质的事物（或者应该属于同一个系统的事物，或者应该属于同一个范畴的事物），以往也常常将它们归属为具有共同本质的事物。现在，也不是要否认它们在这个层面上的本质相同。但是，在某一个层面上，被归纳为具有共同本质的事物之间……也存在着差别。这些差别使它们各自形成自己独立价值，使它们相互之间成为不可以互相替代的事物……这些在某一个层面有共同本质，同时又有各自独特本质的事物，它们相互间所构成的关系，这里成为'平行本质关系'"。③这算是一家之言。朝戈金与弗里（John Miles Foley）合作对蒙古、南斯拉夫、古希腊和古英语传统的史诗进行的宏大比较研究，则超越一国少数民族文学比较的范围，而扩展到世界范围内，同时在比较的基础上回答了一些基本的口头传统理论命题，即"什么是口头史诗传统中的一首诗？""什么是口头史

① 郎樱：《从〈霍斯罗与西琳〉到〈帕尔哈德与西林〉的演变看波斯与维吾尔的文化交流》，《中国北方民族文学比较研究》，北京：民族出版社 2011 年版，第 466 页。

② 阿布都外力·克热木：《借词·对话·影响：俄罗斯文化对维吾尔文化的影响》；张天佑、阿布都外力·克热木：《维汉文学中的殉情—合葬原型比较分析》等论文，参见阿布都外力·克热木主编：《空间·边缘·对话：比较文学与世界文学新论》，兰州：甘肃人民出版社 2010 年版，第 167 – 176、191 – 199 页。黄晓娟、张淑云、吴晓芬：《多元文化背景下的边缘书写：东南亚女性文学与中国少数民族女性文学的比较研究》，北京：民族出版社 2009 年版。

③ 扎拉嘎：《比较文学：文学平行本质的比较研究——清代蒙汉文学关系论稿》，呼和浩特：内蒙古教育出版社 2002 年版，第 17 页。

诗传统中的典型场景或主题?""什么是口头史诗传统中的诗行?""什么是口头史诗传统中的程式?""什么是口头史诗中的语域?"① 应该说,近十年来,以比较的视野进行少数民族文学研究取得了长足的发展。

近半个世纪以来,对于知识与权力之间的"表述的政治"或者说"再现的政治"的探讨使得文化的自觉日益成为一种趋势。但是,我们需要明白的是,文化相对主义容易走向文化的对立,文化自觉固然不错,但如果片面追求内向性的认同则容易造成文化自我的封闭与孤立。如何"走出文化的封闭圈"②,又能保持自身主体性不迷失,这恐怕是一个始终在动态变化着的问题。赵旭东在解读费孝通提出的"文化自觉"时指出,"'文化自觉'消解了文化对立的边界,使得人不再囿于一种文化的束缚,成为有着自我反思性的理性人;文化自觉变成了个人的自觉,变成了自我的自觉,文化在这里似乎也就逐渐消失了"。③ 因为我们最终要回到人本位,而不是文化本位,所以费孝通早年提出的"美人之美,各美其美,美美与共,天下大同"就既具有海纳百川的包容性,同时也为文化的自由交流留有充裕的空间,更符合中华民族多元一体的实际。

---

① 朝戈金、弗里:《口头诗学五题:四大传统的比较研究》,见王邦维主编:《东方文学:从浪漫主义到神秘主义》,长沙:湖南文艺出版社 2003 年版,第 33 – 97 页。

② 张隆溪:《走出文化的封闭圈》,北京:生活・读书・新知三联书店 2004 年版。

③ 赵旭东:《本土异域间》,北京:北京大学出版社 2011 年版,第 231 页。

第十七章　时代语境中的多民族书写[*]

文艺是民族精神的火炬，文化是民族的血脉，是人民的精神家园，实现中华民族伟大复兴，离不开中华文化的兴盛，这是 2011 年 11 月中国作家协会第八次全国代表大会上的核心命题之一。丰富多彩的中国少数民族文学无疑是新世纪以来文艺工作的亮点之一。某种意义上来说，少数民族文学事业是一项国家行为，充分体现了在世界范围来看也绝无仅有的复兴多元文化的大力举措。五年来，少数民族文学发展工程在得到国家扶持的基础上，取得了令人瞩目的成就：编辑出版了涵盖 55 个少数民族的《中国少数民族文学精品文库》；扶持少数民族文学作品，推动少数民族文字翻译为汉文、由汉文翻译为少数民族文字、少数民族文字之间互译、由汉文或少数民族文字翻译为外文、由外文翻译为少数民族文字的文学作品的出版；鲁迅文学院与少数民族自治区和少数民族比较集中的地区作协联合举办少数民族作家或翻译家培训班；第十一届少数民族文学创作骏马奖的评定等都取得了预期中的良好效应。

近年来，随着中国文学整体性的繁荣趋势和日益开放的生长空间，少数民族文学获得了长足的发展，老中青几代作家在多种体裁上都保持了旺盛的热情，纷纷推出佳作。它们或者厚重，或者轻盈，或者关注民生，或者反思历史，或者注重精神探索和传承，或者聚焦形式创新与技巧开发，在集体记忆与个人经验、民族美学与普遍诉求、地方特色与族群文化、当代现状与母语传统等各个向度上都显示出令人不容忽视的成就。

---

　　* 2016 年 7 月末 8 月初，第十一届（2012—2015）全国少数民族文学创作"骏马奖"评审期间，《文艺报》明江约我写一篇 5 年来少数民族文学扫描与总结的文章，以迎接 11 月底将要召开的中国文学艺术界联合会第十次全国代表大会、中国作家协会第九次全国代表大会。后来就成为本章的内容，亦可见行文中细大不捐、伸张鼓励之意。部分内容曾刊发于《人民日报》2016 年 8 月 5 日，

人民关怀与民族历史

如同习近平在 2014 年 10 月文艺工作座谈会上的讲话所强调的，文艺是时代前进的号角，实现"两个一百年"奋斗目标、实现中华民族伟大复兴的中国梦，文艺的作用不可替代。广大文艺工作者要从这样的高度认识文艺的地位和作用，认识自己所担负的历史使命和责任，坚持以人民为中心的创作导向，努力创作出更多无愧于时代的优秀作品，弘扬中国精神、凝聚中国力量，鼓舞全国各族人民朝气蓬勃迈向未来。与这样的精神相呼应，少数民族长篇小说最为突出的无疑是作家们的现实关怀，他们通过从鲜活的生活实践中提炼的人物与故事，有力地展现了 20 世纪后半叶尤其是当下的社会与经济变革以及随之而来的生活方式、情感结构、宗教信仰和道德伦理的变迁。这实际上打破了人们长期以来对于少数民族文学习焉不察的偏见，即往往停留在民族风情或民俗特色的层面，而忽略了在地方与族群的现场发现的具有普遍意义的内容。

对于民众生存与生活的现实关怀一直是少数民族文学的主线，也贯穿在近年来颇受关注的作品中。李传锋（土家族）《白虎寨》① 写的是武陵山区土家族山寨的新农村建设，关联起了全球化时代金融危机和新一代返乡民工主体性的建立与自我更新，堪称当代"创业史"。田耳（土家族）《天体悬浮》② 以基层警察的角色转换为线索，辐射描绘出乡土社会城市化进程中的贫富分化、资本主宰和人性裂变。肖勤（仡佬族）《水土》③ 则以乡镇干部为主线，刻画出新语境中处于剧烈变迁中的官场生态、人情风俗和情感心态。阿巴斯·莫尼亚孜（维吾尔族）《心灵之曲》（维吾尔文）④ 以一个木卡姆民间艺人的经历为线索，追索的是民族文化的现代性命题，涉及关乎宗教与世俗生活之间的矛盾与纠葛，置诸新疆的现实之中，显示了对重大时代命题的思考。如同马克思所说："人的本质不是单个人所固有的抽象物，在其现实性上，它是一切社会关系的总和。"⑤ 乌·宝音乌力吉（蒙古族）《信仰树》（蒙古文）⑥ 通过还俗喇嘛三代人的故事，讲述了民族信仰与现代教育的双重文化内涵。这些试图回答时代提出的问题的作品，回应了巴尔扎克的论断，"根据事

---

① 李传锋：《白虎寨》，北京：作家出版社 2014 年版。
② 田耳：《天体悬浮》，北京：作家出版社 2014 年版。
③ 肖勤：《水土》，贵阳：贵州人民出版社 2014 年版。
④ 阿巴斯·莫尼亚孜：《心灵之曲》，北京：民族出版社 2015 年版。
⑤ 《马克思恩格斯选集》（第 1 卷），北京：人民出版社 1995 年版，第 60 页。
⑥ 乌·宝音乌力吉：《信仰树》，呼和浩特：内蒙古人民出版社 2014 年版。

实，根据观察，根据亲眼看到的生活中的图画，根据从生活中得出来的结论写的书，都享有永恒的光荣"①，也复苏了现实主义的伟大传统。

重述传统，建立关于某个族群的历史叙事则是另一脉值得重视的少数民族文学现象。如果说既有的重述少数民族历史小说曾经一度带有将某个民族的过去神话化、传奇化、风情化的色彩，近年来则更多具有充满辩证唯物的当代史留真存证的意味。袁仁琼（侗族）《破荒》② 三部曲用亲历者的冷静而又理性的观察代替了新历史主义式的想象与虚构，在生活面前保持了绝对的中立和客观，又充满同情的理解，将贵州西南腹地侗族山村和县城中从新中国成立前后到改革开放三十多年的历史进行正面强攻式的细致勾勒，充分展示了历史本身的复杂性和人性的丰富与变化，却又没有价值预设，没有作轻浮的道德评价，依靠丰富的情节、真实的细节、广阔的社会背景表现了"较大的思想深度和意识到的历史内容"③。这种写作明显有别于流行在主流文学中的那种将历史怀旧化、浪漫化、传奇化、碎片化的处理方式，具有现实主义当下复归的标本意义。冶生福（回族）《折花战刀》④ 打捞出一段被尘封的历史，讲述由青海藏族、回族、撒拉族、汉族等各民族群众组建的骑八师，在装备落后的情况下备战青海、出征河南、出征安徽、还乡铸剑为犁的经历，曲折显示了"中华民族"在现代以来艰辛的凝聚过程，涌现着浓郁的爱国主义情怀。马瑞翎（回族）《怒江往事》⑤、祁翠花（藏族）《天山祭》⑥ 以厚重的篇幅分别讲述了多民族聚居的怒江峡谷和祁连山麓晚清至民国的社会与生活画卷。崔红一用朝鲜文创作的《龙井别曲》⑦ 则以民族工商业的独特角度切入叙述了延边龙井地区朝鲜族从辛亥革命到 20 世纪 50 年代的现代历史曲折的演进历程，达到了情节的生动性和丰富性的融合。

少数民族文学不仅在观念与内容上取得了一定的突破，在美学上也取得了艺术性和人民性的结合，显示了有别于主流文学的独立性、创造性和自由自觉的品质。比如阿拉提·阿斯木（维吾尔族）《时间悄悄的嘴脸》⑧ 这一以新疆玉王的故事反映当代维吾尔族文化转型的杰作，就充分结合了意识流动、

---

① 巴尔扎克著，程代熙译：《〈古物陈列室〉、〈钢巴拉〉出版序言》，见《古典文艺理论译丛》（第十册），北京：人民文学出版社 1965 年版，第 122 页。

② 袁仁琼：《破荒》，北京：知识产权出版社 2014 年版。

③ 恩格斯：《致拉萨尔》，见陆梅林辑注：《马克思恩格斯论文学与艺术》（一），北京：人民文学出版社 1983 年版，第 178 页。

④ 冶生福：《折花战刀》，西宁：青海人民出版社 2015 年版。

⑤ 马瑞翎：《怒江往事》，昆明：晨江出版社 2014 年版。

⑥ 祁翠花：《天山祭》，兰州：敦煌文艺出版社 2013 年版。

⑦ 崔红一：《龙井别曲》，延吉：延边人民出版社 2015 年版。

⑧ 阿拉提·阿斯木：《时间悄悄的嘴脸》，北京：人民文学出版社 2013 年版。

时空转换和维吾尔传统中麦西莱普式的场面与幽默风格，并且在修辞上以陌生化的语言丰富了当代汉语的书写。芭拉杰依·柯拉丹木《驯鹿角上的彩带》① 中鄂温克文化的天人合一的生态美学和萨满意识，无疑也为乡土中国的多样性文化提供了生动的案例，为城市文学树立了可供参考与对照的素朴书写。刘萧（苗族）《筸军之城》② 写的是改土归流后湘西汉苗杂居的镇筸地区的战争与和平、血性与柔情、坚守与吸纳，泽仁达娃（藏族）《雪山的话语》③ 写的是晚清到民初康巴地区贝祖村的人与事，两者都明显地吸收了先锋小说的技巧与结构遗产，但同时，一个渗透着苗族的生死观和边地巫文化，一个则融入了雅江倒话和藏地意识，分别在地方记忆中树立了独特的美学气质，超越了所谓魔幻现实主义的窠臼。

个人经验与普遍情感

少数民族文学一向很容易被无所用心地理解为一种偏狭的文学，似乎被冠以"少数民族"的定语之后，"文学"变得不再具有普遍性了。这恰恰是不明就里的望文生义，因为所有的文学作品总是基于个人经验（包括族群的记忆、地域的实感、个体化的感悟等）进而上升到带有共通性的情感和体验。尽管少数民族文学这个分类先天带有国家政策的色彩，在实践中却并不以民族为界，而是追求关于人、人性、信仰与爱、苦难与超越的广阔主题。对于族别与身份、宗教传统与文化记忆的强调固然是一部分少数民族作品的"民族性"诉求，但更多的作家已经跨越了认同的藩篱和异族风情的表面符号，将这些作品置诸整个当代文学的脉络之中也毫不逊色，甚而具有别具一格的独特性，这在中短篇小说和诗歌中最为突出。

吉狄马加（彝族）的长诗《雪豹》、和晓梅（纳西族）《呼喊到达的距离》④、陶丽群（壮族）《母亲的岛》、金仁顺（朝鲜族）《僧舞》、央金拉姆（藏族）《独克宗 13 号》、娜夜（满族）《娜夜的诗》、德本加（藏族）《无雪冬日》（藏文）⑤、努瑞拉·合孜汗（哈萨克族）《幸福的气息》（哈萨克文）、刘荣书（满族）《浮屠》等就是这方面的代表。女作家尤为突出，比如和晓梅、陶丽群、金仁顺、娜夜都有着鲜明的女性意识，其书写也多从细微幽暗的情绪和底层边缘入手，却并没有囿于其题材和情感的狭窄层面，而着力于

---

① 芭拉杰依·柯拉丹木：《驯鹿角上的彩带》，北京：作家出版社 2016 年版。
② 刘萧：《筸军之城》，北京：中国青年出版社 2014 年版。
③ 泽仁达娃：《雪山的话语》，西宁：青海人民出版社 2014 年版。
④ 和晓梅：《呼喊到达的距离》，昆明：云南人民出版社 2012 年版。
⑤ 德本加：《无雪冬日》，北京：民族出版社 2012 年版。

向心灵深处掘进。阿顿·华多太、德乾恒美、那萨·索样、班玛南杰的藏地诗歌，多有着宗教信仰的潜在影响，却将传统作为精神遗产来继承，而不拘泥于精神上的固化。阿信《草地诗篇》① 立足甘南草原的藏族地域文化，而其文学资源则广泛接受了昌耀、海子以及西方现代诗的影响，形成了自足的风格，虽然也有《渐渐召开的旅途》这样注重叙事性的作品，但更多还是持久而强大的抒情传统，这种有别于主流诗坛的风格是少数民族诗歌的常见特色，在鲁娟的《好时光》②、阿苏越尔的《阳光山脉》、阿兹乌火的《彝王传》③ 等彝族诗人那里也得以体现。

人生体验的书写赋予了经验以共情的可能，马金莲的一系列中短篇小说都有种民间底层的共通性。田耳的中短篇作品多集中于现实题材，善于虚构与提炼别出心裁的故事，比如《长寿碑》④ 中为了发展地方经济打造长寿文化的荒诞，《范老板的枪》中在出轨与猜疑、阴谋与释放中的步步惊心，《被猜死的人》里聚焦老人心理的吊诡与黑色幽默，都在小人物、小情节、小细节中包含大关切、广阔内涵和深远忧思，令人玩味良久。次仁罗布（藏族）有《祭语风中》这样优秀的长篇小说作品，但他的中篇小说则给人惊艳之感，他的中篇小说集《放生羊》与万玛才旦《玛尼石，静静地敲》、龙仁青《咖啡与酸奶》⑤ 等藏族中短篇小说集都比较关注现实变迁中的藏地经济、文化与情感转型，在空灵、纯净和舒朗简洁的叙事中，让主题自然而然地流露出来。这些作品体现了时代少数民族文学的创作水准，也隐约预示了一种创作趋势，即既立足于个人、区域、族群的历史传承、集体记忆、文化脉络、现实遭际，又在此基础上表达了交往、交流、交汇、交融的愿望与挣扎，在这种张力和拉扯之间，文学的魅力与创造性也便得以显现。

族群美学与时代气息

如同 2012 年 9 月第五届全国少数民族文学创作会议上总结的，少数民族文学创作成果丰硕、作家队伍迅速成长、翻译和出版工作取得进展、对外交流日益活跃、刊物影响不断扩大、评论工作有所加强、理论研究方兴未艾、文学活动丰富多彩。那次会议上确立的工作思路，发挥了极其重要的引导作

---

① 阿信：《草地诗篇》，武汉：长沙文艺出版社 2014 年版。
② 鲁娟：《好时光》，成都：四川文艺出版社 2013 年版。
③ 阿兹乌火：《彝王传》，昆明：云南人民出版社 2012 年版。
④ 田耳：《长寿碑》，广州：花城出版社 2015 年版。下述的《范老板的枪》与《被猜死的人》也收于这一小说集中。
⑤ 龙仁青：《咖啡与酸奶》，广州：花城出版社 2016 年版。

用，包括实施少数民族文学精品战略，加快培养少数民族作家的步伐，推动少数民族文字创作和翻译出版，完善少数民族文学评奖，扶持少数民族文学刊物和网站，支持少数民族地区作协的工作，扩大对少数民族文学作品的宣传推介，加强少数民族文学的理论研究和评论等。这一切无疑鼓舞了别具特质的少数民族族群美学从微弱的声音蔚为宏伟的合唱，从一度潜隐的状态走上了百花争艳的生动场景。

多语种文学是少数民族文学对于中国文学的一大贡献，族际互译使得不同的文化因子、美学要素、审美趣味得以交流互动，从而形成了独具中国气派与风格的文学格局，也涌现出维吾尔文译汉文的姑丽娜尔·吾甫力（维吾尔族）、蒙古文译汉文的马英（蒙古族）、藏文译汉文的久美多吉（藏族）等翻译家。不同语种与体裁的作品更是争奇斗艳，诗歌集如何永飞（白族）《茶马古道记》①、崔龙官（朝鲜族）《崔龙官诗选集》（朝鲜文）②、妥清德（裕固族）《风中捡拾的草叶与月光》③、依力哈尔江·沙迪克（维吾尔族）《云彩天花》（维吾尔文）④；散文集如雍措（藏族）《凹村》⑤、金宽雄（朝鲜族）《话说历史的江——图们江》（朝鲜文）⑥、杨犁民（苗族）《露水硕大》⑦、特·官布扎布（蒙古族）《蒙古密码》（蒙古文）⑧、黄毅（壮族）《新疆时间》⑨，有的激活地方文化资源以彰显民族风韵，有的注目于微小事物而展之以博大情怀，有的将边远边地事象升华为带有启示意义的辞章，有的回溯悠久的历史以体现社会的脉动，形成了多元共生的景象。

如果说中华传统美学主流是儒道互补的中和之美与神妙之旨，那么少数民族文学源自不同族群的小传统的现代转换，则是在现代美学体系中既有的崇高、优美、悲剧、滑稽、荒诞之外的关键词。概而言之，少数民族文学的美学观念主要表现为三点：其一，源于农耕、游牧、渔猎等多样传统共有的天人合一理念的族群生态和谐观念，这是在现实情境中人与自然、人与动植物、人与人造环境之间相互依存的共生关系，置诸文学生态之中，也就是不同文学样式与趣味之间的调和，有如八音克谐。其二，源于地方性非体制化

---

① 何永飞：《茶马古道记》，昆明：云南人民出版社 2015 年版。
② 崔龙官：《崔龙官诗选集》，延吉：延边人民出版社 2012 年版。
③ 妥清德：《风中捡拾的草叶与月光》，北京：民族出版社 2012 年版。
④ 依力哈尔江·沙迪克：《云彩天花》，乌鲁木齐：新疆青少年出版社 2014 年版。
⑤ 雍措：《凹村》，北京：作家出版社 2015 年版。
⑥ 金宽雄：《话说历史的江——图们江》，延吉：延边人民出版社 2011 年版。
⑦ 杨犁民：《露水硕大》，北京：作家出版社 2015 年版。
⑧ 特·官布扎布：《蒙古密码》，北京：作家出版社 2014 年版。
⑨ 黄毅：《新疆时间》，乌鲁木齐：新疆美术摄影出版社、新疆电子音像出版社 2013 年版。

宗教如本教、萨满、本主等万物有灵信仰的神性气质与敬畏观念，这种有别于启蒙工具理性的观念在现代性分化之后，尤其是在功利盛行、利益为本、金钱拜物、个人至上的语境中，具有纠偏补弊、凝聚团结，再造共同体的功能。其三，源于民间文化和口头传统的清新高洁、明净素朴风格的复兴，这在深受西方现代文学影响的当代中国文学中可谓一股大野之风，对于已经走入绝境的人性之恶、历史阴暗、琐碎欲望、肉体展示的文学潮流能够有一定程度的洗刷和反拨的意义，毕竟文学不仅要针刺褒贬，更重要的也要带来美、善、希望和信心。

在这里我们可以看到，无论何种美学意义上的现象，都有着浓郁的时代气息，显示了一种中华传统的当代形象。比如叶梅（土家族）《歌棒》① 尽管浸染着鄂西土家族文化的深刻影响，却并没有抱残守缺，沉浸在过往的遗迹之中，而是将那种对于生与死、爱与恨、生存与发展的认知遗产带入时代生活的书写与沉思之中。赵晏彪（满族）《中国创造》② 更是明确地将"中国制造"推展为"中国创造"，一字之差，可见一个民族作家对于自强不息、刚健有为精神的理解，而这也正是中国少数民族文学生机勃勃的原因所在。近年来涌现出的优秀报告文学，如冯雪松（回族）《方大曾：消失与重现——一个纪录片导演的寻找旅程》③、降边嘉措（藏族）《这里是红军走过的地方》④、龙宁英（苗族）《逐梦——湘西扶贫纪事》⑤、伊蒙红木（佤族）《最后的秘境——佤族山寨的文化生存报告》⑥，这样的"非虚构"书写无不有着强烈的时代气息，构成了中国文学鲜活的一维，让我们可以一睹中国当代多民族民众的现状和呼求。

从总体上而言，近年来的少数民族文学涌现出大量现实关怀、历史重写与美学创造的融合之作，为完整的中国文学版图绘制了多元共生、生态和谐的图景。但也存在一定程度的局限，那就是依然有很多作品存在着故事平面化、抒情浅薄化和审美狭隘化的问题，未能构成文化反思和精神探索的深度，未来需要在宏观总体性的把握上进一步着力，从而达至对民族文化历史与美学、现实与艺术、继承与批判的统一。

---

① 叶梅：《歌棒》，北京：中国对外翻译出版社 2013 年版。
② 赵晏彪：《中国创造》，北京：作家出版社 2016 年版。
③ 冯雪松：《方大曾：消失与重现——一个纪录片导演的寻找旅程》，上海：上海锦绣文章出版社 2014 年版。
④ 降边嘉措：《这里是红军走过的地方》，北京：作家出版社 2013 年版。
⑤ 龙宁英：《逐梦——湘西扶贫纪事》，长沙：湖南文艺出版社 2015 年版。
⑥ 伊蒙红木：《最后的秘境——佤族山寨的文化生存报告》，昆明：云南科技出版社 2012 年版。

第十八章　历史重构、现实想象与国家美学*

2016 年 8 月 16 日到 9 月 14 日，近一个月的时间，第五届少数民族文艺会演在北京各大剧场上演了一幕幕视听盛宴。"手足相亲、守望相助""共同团结奋斗，共同繁荣发展""中华民族一家亲、同心共筑中国梦"的核心主题，显示了国家层面对于中国各民族之间关系、目标与使命的定位和期望。与往届相比，这一届会演不仅规模宏大，而且更突出了多元色彩。从类型来说，包括歌舞诗、舞剧、芭蕾舞剧、少数民族剧种、汉族地方剧种、话剧、歌剧等，它们以各自的形式将非物质文化遗产如侗族大歌、维吾尔族木卡姆、朝鲜族长鼓舞等融入其中。颇让人注目的是还有属于少数民族独有剧种的藏戏、壮剧、傣剧以及畲歌戏。题材广泛，既有历史题材，也有现实题材；既有讴歌爱国主义和民族团结的，也有展示少数民族"非遗"项目的。就艺术表现和美学角度而言，本届会演至少呈现出三方面的特点：一是多媒体技术的普遍运用，舞台设计与音响辅助、虚拟投影与演员表演相结合，增添了立体化的舞台呈现效果。二是关注现实的突出表现，强调了故事性和观众接受效果，在传统文化与族群文化中创新性地融入时尚流行要素，在现实主义的风格中突出理想主义的情怀。三是重述历史时，不是孤立地讲述地方历史、少数民族历史，而是将之与中华民族的总体历史联结起来，极具现实感。总体上来说，几乎每台演出都围绕着既定的三大核心主题展开：互助、团结、中国梦。从主导性顶层设计而言，这是多元文化的继承、弘扬、创新的展演；对于观众而言，则是娱乐生活和认知行为，更重要的还是一种关于中华文化的直观体验和情感教育。

---

* 本章原为《中国民族》梁黎约写的第五届少数民族文艺会演综论，有来自全国 35 个代表团的 43 台剧目参加了会演。这些剧目作为广义上的"文学"倒是体现了我们时代主流意识形态视野中的文学生活面目。部分内容曾以《在舞台演绎"中国故事"》《历史如何现实化》刊发于《中国民族》2016 年第 10 期、《中国艺术报》2016 年 9 月 14 日。

因为族别、文化、题材、艺术门类等多方面的差异性，除非一一对每场演出作罗列式的点评，否则很难进行综合论述，本文试图提取其中最为突出的三个方面作一述评，那就是历史重构、现实想象与国家美学。

一

对于历史的每一次重新叙述，都是在对过去进行重新解读和阐释，而在这个过程中实际上也重构了历史的脉络、谱系和一整套的认知结构，重新塑造了关于历史的一系列的知识和情感态度，进而作用于现实。从这个意义上来说，历史从来都是"在路上"。

话剧《丝路天歌》直观地将"在路上"的历史呈现于舞台。大唐贞观二十年（646），唐太宗李世民亲临灵州（今宁夏吴忠）会见各族首领，开启了大唐与西北少数民族和平相处共同发展的旅程。《丝路天歌》就是在这样一个大背景下，讲述一群行走在沙漠中的人们之间的恩怨纠葛。他们中有游历塞外将要回到长安故乡的汉人青年李岑及其恋人，有突厥与汉人混血的女孩贞儿，流亡的党项族拓跋老人和他的儿子拓跋天虎和拓跋花，拓跋氏的仇敌、受命松赞干布去朝见唐王的吐蕃人赞巴及其仆人多桑，波斯商人及其向导……这群人因缘际会，在飞沙流雪中相逢，于狂风古道上同行，上演了仇恨与仁爱之间的博弈以及最终走向和解的悲喜剧。

拓跋氏与吐蕃人之间的世仇是情节的主要推动力。天虎一次次想复仇，而拓跋老人在亲历了一次次仇杀和亲人死亡之后认识到报复只会带来更多的仇恨。拓跋花恰恰又与赞巴是青梅竹马的恋人，这让隔阂、戒备、敌对、悲悯与宽恕之间的拉扯尤具戏剧张力——本来各个族群之间就是你中有我、我中有你的混居交融状态。纯洁善良的贞儿在劝解天虎与赞巴的厮杀时被误伤而死去，进一步激化了人们之间的分崩离析。直到狼群来袭，在共同的生死关头，同情与爱最终战胜了狭隘的隔膜与恨。人们彼此之间同心协力、相互救助，终于逃出生天，最终拓跋、赞巴与李岑之间彼此谅宥，一起奔往灵州拜见"天可汗"。

这个发生在路上的故事，冲突的几个焦点时刻分别设置在沙漠相遇、酒馆争斗、狼群袭击和山洞和解。在这个情节剧式的进展中，情绪层层推进，最后达至高潮与结局，像一部西部古装武侠片。亮点在于舞台设计的别具一格，它采用激光投影逼真地呈现出一幕幕苍凉雄浑、大气恢宏的背景，沙漠、荒堡、边城、雪山、黄河，这些外在的崇高事物，以其壮美之姿，烘托出人物的命运与遭际的慷慨悲壮。几首插曲也用得恰到好处，贞儿清脆嘹亮的歌声表达了对新生活的向往，更衬托出她半道牺牲的悲痛感。而最后众人齐唱的颂歌，则显示了在化解恩怨、亲如一家后，对于仁爱与和平的美好愿景。狼群的出现则以现代舞的形式呈现出来，达到了出人意料而又视觉极佳的舞台效果。其中还自然地穿插了贺兰山岩画这样的地方性非物质文化遗产元素。这些形式上的探索，与内容结合起来，显示了民族历史话剧的创新意识。

　　显然，《丝路天歌》是虚构的故事，而新编歌剧《蔡文姬》则有着积淀深厚的本事与文本。作为一个不断被书写的母题，"文姬归汉"的故事从正史记载到民间传说，在不同年代有不同版本。因为包含了才女、战争、离乱、异族、救赎、小人物与大历史等诸多元素，而成为一个广受戏剧改编者青睐的题材。元金志南的《蔡琰还汉》杂剧，明陈与郊的《文姬入塞》杂剧，清尤侗的《吊琵琶》杂剧，都曾讲述过这个故事。1926 年，金钟荪写的京剧《文姬归汉》，成为程砚秋的经典剧目。粤剧中也有杨子静编剧、红线女主演的《蔡文姬》。

　　当然，当代最著名的是 1959 年郭沫若创作的五幕剧《蔡文姬》，焦菊隐将它搬上人艺舞台后，成为一时名剧。据说 1978 年北京人艺以原班人马重演这部剧时，观众多到将广场的南墙都挤塌了。2002 年，北京人艺建院 50 周年之际，复排的《蔡文姬》也取得了巨大成功。郭沫若剧作的着力点在重新评价曹操，而意在歌颂新中国的太平盛世和毛泽东，是古为今用的一个鲜例。如同他所说"写文学作品，尽管取材于历史，总是和写作者所处的时代有关联的，这就是一种现实主义的倾向"[①]。历史剧借古说今，或歌颂或针砭，都有着明确的主旨。

　　面对如此强大的重写传统和遗产，歌剧《蔡文姬》首先要解决的是"影响的焦虑"的问题，即它如何在新的社会语境中赋予这个经久不衰的故事以适应时代的主题。显然，在当下先进的声、光、音、影技术与服装、化妆、道具水平下，《蔡文姬》外在的歌舞、音效、服装等都做到了极其精致华美，在唱腔的设计中还融入了豫剧的一些元素。这一切从外观上都称得上漂亮精致，在婉转曲折和波澜起伏的华彩段落，给人以视听的娱乐享受。但关键的问题是它的内涵，《蔡文姬》无疑也特别注意了这一点：它将原本的漂泊与分离的苦情戏改编成了一个文化自觉的责任叙事。

　　《蔡文姬》全剧分为"序幕"和六个分幕，第一幕"烈火诗魂"讲述蔡文姬在火场被匈奴左贤王救下要被带回胡地。临行前，她将写有父亲蔡邕

---

① 郭沫若：《致陈明远》，见黄淳浩编：《郭沫若书信集》（下），北京：中国社会科学出版社 1992 年版，第 88 页。

《东观汉记·十志》的罗裙交给董祀。她唱道："天下兴亡，家国命运，礼志文明，世事浮沉，都写在这缕缕丝帛罗带衣襟。请珍爱它，保护它，把它当作你的宿命你的追寻。让它融进岁月，写进青史，辉映浩荡神州，千秋风云。"这个新增添的情节突出了留存历史的担当，让理性战胜了丧乱的悲情。到第三幕"铜雀传书"，曹操要修写汉书，唱道："纵览青史乱云飞渡，评说过往英雄无数，孔子写《春秋》，丘明书《左传》，司马撰《史记》，班固修《汉书》，而今何人补天，让大汉伟业流芳千古，我何不让文姬归汉，在大汉天宇上描画喷薄日出。"这也使得曹操赎回文姬的举措不再仅仅是史籍语焉不详的记载中怀念故人无后的个人情感，而富有了续写汉书的明确历史使命。第四幕因为亲情离别带来的"旧怨新愁"被化解为守护文化的职责——文姬归汉时与董祀合唱："这密如蛛网的文字上，回荡着千年历史回音，这墨迹斑斑的衣襟上，闪烁着千年霞彩日月星辰。先父（先师）的嘱托，回响在耳边，它是我的宿命我的追寻，让它汇入历史，融进岁月，辉映浩荡神州，千秋风云。"此前剧作（比如郭沫若的话剧《蔡文姬》）中的整理蔡邕文稿的支线，在这个歌剧里成为贯穿始终的主线。董祀出使匈奴，还一再叮嘱思念子女的文姬要怀抱自己的历史担当，续写汉书。长久以来关于蔡文姬儿女情长的书写，都被新编歌剧里的崇高事业所冲淡："这行行文字卷卷青史，记录着几度岁月沧桑，多少惊天伟业风流人物，在片片竹简上万古流芳。"

我们可以看到，蔡文姬真正意义上成了主角，她的归汉成为一种明确自主的文化冲动，而不再是曹操的无心之举。史书中的董祀原本是文姬归汉后再嫁的丈夫，在这里被改编成她的师兄，同样献身于记载历史的伟大事业之中。较之于他们自觉认识到自身历史位置的理性意识，左贤王则成了情感的化身。他初见文姬就一见倾心："穿越刀山剑丛，我的步伐从容坦荡；踏过连天烽火，我的心啊不曾彷徨。为什么此刻，我的心这样慌乱迷茫？啊，草原的雄鹰，英雄的左贤王，为何失去了王者的模样？"很多时候，他就像一个完全无视自身位高权重之职责的纯情暖男。第二幕"情满霜天"中刻意强化了他的情感："采一束早春的二月兰，清香秀丽恬淡，它像文姬的笑容，染香我的帐篷，陶醉我的心田。"当离别来临，他却又深明大义，折箭盟誓，表明汉匈世代友好的心迹。这种情感的转化颇为突兀，是为了烘托兄弟民族互敬互爱的主题。最后的大合唱里，众人高唱："回首相望兮，岁月蹉跎催人鬓发白，一句承诺兮一生真情相守，泣血为墨兮抒不完家国情怀。喜看今朝兮，胡汉一家融血脉。胡笳声声兮，离离春草又绿烽火台。驼马嘶鸣兮，牛犁划破冰雪，更盼来年兮，云霞似火照塞外"，卒章显志地强化了民族团结的意旨。

　　文化守护和民族团结这两个主题扭合在一起，是一种尝试。无论从文本内容到思想观念，这都是一个对于"历史"有着明确自觉的歌剧，充分显示了对于历史的实用主义态度。这关乎历史如何现实化的问题，值得进一步讨论。中国古史传统从来都是"有情的历史"，即不是那种近代兰克主义史学所强调的科学实证，而是注重历史叙事本身具有的伦理教化、精神感召和情感认同价值，史实本身会被浪漫化、传奇化、想象化。在民间传说、稗官野史中，这一点更是鲜明。蔡文姬的父亲蔡邕本身就是个很好的例证。他和赵五娘的故事就一再被搬上词和曲的舞台，民间还有"马踏赵五娘，雷劈蔡伯喈"的说法。在形形色色的历史书写中，蔡邕的形象有孝子、有名士、有文豪、有负心汉，所谓"死后是非谁管得，满村听说蔡中郎"①。正是在不同的讲述和书写中，历史承担了一代又一代的观众与听者的情感教育功能。

　　但歌剧《蔡文姬》的改编却因为史实与剧情之间巨大的扞格，造成了自身难以弥平的缝隙。因为作为主旋律的《胡笳十八拍》中恒久沉郁的悲情与整个剧情的民族团结主题之间彼此撕扯，基调与逻辑上无法自洽。序幕"诘地问天"一开始就是悲诉："为天有眼兮何不见我独漂流，为神有灵兮何事处我天南海北头。我不负天兮天何配我殊匹，我不负神兮神何殛我越荒州。"这种个体在大历史中类若转蓬的命运，即便用爱情与历史使命也无法予以完美解决。从剧情本身而言，蔡文姬的个体情感实际上是被历史理性所压抑乃至遮蔽了，而折箭盟誓的情节因为脱离了政治经济背景也显得颇为生硬，因为历史的进程并不会因为情感上的好恶而发生质的变化。我认为，这一切正是因为将历史过度"文化化"，而忽略了它本身的血与火的后果。

　　克罗齐认为："假如真是一种历史，亦即，假如具有某种意义而不是一种空洞的回声，就也是当代的，和当代史没有任何区别。像当代史一样，它的存在的条件是，它所述的事迹必须在历史家的心灵中回荡，或者（用专业历史家的话说），历史家面前必须有凭证，而凭证必须是可以理解的。"② 从认识论的角度来理解，就是说历史书写总是以当前的现实生活作为参照，过去只有与当前的视域相重合的时候，才为人所理解；从本体论来理解，就是说过去总是基于当下认知，我们只有基于当代的生活、精神、思想与情感，才能在回溯中书写与发明出历史。历史书写永远是当前的精神活动，因而历史

① 陆游：《小舟游近村舍舟步归》，见邹志方：《陆游诗词选》，北京：中华书局 2005 年版，第150 页。

② 贝奈戴托·克罗齐著，道格拉斯·安斯利英、傅任敢译：《历史学的理论和实际》，北京：商务印书馆 1982 年版，第 1 页。

总是被复活的过去。而这一切的前提是，如何复活过去。具体到《蔡文姬》这出歌剧而言，就是如何将历史现实化。将战乱离别、民族冲突淡化，转到更为恒久的文化主题上，不失为一种巧妙的设计，只是如果忽略或无视历史的真相和政治性，就会难以自圆其说，让人物的内在转变成为抽象而机械的理念显现。毕竟，无论何样的历史书写，最终都要面临时间的终极裁判。你必须直视历史，历史才会正视你。

虚构与改写是历史重构的两条路径，而作为艺术表现的"历史"还可以无中生有，立足于某个点踵事增华、敷陈故事，生发出虚构的巨大力量。作为湖北恩施广泛流传的土家族民歌经典，《黄四姐》以喜花鼓的明快节奏和生动欢乐的情爱内容，表现了青年男女互相爱慕追求、馈赠定情信物的情节，传唱一百五十余年经久不衰。我在几次去恩施及宜昌一带做田野调查的时候，所遇到的人几乎每个都会唱《黄四姐》和《六口茶》，这给我留下了很深的印象。新编乡村音乐剧《黄四姐》在这首民歌的基础上附会想象，虚构了一个爱情与建设家园双线并进的故事，将情感的基调与众人齐心协力建造彩虹桥抵御大洪水的情节结合在一起，既清新活泼又意蕴深厚，赋予了古老民歌以新的生命。

起于桑间濮上、瓜田李下的情歌，往往带有生命的原始冲动色彩，朴野、直白甚至带有明显的色情挑逗意味。如何让这种难登大雅之堂的原生态民歌获得雅正基调，而又不失原本的生机，就考验着改编者的创造力。《黄四姐》分为三幕十个部分，先由定场歌拉开序幕，将黄家四姐妹和汉家货郎、大姐夫四川棒棒、劁猪匠、覃木匠等人物关系展演出来。然后由石门寨的洪水，进入修桥的叙事之中。因为经常性的洪水肆虐，交通不便，架桥成了石门寨的大事，而货郎恰恰是"掌墨师"的传人，自告奋勇要为造桥画图，因而与黄四姐结缘。黄四姐则由传统民歌中的村姑重新设定为寨里"黄记罐罐茶"茶馆的当家人。两个人在茶馆中借歌传情，又在"女儿会"上以歌为媒定情。为了到四川云阳去找造桥的钢棍和水泥，两个人风雨送别。黄老爹却因为外乡大女婿的出走而不同意两个人的爱情，但这阻碍不了他们的心心相印。黄四姐到河边找到画图的货郎，唱起动人的恋歌《闹五更》。就在憧憬幸福的时候，却发生晴天霹雳——从四川找到大姐夫的货郎因为救黄四姐被大水冲走。寨中人为货郎跳起了土家人的丧舞《撒叶儿嗬》，黄四姐不相信货郎已死，终于在下游的山洞中找到了他。尾声里大桥修好，众人唱跳起经典的《喜花鼓》，在优美动听的歌声中迎来喜悦的庆典。

"贷郎我把鼓摇哎/四姐我把手招哎/要买丝线绣荷包啰/你要的个东西嘛我知哟道啰/嘿哟衣儿呀儿哟/你要的个东西嘛我知哟道啰/黄啊四姐哎/你喊

啥子嘛/我给你送一根丝帕子哎/我要你一根丝帕子干啥子嘛/戴在妹头上啊/行路又好看啦/坐着有人瞧啥我的个娇娇/衣儿呀儿哟/呀儿衣儿哟/坐着有人瞧啥我的个娇娇/黄啊四姐哎/你喊啥子嘛/我给你送一对玉镯子哎/我要你一对玉镯子干啥子嘛/戴在妹手上啊/行路又好看啦/坐着有人瞧啥我的个娇娇/衣儿呀儿哟/呀儿衣儿哟/坐着有人瞧啥我的个娇娇/黄啊四姐哎/你喊啥子嘛/我给你送一双丝光袜子哎/我要你一双丝光袜子干啥子嘞/穿在妹脚上啊/行路又好看啦/坐着有人瞧啥我的个娇娇……"这个活泼欢快的主旋律贯穿始终，复沓的形式让每段唱词与情节互相补充。在唱腔表现上，《黄四姐》采取原生态唱法与通俗唱法相结合，唱词对话运用恩施方言，大量运用土家族五句子歌词、歇后语、俚语、谚语，营造了轻喜剧般的效果。剧中还融合了《抬工号子》《撒叶儿嗬》《滚龙莲湘》等三峡民俗与巴人舞蹈，及《六口茶》《哭嫁歌》《闹五更》等土家民歌，并且在灯光特效上加入了"大峡谷""吊脚楼"等恩施本地景观，立体展现了"土风土语土家情"，因而舞台效果非常成功。

造桥的情节是剧作进行的最大的改编和补充，从而扩展了音乐的表现空间，使得各种土家文化元素得以有机地充实进来。彩虹桥的梦在情节中是土家山寨的生活生产以及与外界沟通的实际需要，在象征意旨上也表达了石门寨与外省、土家人与汉家人之间心灵的桥梁。正是桥梁的建造使得误会得以化解，而不同民族男女得以终成眷属。"唱歌就唱黄四姐，喝茶就喝六口茶，今天唱哒明天唱，今年采哒明年发，好人好梦在土家！"这种创造性的改变，让文化遗产的传承有了鲜活的载体和形式，既保留了精髓又适应了当代观众的口味，还可以为非物质文化遗产保护与传承提供有益的借鉴，客观上也宣传了当地文化，可谓一举三得。历史重构的意义也正在于此，它不仅是要回眸过去寻回可以传承的遗产，还要作用于当下的意识形态诉求，更要有展望未来的乌托邦维度。

二

现实感是当代艺术的一个核心命题，所谓现实并不是专指致力于现实题材，而是说在艺术创造过程中所体现出来的对于现实的认识需要根植于时间的纵向脉络和空间的横向比较的总体性视野当中。这种现实感是整体的而不是片面的，有机的而不是僵化的，实践的而不是观念的，所谓的现实关怀应该是体现在对于宏观的国家、民众、社会的关切，而不是斤斤计较于一己的得失、狭隘的观念、私欲的张扬、特殊的趣味和认同。现实主义的精神内核更多体现在历史与审美的结合，从技巧上来说则是人民性与艺术性的统一，因而题材的古今、风格的写实或抽象倒在其次。在切近现实题材时，如何艺术地描摹、展现、表现现实，则反映出认识社会与生活的宽度、广度与深度。

从 2000 年 9 月开始，作为国家援疆政策之一，在北京、上海等 12 个经济发达城市的 13 所一类高中开办了内地新疆高中班，让新疆少数民族学生在内地接受高中教育。这项举措的意义不仅在于教育这单一层面，而且对于培养边疆民族地区人才起到了积极作用，对不同族群之间的交往、交流、交融也起到一定的以点带面的辐射性效应。长久以来，关于内地新疆高中班的题材，只有 2015 年天山电影制片厂拍摄过一部电影《梦开始的地方》，讲述在上海的内地新疆高中班学生的故事；话剧《遥远有多远》则是以广东某高中内地新疆高中班为中心，讲述了一群汉民混杂的青春故事；《遥远有多远》定位在青春话剧，可谓别出心裁，洋溢着活力与激情，深具当代感。憨厚诚信的克里木江、羞怯可爱的阿孜古丽、哈萨克英姿飒爽的马背少女库里曼、顽皮聪明的伊力亚、机智幽默的佟佟……这群来自新疆和广州两地的维吾尔、哈萨克、汉族少男少女，各具个性，又身处相同的社会语境，共同呈现出同一个蓝天下的青春故事。

高中生活并没有太多戏剧化的跌宕起伏，因而整个话剧呈现出一种生活流的状态，然而在散点叙事之中，依然通过军训、阿孜古丽因为自卑而要退学、库里曼患病等几个情节营造出了几个小的高潮。这几个情节实际上构成了一个个小型的"通过仪式"，分别对应的是团结互助、树立自我、在遭受困难与挫折时的顽强信念确立。虽然军训只得了第四名，但经历过矛盾冲突的同学们认识到：大家凝聚成了一个友爱的集体，就是最好的状态。来自边远农村的阿孜古丽在发达城市见到更广阔的空间，看到了自己的不足，终于在同学和老师的鼓励下，重新拾起信心。值得注意的是，剧中的主要角色扮演者都是汉族，他们的"方法派"式的表演，无论从特殊语调还是从姿态和神态都自然而写实，很容易让观众感同身受地代入。相信每个人都会被库里曼面临截肢时候所说的话所感动，那个马背上长大的哈萨克少女勇敢地宣称，即便只剩下一条腿，也会是草原上最优秀的骑手。这是成长经历，也显示了具有普遍性的逐步深化的自我认识与他者认知的过程。

在一些刻板印象或时下流行的青春叙事的文艺作品中，焦点往往集中于内地，情节又多在校园爱情、叛逆与成长上面，很大程度上忽略了来自边远、边地、边疆地区的青春，似乎他们的青春无迹可寻，没有故事，这种边缘化无疑是一大缺漏。《遥远有多远》则弥补了这个缺憾，让曾经一度被边缘化的青春同样得以展示，并且一反萎靡不振、沉浸在小情小调中的《致青春》《同桌的你》之类的颓废与怀旧，也没有刻意搞笑或制造高潮，而是让青春的健康、活力与理想主义像一股清新之风拂面而来，自然而然地沁人心脾。用一句滥俗的话来说，我们在剧中看到了乐观积极的"正能量"。

"遥远"指涉的是地理空间问题，同时也可能预示着心理与精神上的疏离与误解。这些有可能存在的距离感，最终在同情、理解和悲悯中得到了化解，就像最后众人的作文中，一个同学所说，只要有爱，遥远就并不远。爱的具象表现在音乐的巧妙运用上，突出体现在说粤语的张阿姨看护病房中的库里曼时，唱起广府童谣《月光光》："月光光，照地堂；虾仔你乖乖瞓落床。"这首歌谣虽然是海洋文化的产物，却也可以安慰草原上长大的游牧民族的孩子，推衍开来，它同样也能够安慰来自所有地域的孩子，这就是艺术的人类共同情感性。而当结尾"新疆美丽公主组合"（Shahrizoda）改编自民歌的《欢快地跳吧》（Oynasun）热烈地响起来的时候，所有人都被鼓动起来。这是乌兹别克斯坦歌手改编的维吾尔民歌，本身就是全球化时代多民族传统文化与流行文化融合的产物。它在这群新疆孩子第一次踏上南下的列车的时候就曾响起过，最后再次唱起来的时候，已经是孩子们化蛹成蝶、人格蜕变后的欢乐颂歌。

本剧并没有陷入少数民族与汉族交往题材中常见的那种文化冲突和冲突的化解。从西北的新疆奔赴东南沿海的广州开始新生活的少数民族同学，与混合在一起的汉族本地同学，从一开始就没有来自民族、语言的差异所造成的文化震惊效应，他们共同面对的是来自青春的共有经验。那些青春期的叛逆、迷惘、向往、冲动、想象，根植于人类的共通性。每个同学固然有着自己的个性，但这种个性在集体中都化作普遍性的青春。并不是"我就是我，是不一样的烟火"，而是"我就是我，我们在一起，青春是一样的烟火"。没有将少数民族风情化和差异化，而是将少数民族与汉族当作同一环境中的同样的人，这无疑是剧作的一大优点。这种"同时代性"，避免了异域风情化和符号化，让生活的质感落在实处，是少数民族文艺创作中值得提倡的趋向。

如何用地方曲艺形式反映超越于地方性或族群性的内容，这需要普遍性的理念进行支撑。现代泗州戏《绿皮火车》可以说在题材与技巧、内容与形式、故事与唱腔上都做了革新性的努力。泗州戏原名拉魂腔，流行于安徽淮河两岸，与鲁南、豫东的柳琴戏、苏北的淮海戏有一定的血缘关系，2006 年列入第一批国家级非物质文化遗产名录。这种有着两百多年历史的剧种如何在新的时代进行传承是值得思考的问题，不仅要保留其精粹，关键还要有创新，毕竟"活鱼要在水中看"，创新才能保持生生不息的活力。

《绿皮火车》取材于当下生活，以一辆开往小梅村的春节农民工返乡的绿皮火车为主线，辅之以回忆与叙述，穿插了在花店打工的畲族姑娘小惠与城市男孩、美术系高材生孟歌的爱情副线，不同的时空一实一虚。实线是写实的车厢封闭空间中各民族回乡民工的群戏，月嫂、送奶工、建筑工、装修工、剪纸婆婆，各自带着故事，异乡打拼虽然艰辛，但到年终仍然带着收获和喜悦，憧憬着未来的生活。虚线则是小惠与孟歌的一见钟情，陷入热恋，但遭到来自传统门第、世俗眼光、功利目的考虑的孟母的反对。这个过程中，关于城乡差别、剩男剩女和当代婚姻观念的冲突成为接地气的桥段，也折射出当代情感结构与婚恋价值的转折。

在形式上，《绿皮火车》将现代话剧的空间塑形引入泗州戏，而现实感则是其基本诉求。我们知道，门第观念造成的爱情悲剧历来是戏剧中的常见主题，有着悠久绵长的书写史，并且在传统戏剧中形成了一种几乎程式化的模式，往往最终的解决方案极少是决绝的悲剧，更多是通过一妻一妾，或者弱势一方获得富贵达成平等均势的格局完成。常见的往往是落魄士子与富贵千金的故事，《绿皮火车》的创新之处在于，它将新农民/新工人的时代话题纳入进来，并且扭转了传统中男女角色的位置：女方成为主角，尽管在社会地位、文化教育、经济收入等方面处于弱势地位，但在品质、道德和认知上并不逊色。小惠作为一个新一代农民工的形象在她与孟母见面时毅然主动提出分手的时候就得以确立：她并不是一个被动接受命运施舍的弱女子，而是有着独立人格与明确愿景的女孩——希望将城市里获得的经验用于改造家乡的面貌，而不是沉溺于一己哀愁或祈求单一情感。火车上遇到的民工兄嫂更以他们的乐观与积极鼓舞了小惠，使她在辞旧迎新的关头树立起新的信心和希望。

戏的主题围绕"梦"展开，在泗州戏的段落里糅入了花鼓调和山歌的元素，通过一再复沓式的吟唱，一步一步深化向往美好生活的"中国梦"。孟歌与小惠的爱情就是一个具体的"梦"，而最终孟歌冲破世俗的束缚，在除夕之夜赶到小惠的故乡相聚，在畲乡对歌跳舞的欢乐中重归于好，正是这个梦的实现。当然，现实中这种城乡差别依然存在，桎梏着人们观念的种种外在枷锁并不是轻易就能够被打破。然而唯其如此，"梦"才显得如此珍贵和富于理想主义色彩。只有怀抱梦想，才有前进与改进的动力。绿皮火车就如同行进中的中国，除夕之夜构成了关键性的时间节点，在辞旧迎新之中旧的绿皮火车即将更新换代，召唤着新的生活。全剧洋溢着由不同民族和地域性元素带来的幽默气息，与男女主角感情受挫时的伤感情绪形成映照和节奏调节，最终在喜气洋洋的氛围中结束，给观众带来了合家欢的愉悦情绪，可以说是梦想照进现实的力量。从这个意义上来说，《绿皮火车》骨子里是浪漫主义的，它是一曲当代急剧变化的火热生活的赞歌。这个赞歌的主体就是无数默默耕耘、辛勤打拼的各民族民众,他们以自己的勤劳、坚韧、包容和乐观支撑起中国的脊梁。

主旋律剧作经常出现的问题是在生硬的"高台教化"中失去贴近观众的趣味。"诗教"是中华美学精神中一脉绵延不绝的伟大传统,只是在当代艺术实践中需要做出适应时代性的改造。吕剧是由山东琴书(说唱扬琴)、化装琴书(又称化装扬琴)发展而来,已有一百多年的历史,是国家级非物质文化遗产。它以优美朴实、自然流畅、贴近群众而深受喜爱,它的曲调主要板式有四平、二板、二六、六水、散板、尖板、摇板、回龙等,曲牌多数来自民间小曲,如《莲花落》《罗江怨》《叠断桥》《靠山调》等。如何用这种传统地方戏种讲述当代中国故事,滨州吕剧团的《兰桂飘香》做出了一个示例。这出剧以无棣县伊德圆集团总经理从桂兰的创业故事为原型创作而成,展现了女主人公在经济社会发展进步的时代大潮中,创业敬业、诚信友善、带动群众共同致富的优良品质。作品的核心思想是:爱心包容天地,和谐需要大情怀。以从桂兰为代表的民营企业家的成功,是民族政策惠及少数民族个体的缩影,彰显了社会主义制度优越性。

回族女孩从桂兰祖祖辈辈都生活在渤海湾,贫困的生活中也充满了梦想:白马王子、牛羊满圈、办工厂、挣大钱……但现实中,她的婚事还是机缘巧合,因抓阄而办成的:宰牛师傅张一刀的儿子张金锁在从桂兰、沙凤英、米莉三个女孩中举棋不定,只能靠抓阄选择。这为后来丈夫出轨埋下了伏笔。婚后,从桂兰很快显示出商业天赋,开办了皮革厂。为了解决技术难题,她靠做新娘时候给亲戚磕头挣来的98元喜钱摆宴感动了马口铁师傅。在叙述这些桥段的时候,《兰桂飘香》将地方戏特点融合进来,公公张一刀的配角实际上是传统吕剧中的丑角,惟妙惟肖,幽默风趣,充满了生活气息。新婚之夜夫妻俩共话未来的时候,还夹杂了流行歌曲《我的未来不是梦》。这一些尝试应该说都取得了预期的效果。该剧保留了生动活泼的民间叙事基调,生机勃勃,配角尤其抢戏,像张一刀这个精明小气的驼子,一举一动都滑稽搞笑,起到调节正剧气氛的作用。剧作还善于用细节刻画人物,比如一开场从桂兰坐车遇雨,众人都说不是好兆头,从桂兰却说春雨贵如油;车子无法过河,众人说新娘子不能第一天就下地,从桂兰却不管,自己脱鞋趟过去。这充分体现了她的不落俗套、敢闯敢干的个性。最后她与沙凤英之间的彼此和解,也显示了传统美德在构建和谐社会中的作用。

改编现实题材往往要面临的关键问题是材料的取舍,因为生活和经历千头万绪,如何从枝繁叶茂、旁逸斜出的原型故事中提炼出集中凝练的主题。

《兰桂飘香》把从桂兰先后办福利厂、皮革加工厂、电子科技园的事业虚写，而以她的家庭与事业的冲突作为实写的主线。工厂里发生氨气泄露事故，千钧一发之际，从桂兰冲进火海关灭阀门。丈夫与老情人沙凤英藕断丝连，在外久久不归，甚至一起合办公司，资金周转不灵的时候，还拿走了大额支票。这一切她均以宽容处之。张金锁与沙凤英出车祸，她还义无反顾地全力抢救。最终，几个人和解，两个厂子合为一家，成立了大公司。通过这样的创编，剧情集中在宽容与和谐的主题之上，更利于舞台表现。只是前半部过于生动，相应地后半部的剧情进展过快，有些虎头蛇尾之感，这可能是需要继续打磨的地方。"厚人伦，美教化，正风俗"① 这种根植于中华传统的美学诉求，要与想象现实的功能性实践结合起来，主旋律剧作还有很长的探索之路要走。

三

国家美学是由主流意识形态所营构的审美话语，建基于民族文化的集体积淀，融合时代的变局，并由国家权力推动而广泛渗入社会生活的各方面。它强调的是博大、开放的审美意识形态，与统一、稳定和牢不可破的秩序。在涉及中国多民族共生共荣的现实语境时，少数民族文艺会演尤为突出地表现出这种意识形态的召唤结构，试图在对统一的回溯、盛世的想象及爱与和谐愿景的书写中凸显出国家主导的文化领导权和艺术构拟。

元朝是中国历史上疆域最开阔的朝代，它统一南北中国，结束了自晚唐五代以来的分裂局面。意大利人马可波罗是著名的旅行家与商人，他漫游东方尤其是蒙古帝国的经历，带给欧洲人一片全新的知识天地。"哥伦布改变地理，马可波罗改变历史"，马可波罗与中国的相遇，可以说间接开启了大航海时代。呼和浩特民族歌舞剧院的舞剧《马可·波罗传奇》在传说与史料基础上重述了马可·波罗在元帝国的经历，是在"一带一路"话语背景下重新想象一个盛世的华章。

通过恢宏壮阔的激光与实景相结合，序幕"出使东方"展现了惊涛骇浪中马可·波罗父子到圣城接受教皇使命，送信给大元皇帝忽必烈，从此展开了这场奇异之旅。他们沿着古丝绸之路，穿越地中海，横渡波斯湾，经过中东，翻越葱岭，跨过敦煌，来到蒙古草原。如果说开章的灯光与舞美还有些喧宾夺主的意思，第一幕"结缘蒙古草原"很快进入舒展奔放的蒙古舞的欢快场景中。草原千户长的女儿萨仁与额吉，发现了被暴风雪袭击而奄奄一息

---

① 《毛诗序》，见郭绍虞主编：《中国历代文论选》，上海：上海古籍出版社2004年版，第63页。

的马可·波罗父子，并请来萨满做法。在神秘激情的萨满舞中，马可·波罗得到治愈。萨仁与马可·波罗的一段双人共舞，与草原春暖的情境与心情相互映照，爱情的花朵也悄然绽放。

第二幕"初识元上都"分为"狩猎"和"宫廷"两场。第一场描述马可·波罗告别萨仁前往元上都，在森林中遇到狩猎中被豹子攻击的真金太子。两个人合力杀死豹子，也结下真挚的友谊。这段舞将士兵阵操、弯弓射猎及持矛刺豹的一系列激烈动作化入肢体语言当中，在造型上成功地表现了千钧一发的惊险和化险为夷后的喜乐。第二场马可·波罗父子随真金太子来到元上都谒见忽必烈大帝，受到款待。宴会上集中地展示了各种民族舞：宫廷舞、顶碗舞、拂尘舞、印度舞……显示出"九天阊阖开宫殿，万国衣冠拜冕旒"般的繁盛、博大、包容与开放。不同宗教与民族共同生长、枝繁叶茂的景象，让马可·波罗父子惊叹不已。第三幕马可·波罗作为钦差大臣赴各地考察"巡游南方"，也分为两场："汴京"和"江南"。汴京一场以清明上河图为背景，展示了繁华商业都市百业兴旺、游人如织的民俗场面。文人士子雅集书会，农工商贾百艺共生，通过回旋镖、顶技、变戏法等杂技元素和舞蹈结合在一起，渲染了热闹喧腾的市井生活。江南一场则放在了烟雨扬州，诗情画意，婉转悠扬。如果说第二幕突出的是世界性因素，第三幕则突出了中国的多元文化和自然风光，两者共同构建了一个盛世的灿烂新世界。第四幕"告别中国"的场景设置在泉州港，同样铺陈了高丽人、日本人、阿拉伯人、波斯人、印度人等一系列的形象和文化符号。马可·波罗受命护送蒙古公主远嫁波斯，在此与萨仁做最后的诀别。音乐与舞蹈牵动着断魂愁肠，掀起了两人从草原初遇到江南再见，再到离别的三场舞的层叠效应，三场的情绪不同，舞蹈的风格也相应做了改变，将蒙古民族舞与西方现代舞的元素恰切地衔接在一起。最后的"尾声"，年迈的马可·波罗在威尼斯遥想大元帝国往事，《鸿雁》的民歌奏起，从天而降的双人绸吊舞蹈象征着缠绵的思绪与情感，既浪漫又凄婉，既抽象又具象，将整个舞剧推向了高潮。

《礼记·乐记》称"治世之音安以乐，其政和"①，《马可·波罗传奇》的配乐内化了这一点。同时，场景上横跨亚欧大陆，不仅有水上城市威尼斯、壮阔的地中海、内蒙古草原的寒冬与春色、繁盛的元大都，还有欣欣向荣的中原街头、婉约秀丽的江南；在舞蹈设计上囊括了中国少数民族、中亚、南亚乃至中世纪欧洲的文化元素。这一切关于往昔的记忆与虚构，都以多元共

---

① 孙希旦撰，沈啸寰、王星贤点校：《礼记集解》，北京：中华书局 1989 年版，第 978 页。

生共荣的表征，指向当下关于"中国梦"的盛世想象。当然，可能也正是因为如此，所以整个舞剧沉浸在一种昂扬的氛围之中，高潮连连，以观众的观感而言，可以体会到盛大辉煌的气象，但也因此较少有情绪的起伏，这也算是白璧微瑕。

与《马可·波罗传奇》的他者经历的旁观视角不同，新疆艺术剧院歌舞团的歌舞剧《情暖天山》则是站在少数民族的主体位置来讲述带有普适性的人类之爱。在 2010 年颁发的"感动中国十大人物"中有一位维吾尔族阿妈——阿里帕·阿力马洪。老人从 1963 年开始，陆续收养了汉、回、维、哈 4 个民族的 10 个孤儿，加上自己生育的 9 个子女，以坚韧的毅力和博大慈爱，为 19 个孩子创造了至真至纯的温暖之家。颁奖辞写道："不是骨肉，但都是她的孩子，她展开羽翼，撑起他们的天空。"这位伟大的妈妈将风霜饥寒全都挡住，把清贫苦累一肩担当。在她的家里，水浓过了血，善良超越了亲情。2014 年天山电影制片厂根据老人的事迹，拍摄了由西尔扎提·牙合甫执导的电影《真爱》，《情暖天山》也是以这个大爱无疆的故事为原型创造的。

一曲婉转悠扬的木卡姆"天山之春"拉开序幕，诺茹孜节兴高采烈的歌舞突然被一个晴天霹雳所打断。维吾尔族妈妈帕丽达病了，这位善良的母亲急需匹配血型才能挽回生命。这牵动了整个村庄人们的心，大家急切召唤帕丽达妈妈远在各地的儿女赶快回家。在急管繁弦的音乐和快速转移的场景之中，内地工作的老七王小珍、北疆草原牧羊的大哥吐尔洪、在国外经商的老四等七个子女得到消息后匆匆赶回。"追路"这一幕充分体现了融合美声、民族和流行音乐元素的优势，尤其是老六艾克拜尔在剧中充当的是行吟者的角色，他以优美而又意蕴深厚的抒情，与老七、老大的讴歌与咏叹形成了多声部、层次分明的共鸣。在医院中，众儿女回忆过往的"童年"一幕，更是让妈妈辛劳的身影和慈祥的笑容，与华丽深沉的美声完美结合起来。

血液配型检查的结果出人意料，只有大哥符合配型条件，引发出记忆中的两幕难忘的故事："选择"与"回家"。"选择"讲的是在热闹的赛马大会上，帕丽达家收到两张入学通知书，老七和老大分别考上了艺术学校和技术学校。但因为丈夫早逝，家境贫困，帕丽达妈妈在两难之中不得不决定全力供老七上学。求学心切的老大愤然离去，骑马奔驰进暴风雪席卷的山谷。帕丽达妈妈在寒风凛冽的雪山深处找到几乎冻僵的儿子，一切不满与埋怨都在母子的相互温暖中消融冰释。"回家"则回溯到收养老七时候的情景，那时候，老七是失去父母、流浪在外的孤儿，头上生满烂疮。帕丽达妈妈把她带回家，细心地照料呵护，终于让她长出了美丽的头发。这两幕突出了利他与奉献的主题，点出了超出血缘的爱，联结起不同民族的亲情与友爱的崇高旋律。母亲爱的无私召唤出子女爱的回馈。尾声里，医院传来喜讯，帕丽达妈妈血液配型成功，微笑和欢乐再次绽放在所有人的脸上。最后的主歌回到爱的奉献，以之作结，可谓实至名归："爱让荒原听到春风的呼唤，爱让雪莲屹立不朽的风采，爱让千年冰雪融化开，化成春水万流汇成一条血脉……"在新疆这样一个多民族杂居、文化多元、地域政治复杂的地方，这样一曲无私的爱的颂歌恰逢其时地探讨了人与人、民族与民族之间的关系——这是双向互动的情感关系。

从舞台效果上来看，舞台设计、演员的调度很好地烘托了情感的起伏，不同音乐风格之间的搭配，与或者焦灼，或者忧伤，或者柔情，或者喜悦的情绪张弛有度，带动了观众的情感。轻快活泼的辫子舞、气势恢宏的赛马舞、展示暴风雪的现代舞……民族的、通俗的、现代的……不同风格的舞蹈，适应着剧情的起伏和场景的变换。木卡姆乐曲、《掀起你的盖头来》这样经典的民歌改编，与新创的歌曲一起，相互辉映，既传统又现代，既突出民族与地域特色，又包含了世界性、普遍性的质素，几位主演也贡献出了堪称世界一流水准的表演，为观众献上了一出视听的盛宴。整个歌剧指向的是关于中国的多元民族构成和难以割裂的亲缘关系，而这一切已经超越了新疆这个地理空间，拓展为整体性的"民族寓言"。

藏戏《松赞干布》则是另外一种"民族寓言"，它截取松赞干布从继位到统一吐蕃、唐蕃联姻的历史，通过武功与文治双线并进，讲述了藏地各部落之间从分裂到统一的过程。"演绎历史为剧之核心，先祖松赞干布悦耳声、妙音传遍世界之祈愿，伴随万千喜悦呈吉祥。"这是一个主题明确的设定，但在情节与形式上却具有莎士比亚的悲剧意味。一开始，13 岁的王子松赞干布就面临着巨大的危机：吐蕃之王囊日松赞因为任命外臣做王子松赞干布的内相，引发旧臣的不满，进而被旧臣那囊毒杀。松赞干布临危受命，继任一统吐蕃大业之初，就置身于阴谋与叛乱之中，涉及内部与外部多方力量之间的博弈。外部的藏蕃琼保邦色被收服后，并没有安于现实，而是在暗中窝藏了那囊，同时诱骗大将军尚囊之子尚赞与象雄王国攻打吐蕃，并挑拨松赞干布与尚囊之间的关系。尚囊本来忠心耿耿，如今陷入亲情与国家利益之间的矛盾中。复杂的情节是历史剧常见现象，如何化繁为简、举重若轻，则见出编剧的功力。

　　旧臣与新贵、外邦与内廷、情感与理性，这些古典戏剧式的命题，交织在一起。为了突出人性与形象刻画，本剧将征战部分抽象简化处理，而着力于文治的刻画。松赞干布派去天竺的吞米桑布扎创制了藏文。锐意改革的松赞干布认识到光有武力难以长治久安，而"文字可以书写国政律法，文字可以起草安邦乐典，点染智慧之阳光"。藏地多年来纷争不断、难以统一，正是因为缺乏文化的凝聚与认同，因而努力推行文字教育。"政教律法奠定统一根基，政通人和国家兴旺发达，创制文字开创吐蕃伟业，拯救藏地脱离黑暗深渊。"这显然触动了守旧贵族的利益，也让很多人难以理解，连尚囊都无法接受，再加上那囊和琼保邦色的蛊惑，对青年教育造成了很大的破坏。在关键时刻，松赞干布以身作则，拜吞米桑布扎为师，从而使得推行文字学习这场没有厮杀的战争获得了胜利。

　　经过一系列曲折，松赞干布发兵攻打象雄，合并象雄和藏蕃，吐蕃国迁至拉萨。琼保邦色和那囊最终忏悔，自杀谢罪。12 年里，吐蕃的所有内乱彻底平息，松赞干布终于实现了祖辈向往已久的统一大业，并于公元 641 年，迎娶了大唐文成公主和尼泊尔赤尊公主，迎来了历史上一个繁荣与和平的盛世。就像甲鲁所唱的："愿大统一为吐蕃带来繁荣，愿大统一给世界带来富强，愿大统一为中华民族带来吉祥，愿和谐祥瑞奠定统一繁昌，国泰民安幸福长久永恒！"整部戏围绕"大统一"的主题，在武力征讨之外，特别强调文化认同和消弭内乱的重要性，实际上是一个借古说今的隐喻。

　　如果认识到新世纪以来中国边疆地区的民族问题以及国际上各种复杂的地缘政治，就能更好地理解这部剧的用心。塑造共同的价值观和对中国的认同，是在纷乱的国际地缘政治中求得文化安全和维护祖国统一的根本途径。虽然在具体的处理中，仍然有毛糙的地方。因为剧情过于复杂，而时间线又太长，有限的舞台空间与时间很难完成整个剧情，这就必然使得戏剧造型叙事性不足，情节的推进更多靠人物对白和旁白，显示了它稚拙的一面。但总体而言，明确的主题还是得以显豁地呈现出来，并且将吐蕃历史上的重大事件与著名人物形象化地予以表现，中间还穿插了本教的因素以及藏戏面具等非物质文化遗产内容。从这个意义上来说，历史的通俗化虽然简单，倒是回响着元末明初戏剧家高则诚"不关风化体，纵好也枉然"①的戏剧主张。即艺术要建立时代、人心与社会之间的关联，实现教育团结的社会功能，这样

---

① 《琵琶记》第一出"副末开场"，蔡运长：《琵琶记通俗注释》，昆明：云南人民出版社 1989 年版，第 1 页。

才能实现其更广泛的社会价值。

在全球性的地缘政治、文化交往、意识形态博弈中，中华民族伟大复兴的主体性建构已经日益成为从官方到民间的共识，文化的地位日益凸显，而各民族的多样性文化则是中国当代文学中的重要部分。总体而言，这一届少数民族文艺会演充当了多民族文艺发展成果的展示平台和宣传与弘扬民族团结进步事业的手段，同时也是中华民族文化自信的直观表达与诠释。作为艺术上的国家行为，全国少数民族文艺会演有继承与创新，也有遗憾与不足，但无可置疑已经成为各地各民族文艺工作者挖掘、整理、传承、弘扬、发展多民族优秀传统文化的有效载体，体现了当下中国文化"软实力"的水准和风貌。期待在日后，它还有进一步的提升。

附　录

附录一 正视本土文化内部的多样性

访谈人：周明全
受访人：刘大先
时间：2016 年 1 月 18 日

云南人民出版社的周明全所做的"80 后批评家"访谈及其所编辑的文丛影响颇大，此后他又开始进行"70 后批评家"的访谈与文集编辑工作。由此，我也被他作为"70 后批评家"的一员纳入其中。尽管对这个权宜性、媒体化的代际符号，我并不好说认可或否定，但对于明全的工作实绩是很肯定的，毕竟对于依然处于弱势话语权的青年学人而言，他提供了一个很好的通道。这个访谈事实上也体现出这个特点，比较全面地谈到了我从求学经历到学术特点、从个人锋芒到整体评价的方方面面。

"在暗夜里慢慢趟出自己的道路"

周明全：大先兄现在在批评界大名鼎鼎，但对你的求学经历，似乎还有很多人不知，能否简单介绍一下？

刘大先：明全兄过奖，我也才算起步，还没有写出让自己真正满意的著作。我是 1996 年考入安徽师范大学，高考志愿填的其实是英语系，服从调配到了文学院，可能因为我当时语文还不错吧，单科成绩是当年市的第一名，当然更多可能是我的分不够上英语系，哈哈。那时对文学并无特别爱好，倒是喜欢健身，做了四年体育委员和业余长跑运动员。本科毕业那会儿原准备报考复旦新闻系黄旦教授的传播学研究生，但是本校给我免试保研了，我也就懒得考了，上的是文艺学。因为本校的朱良志教授做中国古典美学还是很厉害的，我那时候读了些孔孟与王阳明作品，想着跟他做古代文论研究也不错，结果他那年调到北大美学系了，我就跟陈文忠先生读西方文论了。2003年，我硕士毕业本来考到安徽省财政厅做公务员，正好那年中国社科院《民族文学研究》的关纪新主编到安徽师大开会，提到要招个编辑，学院原先推荐的那位同学要到人民大学读博士，我那时从来没有去过北京，就被当作替补进了中国社科院的民族文学研究所，从事少数民族文学研究。工作两年后，单位允许在职读博，我当时考了社科院文学所的美学专业和北京师范大学的现代文学专业，两个都录取了，但是后来想想可能在现在的单位无法纯粹做西方美学研究，就上了北师大。2008年毕业后有个出国的机会，我申请到了当时由斯皮瓦克主持的美国哥伦比亚大学的比较文学与社会学研究中心，2009年去，2011年回国。

这个求学经历充满了各种阴差阳错，是个缺乏规划的过程，就像是在暗夜里摸黑走路，磕磕绊绊地行走，慢慢蹚出自己的道路。这样当然会走许多弯路，白费许多精力和工夫。但好处是转益多师，文学的各个学科都接触到了，不至于陷在某个偏狭的学科门径中故步自封。我觉得一个文学的从业者，可能还是自然而然、水到渠成比较好，一开始就目标明确地步步为营、精心算计，就带有了商人和谋士的刻意了。

周明全：之前和徐刚、李德南两位"80后"批评家谈过，他们当初走上文学批评这条路也和大先兄一样充满了偶然，从你们三位身上可以看出，也许不刻意为之，反而能做好一件事。现如今不少年轻批评家在介绍自己的时候，总不免说"我是某某人的学生"之类，感觉很滑稽，难道自己的导师有大名自己就有大名了？和大先兄相识这么久，从来没听说你这么自炫过，所以，今天想请你谈谈你硕士、博士时的导师对你的影响。另外，从事文学研究，还受到了哪些师友的影响？

刘大先：你说得对，师父领进门，修行靠个人，尤其对于学术研究来说，老师只是指路之人，更多还要靠个体的自我砥砺。我的老师们都比较低调，不是什么名人大腕，我自己也不愿意扯大旗拉虎皮似的攀鸿附骥。硕导陈文忠先生对学生的基本功要求很严格，他一开始给我开的书目就是按照朱光潜《西方美学史》最后提到的四位——柏拉图、亚里士多德、黑格尔和康德的作品，我最早写的论文就是关于柏拉图和亚里士多德的。这些阅读让我受益终身，因为他们构成了一条经典的线索，此后返本开新，无论是继承发展还是对话批评，都离不开初始的影响。邹红老师是我的博导，她是专门做现代戏剧的，尤其是焦菊隐和"人艺"，我的同门几乎全部是做戏剧相关研究的，不过我因为已经工作了，也逐渐有了一些自己的想法，所以选的题目是"现代中国与少数民族文学"，博士论文就是后来出版了的同名著作。我很感激邹老师和在清华大学任职的师公张海明教授对我的支持和鼓励，没有他们的包容，我这个题目肯定无法毕业的。其他对我影响最大的学者就是关纪新、刘禾与李陀了。关老师是满学大家，早年致力于老舍研究，后来扩展到满族史，我受他启发也做了一些关于满族与清史方面的研究，不过成果还没有出版。刘禾是我在纽约哥伦比亚大学时候的导师，她的《跨语际实践》《语际书写》《帝国的话语政治》，还有那本 *The Freudian Robot* 在国际上享誉甚广，就不用我多介绍了。她的课堂上常常会有阿君·阿帕杜莱、阿里夫·德里克、朱迪丝·巴特勒这样各种学科的名家来做客和交流，跨学科的方法带来的思想冲击非常巨大。最后一学期，我给她的"鲁迅与现代中国"这门课做助教，由鲁迅为基点关联起政治、历史、宗教、民俗、民族、性别诸多议题，是一个系统而完整的学术训练。李陀则改变了我的思想取向，有一年多的时间，几乎每个周日下午我都会去哈德逊河边附近的他家聊天。他属于述而少作的那种批评家，思路敏锐、视野开阔，逻辑严谨明晰，跟他对谈往往让人忘记时间，有时候甚至到深夜。他们家中的沙龙，有时会出现冯象、商伟、卡尔·瑞贝卡、高彦颐、于晓丹、林鹤等学者作家，吉光片羽的言辞之中，也让人受益匪浅。这二位等于让我重新读了个博士。

周明全： 你身边大师云集，这和你文章视野开阔是有关联的。那么，当初你是受谁的影响或者说受哪些书的影响走上文学研究和文学批评之路的？

刘大先： 如同前面所说，我走上文学研究的道路充满了偶然性，但是有一些受启示的瞬间确实是某些人与书籍所带来的。比如我研一的时候在图书馆乱翻书，偶然读到萨义德的《东方学》，就有种醍醐灌顶的感觉，由萨义德回溯到福柯，再到法农和尼采，让我对知识与权力、认知范式与现代学科都有了反省式的认识。到北京后也是机缘巧合，去清华听过葛兆光和汪晖的课，他们都是偏向思想史的，这些可能当初并非有心吸纳，在后来无意中却成为批评的滋养。我现在读的最多的还是关于批判思想和历史学方面的著作，像詹姆逊、安德森、伊格尔顿、齐泽克、阿兰·巴迪欧、孔飞力、沟口雄三、柄谷行人这一类的，他们的著作也是国内文学批评学者的案头书。我在2013年之前虽然已经写了很多关于电影方面的评论，但那些都是本能式的写作，真正开始当代文学批评，其实还是要得益于中国作协和现代文学馆提供的客座研究员的机会，让我进入到一个堪称全新的领域，结识了一批前辈与同仁，否则可能就会完全是所谓"学院派"的道路了。

应给少数民族文学一席之地

周明全：相对于主流的文学研究，少数民族文学的研究很滞后，你开始研究少数民族文学是和你到民族文学研究所的工作有关，还是自己的兴趣所在？

刘大先：这个确实是因为到民族文学研究所工作才开始的。你们云南还是多民族文化繁荣地区，而我之前的生活环境和教育背景中没有这一维度，简直称得上全然无知。不过随着接触的时日愈久，倒是发现少数民族文学确实是个有着广阔学术生长点的领域。2006 年中国作协的《民族文学》改版，叶梅主编敦促我每年做一个创作综述，这才开始当代少数民族文学的阅读和评论，此前我都是在做文学理论。

周明全：面对当下大力提倡的政治文化多元一体化与主流文学之间相互影响，我们应该以一种什么样的姿态和方式去面对少数民族文学？

刘大先：我觉得最根本的是要葆有一颗同情与理解的心灵，而不是因为对它们的"无知"就去"无视"，这种傲慢与偏见由来已久，也是许多现实的文化冲突与民族问题的根源。我们需要正视本土文化内部的多样性，在"大传统"之外的各种"小传统"，它们也许在现代发展路途中是弱势，但不能因此将其同质化，这也正是"多元一体"的本义所在。

周明全：不能因"无知"就去"无视"，这个观点极好，我们现在大多数情况就是对少数民族文学缺乏必要的了解，而导致对其呈现出的多样性的忽视。在你看来，少数民族作家应该如何在当下的汉文化语境中，保持自己独特的民族性呢？

刘大先：我一直以来的观点就是没有什么静止不变的"民族性"，它总是如同奔涌不息的流水一样，不断革故鼎新。因为历史不会终结，少数民族作家同时也是中国作家，也是世界上的某个作家，在目前所面临的并不是某种片面的"汉文化语境"，而是现代性、消费主义、阶层固化、信息与科技爆炸等一系列与汉族和其他国外族群共同的语境。如果我们承认大家都是同时代的人，那么族别的区分就没有那么重要，尽管少数民族作家可能有其独特的关注，比如母语的衰落、传统的式微、认同的转变等，但这一切都应该超越某种怀旧主义的感伤与族裔民族主义的愤怒，而进入更为广阔的议程之中。作为历史中人，少数民族作家在哪里，他的民族性就在哪里，这个民族性显然不是某种符号化的印象，而是内化在他们的生活方式之中，如果改变必然来临，那也是历史理性自然的选择。

周明全： 现在的文学教育，对少数民族文学的关注依然不够，你认为，有必要在现当代文学上加大少数民族文学的比重吗？

刘大先： 很有必要。我不知道你有没有这种感觉，就是我们的文学教育太多是主流文学史叙述的那种一以贯之的民族—国家范式倒溯式的知识，它们由少数文人化的精英人物与作品组成，平民大众的内容尤其是边缘、边地、边远地区的族群文学几乎是空洞的，如果有也只是插花式的点缀。在这种文学教育里，中国文学的整体传统其实是被中原、汉文字书写、精英文士所主导的。在现当代文学中，这种情形尤为明显。由于殖民文化的附加值，我们的作家、批评家特别热衷于外国文学尤其是西欧与北美的文学的传播与颂扬，对于弱小民族国家比如非洲就所知甚少，他们难道是一片空白？本土的少数民族文学处境也是如此，很少出现在文学教育议程之中，而历史与考古都一再证明，中华文化是"满天星斗"、遍地开花的，而不是由某个中心辐射出去全面影响了周边地区，那些处于无声状态的文学也应该有其一席之地。当然，这种文学态势的形成有着现代文学发生的历史根源，但时移世易，在我们宣传中华文化伟大复兴的当下，是时候反思与清理这套既定的文学观念与生态构成了。

周明全： 我极为赞同你的观点，我们有必要反思和清理目前的文学观念，甚至文学史的建构，文学是多样性、多元化的，不能按照一个单一的标准去评定和建构，人为地抹杀。你觉得当代的少数民族创作整体情况如何？少数民族作家的优势主要体现在哪些方面？

刘大先： 整体创作情况是作品多、精品少，作家多、大家少，批评乏力，理论陈旧。当然，我这样说并不是要全盘否定当代少数民族文学创作的实绩，而是希望能够涌现出类似纳博科夫、布罗茨基、勒克莱齐奥、奈保尔那样出身少数族裔却改变了英语或法语文学整体格局的、能重新构建中文文学生态的少数民族作家。

少数民族作家的优势主要体现在三点：第一，母语与翻译文学。中国 55 个少数民族，共使用 100 多种语言，许多民族也有着悠久的文字书写传统，即便现代汉语规范化以后，蒙、藏、维、哈、朝、彝等民族还有大量母语写作。民汉文学的相互翻译显然不仅包括文本字面的移译，同时也是文化与美学的跨文化传播。翻译中常常会有对于源语言的归化，但文学的特异之处恰在于它在核心处的不可译性，这会将源语言中的差异性文化要素带入到译入语中，这就带来了语言的陌生化，无目的而合目的地产生了特有的美学效果。第二，少数民族的宗教信仰书写提供了有别于工具理性或市场功利的认知范式。比如伊斯兰教、藏传佛教之于穆斯林作家、藏族作家的写作，更多以弥散性宗教形式存在于各地的各类萨满教、道教分支、原始信仰（像云南就有白族的本主信仰、纳西族的东巴信仰等），在摆脱了"迷信"的污名化后，显示了在生态、人际关系和环境污染等全球性议题中独特的参考与借鉴价值。第三，少数民族文学携带的地域差别，不仅是边缘目光的转换，同时也重新绘制了文学地图。对此，我曾专门论述过，就不展开了。

周明全：绝大多数少数民族作家都使用汉语进行创作，这在作品流通、传播上肯定是有益的，但你觉得这是否也会导致少数民族自己的文化特性因此被逐渐抹杀掉？

刘大先：就像巴厘岛旅游观光业的发展反倒带来了当地族群传统文化的复兴一样，我觉得少数民族作家用汉语写作与自己文化特性的保持并不冲突。人类学上常讲"边界流动，核心稳定"，那些内含于精神与心灵深处的集体记忆、心理积淀、文化内核并没有那么容易动摇，而能够被改变的更多是外在的所谓"边界"部分。假使某一天族别仅仅成为无意义的名词，那也是民众自己的选择，我们也应该尊重历史。

周明全：你在《文学的共和》的后记里说，"文学的共和"意为通过敞亮"不同"的文学，而最终达到"和"的风貌，是对"和而不同"传统理念的再诠释，所谓千灯互照、美美与共，同时也是对"人民共和"到"文学共和"的一个扩展和推演。我不明白的是，文学"共和"了，差异性减少或消失了，文学还有存在的价值吗？

刘大先："和实生物，同则不继"，我说的"共和"所要强调的正是差异性的共生，而不是抹杀它们。即我们只有保持各种"不同"之间的对话，才能对抗同质化、一体化带来的活力丧失。"文学共和"也是在这个意义上要表达对于不同美学理念、写作风格、文学观念差异性的尊重。

周明全：常年在少数民族地区做调查，对你的研究最大的启示是什么？有什么特别的感受吗？

刘大先：我抒个情吧，那就是天高地迥、江山无限。萨义德说文学研究要走出"室内游戏"，确实如此。在各种不同族群生活的地方做调查，能够获得仅停留在书斋生活所没有的鲜活体验，以及对于自身局限性的认知。那种甚至带有"文化震惊"效应的感受，能够让人更加谦卑，也更能激发求知的欲望。

"在时间的审判中，靠的是作品说话"

周明全：总有人说"70后"是被遮蔽的一个群体，其实以我最近的观察，"70后"批评家的实力是很强的，并非是被遮蔽的一个群体，作为"70后"批评家中最优秀的批评家，你是如何看待所谓的"70后"批评家被遮蔽这一说法的？

刘大先：你的观察没错，"70后"确实有一大批实力型批评家，所谓"被遮蔽"可能只是在媒体上没有那么热闹。当他们青春之时，他们的严肃被上一拨人遮蔽，他们的张扬则被下一拨人所淹没，这可能就是"70后"在大众媒体时代的尴尬。他们出场的时候，文学从公共文化中退场了，折返到日常、个人、情感、欲望等私领域，而他们还没有学会迅速适应汹涌而至的市场社会和文学产业化的消费浪潮。在"被遮蔽"的不满背后是"成名的焦虑"。其实，文学批评本身就是个冷门的行业，再出名也不过是文学圈寥寥数人知道，这个我倒觉得无须介怀，因为最后在时间的审判中，靠的是作品说话，而不是喧嚣的口水。

周明全：作为"70后"批评家中的一员，你觉得"70后"批评家这个群体的优势和劣势各是什么？应该如何克服劣势？

刘大先："70后"本身是个复杂的星云式存在，他们共有的可能仅仅是出生的物理时间的相似性。当然，这样说又有些极端，但我实在无法对这群人进行总体性的概括与归纳。从直观上来说，"70后"成长期正是后"文革"时代而网络媒体还没有大行其道，这至少在两方面构成了他们的学养积累环境：一方面是崇高意识形态的解体所带来的对于个人、肉体、欲望、历史、资本、市场的再认识，但理想主义的残余依然焕发着微弱的光芒；另一方面是书面阅读还没有被碎片式阅读冲击得那么厉害，因而体系性的知识和细绎的方法还未被全然侵蚀，这反映在文本层面则是对于宏大命题的关怀，而不是"破碎思想的残编"。但这样的直观感受不具有普遍意义，文学批评终究是个人事业，人心不同，有如其面，每个批评家都有他的个性，优劣得失也是因人而异。

周明全：记得2015年4月，上海作协、北岳文艺出版社等为上海四位年轻批评家召开研讨会后的某天，我们在一起聊天，你说，真羡慕上海的批评家，有组织为他们的出道出力。但据我所知，业内不少人对"80后"批评家的"抱团取暖"式的出场是持批评立场的，你认为，年青一代的批评家在成长中，外力的作用是否必不可少？年青一代应该以什么样的方式出场？

刘大先：上海那次我不在，咱们应该是在呈贡聊到这个的吧。"80后"团体出场的机会，有前辈提携、有同道切磋，实在是人生幸事：一方面薪火相传，确实能够很快进入话语场域；另一方面"独学无友则孤陋寡闻"，这也是很好的琢磨互进的机会。有外力助推当然事半功倍，平台扩大，声音自然也会放大，但这种机缘并不是每个人都有的，如果没有也无须抱怨。说到底，文学研究终究是个体性很强的寂寞的事业，毕竟出场的华丽并不一定代表谢幕的辉煌，就像《红旗谱》里面朱老忠说的"出水才看两腿泥"嘛。

周明全：最近不少前辈批评家撰写文章批评代际问题，你如何看待代际批评的划分？

刘大先：我觉得代际划分有利有弊，群体性形象出现容易形成规模和影响，同时也可能会在某种框架中埋没彼此之间的差别，能够从中打破山门出来的才是真正的强者，毕竟每代人中间总会有鹤立鸡群的人物。另外，代际划分不应该是硬性的时间切割，比如"文革"结束到20世纪80年代中期出生的人无论从生长、教育和传播环境都更像是一代人。当然，"70后""80后"这样的提法本身有着易于操作的策略性因素在里面，这个无可厚非，就是一种方便的说法，并不构成学理上的意义。

批评家应该具有"匠人精神"

周明全：当下批评失语、批评失效一直是媒体的热门话题，你认为这个批评失语、失效了吗？

刘大先：笼统地谈"失语""失效"其实没有意义，是对大的政治变革无效了，还是无法影响到读者了，还是作家根本不理睬了呢？我觉得很大程度上，这种提法就是一种撒娇。现象意义上的观察，可能是批评再也无法像二十世纪五六十年代批评《武训传》《红楼梦》那样能够引发巨大的政治效应，或者也不可能如同80年代那样对"异化""人道主义""朦胧诗""先锋小说"产生大范围的争议乃至文化理念和结构上的转型了。因为许多原本需要通过文学曲折表达的思想与观念，现在已经在更为宽松的环境中直接言说了。于是就出现了一个吊诡的局面，依然掌握着话语通道的批评者失去了话语的权力：如果不掌握话语通道，我们甚至连这种关于"失语"的抱怨都听不到，但是话语权力显然旁落了，因为绝大部分文学批评无人再当一回事了。

这涉及中国社会近三十年来整体性的政治、经济、社会、文化与思想的变迁，文学在这种大转型中被边缘化了，但是这种边缘化其实是文学不再是一种包打天下的普泛性话语，而是分化为社会与学术分科中的一种。某种意义上，可以视为文学本体的回归，向着精细化、技术化、专业化方向发展。与之并行的是，文学批评的同构，出于对庸俗社会学批评和泛政治化的反拨，兴起的是"纯文学"式的个人主义、犬儒主义、消费主义的"向内转"式批评，主动放弃了言说重大问题的可能性。虽然它对狭义上的"文学"依然是有效的，但对更广阔意义上的社会文化的"失语"则是必然的。如果我们要在这个意义上，重新建立批评的有效性，就要实现它与政治和历史的对接，这并不是要重蹈某种"工具论"，而是要发明文学的潜力，重新界定批评的边界和空间，从而有效地介入当代文化与思想生产的实践中去。

周明全：你认为文艺和政治应该呈现出一种什么样的关系？

刘大先：这个问题关涉重大，真的是很难一言以蔽之。2015年，在首届"中国文学博鳌论坛"上，我曾经对《人民日报》的记者谈过这个话题，可以简单概括一下。文学与政治一直都无法割裂开来，现代以来的文学尤其如此，它本身就是政治的产物。现代中国的主体是一个中西融合的主体，文学在民族国家这样的"想象的共同体"中扮演了重要角色，与主权国家的规划与建立密不可分。从 19 世纪中叶以来，从今文经学到洋务运动、从维新改良到国民革命，中国文学经历了逐步确定其现代内涵与外延的"政治化"过程。尽管在社会主义实践中，文学政治化运动曾因过于激进而陷入困境，但是随后因为新一轮的向欧美学习而忽略了更广阔的全球不平衡问题，导致文学的"去政治化"，后果是个人、肉身与欲望至上，弥漫在 20 世纪 90 年代以来的文学话语之中。随着中国经济实力在全球权重中的上升，文化软实力的问题摆在议事日程之上，需要我们重提"政治化"，这个政治化不是简单的、机械的、图解式的政治化，而是指包含整体性视野、历史性关怀、现实感的萃取和未来性想象的"新主体性"。如果没有政治这一维度，那么文学就会沦为一种无足轻重的玩意儿。中国的传统有着自我更新、融合新知、应对时势嬗变的内在功能，我相信未来的中国文学一定会发生这样的变局。

周明全：我看你现在经常到外参加各类会议，这样是否会走向你所批判的"表扬家"行列？在人情、作品的价值判断上，你是否能真正坚持以作品说话？

刘大先：哈哈，你太犀利了。我参加会议算是少的，更多是做田野调查，即便是参加某个作家作品研讨会，我也会从学理性的角度找到某个切入点使"六经注我"，而不是被它带着跑。人情关系与作家价值之间可能产生的落差，是当代文学批评欲说还休的常见问题。我想一个真正严肃的作家都不会拒绝善意哪怕是犀利的批评。当然现在有很多作家自我膨胀得厉害，对他们也不必客气。另外，我觉得一个研究者不应该懒惰到只读符合自己审美品位的作品，而应该观照哪怕从个人情感上来说根本就不喜欢的作品，这样才能观察到文学生态现场的全局。我的做法是对那些已经成名的作家本着"春秋责于贤者"的态度要求高一些，对那些籍籍无名的作家则尽量发掘他独特的闪光点予以鼓励和期待。身在历史之中，一个当代批评家不可避免要面对的悲剧就是他所解读与评论的绝大多数作品终究会被历史磨洗得灰飞烟灭，而他就像那个披沙拣金的工匠，在无数脏杂凌乱的尘屑中，锻造属于自己也属于时间的蔷薇。

周明全：我看你在《我们需要什么样的批评？》中说，当下的批评家在败坏这些前辈苦心经营留下的遗产。那么在你看来，我们应该如何承袭前辈批评家的遗产，又该如何重建批评的地位呢？

刘大先：凡是在文学史上留下声名的批评家，都具备广博的知识、漂亮的文本，有着与历史和现实的对话，以及启发性的一家之言。我们当然要读他们的著作，但借鉴不等于规行矩步、照猫画虎，囿于某种批评理念当中无力自拔，更多的是要继承他们留下的精神遗产，有扬有弃，推陈出新。事实上，任何一个时代的批评者都有自己的对话对象，将他们的文本从其语境中抽离出来作为普世原理来传承就南辕北辙了。重建当代批评关键的问题是找到属于自己的对话对象，无论这个对象是美学、社会还是政治，都要以自己独特而不是前人的既有方式去回应对象所提出来的问题。

周明全：你认为好的文学批评应该具备什么样的品质？

刘大先：首先，它应该是明晰的，有自己的立场与观点，并且能够将它们清通流畅地传递出来，能够形成让人愉悦的审美感受。其次，它应该富于真理，具有启发意义，不仅仅是附着于作品或者现象的文本，而是一个具有独立思想的成果，即便脱离开它的论述对象也具备足够的参考价值。最后，它还应该具有伦理上的诚实，以其自身的诚恳给人以道德上的教益，是善的流布，而不是恶劣趣味和品德败坏者的辩护人。

周明全：最后，想请教一下，你觉得一个好的批评家，应该具备什么样的素质？

刘大先：我觉得他应该具有"专业性"，换句现在比较流行的说法就是具有"匠人精神"，他要把这个活儿做好，而不是流于普通读者的感受。这包含的素质是多方面的，诸如敏锐的观察力，理性清明的洞察，平等公正的善良，同情弱者与抗争不义的勇气，将自己的美学目的与判断付诸实践的能力。要有一颗感恩的心，感谢那些曾经默默支持与帮助过自己的人，感谢那些曾经否定与指责过自己的人，因为他们提供了温情与改进的动力。最重要的是，还要有内在的激情，这种激情使得他不再停留于技术活的层面，而是把批评作为一种体验生命的方式。

附录二　少数民族文学研究的瓶颈与突破

对话人：明江、刘大先、李晓峰、陈珏

时间：2013 年 10 月 18 日

"作为中国研究的少数民族文学研究""中国形象的多样表述""重绘现代中国时间图像"……这些颇为新颖的有关民族文学的研究语汇，出现在中国社会科学院民族文学研究所副研究员刘大先出版的《现代中国与少数民族文学》一书中。作为国家社会科学基金重大委托项目"中国少数民族语言与文化研究"的成果，该书提出了"作为中国研究的少数民族文学研究"的观念，在某种意义上具有跨学科的意义和价值。针对书中的一些新观点和思路，一些评论家也提出了不同的看法。《文艺报》记者明江邀请该书作者及另外两位从事相关研究的学者——大连民族学院教授李晓峰、杭州师范大学老师陈珏，围绕现代中国与少数民族文学的关系，就少数民族文学的学术史、当下研究现状、前沿话题以及未来理论趋势等问题展开了讨论。

明江："作为中国研究的少数民族文学研究"是这本书的核心观念，但是毋庸讳言，少数民族文学在整个文学学科中处于较弱势的地位。有学者说过，只有文学，哪有什么特别的"少数民族"的文学。对于这个问题，你们作为身处其中的研究者有何看法？

刘大先：这涉及对于所谓"文学性"的认识，这种观念其实是把文学非历史化了。现代中国的大学文科教育与民族国家的建构之间有着千丝万缕的联系，文学教育作为特定知识生产和传播的渠道是服务于现代民族或国家的创立和发展的。就文学教育本身而言，传承文学知识的内容主要包括文学史、文学理论和文学批评。这些文学知识的生产因为起源的特殊性，在经历了因应国内外政治、社会、文化具体现实而进行的一系列摸索之后，在中国传统的道统、学统、政统与向欧美及日本模拟的现代文学传统之间的博弈中，逐渐形成了以国族（中华民族）叙事为主导的知识体系。这套知识体系更多将中国传统思想与知识规划进通约的世界性文学话语之中，并且进而统一了文学的解释权。

在目前的教育格局上，少数民族文学是一个二级学科，集中于边疆与民族院校的文学教育体系之中。就像你所说的那位学者的观点——文学就是文学，哪有什么少数民族之分？但如果按照这个逻辑，也就不存在国别文学了。既然现实的文学图景总是应对实际的社会文化间隔，那么少数民族作为既成的文化现象，也就应当具有其合法性。

我希望厘析少数民族文学研究的发生学根源。从当下的文学现场来看，少数民族文学在新世纪以来蓬勃发展的趋势是任何人都无法回避的现象，如何对这些现象做出有学理性的解释，生产出具有中国本土气象的文学理论与文学知识，是摆在我们面前的重大课题。

李晓峰：是的，中国的少数民族文学，是一个具有中国特色的现代性问题，作为现代性共有的症候，它同样也是一个未完成的方案。然而，其"中国"的特性，是在 19 世纪以来的世界现代性与中国近 300 年这一长时段的历史现代性的互动与对话中所自我定位的。因此，中国的少数民族文学，绝不是一个只能在少数民族文学的范畴中谈论的话题，或者可以说，只有在中国现代性的思想史的视域中，才有可能观察到少数民族文学的本质。从这个意义上来说，《现代中国与少数民族文学》是近年来少数民族文学研究的一个重要收获。这既表现在作者将少数民族文学作为中国的现代性问题提出，而最终又超越现代性理论自身的局囿所获得的新知识视野，更表现在作者从思想史和学术史的交叉点上对少数民族文学历史、现状和未来诸多理论与实践问题的反思和建构。

陈珏：我理解，这种锋芒所指绝不只是少数民族文学学科，而是指向整个文学学科。作为差异性表述的少数民族文学，必须放入"现代中国"的复杂语境中进行考察。刘大先谈到，"现代中国"是一个全新的政治、文化概念。"现代中国"是转型的结果和必然进行的过程，内部包含多元混合的族群、文化、经济模式和复杂多样的社会、政治因素。可以说，"现代中国"是一种动态变化中的、具有统摄意味的政治文化事实、思维认识范式、精神情感态度等多种维度结合的观念。作者在这里追求的是一种"中国研究"式的少数民族文学研究，以达到重建一种有关中国文化记忆的叙述。少数民族文学研究较少具有全局观念的理论之作，这有可能是缘于我们的不自信，当然更有可能的原因是少数民族文学内部具有多元复杂的成分，难以用某种单一视角或思维来进行规约。而将其放入中国近现代政治与文化转型的脉络中进行考察，则还原了少数民族文学历史的复杂内涵。

明江：结合整个民族文学的学术史来看，现在强调将少数民族文学研究纳入"现代中国"的范畴中进行考量，有何必要性？有什么样的意义呢？

刘大先：少数民族文学学科自 20 世纪 50 年代初步确立，到如今已经有了 60 多年的学术积淀，从最初的族别文学史对于民族文学遗产和概况的整理描述，到出现具体而微的地域性族群文学研究和作家个案批评，少数民族文学研究虽然一直处于文学研究的边缘位置，但也逐渐获得了自己独特的批评视角和研究路径。进入新世纪以来，在党和政府的关怀下，少数民族文学在整个文学生态中的重要性得到进一步重视，少数民族文学事业取得了前所未有的繁荣局面，与创作和翻译齐头并进的少数民族文学的批评与理论建设也开拓了新的格局。但是我们无法否认的是少数民族文学研究很大程度上一直停留在"自说自话"的阶段，这倒未必是研究者本人的知识积累与理论素养的问题，而是长久以来形成的思维惯性和认知框架的局限，即过于将少数民族文学静态化、文本化和孤立化，而对其与整个社会关系网络的互动作用缺少自觉的关注，这就造成了研究的瓶颈。而随着文学现场的不断更新，是时候出现具有学术史深度、全球性广度和前沿性高度的著作了。我虽不能至，但心向往之。所以我希望跳出既有的少数民族文学封闭的研究框架，进行跨学科的理论尝试。

李晓峰：很多少数民族文学研究的"从业者"，所缺失的恰恰就是没有将少数民族文学研究作为"中国问题"而与现代中国相关联。而即便是将中国文学与现代中国相关联，也仅仅是在被抽象化了的中华民族的层面上。"现代中国"作为一个现代性问题的另一面，即现代中国的国家性究竟是什么？体现在哪些方面？还有哪些被遮蔽的特性未被我们关注？关于少数民族文学主体的"流动性"，刘大先在过去的文章中用"你中有我，我中有你"的语句来进行表述，将其中所包蕴的那些复杂的、叠加的、多维的特征综合起来，与主流文学一起，统摄、整合于中国文学乃至现代中国的框架之中。

陈珏：这里我倒是可以提供鄂温克族作家乌热尔图的个案供参考，我曾经对他前后期的做品作过话语分析。我发现在 20 世纪 80 年代他刚刚踏入文坛的时候，书写了很多有关民族团结方面的主题，在 90 年代之后，我们可以清晰地发现作家个体意识的树立。乌热尔图 30 多年来的创作走向显示了一种认祖归宗式的民族文化认同，很具有代表性。这种动态的变化必须放到整个中国社会各方面的大转型之中才可能给它一个明确的定位。刘大先在宏观层面上的理论思考，实际上对我本人的具体研究也有启示。

明江：因为是理论建构，所以我注意到你对于各种理论的广泛吸收，那么是否存在个案分析过于简略的问题？少数民族文学研究是否需要某种特定的视角，过于普泛化的理论会不会遮蔽少数民族文学的独特性？

刘大先：这个担忧的确可能存在，事实上暨南大学的姚新勇教授在给我写的书评中就批评我"在不知不觉中，由出发于少数民族文学基地的言说者而变为了主流话语的部分的代言人"。应该说你们的质疑都是非常有意义的，我在论述中确实不会针对某个具体作家作品着墨太多，尽管我始终坚持史论结合，但是因为目的是在梳理学术思想史的基础上，试图勾勒出少数民族文学研究的一些核心命题，所以对于各种理论采取的是拿来主义的策略。这种拿来主义式的理论运用，其实未必全然是按照该理论本色当行地挪用，而是经过了阐释性的转化乃至误读，加以"六经注我"式的整合。这些核心命题呈现在论述中就分别是时间、空间、身份、语言与翻译、宗教与情感等问题。这些问题每一个都可以构成一个博士论文的篇幅，客观上确实无法就某些具体作家作品谈得太多，更主要的还是涉及现当代文学研究方法与文学理论研究方法的差异。我做的更多是一种"理念类型"的抽象，而不是具体的文学研究。这种抽象所要解决的是如何立体地审视一个关键性命题，它触及的是认识角度和思维方式的转变。

少数民族文学的独特性和普遍性在我的表述中成为"同一性"和"差异性"之间的博弈。我们当然要注意少数民族文学作为一种差异表述所具有的独特的美学价值、情感表达、文化内涵乃至政治诉求，但是这一切必须历史化，就是要将之放到特定的时空之中。少数民族从来就是中国内部的多元组成部分，我曾经提过，我们讲述少数民族的故事，就是在讲述一个中国故事。在这个层面上，刻意突出少数民族文学的差异性就不是学理性的阐释，而可能包含了更为复杂的因素。尤其需要强调的一点是，少数民族文学固然自古以来就有着丰富的传统、材料、实践与文本，但是只有到了现代中国，它才成为一种特定学科的研究对象，它是中国步入社会主义之后才产生的当代文学。

如果不避粗简，我们可以说少数民族文学与汉族文学一样，在很多的层面上具有同一性，体现着中国特色的文化平权。这和美国、加拿大那样多族群国家中的少数族裔文学不太一样。后者更多有着后殖民主义及文化多元主义的色彩，中国少数民族文学固然包含着文化多样性的题中应有之义，但在其最初的理念中，少数民族从来就不是"少数的"，"人民性"是第一属性。所以，普遍性、共通性始终是少数民族和汉族的共同基础，在这个基础之上才有文化、习俗、心理、文体类型、审美趣味、风格样式的区别。

李晓峰：我倒是认为，知识考古学、后殖民主义、新历史主义、文本政治学、民族志诗学……这些理论，对于作者而言，仅仅是一个窗口，它们从不同的角度打开了少数民族文学与现代中国关系的窗口——刘大先牢牢地站在窗口外面向里进行环视，而并没有跨过窗口走进一个个不同的空间。这反而成就了他的方法论：在多种有效的理论资源的批判性利用的基础上，形成了对特定对象的有效的多向度的观察。从这一点来看，他的这一方法论是非常有意义的。

当有学者不分对象、语境而用后殖民主义的"族裔"取代"民族"或"少数民族"的时候，刘大先仍然在小心谨慎地使用和辨析着族裔、族群、民族、少数民族这些概念，并特别强调当代中国民族概念的政治性。同样，对福柯的知识考古学，他也是取其考古之理路而考中国与少数民族文学之古。作者当然还有自己的一些局限，但能够娴熟地驾驭如此之多的西方现代理论，呈现少数民族文学与"现代中国"关结点上的"中国经验"，是非常有价值的。

陈珏：我们在具体做研究过程中往往都会或多或少面临"史"与"论"之间的协调问题，比如采用话语分析的方法对鄂温克族文学进行分析，这可能更多属于语言学的角度，当然会产生特定的洞见，但往往会囿于"新批评"所说的内部研究，所以我在研究中也特别注意与鄂温克的历史、社会形态、生产生活方式结合起来，以弥补陷于文本可能产生的盲目。我觉得，从事少数民族文学的优势就体现在这里，即它一方面与主流文学别无二致，共同经受着全球化、商业化、城市化所带来的变迁；另一方面它又有着自己的地域性、族群性的文化传统，这种传统如何在当下发生作用，这中间的张力就有很大的学术生长空间。

明江： 在少数民族文学现场，你们关注的前沿话题有哪些？我们如何去把握未来少数民族文学批评与理论建设的趋势？

刘大先： 这几年我也比较多关注当代少数民族文学发展的态势，并试图从中提炼出一些话题。我个人认为，少数民族文学的阐释与接受，特别是其中的阶级、性别、身体经验、媒体传播等因素，就是下一步需要讨论的话题。但当前最大的问题，无疑是少数民族文学的教育问题，我们不能总是将少数民族文学局限在民院院校和地方一些专门院校和研究机构中。作为一种国家文学的知识，它应该成为文科教育中重要的组成部分。就当前教学观念与教学现状而言，亟待解决的问题是让少数民族文学走出民族院校，在综合性高校推进多民族文学及文化教学，这是实现中华民族多元一体格局、建设和谐社会的必由之路。

区域少数民族文学研究、各民族文学的关系、少数民族文学在域外的传播与变异等等，也是不可忽略的关键问题。这需要有具体深入的个案来探讨，不能仅仅局限于理论层面。不久前我选编的一本围绕"比较视野下的民族文学研究"为中心的论文集，就是以跨学科、跨民族、跨方法的视角，选取近年来相关的少数民族文学比较研究的前沿性论文。

就创作实绩来看，母语文学、第二语言写作是中国少数民族文学放在世界文学范围来看都非常突出的现象。它可能为中国文学增添新的因素，就好像纳博科夫、拉什迪、哈金这些非英语母语作家的写作为英语文学增添了新鲜的元素一样。少数民族的女性写作、人口较少民族作家的崛起、少数民族作家的网络写作等，都是近年来的研究中方兴未艾的领域，这方面的研究尚有待进一步加强。尤其是关于新媒体与多民族文学在理论上的推进可以称之为少数民族文学的"多媒体转向"。这些现象实际上改变了既有的"文学性"内涵，也为重新发掘少数民族文学所具有的开拓性的世界观和认识论提供了契机。

李晓峰： 现在，少数民族文学无论是创作、研究还是学科建设，都处在一个承上启下的关键时期。从少数民族文学学科的角度而言，已经到了需要总结、反思的时候。例如，少数民族文学学科的"国家学术"性质问题，如果不从这一角度来认识少数民族文学学科建设，那么少数民族文学的独特性就会变成边缘性，其独立性也会变成封闭性。又如，少数民族文学学科的跨学科问题，如何打破学科间的壁垒，对少数民族文学进行综合的整体研究，是少数民族文学学科需要解决的重要问题。再如，文学观和文学史观的问题，是一个最基本的也是最核心的问题，多民族文学史观针对少数民族文学在中国文学史中的缺失问题而提出，但绝不是为了写一部多民族文学史，它是在统一的多民族国家的立场上强调对中国文学发展历史应该具有一种多民族共同创造的观念，强调在承认汉族文学作为主体文学的基础上，对各民族文学历史、传统、样态、语言的关注和尊重。这自然就涉及一个现实性的问题，即少数民族文学从来就不仅仅是少数民族的，用刘大先的话说，是一个"现代中国"的。因此，少数民族文学与中国的民族问题、政治问题、文化问题、经济问题、生态环境甚至国家安全等诸多现实问题密切相关。这些都需要我们进行研究。

附录三　批评何为——文学共和与重建集体性

访谈人：周新民

受访人：刘大先

时间：2016 年 10 月 1 日

　　我和周新民兄相识于 2015 年 8 月 6 日在拉萨举行的纪念西藏自治区成立 50 周年暨 "中国故事：21 世纪边地文学的价值与方位" 研讨会。这个会议由西藏作协与《芳草》杂志社主办，来了许多湖北的教授与作家，周新民就是湖北大学的教授。会后我们一起去了日喀则和珠峰大本营，一路很开心，各自散去后也没有断了联系。他在《长江文艺评论》主持了一个《名家访谈》栏目，我当然不敢忝为 "名家"，不过出于对周兄的支持，还是很高兴地完成了这个访谈，也借此梳理一下近年来关于文学研究和批评的一些思考和主张。

　　周新民：看到你的个人简介，发现我们在最初的学术道路上有些共同点。我们硕士研究生期间读的都是文艺学专业，而进入博士研究生期间，我们都选择了中国现当代文学专业。我之所以不在文艺学专业继续深造，是因为在学习过程中，觉得当时的文学理论研究，以 "搬运" 西方文学理论为主业。我日益感觉到，西方文学理论无法贴切地解读中国文学。为此，我开始了学术转向。你学术转向的内在原因又是什么？

　　刘大先：我起初没有你那种学术自觉，倒有种随波逐流的意味。因为我 2003 年硕士毕业就到中国社科院工作了，按照当时社科院的规定——现在好像仍然是这样——进院第一年需要下到地方比如到内蒙古或者甘肃某个地方挂职做个副县长之类，接触一些类似计生、招商之类的实际工作锻炼一下，满两年之后才能考博继续深造。我所在的部门不是研究室，而是编辑部，这也算是事务性工作，所以没有"下放"，一开始就在前辈的带领下审稿、编稿。我们单位的主流是做史诗学和民俗学，受环境影响，我也拉拉杂杂跟着读了一些此方面的书。2005 年，一起进单位的其他三位同事都开始准备考博了，我也有点着急，其实还是一种学生心态，觉得别人都考，也跟着想考，至于自己未来的学术之路，并没有想清楚。一个偶然的机会，文学所的老先生建议我考汪晖先生的思想史，我也联系过他，还去清华听了一个学期关于民族主义的博士课程，也到隔壁旁听了葛兆光先生关于古代典籍解读的课程——纯粹出于对知识本身的兴趣，倒并没有想到是否对自己未来的研究有什么帮助。因为之前一直学文艺学，硕士论文是写当代审美文化的，类似文化研究的路子，基础是西方文论，跟思想史的做法有些差别。我可能没有显示出在思想史方面特别的学术潜力，单位的领导也建议说可以继续学美学，后来就改报了文学所的美学和北京师范大学的现代文学，后者是为了保底。这两个地方倒是都考取了，最终我还是选择了去北京师范大学，因为意识到美学可能已经是个夕阳学科。二十世纪五六十年代和 80 年代的两次美学热有其背后复杂的政治因素，人们借谈美学来说政治；而 90 年代之后兴起的生活美学之类逐渐向文化批判和日常生活审美两个方向走，可以将它们作为知识背景和方法，但如果真要建立自己的学术根基，可能还是需要一块比较"实"的领域。

　　我的博士导师是做现代戏剧研究的，不过并没有硬性规定我必须走这条路。在一种比较宽松的氛围中，我选择了一个之前没有人做过的话题：现代中国与少数民族文学，试图将现代文学和少数民族文学这两个原本在学科分类体系中不同的学科勾连起来。事实上，这个话题也与我正在从事的工作息息相关，毕竟如果专业相距过远，对将来的工作很不利。这些都是实际的考虑，并没有"以学术为志业"的崇高感，相信很多与我类似的朋友会有同感：我们这类人出自底层，家庭和接受教育的环境注定了在成长的过程中缺乏有效而明晰的指导，会走很多弯道，做很多无用功，仿佛走在歧径丛生的暗夜，只能慢慢趟出自己的路。这个从蒙昧到自觉转化的过程异常艰难，如果没有自身天赋的因素和些许的运气，几乎不可能形成一种自觉的追求。做博士论文的几年应该是我获得这种自觉的过程，就是意识到可以在已有的基础上开辟属于自己的话题，通过"六经注我"式的综合，将文艺学、现代文学、少数民族文学乃至思想史的内容提炼为一套解释系统，来对一种边缘的文学文化现象进行知识考古、现状描述和理论前瞻。这是一种所谓的跨学科尝试，面对的是实际的问题，而不是为了学位而强为之文的高头讲章。当然，那时候心中多少也有一些野心，想在这个领域建立起一个标杆性的东西。也就是在这个过程中，逐渐发现之前散乱读的书、听的课乃至无聊时候练笔写的一些评论都是有用的，它们都可以成为整合自己这套话语的营养，而早先文艺学的学习还是在我将具体批评与文学史研究理论化的冲动中打下了深刻的烙印。

周新民：从理论上的"虚"转向"实"的研究领域，这可以看作你学术转向的一个重要标志。不管是自觉还是自发的行为，从某种意味上"决定"了你的学术道路。不过，在你的学术道路中，文学批评占有重要的比重。何为文学批评？这是一个老话题。不同的历史时期，答案又是千差万别的，这其中既有个体的原因，又有时代差异性的因素。不过，在我看来，"文学批评何为"这一古老命题在今天应该有崭新的答案。今天，文学批评的功能和价值与建构现代民族国家的理念密不可分。批评家的思想资源可以不同，理论方法可能会参差有别。但是，有价值的文学批评必须为建构中华民族这个现代民族国家的核心文化理念提供思想资源和智力支持。我认为，你的文学批评的最大的特色恰恰就在这里。

刘大先：你这一说我倒是想起来前几天在南宁张燕玲老师办的一个青年批评家培训班上，黎湘萍先生说到蒂博代的《六说文学批评》。蒂博代把文学批评分为三种形态：读者的自发批评、教授的职业批评和文学家的批评。在他看来，批评的功能，不仅要有趣味上的判断，也要有建设，还要有创造。这是八九十年前的话，现在看依然有其合理性。我在其他的文章中曾经说过批评的专业性，相当于蒂博代说的职业批评。因为批评本身作为一种评价是人的本能，谁都可以对某个文本、现象或问题发表意见，但"意见"如果不经过学理性的梳理与反思就只有个体的意义，而我们这些执业者应该从这种本能中超越出来，在个人审美趣味、文学内部的技巧与形式之外，有更为广泛的生产性。这种生产性就体现在要将文学批评变成一种知识的生产、思想的启发与文化的实践，换句话说，它是建设性和创造性的，不仅仅是文学的附庸，而且具有自己的独立性，能够能动地反作用于文学，并且有机地加入文化的再生产之中。

诚如你所说，无论持有如何的思想资源和理论方法，任何时代的批评都一定是建立在当时的社会语境之上，立足于同具体时代种种思潮的交锋与对话之中。"文学批评何为"的话题指向的是它的功能和价值。文学在现代民族国家建立的过程中获得了前所未有的重要性，所谓兴观群怨、浸熏刺提，它在"想象的共同体"建构过程中的意义连带着赋予了文学批评在美学意义之外的政治性、教化性与乌托邦维度，使批评的位置一下得以跃升到文化导向的地位，这在现代文学史上可以找到一系列的例证和论述。到了当下，因为新媒体传播方式和文化多元化带来的新变，文学的这方面功能有所弱化，文学批评也有着向"帮忙"和"帮闲"发展的趋势。但作为一个有勇气和担当的批评者，不能妄自菲薄。事实上文学批评可能是我们时代少数无法被消费社会和商业逻辑全然腐蚀的文化形态，它在有意无意中仍然发挥着不可替代的与时代交锋与对话的功能。而要做到这一点，最关键的是要抓住时代重要而真实的问题，并将之历史化和政治化，进而在碎片化的语境中建构出具有共识性的理念。这就是你所说的为一个国家的核心文化理念提供思想资源和智力支撑。这听上去比较高蹈，在实际过程中却是有现实针对性的。我所做的少数民族文学批评不过是其中的一个侧面——既不能无视现实中存在的多样性文学与文化生态现状，同时也要摆脱偏狭的差异性认同，而要将多元化与一体性之间的互动与博弈揭示出来，从中寻找到平衡点，进而为现实中的边疆、民族、地缘政治、身份认同、跨文化传播与交流等问题提供一定的参考。如此一来，一个貌似边缘、冷僻的学科就具有了普遍的意义，它已经不再局限于某个二级学科的内部知识循环或自娱自乐，而是公共性的议题。所谓学者的人间情怀，大致就是这个意思。

周新民：你的著作《现代中国与少数民族文学》认为，"多民族一体的中国现代文学中少数民族文学诞生的文化史前因、思想史意义与文化人类学价值。在彰显少数民族文学独特性的同时，也依托于统一的国家文化领导权，从而使得少数民族文学作为一种国家文化软实力成为复兴中华民族文化的动力源泉之一。这并不是'边缘活力'范式的翻新，而是意识到少数民族与主体族群一样，都是平等的中国公民，从而有着共同的命运"。在我看来，这是你研究中国少数民族文学的基本出发点。你能围绕中国少数民族文学史具体情形阐释下这一观点么？

刘大先："少数民族文学"这种提法有种鲜明的当代性。我这里说的"当代性"显然不仅是个时间概念，而是包含着明确的政治意味，即它的发生首先是一种国家行为，是自上而下的社会主义意识形态作用的结果，表征着翻身做主人的中国各个族群人民的平权实践。这样说并不意味着少数民族文学在此之前不存在，恰恰相反，各个民族哪怕是那些直到20世纪中叶还处于刀耕火种状态的族群，也几乎都有着自己悠久的文化传统和书面或口头的文学。

这就是所谓"文化史前因",即它并不是想象、虚构的产物,不是无中生有,而是有着从《礼记》就记载的"五方之民"的区别和联系,同时也有着从《春秋公羊传》就衍生的"大一统"传统。这种"五方"之别的现实与"一统"政教的理想,提供了"多元一体"政治文化理念的思想资源,使得现代中国能够进行所谓的"创造性转化",在帝制中国应对现代性危机的时候能够从容转圜,即所谓旧邦新命、再造中华,而没有像莫卧儿王朝、俄罗斯、奥匈、奥斯曼土耳其那些煊赫一时的大帝国一样分崩离析,在保持了统一的同时也没有窒息内部多样性的生机。从这个意义上来说,多民族共有的文学文化遗产有着集体记忆般的思想史意义,很容易与现代意义上的民主协商、平等互进、团结共荣、多元发展观念相接榫,影响了现代中国的政治治理、社会调节、文化措施与文学形态。

另外,"前现代"时期的少数民族文学尽管存在,却一直是自然化的存在,现代意义上的"民族"与"少数民族"还没有产生。这中间有着文化民族主义向政治民族主义转变的过程,一旦现代民族诞生了,必然要求国家的文化领导权起到统摄多元族群小传统的作用,进而让种种差异性和独特性因素成为国家整体文化规划的有机组成部分。我们会发现,"少数民族文学"命名、创作与研究的起始推动力,最初正是基于社会主义国家人民权力平等的诉求而展开的。最初的研究样式是编写各兄弟民族族别文学史与文学概貌,而这些少数民族文学史和文学概貌的书写语法和逻辑都是遵循与模仿主流中国文学史的分期、断代和文类划分标准,在总体上是按照政治史和主导性意识形态的要求进行的,只是在其内部有些许的差异,比如某些民族独有的文类、信仰和美学趣味等。后者以差异性的面目出现,最初只是描述性与展示性的,经过新中国成立后几十年起承转合、此消彼长的主流文学思潮变迁,现在成了一种文化软实力的资源了。

从中国文学史的流变来看,每次大的思想与文化转型或强势文体的出现,如从魏晋南北朝到唐帝国、唐宋变革、辽金元清,往往都有着外来因素与内部多族群文化碰撞交流的刺激作用。研究者们对此也多有关注,"五四"新文化运动在延续晚清以来吸收西学的热潮中,也开始关注本土的民族民间文化,提出"到民间去",试图结合中西文化的新要素来革故鼎新。甚至游离在新文化运动边缘地带的老舍,因为在帝国首善之区长大,也痛感"老大帝国"的腐朽不堪,而闻一多、沈从文这些文学家因为亲历了从文化中心到西南多民族边地的流亡过程,接触了多民族文化,深感边地边民带有的未被主流文明腐蚀的朴野生命力。这种对于"边缘"的再度发现与发明甚至可以贯联起今文经学,比如龚自珍、魏源等人的"山林"之学、边政史地之学,20 世纪 20

年代末期和 40 年代中期的几次西北科学考察，以及吴文藻、马长寿等人提倡的边政学和蛮族学。这一脉学统直到杨义于新世纪提出的"重绘中国文学地图"都可以算作"边缘活力"的模式。但是，我这里提出对这种模式也要进行反思与超越，即这种模式摆脱不了一种进化论的潜在框架，无意识中将边地、边疆和少数民族视作一个普遍性时间（现代性）中的特殊性空间与人群，似乎这些地方、人群及其文化体现了我们文化中那些"活化石"般的存在——它可以作为被发明和利用的矿藏，而拒绝了他们的"同时代性"。而事实上少数民族文学／文化与主流文学／文化从来都是共生在中国的共时性空间之中，自从民族识别与人民代表大会制度之后，就转化为社会主义国家中的平等公民组合而不再是和亲、羁縻、藩属、朝贡、土司、流官等历史上不同时期的关系形态，在当下更是要面对全球性的相通语境，比如移民、流散、多媒体技术、大众文化与消费主义、资本增殖与新自由主义等一系列复杂纠缠的政治、经济、社会、文化权力生态。在共同的遭遇和命运中，少数民族文学如何在整体的中国文学中凝聚共识、在思想分化与社会撕裂的现状中打造所谓的"核心价值"，我想应该是研究的出发点，也是归宿。

　　周新民："五四"以后很长一段时间以来，观照中国少数民族文学的批评思想资源主要是进化论与科学话语，新中国成立后少数民族文学基本上纳入统一的意识形态话语体系中，20 世纪 80 年代以来基本上采用文化研究的方法来观照少数民族文学。你认为，当下应该在怎样的话语谱系中去观照中国少数民族文学？

　　刘大先：你归纳得很到位，确实在少数民族文学批评的思想资源选择上，不同时期有着不同的侧重。总体而言，进化论和科学主义话语作为现代以来的"知识范型"，几乎笼罩在从少数民族文学诞生与发展的始终，无论是意识形态一体化时期，还是后来的反抗与认同、承认的政治、亚文化与少数者话语等，背后都隐藏着一种源自启蒙运动的现代性视角。这种视角就是所谓的打破了政教一体整合状态的"现代性分化"，像马克斯·韦伯所说，价值领域被分化为认知—技术、道德—实践和审美—表现等不同领域，政治上的自由、民主、平等与学术上的科学、理性、独立等成为普遍接受的认识论基础。这个认识论基础决定了少数民族文学必然处于"分化"后的一个各司其职式的二级学科，它的功能也就被窄化成了一种无伤大雅但也无关紧要的知识补充和文化多元的一个表征。但是，随着现实语境的变迁，我们的文学研究和批评似乎在"分"之后又到了重新"合"的时候。不打破现代性分科这种思想的牢笼，就很难在文学批评（不仅仅是少数民族文学批评）上有所突破。许多学者已经注意到这个涉及学术范式转型的关键问题，比如从 2012 年开始由清华大学和美国哥伦比亚大学联合召开的几次关于文明等级论和殖民史学的研讨会，后来结集为《世界秩序与文明等级：全球史研究的新路径》，就是集中对现代知识生产与现代历史和国际秩序的形成进行的知识考古和反思。我也参与并撰写了其中关于中国人类学与"他者"话语的文章，作为知识与方法背景，这种学术史梳理与反思其实也是涉及少数民族文学批评的认知框架问题。任何话语都有其难以完全覆盖的缝隙和暗处，在既有的研究中因为种种方法和视野的局限，往往难以解释少数民族文学当中许多特有的问题，或者将某些特殊性化解和压抑在普遍性之中。比如关于特定民族的宗教信仰、文化小传统里不为现代性所制约驯化的部分、偏离了主流美学一系列范畴的观念等。这就需要我们正本清源，在清理既有知识与观念体系的基础上，从少数民族文学的原始材料和现实生态出发进行观照。我想强调的是，这种观照并不是一般少数民族文学批评家所说的那种建立少数民族文学的主体性，那不过是重复了压抑性话语的逻辑，使自己成为它所反对对象的镜像而已。无论少数民族文学还是主流文学其实都是"你中有我，我中有你"，甚至是"你就是我，我就是你"的混血状态，不存在单一纯粹的本质主义式的主体。所以，我所提倡的是结合"客位"的介入与观察和"主位"的自我表述和诉求，或者可以说是一种交互主体性的视角和思维。

周新民：有学者认为，中国当代少数民族文学经历了"社会主义的民族文学——民族的民族文学——后殖民弱势文学三种身份的历史演变"，你同意这样的论断么？

刘大先：这应该是姚新勇先生的观点，在 2004 年第一届"中国多民族文学论坛"的时候，他就表达过类似的说法。我认为这是用现象的描述性抽绎替代了现实，同时可能有些简单地套用后殖民理论之嫌，正如我前面强调的中国有着"大一统"与"五方之民"调和与博弈的传统，这与殖民和移民国家有着历史性的区别，在挪用西方批评话语内部自我反思产生的理论的时候，对于其间的区别不可不察，即后殖民理论在多大意义上能够适应本土的文学现实，是需要细致梳理和辨析的。我曾经在一篇回应姚新勇的文章——《民族文学研究的方法、立场和理论命题的生产》中也说过这个问题，他刻意强调的是"自我本位主体性呈现""返还本族群文化之根"，也即一种"少数民族文学中心论"，而忽略了所谓少数民族文学的"自我本位主体性"始终无法摆脱笼罩其上的国家主导性文学规划和体制，即无论如何，少数民族文学主体都是在中国这个"大主体"之下的"亚主体"。诚然，弱势与强势、边缘与中心在长时段中看，存在易位互换的可能性，然而从现实来看，任何当代合法的少数民族文学总是受庇于（当然也受限于）当代国家文学组织和体制体系，比如少数民族文学教育规划、扶持计划、作协系统与评奖机制等，先天地属于国家主流意识形态辖制下的文学之一种，而不可能超脱这个限制。还有一点值得注意的是，在进入一般文学史家所谓"新时期""后新时期"之后，许多少数民族作家的主体话语姿态实际上是在以一种强化特殊性的方式获取自身的象征资本，从而在整个全球文化符号流通的文化场域获取入场券。它只不过是换了视角，并不能改变文学事实，并且该话语的语法实际上与某些异见话语不谋而合，刻意建造自己的特殊性、差异性与文化例外。这无疑是对文化融合现实（这种融合自古及今体现在从民俗、仪轨、符号到精神、理念、信仰的多个层面，在全球化、信息化、便利交通的背景下尤为明显）的反动。这倒并不是说"国家主义"立场天然就具有了合法性，而是说现实与话语建构必须区分其界限，尽管想象和话语具有能动性，能够进入实践领域，但不能以想象和话语取代现实实践，否则就不是学理性的研究，而是一种想象性导向。

其实，当我们用"少数民族文学"这个全称判断的时候，就是进行一种整体研究，而中国少数民族的诸种多样性（比如语言、文化传统、表述样式、文类与风格等）很难削足适履地囊括进来，所以进行任何整体研究都只能是理想类型的归纳和抽绎，对其内在理念进行总结和提炼。从历史来看，多民族国家的中国有其统一、交流、融合的文化与制度传统，族群间的亲疏之见、族类之异、他我之别、内外之分只在具体的历史语境中发生作用，这也是中国没有像欧洲那样分散为多个国家的原因；从现实看，面对日益复杂、冲突并起的现状，有必要树立一种所谓的核心价值，这是一种立场选择和价值关怀。我们现在的批评话语在很大程度上遵循了一种中庸的"政治正确"，即价值判断上的多元主义立场，似乎任何旗帜鲜明地确立某种标准和尺度都难以摆脱霸权的嫌疑。但是，换个角度来看，在价值问题上如果放任个人选择的自主性，很容易走向一种"后现代"相对主义的犬儒式纵容。因而我们在谈论某种"多元共生"或者"少数者文学"的时候，一定不能抽象化，而要努力建立起该概念、观念、词语与具体语境之间的关联。早在 20 世纪 90 年代，就有学者强调要对少数民族文学进行"分解研究"，即针对具体族群具体作家进行有针对性的研究，这样的话反而可能更有效。

当然，在进行"分解研究"的时候也需要警惕陷入"边缘研究"的另一种单向度之中。"边缘研究"对于社会主义早期民族识别中的本质主义倾向是一种反拨，在后者的民族界定中更多地考量不同族群对自身历史形成渊源的追寻与认同，族群内涵的确认往往是由非族群出身的成员和政治势力通过语言、地域、经济生活、心理素质等要素加以表述的结果，未必真实地反映了族群的历史演变过程，也很难表达出族群自身的真正要求，而貌似族群原始特征的一些民族溯源的要素，可能仅是通过一些历史记忆而建构的表征，而非历史的事实。"边缘研究"则将族群看作一个人群主观的认同范畴，而非一个特定语言、文化与体质特征等凝聚而成的综合体。族群边界既然由主观认同加以维系和选择，那么它就是可变的和移动的，常常具有多重的可被利用的意义。也就是说，族群的界定一定是受特定政治经济环境的制约，在掌握知识与权力之知识精英的引导和推动下，通过共同称号、族源历史，并以某些体质、语言、宗教或文化特征来强调内部的一体性、阶序性，以及对外设定族群边界以排除他人。如此一来，随着周边环境的变化，族群认同的边界也可随之改变。这样的叙述策略对传统的"大一统"历史观仅仅强调因治理方面的行政规划需要而界定族群的思路是一种有益的修正，特别是把被界定族群的自我认知纳入了考察的范围，也可以防止上层统治者和知识精英任意使用权力界定族群特质和边界的弊端。边缘立场提供了一种有效补充视角，然而也不能忽略中国少数民族文学作为一种社会主义文学的基本事实——它的确是强势话语的建构，但并非全然外在干预的结果，不能无视少数民族内在的传承与流变——它同时也是少数民族作家主动的选择，是内外双向合力作用的结果。无论是历史遭遇还是现实实践，"少数民族文学"的发生和创立最初具有文化平权的作用，但其最终目的是消灭民族，走向一种消除身份的乌托邦理想。

我认为应当在少数民族文学的多元性中寻求中华民族的共同价值，承认具体的文化认同要求，同时开发中华民族的共同价值和实践，以之作为民族身份的功能性基础，并且也相应施行具体的针对性政策，对特定族群由于历史性原因造成的落后进行必要的扶助。近些年中国出现的少数民族问题，更多是由经济问题造成的，不过被学术、媒体和知识传播体系改造成了概念的暴力、话语的冲突和语词的较量。对于此，一方面需要从理论上加以辨析，另一方面也要从实践中进行改进。在民族身份、民族文化上应当理解、尊重少数民族的要求，同时少数民族也应该通过转换性地融入主流社会来提升自己的社会地位。我想，这是研究少数民族文学的现实伦理。任何少数民族的作家总是个体化的，而某族文学则是一个集体的类型归类，"少数民族文学"本身就是内部多样性的存在，它们自身之间构成了类似维特根斯坦所谓的

"家族相似"状况，呈现出本雅明所说的"星丛"的异质并置特征，而"中国文学"又是多样性的各族文学的集体共和，少数民族文学这一个个具有"多样性的集体"才形成了中国文学的"集体的多样性"。如果说，我们研究中国少数民族文学能够为中国文学乃至全球范围内的其他文学提供什么理念上的启示，如何超越既有的后殖民理论、区域研究、边缘研究，"集体的多样性"可能是一个真正意义上的突破。这也是近年来我在一些文章中提出"文学共和"与"重建集体性"的意义所在。

　　我所说的"集体性"区别于革命文学时期的政治一体化集体，而是主张要从个人主义的意识形态封闭圈中走出，重新让文学进入历史生产之中，个人不再是游离在现实之外的分子，而是要通过文学联结现世人生的零碎经验，恢复与发明历史传统，重燃对于未来的理想热情，营造总体性的规划，建构共通性的价值。这要求文学从学科的机械划分中走出来，走向公共空间，联结社会与时代最切要、重大的问题，而不是拘囿于某种孤芳自赏、酬唱往来的小圈子。这样的文学超越了曾经的对于世界的模仿，也不再是对于世界的阐释，而是要成为世界本身的实践组成部分，进而改造生活。中国是个非均质存在，充满着种种区域、族群、经济、文化的不平衡。在文学上最突出的特点是多民族叙述与抒情的差异性，这种由生产与生活方式、民俗仪轨、宗教信仰、语言、地域等因素造成的内部多样性不能忽视。但是问题的另一方面是，这个多元的中国也有自己的总体性的问题，毕竟无论全球化如何深入渗透政治、贸易、消费、文化乃至生活的方方面面，全球体系依然是以主权国家为单位进行的对话、合作、联盟与冲突的格局。这种多元与一体的辩证法要求我们必须在尊重差异的基础上，以文化的公约数，建构某种共通经验和未来的可能。诚然，随着多元主义、现实利益与价值观念的差异扩大，建构20世纪80年代的那种"态度的同一性"也许未必可行，却不妨碍我们重新思考求同存异、想象同一个美好未来的可能性。

　　回到文学的层面，就是建构一种"文学共和"，即重申新中国建立的理论根基——"人民共和"。"人民"具体存在的丰富多元与理想愿景的共同诉求，决定了需要用"共和"来建构一种集体性。这里的集体性不是铁板一块的"一体性"——事实上从来就不存在那种"一体性"，它总有裂口和缝隙；也不是孤立分子式的聚合，它指向一种有机与能动。在所谓的"大历史"结束之后，意识形态并没有终结，而"人"也依然充满了各种生发的契机。这样语境中的"中国"是机能性而不是实体性的，需要再次恢复个人与历史之间的联结。"文学"应该既是知识性、娱乐性、教育性、审美性的，又是有机性、实践性、能动性、生产性的。只有建构了对于"中国故事"的集体性，才有可能谋求中国主体既保持对内对外的开放，又能够独立自主的重建。解决了如何理解这样的"中国故事"，那么如何"讲述"便不再成为问题，讲述内含在这种中国理解之中，技术性的层面永远都无法脱离内容而存在，"共和的集体"题中应有之义便是讲述手法与方式的多元共生，而少数民族文学作为中国研究的问题与方法也就落在了实处。

周新民：你提出了一个重要的观点："跨国的、协作的、多元共生的、和而不同的观念可能是世界文学中多民族文学的最终旨归。"这一构想的精髓在于承认各个民族文学的差异性，并在保持各个民族文学差异性的基础上，去建立"世界文学"。请你详细解释下这一观点的具体内涵。实现这一宏伟目标的路径有哪些？

刘大先：虽然在很多持有普适性文学观的学者那里，"民族文学"是一个过时的乃至不具备合法性的概念，但我并不因此责怪他们的偏狭。因为我理解那种言论背后的认知框架的局限性，而那种局限性恰恰是在既定的教育中产生，在没有突破这层思想的天花板之前，他们无法拔着自己的头发离开地球。我所谈论的"少数民族文学"，同时也是"中国文学"，更是"全球性的文学"，它涉及的是如何脚踏实地地看待他人的命运与生活、别样的风景与文化、可资参照的资源与遗产——"我"总是与"你"以及"他"共生在这复杂的关系网络之中。在这样的视野中，研究对象本身是否符合主流的审美标准和文化等级形成的趣味已经不再重要，重要的是我们基于此要开发出一种新的文化眼光。这种眼光是整体性和历史性的，同时也是充满现实感和未来导向的——文学批评不能满足于充当阐释者或者描述者，更应该有信心再次为我们时代的"文学"立法。多民族文学正是我们时代文学的一种，它早已经不再仅是某种地域性写作或族群性言说——这当然也是它题中应有之义——而同时也是带有时代症候的表述，是描摹和回应我们时代生活的种种面相与问题，因而也是"世界文学"。

我强调"跨国、协作、多元共生、和而不同"是想要表明一种理想类型，那就是只有当我们意识到多民族文学在当下现实中已经跨越了地理空间、族别身份和意识形态隔阂的界限，成为不同人群表达情感、政治诉求、美学理想的言说，才能自觉地把它作为一种全球化时代的文化现象。它的外延不仅包含中国境内的多民族文学，同时也纳入其他国家的少数族裔文学和流散文学，以及不同的文学之间的译介与交往；它的内涵则是不同的文学形式，包括口头传统、书面文学、网络文学乃至影像书写的"泛文学"之间必然形成的参差不齐、多姿多彩的题材内容、美学风格、价值理念。这种文学上的多样性常常会被拿来与自然界的生物多样性做类比，成为充满生机与活力的文学生态系统的合法性证明。如今已经不再是某种单一性话语可以涵盖一切、包打天下的时代了，在文学的民主化浪潮中，形形色色的话语都会出来谋求自己的话语权，一个严肃的批评者应该鼓励并促成不同话语开放性的蓬勃发展和彼此对话，而不是抱残守缺怀着既定的文学观和美学观去遮蔽乃至压抑多样的可能性。

　　理论并不是为了指导具体的创作，从而实现某种蓝图式的文学乌托邦盛景，那恰恰是一种封闭，已经在以往的文学实践中被证明失败了，所以我不能指定一条道路，事实上谁也无法划定清晰的路径。但是理论的探讨却可以改变人们的思维观念和观察视角，异质性他者角度的观察思考与原先主位角度的视域融合，蕴藏着无限的可能，也恰符合文学本身应该具有的自由天性。

后　记

　　许多事情一开始发生的时候，无论是在抽象的激情感召下还是在乏味的日常工作流程中，你都很难知晓它的全部意义，就像行于山道中的人无法看清山势的全景。当初从 2006 年开始每年为《民族文学》《中国文学年鉴》以及《文艺报》撰写年度少数民族文学创作述评的时候，并没有想到某一天它们集结在一起会呈现出什么模样。但是当一件工作连续做了十多年，它的意义也就慢慢凸现出来了：我赫然发现这十多年正是少数民族文学继二十世纪五六十年代之交、80 年代这两个阶段之后，第三波繁荣兴盛的时期，有关这个方兴未艾的新阶段的历史定位与美学评价尚不明朗，正有待勾勒，这大约是一种"无目的的合目的性"，使得本书的第一手资料内容不至于成为一种纯粹的偶然性。

　　我想我可能算得上阅读少数民族文学作品最多的人之一了，这些作品中的大多数并不那么有趣，甚至称得上乏味和粗糙，很多时候，它们是"在场的缺席"，在更为聪明的文学批评者那里是不曾入眼的，这中间的原因也许不仅仅是美学趣味和标准所造成，更多来自于对这部分文学创作的盲视。但是，无论惯常的审美尺度或评价习惯如何看待它们，它们都实实在在是当代文学生态中的客观组成部分，没有它们存在的当代中国文学版图是不完整的。一个有历史感和责任感的研究者必须面对他所处时代的客观现实，至于这些文学作品是否能够进入"经典化"的文学权力场中，那是另外一回事。

　　原本我打算在这些材料的基础上写一部新世纪少数民族文学史，后来发现这个意图可能一时半会儿不容易完成。一方面，这些文学现场的观察自有其特定的时间痕迹与意义，如果要纳入明确的文学史体例中，想要有所创新，必然需要重新进行史观的界定与材料的整合，那会是完全不同的一种写法；另一方面，如果将这些鲜活的内容作为上编，再将伴随着历年综述所作的相关批评作为下编，则正好构成了创作与研究、文本与话语彼此映照、相互印证的两极。因为在写作创作综述的这些年，我也在编《民族文学研究》杂志，也在做年度研究综述（它们可能会形成另外一本书），同时参与到"多民族文学论坛"的策划、组织与操办工作之中，也在试图建构一套有别于主流文学批评的理论话语。这样一来，原本的无心插柳就变得水到渠成了——我想也许这种并没有预先设定了某种框架的写作反倒可能更加诚实与体贴。经过一番重新梳理与编排，现在形成的本书的面貌大致就是一个人十余年的少数民族文学创作介入式观察与批评，当然需要说明的是 2009 年与 2010 年由于在国外，我中断了两年的写作。但我也并没有补写，因为在此前此后的章节中也有所涉及，同时也希望保留最初的那种生气和瑕疵——2012 年之后我的观点有所转变，并且自认为后面的章节比前面要更为深入。

　　尽管如此，本书也并不是综述文章的简单叠加，事实上，我在每一章都试图在述评中提炼出一些理论概括，因而这个历时性的工作贯穿着我对少数民族文学逐渐从模糊到清晰的认知与总结，对有兴趣的研究者应该有一定的参考价值。附录的三个访谈，分布在 2013 年到 2016 年间，这几年于我个人的学术思考而言非常重要，这三个访谈不仅见证了我在方法上从理论与思想史到当代文学与文化批评参与性建设的转型，也是在观念上从多元主义向重寻共同体、从强调差异协商到提倡价值共识的转变——整个外部环境变了，文学批评与研究也不能对全球性（而不仅仅是中国）急剧变化的现实闭目塞听或者卸责逃遁。"绪论"部分倒是最后写的，那是 2015 年 12 月 13 日在长春参加中国作协创作研究部、中国当代文学研究会、吉林省作家协会共同主办的"十五年来的新世纪文学——研讨与报告"的发言，有心者会发现其中的观点对正文中的一些提法已有所发展。下编的一些章节，也可以视作不同话语彼此折冲樽俎的展演，它们还没有成为定型的结论，因而还保持了鲜活的粗砺。

　　我将书名命名为"千灯互照"，这是《华严经》中的典故，纳日碧力戈曾经借来表述不同文化与传统之间互守尊严的重叠共识。这是一个方面的意思，另一个方面的意思来自于艾布拉姆斯的"镜与灯"，书中涉及的作品不仅仅是少数民族生活与文化的镜像式反映，同时也是作家心灵自身的显现，而本书也是我作为一个观察者的心灵与这些对象之间"光光交彻"的结果。再有一个意思就是"传灯"，《维摩经》中说："一灯燃百千灯，冥者皆明，明终不尽。"作为一个起始性的初步工作，我希望能够灯燃余灯、破暗为明，以自己的绵薄微光映及周边，召唤起更多的同仁继续推进，赓续不绝，照亮更多尚在暗影中的角落。

　　感谢姚新勇先生的邀约，感谢邱婧的联系接洽，感谢暨南大学出版社编辑武艳飞的辛勤编辑。最后，我把这本既断续又绵延如同生活流本身一样的小书献给何晶晶与刘灏城，他们所形成的一种既混乱嘈杂又温馨愉悦的氛围，让我在苦乐交织的情境中完成了最后的修订。

2017 年 6 月 16 日凌晨于罗兰香谷